des alten Mannes.
„Ich muss mit meinem Sohn sprechen ... jetzt.“
Ohne ein Wort greift der Arzt nach seiner Tasche und verlässt das Zimmer. In der Küche sitzen der Sohn, dessen Frau und der Knecht am Esstisch. Rote Augen. Verquollen. Zerzauste Haare, knittrige Kleidung. Keiner spricht. Ein Feuer im Herd knackt leise vor sich hin. Keine Reaktion als der Arzt die Küche betritt. Er legt dem Sohn eine Hand auf die Schulter.
„Er will dich sehen.“
Der Sohn verharrt einen Moment und löst sich dann schwerfällig vom Tisch.

Als er das Zimmer betritt, erscheint ihm alles seltsam fremd. Der Geruch, die Wände, die Möbel, selbst der Teppich unter seinen Schuhen. Klarheit: Dies wird ihr letztes Gespräch sein. Mit einer fast unsichtbaren Geste winkt ihn die so vertraute Hand ans Bett. Der Sohn setzt sich und beugt den Kopf hinunter zu dem seines Vaters. Ohne die Augen zu öffnen spricht dieser seine letzten Worte.
„Es tut mir leid, dass ich dir nun dieses Geheimnis anvertrauen muss ... aber es muss bewahrt werden ...DU musst es bewahren!“
Der alte Mann spricht langsam und deutlich, immer wieder mit kurzen Pausen. Er weiß, was er zu sagen hat. Und so erfährt der Sohn das Unglaubliche.

Nach einiger Zeit öffnet der Arzt vorsichtig die Tür. Auf dem Bett liegen zwei Männer. Blasse Gesichter, die Augen fest geschlossen. Nur einer der beiden lebt.

1

Gleich, dachte Walter, gleich passiert es. Wie jeden Morgen. In einer Minute würde sein Radiowecker über den neuen Tag entscheiden. Walter war immer vor dem Wecker wach, blieb aber mit geschlossenen Augen liegen, um das erste Lied des Tages zu hören. Ein Lied, das ihm gefällt, bedeutete einen guten Tag, andernfalls wäre es ein schlechter. Eingestellt war sein Lieblingssender S4 Bodenseeradio. Die Minutenanzeige sprang auf 2.30 Uhr und aus dem Lautsprecher erklang Beatrice Egli mit „Mein Herz". Walter lächelte und öffnete die Augen. Er mochte die kleine dralle Schweizerin mit ihren Pausbäckchen, dem ehrlichen Lächeln und den sternenhaft funkelnden Augen. Also ein guter Tag. Er schob die Daunendecke beiseite und schlüpfte schnell in den bereit gelegten Morgenmantel. Er fröstelte leicht, denn es war kalt im Schlafzimmer. Auf der Treppe hinunter zur Küche hörte er schon Balus erwartungsvolles Winseln. Seit drei Jahren war der Wolfspitzrüde sein Mitbewohner. Sein einziger Mitbewohner und sein bester Freund.

Nach der allmorgendlichen stürmischen Begrüßung bei der Balu um ihn herum hüpfte und ihm die Hände leckte, öffnete Walter den Holzherd und scharrte mit dem Schürhaken in der Asche. Zwei kleine Glutnester taten sich auf und Walter warf ein paar Scheite Anzündholz darauf, die sofort Feuer fingen. Er füllte den Wasserkessel, steckte das Signalpfeifchen auf den Ausgießer und stellte ihn auf den Herd.

„Wie wär's mit Frühstück, alter Freund?"

Balu verstand und seine Augen wurden groß, während er sich mit strömen herbei. Es wird mit Euro bezahlt, obwohl sich Marie jahrelang gegen „des nixige Europageld“ gewehrt hat. Fast jeder besitzt ein Smartphone und sogar gestandene Mannsbilder trinken gerne mal einen Aperol Spritz. Doch die Vesperportionen sind gleich geblieben und Marie regiert in ihrer Gaststätte nach wie vor mit eiserner Hand, auch wenn sie diese durch den dichten Zigarettenrauch oft kaum sehen kann.

Sie haben Angst, Sie bekommen keinen Platz?

Aber sicher doch! Am Eingang steht Marie und winkt Ihnen freundlich zu:
„Stellet eich it so ah! Kommet rei! Fier eich hon i immer no a Plätzle frei!“

Die nachfolgende Geschichte ist frei erfunden, auch die Personen und ihre Handlungen. Eventuelle Ähnlichkeiten zu lebenden Personen sind rein zufällig.

Vorspiel

02. Februar 2009, 2.35 Uhr

Schwere Wolken schieben sich vor den Mond wie der schwere Vorhang am Ende der Theatervorstellung. Der stattliche Bauernhof hebt sich nur wage von der Umgebung ab. Aus dem nahegelegenen Wald dringen vereinzelt die Geräusche wilder Tiere. Ein flüchtiger, feuchter Schleier liegt über den Senken der angrenzenden Wiesen. Nicht ungewöhnlich in einer Februarnacht. Zwei Lichter steuern langsam auf den Hof zu und erlöschen in der Einfahrt.

Dr. Baumann bemüht sich leise zu sein, als er die Autotür zuschlägt. Unnötig. Im Wohnhaus sind alle wach, sonst wohnt weit und breit niemand. Der alte Mann liegt halb zugedeckt in seinem Bett. Jeder Atemzug kostet ihn unendlich viel Kraft. Ein leises Gurgeln beim Einatmen, das Ausatmen wie entweichende Luft aus einem undichten Reifen. Ein Schlauch spannt sich von Ohr zu Ohr und lässt aus zwei Öffnungen Sauerstoff direkt in die Nasenlöcher strömen. Er hat die Augen geschlossen und seine Arme liegen schlaff neben seinem Körper auf der Bettdecke. Auf dem kleinen Nachttisch steht eine alte Lampe, die kaum den halben Raum beleuchtet. Der deckenhohe Kleiderschrank gegenüber des Bettes ist so tief, dass nur ein schmaler Durchgang bleibt. Das Fenster auf der rechten Seite ist geschlossen und von schweren Vorhängen verdeckt. Die Tür gegenüber des Bettes öffnet sich langsam. Ein Keil aus kühler Luft bohrt sich in die Stickigkeit des Raumes. Dr. Baumann stellt seine Arzttasche am Fußende des Bettes ab und nimmt sein Stethoskop heraus. Der alte Mann spürt die kalte Membran des Geräts auf seiner Brust und schaudert leicht. Kurz atmet er etwas heftiger, öffnet dann gequält die Augen und nickt dem Arzt kaum merklich zu. Dr. Baumann beugt sich hinab und kommt mit dem Ohr ganz nah an den Mund

der langen Zunge feucht ums Maul leckte. Walter füllte Balus Napf mit Hundefutter und warf drei große Stücke Buchenholz in den Herd. Der Wasserkessel meldete sich mit einem anschwellenden Pfeifen, als Walter gerade aus dem Bad kam. Er schüttete das kochende Wasser in seine französische Kaffeemaschine und ging sich anziehen. Warme Unterwäsche, Hemd, Hose, Hosenträger. Bis vor kurzem hatte noch ein Gürtel ausgereicht, doch dann waren um Weihnachten herum noch ein paar Kilos dazugekommen und Walter musste sich Hosenträger kaufen. Dabei war er nicht dick. Mit 1,68 m war er nur einfach etwas zu klein für die 92 Kilo.

Unten bellte Balu zweimal für „Besuch" und nur Sekunden später wurde ein Auto vor dem Haus abgestellt. Walter öffnete im Vorbeigehen die Eingangstür und presste dann in der Küche den Kaffee ab. Zwei Tassen standen auf dem Tisch, als Jusuf freudig von Balu begrüßt wurde.

„Ei Walter – gute Morge!"

„Guten Morgen, Jusuf. Alles gut?"

Der Türke schaute angewidert Richtung Tür und schlang sich die Arme um den Oberkörper.

„Nix gut heute. Ist scheißenkalt da drauße. Hab isch müssen kratzen Scheibe. Aber bin isch hier jetzt."

Walter musste lächeln. Er kannte Jusuf seit er vor drei Jahren den Job als Zeitungsausträger angenommen hatte. Jusuf brachte die Zeitungen von der Druckerei zu den Austrägern. Durchgefroren klammerte er sich an seine dampfende Kaffeetasse, während sie noch ein bisschen tratschten. Mit einem „Machst du gut heute, Walter", machte er sich dann wieder auf den Weg. Noch vier weitere Austräger warteten auf ihre Zeitungen.

Walter genoss es zu so früher Stunde mit seinem Fahrrad durch Taldorf zu fahren. Zuerst hatte er seine Zeitungen in Alberskirch und

Dürnast verteilt, war über die Höhe nach Wernsreute gefahren und war nun auf dem Heimweg. Es war vollkommen ruhig. Frühnebelschwaden krochen von den Wiesen in die Ortschaft und zeichneten alle Konturen weich. Balu trottete vergnügt voraus und wartete am nächsten Briefkasten.
„Hey Balu! Willst du dich in meinen Pferdeäpfeln wälzen? Die sind schön warm!", höhnte eine Stimme hinter einer halb geöffneten Stalltür. Bimbo. Balu kannte den Haflinger Wallach seit er als Welpe nach Taldorf gekommen war. Und er mochte ihn nicht. Keines der Tiere im Dorf mochte Bimbo. Was die Menschen immer als freundliches Gewieher verstanden, waren in Wahrheit meist üble Beschimpfungen oder vulgäres Geplapper.
„Friss Dreck!", kläffte Balu schroff zurück und trottete weiter.
„Hälst dich wohl für was Besseres, weil du frei rumlaufen darfst, hä?", geiferte der Wallach. *„Geh mal nach China! Da werden Tölen wie du in den Topf geschmissen!"*

Doch Balu war schon außer Hörweite.

Walter pfiff leise die Titelmelodie einer alten TV-Serie. Noch fünf Zeitungen bis zum Feierabend und die letzten Häuser mochte er am liebsten. Es war das sogenannte „Hinterdorf" von Taldorf mit dem Gasthof „Zur Traube" als Mittelpunkt. Die Gäste kamen von weit her, doch sprachen sie nie von dem Lokal „Zur Traube", sondern von seiner einzigartigen Wirtin, der Goschamarie. Arbeiter, Handwerker, Bauern kamen hierher, aber auch Polizisten, Politiker und Prominenz. Es war Goschamaries Art mit den Gästen umzugehen, die einen Besuch in der Traube zu einem unvergleichlichen Erlebnis machte. Jetzt um kurz vor vier war bei der Goschamarie alles ruhig, was nicht selbstverständlich war. Walter hatte schon einige Male die Zeitung

vor die Tür gelegt, während drinnen noch ordentlich gezecht wurde. Heute klemmte er sie zwischen Tür und Klinke und tastete dann vorsichtig den Fenstersims rechts neben der Tür ab. Auf einem Bierdeckel fand er das Schnapsglas, das für ihn bereit stand. Goschamaries Art „danke“ zu sagen.
Während er den eiskalten Schnaps nippte, schlenderte eine schlanke Tigerkatze unter einem im Hof abgestellten Heuwagen hervor. Balu begrüßte sie mit wedelnder Rute.
„Hi Kitty. Schon Mäuse erwischt?“
Kitty ließ sich gerne von Balu beschnüffeln und rieb ihren Kopf an seiner Flanke.
„Nein. Bis vor einer halben Stunde war hier noch richtig was los. Da verziehen sich die kleinen Biester immer in die Scheune. Außerdem hab ich keinen Hunger - Marie hat mir Hackbraten rausgestellt. Willst du probieren?“
Balu folgte der Katze um den Heuwagen herum zum Napf und aß ein paar Happen.
„Kommt ihr heute Abend zum Stammtisch?“, fragte Kitty. Die Zeitung, die Walter austrug, erschien sechsmal in der Woche, aber Stephan, ein Junge aus Taldorf, brauchte Geld, da er sich einen Roller kaufen wollte, und Walter hatte ihm den Samstag gern überlassen. So konnte er sich freitags mit seinen Freunden zum Stammtisch treffen ohne ständig auf die Uhr zu sehen.
„Na klar kommen wir. Du kannst ja etwas früher rüber kommen und uns abholen!“
„Mach ich“, antwortete Kitty, stupste Balu in die Flanke und verschwand in Richtung Scheune.

Woher kommt eigentlich das Sprichwort „die verstehen sich wie Hund und Katze“, dachte sich Walter oft, wenn er die beiden Tiere beobachtete. Er stellte das leere Schnapsglas zurück und machte sich auf den Heimweg. Es war Freitag und er freute sich auf den Abend mit seinen Freunden.

2

Während Walter sich in seine warme Bettdecke hüllte, um noch ein paar Stunden zu schlafen, ging in einem Haus in Alberskirch das erste Licht an. Pfarrer Sailer setzte sich umständlich auf und hob die Beine vorsichtig mit den Händen aus dem Bett. Gerade in der kalten Jahreszeit quälte ihn seine Arthrose besonders. Er schob die Füße in die Filzpantoffeln, blieb aber noch ein paar Sekunden sitzen bis der Schmerz in den steifen Knien etwas nachließ. Er vermisste das Privileg der Jugend alles sofort, schnell und ohne Schmerzen tun zu können. Doch er beschwerte sich nicht. Immerhin hatte er einen schweren Herzinfarkt überlebt und konnte seit drei Jahren seinen Ruhestand genießen.

Noch im Nachthemd tapste er in die Küche und machte die Kaffeemaschine an. An den entkoffeinierten Kaffee hatte er sich erst gewöhnen müssen, doch nach einer Weile war die Erinnerung an echten Kaffee verblasst. Leise röchelnd spritzten die ersten Wassertropfen auf das Pulver, das sofort sein wundervolles Aroma verströmte. An der Tür zum Garten war ein leises Kratzen zu hören. Der Pfarrer öffnete die Tür einen Spalt und ein beleibter rothaariger Kater trappelte schnurstracks zu seinem Fressnapf.

„Guten Morgen, Eglon! Dein Futter kommt gleich."

Eglon lebte seit zwei Jahren bei Pfarrer Sailer. Er war im Nachbardorf Wernsreute mit fünf anderen Kätzchen zur Welt gekommen und als er etwas größer war, wurde er an Pfarrer Sailer verschenkt, der gerade eine neue Katze suchte. Er war damals schon ein Pummelchen gewesen und so hatte ihn der Pfarrer nach einem Moabiterkönig aus

der Bibel benannt, der dort als „sehr dicker Mann“ beschrieben wurde. Als er endlich sein Futter bekam, machte sich der Kater sofort darüber her, als hätte er seit Tagen nichts mehr bekommen.
Pfarrer Sailer schaute Eglon kurz beim Fressen zu, wandte sich dann aber seinem eigentlichen Vorhaben zu. Auf dem Küchentisch lag ein Stapel alter Bücher. Sie waren der Grund, warum Pfarrer Sailer so früh wach war.
Ein Bekannter hatte das alte Arzthaus in Dürnast gekauft, und die schweren, in Leder gebundenen Bücher in einem Karton auf dem Dachboden entdeckt. Jeder wusste, wie sehr sich Pfarrer Sailer für die Geschichte und Geschichten der Region interessierte, darum hatte der Bekannte ihm diesen historischen Schatz gerne ausgeliehen.
Er konnte es kaum erwarten in ihnen zu stöbern. Was würde er alles entdecken?
Die Bücher waren in ordentlicher Schrift von Hand geschrieben. Sie enthielten die Aufzeichnungen von insgesamt drei Taldorfer Ärzten, beginnend im Jahr 1803. Damals gab es noch keine Patientenakten, weshalb die Einträge nicht alphabetisch sortiert waren, sondern nach Datum. Er schlug das erste Buch auf und fuhr liebevoll mit der Hand über die eng beschriebene Seite. Der erste Eintrag stammte vom sechsten Juni 1803, einem Montag. „H. Wachter mit Zahnweh. Eitrigen Zahn entfernt. Kamillenumschläge angeraten.“ Pfarrer Sailer wollte sich gar nicht vorstellen, wie das Zähne ziehen damals abgelaufen war. Ein unbequemer Stuhl, eine rostige Zange, keine Betäubung – „... und jetzt schön den Mund auflassen!“.
Er schüttelte den Kopf, um das grausame Bild zu vertreiben und goss Kaffee in seine Lieblingstasse, dazu etwas Milch, ein Löffel Zucker. Er blätterte einige Seiten weiter, fand aber nichts Außergewöhnliches. Zahnbehandlungen tauchten fast täglich auf, Bauchweh bei Kindern, kleinere Verletzungen bei den Arbeitern. Auch Ausschläge und eitrige

Wunden waren an der Tagesordnung.
Pfarrer Sailer überflog grob die nächsten Seiten, blätterte vor und zurück und entdeckte immer mehr bekannte Familiennamen. Viele waren heute noch in der Gemeinde verbreitet. Aus den Aufzeichnungen des Arztes konnte man so viel über das damalige Leben erfahren: Krankheiten, Schwangerschaften, Todesfälle, Erbkrankheiten oder auch Missbildungen. Alles war sorgfältig festgehalten worden. Er nahm sich vor, die Fakten zu sortieren, so dass am Ende die Krankengeschichten den einzelnen Familien zugeordnet werden konnten.
Pfarrer Sailer nippte an seiner Tasse und notierte einen ersten Namen in seinem kleinen Notizbuch. Er wusste, dass ihm viel Arbeit bevor stand, aber er hatte ja Zeit. Was für längst vergessene Geschichten würde er wohl finden?
Eglon hatte ihn die letzten Minuten beobachtet, während er sein Fell und seine Barthaare putzte. Er kannte das Interesse des alten Mannes an Geschichten und Geheimnissen, kannte aber auch die Gefahren.
„Manche Geheimnisse sollten auch geheim bleiben!“

3

Walter zwängte sich in seine lederne Trachtenhose. Zum Glück hatte er sie damals etwas größer gekauft, sonst käme er jetzt nicht mehr hinein.
„Ich muss dringend ein bisschen abnehmen", murmelte er seinem Spiegelbild zu. Balu lag flach auf dem Boden und beobachtete Walter mitleidig. Er konnte nicht verstehen, warum der große Hund im Himmel Wesen erschaffen hatte, die überhaupt kein Fell hatten. Sie mussten sich mit Kleidung behelfen, um die kalte Jahreszeit zu überstehen. Und dann passte die Kleidung noch nicht mal richtig. Walter hielt die Luft an und zerrte am Hosenbund. Der Hosenknopf näherte sich Millimeter für Millimeter seinem vorbestimmten Loch. Ein gepresstes „Uah!", dann hakte der Knopf ein. Mit hochrotem Kopf ging Walter die Treppe hinunter, um seine Jacke anzuziehen. Es war Zeit für den Stammtisch.
Als Balu und Walter das Haus verließen, gesellte sich Kitty zu ihnen.
„Da seid ihr ja endlich. Hat Walter wieder mit seiner Hose gekämpft?", lästerte die Katze.
„Und wie! Irgendwann wird der Knopf abreißen und dann möchte ich nicht in der Nähe sein! Das Teil wird wie ein Geschoss durch die Luft schießen!"
Beide Tiere lachten und folgten Walter zur Goschamarie.
Das Gasthaus war nur ein paar hundert Meter von Walters Haus entfernt. Auf dem Parkplatz standen schon einige Autos. Auch zwei Traktoren. Am Bach gegenüber erleichterte sich gerade einer der Gäste.
„Grüß dich Walter!", rief dieser und winkte mit der linken Hand (da

er die rechte nicht frei hatte). Walter winkte zurück und ging die drei Stufen zur Eingangstür hinauf. Im Hausgang standen zwei Ehepaare und warteten auf einen freien Platz. Sie waren nicht aus Taldorf, sonst hätten sie einen Platz gehabt.
„Darf ich mal durch?", fragte Walter und schob sich an den Wartenden vorbei und betrat die Gaststube mit Balu und Kitty, die sich schnell unter die Eckbank am Stammtisch legten. Dort saßen schon Max, Peter und Elmar. Marie kassierte gerade an einem Tisch mit Zimmerleuten ab, die alle noch ihre Arbeitskleidung trugen. Sie nickte Walter kurz zu, der sich auf seinen freien Platz am Stammtisch setzte. Heute war Freitag und dies war freitags sein Platz. Deshalb war er noch frei.
Kurz darauf brachte Marie die Getränke. Für Walter zwei Flaschen Bier, beide schon geöffnet.
„Griaß di Walter! Schee, dass do bisch. Dei Veschper kommt au glei." Und schon war sie wieder weg, um den frei gewordenen Zimmermannstisch mit ein paar Bauarbeitern zu besetzen, die gerade gekommen waren. Die beiden Paare standen immer noch im Hausgang.
„Die hent reserviert", raunte Marie ihnen zu, als sie ihre missbilligenden Blicke bemerkte. In Wahrheit hatte natürlich niemand reserviert, aber bei der Goschamarie hatten Freunde und Bekannte immer Vorrang.
Walter hob eine der beiden Bierflaschen und streckte sie am ausgestreckten Arm in die Tischmitte.
„Zum Wohl meine Herren! Wieder eine Woche geschafft!" Elmar, Max und Peter erhoben ebenfalls ihre Flaschen und mit viel Schwung und einem zustimmendem „So isches!" wurde angestoßen. Elmar, der jüngste am Tisch, fingerte eine Lord aus der Schachtel. Walter schaute besorgt zu der niedrigen Decke, unter der bereits eine dichte

Rauchwolke waberte.
„Kannst du dir die Qualmerei überhaupt noch leisten?“ Elmar hatte sich vor einem halben Jahr als Fliesenleger selbstständig gemacht und kämpfte noch um sein monatliches Auskommen.
„Klar. Hab ja was gespart. Aber sag mal Walter: ich hab gehört das Häusle neben deinem wäre verkauft. Weißt du da was?“ Walters Haus lag nicht im Dorfkern, sondern an einem Weg etwas außerhalb. Daneben befand sich noch ein weiteres Haus, das aber unbewohnt war, seit die Besitzerin vor ungefähr einem Jahr gestorben war.
„Ich hab nichts gehört. War auch noch niemand da. Wäre mir aber nur recht, wenn da mal einer aufräumen würde. Der Girsch springt überall über den Zaun zu mir rüber.“ Walter hasste das dreifingerige Unkraut, das nicht zu bändigen war. Es überwucherte bereits den gesamten Nachbargarten und schaffte es mit unterirdischen Trieben zielstrebig auch in seine Blumen- und Gemüsebeete.
„So Walter, dei Veschper. Loss es dir schmecka!“ Für diesen Vesperteller war Marie berühmt. Was hier für zehn Euro auf den Teller kam, reichte bequem um eine vierköpfige Familie zwei Tage zu ernähren. Schinkenwurst, Blutwurst, grobe Leberwurst, zwei Essiggurken und ein riesiges Stück Rauchfleisch. Dazu frisches Bauernbrot. Walter langte kräftig zu und ließ hin und wieder unauffällig ein kleines Stück Rauchfleisch für Balu und Kitty auf den Boden fallen.
Elmar kam wieder auf sein Thema zurück. „Ich hab das von meinem Schwager gehört. Der arbeitet doch auf dem Amt. Das Häusle hat irgendwer von weiter weg gekauft. Bei Frankfurt, sagt mein Schwager. Weißt du, da ist doch sicher einiges zu richten. Ein neues Bad und so. Wäre ideal für einen ortsansässigen Fliesenleger.“ Elmar zwinkerte und saugte genüsslich an seiner Lord.
„Wer von weiter weg kauft sich denn hier so eine alte Hütte?“,

knurrte Max. Er war der ruhigste am Stammtisch, hatte aber das bemerkenswerte Talent immer die richtigen Fragen zu stellen.
„Klar, das Grundstück ist groß, die Lage ruhig – aber halt am Arsch der Welt. Vor allem für ein Frankfurter Würstchen!“ Sie lachten über Max' Wortspiel und Walter verschluckte sich fast an einem Stück Schinkenwurst.

Am Nebentisch wurde bezahlt und abgeräumt. Die beiden Pärchen aus dem Flur witterten ihre Chance. Während die alten Gäste aufstanden, nahmen sie ihnen die Stühle aus der Hand und setzten sich.
„Nun bin ich aber sehr gespannt, was wir hier tolles bekommen. Nachdem uns diese Lokalität mehrfach empfohlen wurde“, dozierte einer der beiden Männer in druckreifem Hochdeutsch. Er hob eine Hand und winkte in Maries Richtung.
„Frau Wirtin! Die Speisekarte bitte!“
Als Marie sich dem Tisch näherte, wurde es ruhig im Raum. Walter hatte sogar das Gefühl, es wurde kälter. Marie baute sich mit verschränkten Armen vor dem Hochdeutschsprecher auf.
„A Karta hon i net. Brauch i au net. I woiss jo, wasses gibt.“
Der Mann hatte offensichtlich Probleme alles zu verstehen, denn er kniff die Augen zusammen und neigte den Kopf zur Seite, wie ein Hund, wenn man mit der Zunge schnalzt.
„Aber ich muss doch wissen, was ich bestellen kann!“, brachte er – jetzt schon deutlich unsicherer – hervor.
„Des ka i dir au sage: a Veschper gibts. Gucksch do beim Walter. So sieht des aus. Des nimmsch oder losch es!“
Der Mann wechselte ein paar Blicke mit seinen Begleitern und bestellte dann für alle vier.
„Und die Getränke? Was können Sie uns denn da empfehlen?“

Marie rollte mit den Augen und schnaufte genervt aus.
„Empfähla ka i dir gar nix, du Schwungguschtl. Du kasch a Bier hon, an Wei oder a Wasser. N Schnaps packsch du eh it!“
Der Mann gab auf und bestellte Bier für sich und seinen Freund, für die Frauen Wein und eine Flasche Wasser.
Balu und Kitty kicherten unter der Eckbank.
„Marie kann auf Fremde schon sehr einschüchternd wirken, dabei ist sie so ein guter Mensch“. Balu schob Kitty noch einen Rauchfleischschnipsel hin.
„Das ist sie wirklich. Und sie spricht sogar mit mir, wie alle guten Menschen.“
Kitty konnte, wie alle Katzen übrigens, in die Herzen der Menschen sehen. Sie hatte sich noch nie geirrt.
„Pass auf! Gleich kommt Pfarrer Sailer. Ich habe seinen Peugeot im Hof gehört.“
Wie auf Kommando drehten beide Tiere ihren Kopf zur Tür.
Pfarrer Sailer stolperte mit hochrotem Kopf in die Gaststube und suchte nach einem freien Platz. Er war kein Stammgast, aber ein gern gesehener. Er sah Marie am anderen Ende des Raumes und nickte ihr zum Gruß zu. Sie verstand und kämpfte sich zum Tresen durch, um ihm seinen Trollinger einzuschenken. An einem kleinen Tisch in der Ecke saßen drei Bauern aus der Umgebung und spielten Skat. Pfarrer Sailer begrüßte sie freundlich und setzte sich zu ihnen.
„Heute kennt er uns wohl nicht“, grummelte Max. „Wird der alte Herr Pfarrer jetzt etwa zum Kartenspieler?“
Peter klopfte eine Priese Schnupftabak auf seinen Handrücken und gab das silberne Döschen dann an Max weiter.
„Mit einem Pfarrer würde ich nie Karten spielen“, sagte er und zog den Tabak in die Nase. „Zum einen würde ich eh immer glauben, dass er Hilfe von oben kriegt, und wenn ich dann mal gute Karten hätte,

würde ich ihn wahrscheinlich trotzdem gewinnen lassen. Man will es sich mit dem da oben ja nicht verscherzen."

Elmar schüttelte den Kopf. „Ich würde ihn nicht gewinnen lassen! Wenn meine Karten besser wären, hätte es der Herrgott wohl so gewollt."

Am Tisch der Skatspieler wurde es plötzlich laut.

„Ach hör doch auf mit dem alten Scheiß! Interessiert ja doch keinen." Josef, ein Bauer aus Herrgottsfeld warf seine Karten auf den Tisch und stand auf.

„Hätte ich gewusst dass heute nur geredet wird, wäre ich gar nicht erst gekommen!" Er nahm seine Jacke von der Stuhllehne und verließ wütend die Gaststube.

„Reden beim Kartenspielen mag ich auch nicht", sagte Walter und legte sein Besteck auf den Teller. Er hatte gerade mal die Hälfte gegessen. Mehr ging nicht. Marie würde ihm nachher eine Plastiktüte für den Rest geben.

„Beim Skat musst du dich konzentrieren. Aufpassen, wer was spielt. Und mitzählen, welche Karten schon gefallen sind. Wenn da dauernd einer redet, kannst du es vergessen."

Max, Peter und Elmar stimmten ihm brummelnd zu, dann diskutierten sie noch eine Weile, ob nicht Binokel eigentlich das bessere Kartenspiel sei.

Als Walters zweites Bier leer war, winkte er Marie mit seiner Börse zu. Sie kam und knallte ihren schweren, ledernen Geldbeutel auf den Tisch und stellte ein Sprudelglas vor Walter, das ungefähr zu einem Viertel gefüllt war. Mit Obstler.

„Ui Marie, den hab ich aber nicht bestellt", versuchte Walter sich herauszureden.

„Isch scho räat. Der got auf mi. Zahle musch oi Veschper und zwoi Bier. Wieviel Brot hosch kett?"

Beim Brot kannte Marie keinen Spaß. Jede Scheibe kostete 30 Cent. Walter hatte zwei Scheiben gegessen.
„Denn gibsch mir vierzeh sechzig." Walter legte 15 Euro auf den Tisch und verzichtete aufs Wechselgeld. Auch Max und Peter bezahlten. Nur Elmar wollte noch bleiben. Walter, Max und Peter verabschiedeten sich vom ganzen Lokal mit einem kurzen Gruß und von Marie mit einem „Danke! Bis bald wieder".
„Machets guat, ziernet nix, kommet wieder!", rief sie ihnen hinterher. Vor der Tür gingen die drei getrennte Wege. Walter mit seiner Plastiktüte voll Wurst zu Fuß, die beiden anderen stiegen in ihre Autos. Balu und Kitty freuten sich endlich wieder an der frischen Luft zu sein.
„Was war denn vorhin mit dem Josef los?", fragte Balu. *„Der alte Pfarrer hat doch sicher nichts Schlimmes gesagt. Wie kann man denn da gleich so sauer sein?"*
„Der war nicht sauer", korrigierte Kitty, *„Joseph hatte Angst."*

4

Der Samstag war Walters Lieblingstag. Nicht um 2.30 Uhr aufstehen und viel Zeit für Haus, Wald und Garten. Die Sonne strahlte schon durchs Fenster, als Walter sich Kaffee machte. Durch das Küchenfenster sah er in den Garten. Jetzt, Anfang März, war noch alles kahl und grau. Doch schon in den nächsten Wochen würde das Grün zurückkommen. Sein Blick viel auf das Nachbargrundstück. Ein Jahr ohne Pflege hatte aus dem Garten einen Urwald werden lassen. Girsch, Brennnesseln und andere Unkräuter überwucherten alles, die Wege waren nur noch zu erahnen. Eine Vogeltränke aus Stein lugte noch knapp aus dem Dickicht hervor und die Reste eines gigantischen Liebstöckels zeigten, wo einst das Kräuterbeet gewesen war. Ob da wirklich wieder jemand einzieht? Walter wusste nicht, ob ihm das gefallen würde. Er schätzte die Abgeschiedenheit und die Ruhe, aber ein neuer Nachbar würde sicher den Druck der Einsamkeit etwas lindern. Hin und wieder ein Gespräch am Gartenzaun, vielleicht auf seiner Terrasse gemeinsam ein Feierabendbier trinken. Walter lächelte bei dem Gedanken.

Balu winselte ungeduldig vor der Tür zum Garten. Er hatte gefressen und jetzt musste er dem Ruf der Natur folgen.

„Na, geh schon!“, sagte Walter und öffnete die Tür. Angenehm frische Morgenluft drang in die Küche und vermischte sich mit dem Kaffeearoma. Walter ging mit seiner Tasse vor die Tür, stellte sich in die Sonne und schloss die Augen.

Balu erledigte sein Geschäft etwas abseits (er würde das nie auf dem eigenen Grundstück tun) und begann dann mit kleinen Spritzern sein

Revier zu markieren.
„Nicht hier!“, drohte eine Stimme aus einem Rosenbusch. Walter hatte den Busch im Herbst großzügig mit Heu und Tannenzweigen abgedeckt, um ihn vor der Kälte zu schützen. Ein ideales Winterquartier für einen Igel.
„Seppi, du bist schon wach?“, jubelte Balu. Eine kleine schwarze Nase schob sich durch das Heu und schnupperte.
„Noch nicht so richtig. Aber ich muss anfangen zu fressen. Ich bin total abgemagert. Wie geht's dir so? Ist Kitty auch da?“
Balu setzte sich und putzte einen Vorderlauf. *„Uns geht's allen prima. Kitty kommt später sicher auch noch. Wenn du nichts zu fressen findest, kannst du was von ihrem Futter abhaben. Walter stellt ihr jeden Abend ein kleines Schüsselchen mit Nassfutter auf die Terrasse.“*
Jetzt lugten auch Seppis kleine Knopfaugen aus dem Heu.
„Das wäre toll! Das hat die alte Dame nebenan auch immer gemacht. Ich hoffe, da zieht wieder jemand ein der Tiere mag.“
Balu hörte auf sich zu putzen. *„Wie kommst du darauf, dass da wieder jemand einzieht?“*
„Neulich waren Leute da. Die sind überall rumgelaufen – im Haus und im Garten. Und haben darüber geredet, was man alles ausbessern und neu machen muss. Hab sie nicht gekannt. Und dann waren sie auch schon wieder weg.“
Balu war jetzt richtig aufgeregt. *„Fremde Leute? Eventuell neue Nachbarn? Warum habe ich nichts mitbekommen?“*
Seppi leckte etwas Tau von einem Grashalm, der ihn aber an der Nase kitzelte, so dass er niesen musste. *„Das war ... also, ähm ... ich glaube vor drei Tagen, oder so? Ach, du weißt doch, dass wir Igel uns mit Zahlen schwer tun. Euer Auto war weg an dem Mittag.“*
Balu überlegte. Vor drei Tagen waren sie zu Hause gewesen, aber vorgestern hatte ihn Walter am Nachmittag zum Einkaufen

mitgenommen. *„Dann war es vor zwei Tagen, Seppi. Aber erzähl doch: was waren das für Leute? War an denen irgendwas Besonderes?"*
Seppi zog sich schüchtern wieder etwas in seine Heuhöhle zurück.
„Tut mir leid, mehr weiß ich nicht. Hab ja auch nicht hingeschaut, sondern mich versteckt. Bei Fremden weißt du nie! Aber es waren nur Männer, da bin ich mir ganz sicher." Der kleine Igel schlüpfte aus seinem Versteck und streckte erst das rechte Hinterbein, dann das linke genüsslich aus. *„Ich geh rüber zur Terrasse und schau was noch an Katzenfutter da ist."*
Balu lief gemütlich neben ihm her und setzte unterwegs die ein oder andere Markierung.
Walter fegte gerade ein paar Blätter vom letzten Herbst von der Terrasse, als Balu mit wedelnder Rute auf ihn zu gerannt kam. *„Stell dir vor Walter: wir kriegen neue Nachbarn! Der Seppi hat sie schon gesehen und die wollen auch ganz viel neu machen und sich ums Grundstück kümmern!"*
Walter, der natürlich nichts verstanden hatte, tätschelte dem Wolfsspitz den Kopf. „Du bist ja ganz aufgeregt, Balu. Das liegt sicher am tollen Wetter! Hast recht - einfach herrlich …"
Walters blick wurde von einer Bewegung auf der Dorfstraße eingefangen. Ein Jogger in neongelber Sportkleidung trabte dort locker vor sich hin und wedelte wie wild mit den Armen in Walters Richtung.
„Huhuuuuuu!", rief er schrill und bog in den Weg zu Walters Haus ein. Wenige Sekunden später stand ein heftig atmender Eugen Heesterkamp an Walters Zaun. Er beugte sich leicht vornüber und versuchte seinen Atem zu beruhigen. „Hallo … Walter. Alles … gut … bei Ihnen?", hechelte er.
„Bei mir schon. Da mache ich mir gerade eher Sorgen um sie, Eugen".
Tatsächlich hatte der ehemalige Gymnasiallehrer (Oberstudienrat AD, Fächer: Biologie und Sport) eine besorgniserregende rote

Gesichtsfarbe mit bläulichen Flecken an den Ohrläppchen und der Nase.
„Nein, nein … alles … in bester … Ordnung!“ Er drückte kurz auf sein schwarzes Armband, das daraufhin leise zu piepsen begann. Nach kurzer Zeit erklang ein durchgehender Ton und Eugen hielt Walter lächelnd das Armband unter die Nase.
„Hier! Perfekt. Puls 123. Bisher 1240 Kalorien verbrannt.“
„Um Gottes willen!“, entfuhr es Walter. „Ich hole Ihnen einen Stuhl und ein Glas Wasser!“ Walter war schon auf dem Weg Richtung Haus, als Eugen ihn zurück rief.
„Aber nein. Das ist ein idealer Wert. Die Fettverbrennung funktioniert am besten bei einem Puls zwischen 115 und 125. Zumindest bei meinem durchtrainierten Körper. Bei ihnen wäre das wahrscheinlich niedriger. So zwischen 100 und 110.“ Walter fragte sich, ob er das als Beleidigung auffassen sollte, entschied sich aber dagegen.
„Ich hatte mal einen 95er Puls. Da hat mir der Arzt Tabletten verschrieben. Die nehme ich bis heute.“ Eugen setzte sein überhebliches Gymnasiallehrergesicht auf und hob belehrend den Zeigefinger.
„Natürlich ist ein Ruhepuls über 90 nicht gut. Ein Belastungspuls ist in diesem Bereich aber genau richtig. Ich drucke nachher die Daten von meinem Fitness-Tracker als Diagramm aus, dann könnte ich Ihnen den Verlauf genau zeigen.“ Walter hatte keine Ahnung, wovon Eugen redete. Ein „Trecker“ hatte bei ihm vier Räder und ein solcher war weit und breit nicht zu sehen.
„Ach, ist schon gut. Wenn es Ihnen nur gut geht. Aber warum tun sie das? Sie sind doch eh nicht zu dick.“
„Ich jogge, damit das so bleibt. Muss ja nicht jeder so ein kleines Wohlstandsbäuchlein haben, gell?“ Schuldbewusst blickte Walter auf seinen Bauch, der den freien Blick auf seine Schuhe verhinderte.

Eigentlich hatte Eugen ja Recht. Etwas weniger Bauch wäre schon schön – auch wegen der Lederhose. Er beschloss darüber nachzudenken, aber nicht jetzt.

„Für so was hab ich keine Zeit. Ich muss heute dringend meine drei Hochstämme schneiden. Schiebe das schon seit Wochen vor mir her und bald wird's warm … dann ist es zu spät."

„Da kann ich Ihnen doch helfen! Ich habe letztes Jahr am Schuhmacherhof einen Kurs gemacht, damit ich meinen Golden Delicius schneiden kann." Was Walter am aller wenigsten wollte, war mit einem dozierenden Oberlehrer im Schlepptau den Nachmittag zu verbringen.

„Nein, nein. Das geht schon", stammelte er. „Bin da ganz schnell durch. Ich möchte doch nicht Ihre wertvolle Trainingszeit vergeuden." Eugen hatte gerade mit seltsamen Übungen begonnen, um seine Beinmuskulatur zu dehnen.

„Da haben Sie auch wieder Recht. Wissen Sie, ich möchte im Sommer beim Halbmarathon in Lindau mitlaufen. Bis dahin ist noch einiges an Training zu absolvieren." Jetzt spreizte er mit dem Rücken zu Walter die Beine und ließ seinen Oberkörper kerzengerade langsam nach unten sinken. Als seine Hände fast den Boden berührten, zeigte sein knochiges Hinterteil steil nach oben und durch den dünnen Stoff der Laufhose zeichnete sich deutlich seine Männlichkeit ab. Walter drehte sich erschreckt zur Seite und hielt sich eine Hand vor die Augen.

„Ja Scheißendrecken! So was aber auch!" Da Eugen sich selbst von hinten nicht sehen konnte, bezog er den Ausruf auf seine Absage zum Baumschneiden.

„Also, wenn Sie doch jemanden brauchen, ist das kein Problem. Sie gehen natürlich vor." Walter bekam Panik. Warum er wirklich so erschrocken war, konnte er ja nicht sagen.

„Nein. Das war nicht wegen Ihnen das war … das war … wegen dem

Igel da! Ja Scheißndrecken – ist der schon wach?" Seppi blickte erschreckt hoch und machte sich auf seinen kurzen Beinen so schnell es ging davon.
„Balu! Hilfe! Balu! Die wollen mich fressen!" Der Wolfsspitz, der gerade einer alten Fuchsspur nachgeschnuppert hatte, kam sofort angerannt.
„Aber Seppi, der Walter würde dir nie was tun. Und der Eugen, naja, vielleicht labert er solange bis du einschläfst, mehr aber auch nicht." Der ängstliche Igel beruhigte sich etwas, machte aber trotzdem kehrt und trippelte zurück zu seinem Winterquartier. Balu schaute ihm noch zu, wie er sich im Heu verkroch und den Eingang mit seinen kleinen Pfoten von innen mit Heu und Blättern verschloss, dann gesellte er sich zu Walter, der sich gerade von Eugen verabschiedete.
„Ich muss dann jetzt auch. Machen Sie es gut. Ich komme alleine klar." Eugen hüpfte ein paarmal albern auf der Stelle, bevor er sich wieder in Bewegung setzte.
„Na dann: viel Erfolg! Und wenn Sie doch Hilfe brauchen – Sie haben ja meine Handynummer! Tschüß!" Und schon trabte er davon.
Walter holte seine Baumschere aus dem kleinen Geräteschuppen und machte sich an die Arbeit. Seppi hatte sich von seinem Schrecken erholt und schlief schon wieder tief, und Balu lag auf der Terrasse und ließ sich von der Märzsonne das Fell wärmen. Was für ein wunderschöner Tag.

5

Der Sonntag ist der Tag des Herrn. Pfarrer Sailer hielt sich bis heute daran. Eigentlich war er im Ruhestand, doch der Priestermangel in der katholischen Kirche wirkte sich in den ländlichen Regionen am verheerendsten aus. Der aktuelle Pfarrer war für gleich drei Gemeinden verantwortlich, so dass im günstigsten Fall alle drei Wochen ein Gottesdienst in Taldorf stattfand. Da Pfarrer Sailer zwar pensioniert, aber immer noch geweihter Priester war, las er einmal im Monat aushilfsweise die Messe. Nicht in der großen St. Petrus Kirche in Taldorf, sondern in der kleinen Kapelle in Alberskirch. Sie entsprach genau seiner Vorstellung einer Dorfkirche: nicht zu groß, geschmackvoll geschmückt und heimelig. Hier hatte er immer das Gefühl seiner Gemeinde besonders nah zu sein. Oft ging er sonntagfrüh vor dem Gottesdienst allein in der Kirche umher und genoss in aller Ruhe die unglaubliche Würde des Gebäudes. Es erfüllte ihn mit Ehrfurcht, wenn er daran dachte, dass diese Mauern gut 660 Jahre alt waren. 1353 wurde die Kirche erstmals als Pfarrkirche erwähnt und war damit einiges älter als die große Kirche in Taldorf.

Heute würde er wieder die Messe lesen, doch er schämte sich ein wenig, denn er war keineswegs gut vorbereitet. Freitag und Samstag hatte er fast ausschließlich in den alten Aufzeichnungen der Ärzte recherchiert. Er hatte Stammbäume für die einzelnen Familien angelegt und die Notizen des Arztes hinzugefügt, und so erstaunliche Zusammenhänge gefunden. Körperliche Merkmale die generationenübergreifend immer wieder auftauchten, wie ein

Hammerzeh oder ein kurzer Hals, auch Erbkrankheiten wie Herzschwäche oder Demenz. Er war erschrocken, als ihm Annemarie, seine Haushälterin, am Samstagvormittag um kurz nach elf Uhr die gebügelte Wäsche gebracht hatte, so vertieft war er in seine Arbeit gewesen. Sie hatte mit ihm einen Kaffee getrunken und sogar geholfen, einige recht unleserliche Passagen zu entziffern. Als sie gegangen war, hatte er den Gottesdienst vorbereitet, war spazieren gegangen, hatte eine Kleinigkeit zu Abend gegessen und war früh zu Bett gegangen. Doch er war noch lange wach gelegen. Seine Arbeit mit den alten Büchern hatte ihn aufgewühlt und die ziellos umher irrenden Gedanken hielten ihn immer wieder vom Einschlafen ab.

Am Sonntagmorgen verspürte er ein undefinierbares Glücksgefühl. Als er sich seinen Kaffee machte, sah er immer wieder verstohlen zu den Büchern hinüber. Draußen wurde es gerade erst hell, doch für Pfarrer Sailer war es der schönste Sonnenaufgang seit langem. Die Vögel begannen zu zwitschern und klangen irgendwie fröhlicher als sonst, und sogar der Kaffee schmeckte um Welten besser. Eglon, sein Kater schien dieses Gefühl nicht zu teilen. Nachdem er ausgiebig gefressen hatte, miaute er abwechselnd vor der Eingangs- und der Hintertür. Immer, wenn Pfarrer Sailer ihm eine Tür öffnete, schaute er kurz hinaus, um dann umzudrehen und an der anderen Tür dasselbe Theater zu machen. Nach fünf Runden gab der alte Pfarrer auf und ließ den Kater vor der geöffneten Hintertür sitzen. Um halb neun machte er sich zu Fuß auf den Weg zur zweihundert Meter entfernten Kirche. Er war voller Tatendrang und bester Laune und pfiff fröhlich vor sich hin. Das würde mit Sicherheit eine schöne Messe werden. Er hoffte, dass auch seine Gemeinde so fühlen und diesen Tag nicht so schnell vergessen würde.

6

Walter ging nicht in die Kirche. In keine Kirche. Das letzte Mal hatte er vor vier Jahren einen Gottesdienst besucht. Es war die Beerdigung seiner Frau Anita gewesen. Danach sah er keinen Sinn mehr darin zu einem Gott zu beten, der ihm das Liebste im Leben genommen hatte. Früher waren er und Anita sonntags regelmäßig gemeinsam zur Messe gegangen und hinterher zur Goschamarie. Walter war jedoch überzeugt, dass man auch ohne Kirchbesuch zum Frühschoppen gehen konnte. Das hatte sogar einen Vorteil: er konnte ein paar Stunden länger schlafen.
Balus Fell war frisch gebürstet und Walter trug sein bestes Hemd. Der Frühnebel hatte sich schon verzogen und die Sonne strahlte überraschend kräftig für einen Morgen im März. Walter war früh dran und der Parkplatz vor der Wirtschaft war noch leer. Als er die Gaststube betrat, wurde er von Marie herzlich begrüßt.
„Morga Walter. Bischt wieder der Eerscht! Hocksch die schomal nah, i sott no da Ofa schiera." Der große Kachelofen war die einzige Heizung in der Gaststube und musste regelmäßig befeuert werden. Es war kühl und Walter fröstelte leicht, als er sich an den Stammtisch setzte. Es roch streng nach kaltem Zigarettenrauch und schalem Bier, aber Walter widerstand dem Wunsch alle Fenster aufzureißen, da es sonst noch kälter geworden wäre. Balu unter der Eckbank spitzte die Ohren, als von draußen Stimmen zu hören waren. Mehrere Autotüren wurden geöffnet und wieder zu geschlagen. Dann kam einer nach dem anderen herein. In nur zwei Minuten füllte sich die gesamte Gaststube und der Lärmpegel stieg durch die vielen Gespräche fast

ins Unerträgliche. Elmar kam mit seinem Bruder Theo, Max und Peter kamen alleine. Auch Otto und Manne, zwei ältere Taldorfer, setzten sich verfroren an den Stammtisch. In der Kirche war es kalt gewesen. Otto legte die Hände zusammen und pustete durch die Finger, um sie aufzuwärmen. „Warum kann man eigentlich eine Kirche nicht vernünftig heizen? Das würde doch dem Gottesdienst nicht schaden, oder?"

Manne stimmte ihm zu. „Vielleicht gehört es ja dazu, dass man am Ende die Zehen und Finger nicht mehr spürt."

Als Marie die Getränke brachte wurde lautstark angestoßen, dann wurden die Gespräche leiser. Elmar zündete sich gierig eine Zigarette an.

„Was war denn heute mit dem alten Pfarrer Sailer los? Der hat ja Feuer gehabt wie ein Zwanzigjähriger!" Alle lachten, mussten aber zugeben, dass der Pfarrer heute wirklich recht aufgedreht gewesen war. „Gepredigt hat er wie ein Politiker im Bundestagswahlkampf. Richtig mit Feuer und Leidenschaft. Sonst muss ich bei ihm immer aufpassen, dass mir die Augen nicht zu fallen."

Marie hatte zugehört. „Woisch Elmar, dätsch du samschtags a wäng frier Hoim ganga hetsch au sonntags koine Probleem mit deine Auga, Kerle!" Elmar blickte schuldbewusst auf seine Zigarette.

„Du hast vielleicht Recht. Schaut mal, mir zittern sogar die Finger. War gestern wohl das ein oder andere Bierchen zu viel." Tatsächlich vibrierte die Lord zwischen seinen Fingern, und auch der Wechsel in die linke Hand brachte nichts.

„Das muss heute am Wetter liegen", raunte Max. „Da schau, bei mir ist es das Gleiche, und ich war gestern um zehn im Bett." Auch Max konnte seine Hände nicht ruhig halten. Jetzt streckten alle die Arme aus und beobachteten, wie ihnen die Hände zitterten. Außer Walters. Der schaute sich erst seine Hände an, dann die der anderen. Da begriff

er: die anderen wollten ihn hier ordentlich verarschen. Nett. Walter lachte.
„Das liegt daran, dass ihr alle Alkoholiker seid! Ihr hattet noch keinen Stoff und deshalb zittern eure Hände. Aber zum Glück ist ja „Doktor Walter“ bei euch. Jetzt kuriere ich euch mal schnell. Auf geht's - zum Wohl!“
Alle nahmen einen ordentlichen Schluck Bier, der tatsächlich zu helfen schien. Ein neutraler Beobachter hätte aber doch festgestellt, dass alle heute etwas zappeliger und fahriger waren als sonst.
Mittlerweile tauchten auch die ersten fremden Gäste auf. Ein anscheinend kälteresistentes Pärchen kam in kurzer Radlermontur mit klappernden Biker-Schuhen in die Gaststube gestakst. Als sie die Tür öffneten, flitzte Kitty geschickt an ihnen vorbei und kroch sofort zu Balu unter die Eckbank.
„Hi Balu! Was hab ich verpasst?“
„Ich soll dich von Seppi grüßen. Der ist gestern schon unterwegs gewesen, um zu fressen. Ich hab ihm gesagt, dass er was von deinem Nassfutter auf der Terrasse haben kann. Ich hoffe, das war in Ordnung?“
Kitty mochte den schüchternen Igel sehr und freute sich, dass es ihm gut ging.
„Aber klar doch. Der wird ganz schön Hunger haben nach seinem Winterschlaf. Hast du die beiden da drüben gesehen? Das sind die ersten Radfahrer dieses Jahr. Und in diesen kurzen Klamotten … die müssen verrückt sein!“
Gerade kam Marie an den Tisch der Radler und musterte sie skeptisch. Das hautenge Radlershirt der Frau betonte ihre üppige Oberweite.
„Jo Mädle! Hosch du koi Angscht, dass deine Duttla verfrierat? Mir hend doch no it Sommer!“
Die Angesprochene lief rot an und zog die Arme vor den Körper, um ihre Brüste zu verstecken, sagte aber nichts. Ihr Begleiter schmunzelte.

„Das Geheimnis ist Thermounterwäsche, Frau Wirtin. Da gibt es wirklich tolle Sachen heutzutage", erklärte er. „Kann ich bei Ihnen denn gleich bestellen?"
Marie schaute ihm herausfordernd in die Augen. „I woiss it, ob du des kasch. An Kerle, der über Underwesch schwätzt, ka wahrscheinlich it sooo viel!"
„Wir hätten gerne zwei Radler."
„Radler hon i it. Du kasch a Bier und a Flasch Schprudel hon."
„Dann nehme ich das." Der Radler schaute irritiert, als Marie ihm kurz darauf eine Flasche Bier und eine Flasche Sprudel auf den Tisch knallte.
„Ähm … wir bräuchten noch zwei Gläser zum Mischen …" Marie rollte die Augen und ging maulend Richtung Theke.
„So an feina Pinkel! Gläser mecht er hon. Und i schtand nochher wieder a Stund beim Spiala!" Rundum wurde gelacht. Derartige Szenen gab es öfter, vor allem wenn Fremde kamen.
Durch die vielen Menschen wurde es in der Gaststube schnell wärmer. Auch der Zigarettenrauch waberte schon wieder in einer dichten Wolke über den Köpfen, doch trotzdem war es einfach gemütlich. Überall wurde geredet, diskutiert und gelacht. Plötzlich wurde die Tür mit einem Knall aufgestoßen. Im Rahmen stand Karle aus Alberskirch, schwer atmend und mit hochrotem Kopf. Alle starrten ihn an, während er nach Luft rang. Dann endlich hatte er sich etwas beruhigt und konnte wieder sprechen.
„Pfarrer Sailer ist tot!"

7

Walter war an diesem Montagmorgen schlecht gelaunt. Sein Radiowecker hatte ihm Andrea Berg entgegen geplärrt. Seine Gedanken kreisten immer noch um den Frühschoppen, der so seltsam verlaufen war. Die Nachricht vom Tod des Pfarrers, die Gespräche und Mutmaßungen über die Todesursache und die Traurigkeit, die sich ausbreitete, nachdem der erste Schreck vergangen war. Alle glaubten, dass es ein Herzinfarkt gewesen war, schließlich hatte Pfarrer Sailer schon einmal einen überlebt. Da er nach dem Gottesdienst allein in der Kirche gewesen war, als es passierte, konnte das aber niemand mit Sicherheit sagen. Karle aus Alberskirch hatte ihn gefunden und den Notarzt angerufen, der aber nur noch den Tod festgestellt hatte. Auch die Polizei war gekommen, angeblich Routine, wenn eine Person tot aufgefunden wird. Einer der Polizisten hatte gesagt, es werde eine Obduktion geben, dann wisse man mehr. Mehr hatte Karle nicht erfahren können und so blieb es bei den Vermutungen.

Viele waren an diesem Tag länger bei der Goschamarie geblieben und irgendwann hatten sie angefangen alte Geschichten aus Pfarrer Sailers Leben zu erzählen. Zum Beispiel über sein „Geheimnis", dass er immer den übrigen Messwein trank, oder wie er einmal eine Hochzeit einfach vergessen hatte und den kompletten Gottesdienst improvisiert hatte (viele waren bis heute der Meinung, es sei der schönste Traugottesdienst gewesen, den sie je erlebt hatten), wie er zum Schluss vieler Messen sagte „Denken Sie daran: Scheine machen keinen Lärm!", um die Kollekte aufzubessern und natürlich wie

Pfarrer Sailers Katze in die Kirche gekommen war.
Es war gut zwanzig Jahre her, als Pfarrer Sailer eine junge Katze zugelaufen war. Er hätte sich wohl nie ein Haustier zugelegt, aber die kleine Katze hatte sich sein Haus als Bleibe ausgesucht. Und nicht nur das. Sie war so anhänglich, dass Pfarrer Sailer fortan keinen Schritt mehr allein machen konnte. Bei der Gartenarbeit, beim Spazierengehen, bei Arbeiten im Haus – die Katze war dabei. Pfarrer Sailer erinnerte sich damals an eine Stelle in der Bibel, die derartige Treue beschrieb:
„Rut antwortete: Dränge mich nicht, dich zu verlassen und umzukehren. Wohin du gehst, dahin gehe auch ich, und wo du bleibst, da bleibe auch ich. Dein Volk ist mein Volk und dein Gott ist mein Gott. Wo du stirbst, da sterbe auch ich, da will ich begraben sein. Der Herr soll mir dies und das antun - nur der Tod wird mich von dir scheiden." (Rut 1,16-17)
Und so bekam die Katze ihren Namen: Rut. Es war kurz vor Weihnachten, als Rut beschloss den Pfarrer auch zum Gottesdienst zu begleiten. Irgendwie war sie mit den Besuchern in die Kirche geschlüpft und hatte sich versteckt. Als Pfarrer Sailer dann seine Predigt hielt, kam sie hervor, setzte sich vor ihm auf den Boden, neigte ihr Köpfchen etwas zur Seite und hörte aufmerksam zu. Die ganze Gemeinde tuschelte und kicherte, aber Pfarrer Sailer sagte nur, dass auch Katzen Geschöpfe Gottes seien und fuhr unbeirrt mit seiner Predigt fort. Fortan war sie bei fast jedem Gottesdienst dabei gewesen und war für die Kinder im Dorf der Grund überhaupt in die Kirche zu gehen.

Walter war noch ganz in Gedanken, als Jusuf auf den Hof fuhr. Der Kaffee war noch nicht fertig.
„Entschuldige, dass du warten musst, Jusuf. Ich bin heute noch etwas durch den Wind, nachdem was gestern passiert ist." Walter erzählte in

aller Kürze was geschehen war und machte eilig den Kaffee fertig.
„Isch hab Pfarrer nisch gut gekannt. Bin doch Moslem. Aber war glaub isch netter Mann. Hab ihm bei der Kinderfest mal kenne gelernt." Er nahm einen großen Schluck Kaffee. „Aber sag mal Walter: brauchscht du dann ein Zeitung weniger, wenn Pfarrer ist nicht mehr da?"
Darüber hatte Walter noch gar nicht nachgedacht, aber Pfarrer Sailers Abonnement war sicher noch nicht gekündigt, also würde er ihm eine Zeitung vor die Tür legen. Bezahlt ist bezahlt. Schwaben sind da eigen. Jusuf stimmte ihm zu, trank seine Tasse leer und machte sich wieder auf den Weg. Walter belud sein Fahrrad mit den Zeitungen und begann seine Tour.

Wie immer trottete Balu ein paar Meter voraus. Als Walter vor Pfarrer Sailers Haus stand, versuchte Balu die Witterung von Eglon aufzunehmen, konnte aber nichts riechen. Auch Walter musste an den Kater denken und lief am Haus vorbei zum Hintereingang. Der Mond schien recht hell und er konnte durch das Fenster in die Küche sehen.
„Er ist nicht da", bellte Balu leise.
„Ich kann Eglon nirgends sehen", sagte Walter und handelte sich damit einen missbilligenden Blick von seinem Wolfsspitz ein. Balu wusste bis heute nicht, ob Walter ihn wirklich nicht verstand oder einfach nicht zuhörte. Balu sprang mit einem eleganten Satz auf einen Haufen Brennholz, der vor dem Fenster aufgestapelt war. In der Küche war alles so wie Pfarrer Sailer es am Sonntagmorgen verlassen hatte. Zwei benutzte Teller standen in der Spüle, auf dem Tisch eine Kaffeetasse. Daneben ein ganzer Stapel alter, ledergebundener Bücher. Die zwei Stühle waren ordentlich unter den Tisch geschoben und die Tür zum Hausgang war halb offen. Walter hatte das Gefühl, der Pfarrer könnte jeden Augenblick durch diese Tür kommen, so normal

sah alles aus. Er seufzte, ging zurück zum Vordereingang und schob die Zeitung zwischen Tür und Klinke. Balu versuchte noch an ein paar Stellen Eglons Witterung aufzunehmen, aber der dicke Kater blieb unauffindbar. Er nahm sich vor, sobald wie möglich mit Kitty nach ihm zu suchen.

Am Ende seiner Tour kam Walter wie immer nach Taldorf. Am alten Schulhaus war extra für die Zeitung eine Art Rohr angebracht. Walter rollte das Papier und schob es hinein.
„Guten Morgen, Walter!“, platzte eine Stimme aus der Dunkelheit. Walter stolperte rückwärts, verlor das Gleichgewicht und prallte gegen sein Fahrrad, das mit einem lauten Scheppern umfiel.
„Ja Scheißndreckn“, fluchte er, während das Hoflicht anging. Sogar Balu war erschrocken und hatte zweimal laut gebellt.
„Was für ein herrlicher Morgen. Finden Sie nicht auch?“ Eugen Heesterkamp stand in einem roten Jogginganzug im Türrahmen, in der Hand ein großes Glas mit einer grünen Pampe darin.
„Wie können Sie mich denn so erschrecken? Reicht Ihnen ein Herzinfarkt pro Woche nicht?“ Walter versuchte sich zu beruhigen, aber sein Herz schlug immer noch wie wild. Eugen grinste ihn breit an.
„Ach mein Lieber, da sind wir wohl etwas schreckhaft, hmmm? Könnte mir nie passieren. Bin immer aufmerksam und vorsichtig. Aber ICH … bin ja auch fit und nicht so unbeholfen und tapsig!“
Walter verstand die Anspielung sofort, ging aber nicht darauf ein.
„Hab ich Ihnen doch neulich schon gesagt: das richtige Training und die Pfunde purzeln und man wird auch viel beweglicher. Und auch sonst verbessern sich alle Vitalfunktionen, die Blutwerte, die Leberwerte …“ Walter wollte ihm eigentlich sagen, wo genau er sich sein Training samt Vitalwerten hin stecken konnte, doch er musste an Pfarrer Sailers Herzinfarkt denken - und an seinen Hausarzt, der ihm

schon mehrmals geraten hatte, etwas abzunehmen - und an seine Lederhose, die fast nicht mehr passte.
„Hmm … was müsste ich denn da machen", fragte Walter vorsichtig.
„Wenn man es richtig machen will, gehört viel Bewegung dazu. Am besten Joggen, aber Radfahren geht natürlich auch. Und ganz wichtig: eine Ernährungsumstellung. Ich kann Ihnen da gerne mal was zusammenstellen. Haben Sie denn passende Sportkleidung? Vor allem gute Laufschuhe sind wichtig!" Eugen war ganz in seinem Element, aber vielleicht war das ja genau das, was Walter brauchte.
„Also ich hab da schon noch einen Trainingsanzug … aus meiner Zeit in der Betriebssportgruppe …" Eugen schlug die Hände vor der Brust zusammen und lachte.
„Dann ist das Ding ja sicher zehn Jahre alt!" Fünfzehn, dachte Walter. „Da muss was Neues her. Wir können ja mal zusammen zum Sport Reischmann gehen. Da kriegen wir auch gleich ein paar gute Joggingschuhe für Sie." Walters Kopfkino sprang an und zeigte ihn mit Eugen beim Einkaufen: wie Walter immer wieder in die Umkleidekabine ging, um kurz darauf in den verrücktesten Sportklamotten herauszukommen, wie sich einige Zuschauer im Halbkreis um ihn herum aufstellten und bei jedem neuen Outfit lachten, wie sich einige schon auf dem Boden kugelten und sich die Bäuche hielten.
„Nein!", rief Walter laut und hatte das Gefühl ganz Taldorf müsste jetzt wach sein. „Nein", wiederholte er leiser. „Wir werden sicher nicht wie ein altes Ehepaar Klamotten kaufen gehen. Aber ich werde mir bei Ihnen rechtzeitig Rat holen, versprochen. Schönen Tag noch!" Walter machte auf dem Absatz kehrt und ließ Eugen verblüfft im Dunkeln stehen.

Walter genoss gerade seinen Feierabend-Schnaps auf der Treppe der Goschamarie, als Kitty an der Hausecke auftauchte.
„Hey Balu! Gibt's schon was Neues von Pfarrer Sailer?"
„Nein, habe noch nichts gehört. Aber ich mache mir Sorgen um Eglon. Wo steckt der bloß? Ich konnte ihn nirgends wittern." Kitty bemerkte, dass Balu ernsthaft besorgt war und rieb sich freundlich an seiner Seite.
„Balu, mach dir nicht zu viele Sorgen. Du kennst doch Eglon! Der liegt irgendwo auf einem warmen Sofa und verdaut das letzte Essen. Wäre das nicht so, würdest du ihn überall beim Betteln oder sogar Stehlen sehen!" Balu wusste, dass Kitty damit wahrscheinlich Recht hatte, wollte aber auf Nummer sicher gehen.
„Hast du nachher schon was vor? Ich denke, ich kann mich aus dem Haus schleichen, wenn Walter sich hinlegt. In der Küche schließt er tagsüber nie ab. Dann komme ich raus in den Garten und wir können nach Alberskirch laufen und nochmal nach Eglon suchen, okay?"
Kitty konnte dem Wolfsspitz einfach nichts abschlagen. *„Natürlich komme ich mit - schon weil ich eine viel bessere Nase habe als du."*
„Nein, hast du nicht", bellte Balu gespielt empört. *„In einer Stunde bin ich wieder hier, dann sehen wir, wer den besseren Riecher hat."*
Er zwinkerte Kitty kurz zu und rannte hinter Walter her, der schon fast zu Hause war.

Kaum war Walter im Schlafzimmer verschwunden, schlich Balu zur Küchentür. Sie war wie immer unverschlossen. Balu setzte sich direkt unter die Türklinke und machte „Männchen", wie es die Menschen nannten. Dadurch hatte er beide Vorderpfoten frei, stützte sich mit der rechten am Türrahmen ab, um das Gleichgewicht zu halten, und legte die linke Pfote auf den Türdrücker (ja – Balu ist Linkspfotler – in der Familie der Wolfspitze ein häufiges Phänomen). Beim ersten Drückversuch rutschte er ab, beim zweiten gelang es ihm und er verlagerte sein Gewicht leicht nach hinten, um die Tür aufzuziehen. Dabei hatte er sorgfältig darauf geachtet, dass keine seiner Krallen Tür oder Wand berührten und dadurch verräterische Kratzspuren hinterließen. So gern er Walter auch mochte – dieser Trick sollte sein Geheimnis bleiben.

„Nicht schlecht für einen Canis Lupus", zog ihn Kitty auf, die bereits vor der Tür gewartet hatte. Sie saß aufrecht mit eng angelegtem Schwanz neben Seppi, der gerade schmatzend das Katzenfutter verschlang.
„Das ist doch unfair", schimpfte Balu. *„Ich kenne zig Häuser mit einer Katzenklappe, damit ihr rein und raus könnt wie ihr wollt, aber ich kenne nicht ein einziges Haus mit Hundeklappe! Warum eigentlich?"*
„Weil die Menschen wissen, dass sie uns Katzen eh nicht kontrollieren können. Wir kommen und gehen wann und wie wir wollen und wenn man uns darin hindert, machen wir Ärger. Zerfetzen Tapeten und Vorhänge oder verrichten unser Geschäft im Topf einer Yukka-Palme und das wollen sie eben nicht."
„Hätte ich so ein schönes warmes zu Hause und genügend zu Fressen, würde

ich gar nicht mehr raus gehen. Höchstens mal zur Paarungszeit!" Für Seppi war eben alles einfacher.
Balu und Kitty liefen querfeldein den kürzesten Weg nach Alberskirch. Hinter der Goschamarie den Hügel hinauf, durch den Taldorfer Weinberg, an einem Bauernhof und dem Dürnaster Spielplatz vorbei, durch zwei Obstplantagen und schon standen sie vor Pfarrer Sailers Haus. Soweit Balu sehen konnte, hatte sich seit heute Nacht nichts verändert. Wieder sprang er auf den Holzstapel, um in die Küche sehen zu können. Nirgends eine Spur von Eglon. Doch irgendetwas war anders. Balu wusste erst nicht recht was es war, doch dann viel ihm der freie Platz auf dem Küchentisch auf. Die alten Bücher waren verschwunden. Auch die Kaffeetasse und die beiden Teller in der Spüle waren weg.
„Jemand hat aufgeräumt", sagte Balu und erklärte Kitty, wie es noch heute Nacht ausgesehen hatte. Plötzlich hatte die Katze eine Idee.
„Natürlich! Ich weiß wo Eglon steckt: in Herrgottsfeld! Balu, wer würde denn bei dem toten Pfarrer aufräumen? Natürlich seine Haushälterin – die Annemarie! Sie hat einen Schlüssel und wohnt drüben in Herrgottsfeld. Die hat sicher mal vorbei geschaut und den armen Eglon mitgenommen, damit er nicht verhungert."
„Oder schlank wird", konnte sich Balu nicht verkneifen.
„Ach du", winkte Kitty mit unbekrallter Pfote ab. *„Lass uns rüber laufen. Wenn wir uns beeilen, schaffen wir das in zehn Minuten!"*
Noch bevor Balu einwenden konnte, dass es doch eigentlich schon recht spät sei und Walter wohl demnächst aufwachen und merken würde, dass er nicht da war, war Kitty schon von dem Holzstapel heruntergesprungen und galoppierte in Richtung Herrgottsfeld. Balu bellte einmal laut und setzte ihr nach. Weiber!

9

Es passiert heutzutage recht häufig, dass sich ein Ehepaar bei der Hochzeit nicht auf einen Familiennamen einigen kann und deshalb einen Doppelnamen wählt. Das ist in vielen Fällen sinnvoll und vermeidet Streitigkeiten, entbehrt manchmal aber auch jeglicher Vernunft.

Dr. Michael Vorn-Lang hätte damals im Namensstreit klein beigeben sollen und einfach den Namen seiner Frau „Vorn“ annehmen sollen, doch jetzt war es zu spät. Als leitender Pathologe hatte er zwar meist mit Toten zu tun, aber hin und wieder eben auch mit grinsenden Lebenden.

„Anne – kommen Sie mal rüber und helfen mir mit diesem Kunden?“ Dr. Vorn-Lang nannte die Leichen gerne „Kunden“, um der Pathologie eben doch ein wenig Leben einzuhauchen. Anne, 23 Jahre alt, gelernte Krankenschwester, war ein überaus fleißiges und fröhliches Mädchen.

„Soll ich hier hinten lang gehen?“ fragte sie in freudiger Erwartung der Antwort.

„Nein … (tiefer Seufzer) … kommen sie ruhig vorn lang“, sagte Dr. Vorn-Lang resigniert, während sich Anne brüllend auf die Schenkel klopfte. Er machte sich erst gar nicht die Mühe darauf einzugehen und öffnete auf seinem Tablet PC die Akte.

„Tiberius Sailer. Weiß, männlich, 73 Jahre. Tot in einer Kirche aufgefunden worden. Pfarrer im Ruhestand. Hatte schon mal einen schweren Herzinfarkt. Keine äußere Gewalteinwirkung zu erkennen … hmmm … vermute mal, wieder ein Herzinfarkt. Was haben wir aus

dem Labor?“
Die fröhliche Anne hatte ebenfalls einen Tablet PC in der Hand (wenn auch ein älteres Modell) und rief die Testergebnisse auf.
„Soweit alles im normalen Bereich. Es scheint, als hätte der Herr Pfarrer brav seine Medikamente genommen. Alle Werte passen. Nur … ha … da ist den Jungs im Labor ja was Blödes passiert … da ist denen wohl das Komma um eine Stelle verrutscht. Sehen sie hier – bei der Blutanalyse der Koffeingehalt?“ Sie hielt Dr. Vorn-Lang ihr Tablet direkt unter die Nase, so dass ihm der rot markierte Wert quasi ins Gesicht sprang.
„Oh“, war seine spontane Reaktion. „Müssen die nochmal checken. Rufen Sie diesen Remtsma an, der hier unterschrieben hat und sagen Sie wir brauchen den Wert nochmal … sofort!“
Die fröhliche Anne trippelte an der Pritsche mit dem toten Pfarrer vorbei (natürlich vorn lang), um zu telefonieren. Dr. Vorn-Lang machte derweil mit der Autopsie weiter.
Nur wenige Minuten später klingelte sein Telefon.
„Vorn-Lang?“
„Angeber!“, kam die Antwort aus dem Hörer. Der Doktor blickte resigniert zur Decke, bis sich die Stimme am anderen Ende der Leitung beruhigt hatte.
„Entschuldigung! Entschuldigung! Entschuldigung! Aber das war einfach zu verlockend!“ Dr. Vorn-Lang verzichtete auch jetzt auf einen Kommentar.
„Sind Sie dieser Remtsma, der die Blutuntersuchung von der Leiche Sailer gemacht hat?“
„Nein … “
„Sie sind nicht Remtsma?“
„Remtsma bin ich nicht … aber vermutlich sprechen Sie es nur falsch aus. Sie sprechen es „Remmmtsmaaa“ …“

„Und wie sprechen Sie es aus?“

„Natürlich „Reeeemtsma“ – sie verstehen? Hinten kurz und … vorn lang!“

Dr. Vorn-Lang ritzte mit einem Skalpell feine Schnitte in den Unterarm von Pfarrer Sailer, bis sich Remtsma von seinem neuerlichen Lachanfall erholt hatte.

„Geht's wieder? Ich brauche nämlich was von Ihnen: der Koffeinwert bei meinem Kunden hier ist viel zu hoch – messen Sie doch bitte noch mal nach!“

„Brauch ich nicht.“

„Warum?“

„Hab ich schon! Weil er so hoch war, hab ich noch zweimal nachgemessen. Der Wert, der da steht, stimmt so.“

Dr. Vorn-Lang konnte sich nicht vorstellen, wie man einen solchen Wert erreichen konnte, erst recht nicht, wenn man schon einmal einen Herzinfarkt hatte.

„Wie viele Tassen Kaffee müsste der Kunde denn getrunken haben, um diesen Wert zu erreichen?“

„Das hab ich schon hochgerechnet. Grob müssten es zwanzig bis fünfundzwanzig Tassen sein – aber mit nem ordentlich starken Zeugs.“

„Irrtum ausgeschlossen?“

„Ausgeschlossen!“

„Dann danke!“

„Gerne!“

Dr. Vorn-Lang legte auf und begann mit der eigentlichen Autopsie. Mit seinen Gedanken war er jedoch schon bei einem Anwalt, der ihm half diesen bescheuerten Doppelnamen loszuwerden. Und wenn seine Frau gleich mitginge – dann wäre es halt so.

Balu und Kitty brauchten in lockerem Galopp nur fünf Minuten bis Herrgottsfeld. Der Ort war eigentlich keine richtige Ortschaft, denn er bestand nur aus einem einzigen Hof. Sie liefen zwischen Stallgebäude und Wohnhaus hindurch zur Eingangstür. Sie war verschlossen und niemand war zu sehen.
„*Was sucht ihr denn hier?*“, muhte es aus dem Stall. Eine gutgenährte braune Kuh musterte sie widerkäuend. Kitty lief mit erhobenem Schwanz zur Stalltür.
„*Hallo, wir suchen einen Freund. Eglon, ein rothaariger Kater – hast du ihn gesehen?*“ Die Kuh ließ sich Zeit mit der Antwort, während sie im immer gleichen Rhythmus weiter kaute.
„*Du meinst den fetten Schmarotzer, den die Chefin heute Morgen angeschleppt hat? Der liegt auf der anderen Seite vom Haus in der Sonne. Wenn er nicht gerade beim Fressen ist …*“
Kitty bedankte sich ohne weiter nachzufragen, warum die Kuh Eglon einen Schmarotzer genannt hatte. Zusammen mit Balu ging sie zwischen Stall und Wohnhaus wieder zurück und bog dann links zur Terrasse ab. Im Halbschatten eines Quittenbaumes entdeckten sie Eglon. Er lag halb auf dem Rücken, hatte die Beine weit von sich gestreckt und schnarchte leise. Seine Zunge hing ihm ein paar Millimeter aus dem Maul. Dass er Besuch hatte, merkte Eglon nicht einmal, als die beiden Tiere direkt vor ihm standen. Balu schaute Kitty mit einem schelmischen Grinsen an, die erwartungsvoll nickte.
Als Balu Eglon direkt ins Ohr bellte, stellte dieser im Bruchteil einer Sekunde alle Haare und sprang aus dem Liegen einen halben Meter in

die Luft (keine Ahnung, wie er das geschafft hatte). Dabei kreischte er sein fürchterlichstes Miau heraus und flüchtete mit nur einem Satz auf den Quittenbaum. Als Balu und Kitty sich mit erhobenen Köpfen unter den Baum setzten, war sein Fell immer noch aufgestellt und er hechelte wie nach einem Halbmarathon.

„SEID IHR WAHNSINNIG???“, schrie der rote Kater wütend von seinem Ast herunter. *„Wie könnt ihr mich so erschrecken? Ich hätte vor Schreck sterben können!“* Kitty lächelte süffisant und leckte ihre rechte Vorderpfote.

„Ach Eglon, wer so weggetreten ist wie du, kann durch alles Mögliche sterben: Hunde, Füchse, Traktor, Verwesung – du solltest etwas wachsamer sein!“ Allmählich legte sich Eglons Fell wieder an und er versuchte eine halbwegs katzenwürdige Haltung einzunehmen.

„Das ist nicht fair! Ihr habt mich bei meinem Verdauungsschläfchen erwischt. Die haben hier kürzlich geschlachtet und deshalb gab es heute reichlich Schlachtabfälle. Sehr lecker – aber halt auch fett. Hab mich wohl etwas überfressen. Aber egal – was macht ihr hier?“

Balu trat etwas näher an den Baumstamm heran. *„Die Frage ist: was machst du hier? Wir haben dich in Alberskirch gesucht, aber du warst nirgends zu finden. Dann kam uns die Idee, dass Annemarie dich vielleicht mitgenommen hat. Deshalb sind wir hier.“*

Eglon machte große Augen. *„Ihr habt euch Sorgen um mich gemacht?“*

Balu hüstelte verlegen. *„Ähm … nicht direkt Sorgen … wir wollten halt wissen, wie es dir geht. Was ist denn genau passiert?“*

Eglon erhob sich und kletterte auf dem Ast bis zum Stamm. Dort schob er seine Vorderpfoten stammabwärts, während sein Hinterteil noch auf dem Ast saß. Als er nicht mehr tiefer ausgreifen konnte, ließ er die Hinterbeine nachrutschen und stützte sich dabei am Stamm ab, um die Fallgeschwindigkeit so gering wie möglich zu halten.

Trotzdem spürten Balu und Kitty die leichte Erschütterung, als die

dicke Katze auf dem Boden aufkam. g=9,81m/s^2.
„Na ja … Pfarrer Sailer kam am Sonntag nicht von der Messe nach Hause. Als ich Hunger bekam, bin ich ein bisschen durch Alberskirch gelaufen und hab hier und da ein bisschen Futter stibitzt. Aber abends bin ich dann wieder zum Haus gelaufen. Der Pfarrer war immer noch nicht da und ich machte mir echt Sorgen. Ich hab in einer Scheune übernachtet und als ich heute Morgen wieder zum Haus kam, war die Tür zum Garten offen und ich freute mich schon, aber da war nur Annemarie, die Haushälterin vom Pfarrer. Sie hatte die Küche aufgeräumt und stellte gerade die Kaffeesachen weg. Als sie mich sieht, kommt sie zu mir her und streichelt mich, sagt, an mich hätte sie ja gar nicht mehr gedacht, und nimmt mich auf den Arm. Eigentlich mag ich das ja nicht, aber sie kann so toll unter dem Kinn kraulen – da hab ich's mir gefallen lassen. Dann hat sie mich und die Bücher vom Küchentisch zum Auto getragen und wir sind hierher gefahren. Das war alles. Kann ich denn jetzt wieder nach Hause? Ist Pfarrer Sailer wieder aufgetaucht?"
Kitty senkte den Kopf und ihre Augenlider verengten sich. *„Du weißt es noch gar nicht?"*
„Was … weiß ich nicht", stotterte Eglon. Balu legte den Kopf leicht schief.
„Pfarrer Sailer kommt nicht mehr nach Hause. Er hatte nach der Messe einen Herzinfarkt und ist gestorben."
Alle Spannung wich aus dem roten Kater und sein Kopf sank nach unten. *„Aber … aber er war doch so gut drauf an diesem Sonntag. Ich möchte fast sagen, es ging ihm so gut wie schon lange nicht mehr. Er hat sich sogar einen richtigen Kaffee gemacht."*
Balu spitzte die Ohren. *„Was heißt „richtigen" Kaffee"?"*
Eglon schüttelte immer noch ungläubig den Kopf, als er leise antwortete. *„Na, er sollte doch nur noch den Koffeinfreien trinken. Wegen seinem Herz. Aber wenn er sich richtig gut fühlte, hat er sich schon mal eine echte Tasse gegönnt. Er dachte zwar, das merkt keiner, aber hey, meine Nase*

kriegt das sehr wohl mit!"

Kittys Augen wurden groß. *„Warum hat er das gemacht? Er wusste doch, dass ihm das nicht gut tut. Vielleicht ist er deshalb sogar gestorben!"*

„Das glaube ich nicht." erwiderte Eglon. *„Er war danach richtig gut drauf. Da haben ihn die Bücher viel mehr aufgeregt."*

Balu dachte an die Bücher, die auf dem Küchentisch gelegen hatten, als er mit Walter durch das Fenster geschaut hatte. *„Diese alten Bücher mit Ledereinband? Was war an denen denn so besonders?"*

„Er hat sie neulich erst mitgebracht und dann viele Stunden da drin rumgeblättert. Hat immer wieder Namen in sein Notizbuch geschrieben und von Krankheiten und Ärzten gefaselt. Am Freitag muss er dann irgendetwas entdeckt haben, worüber er sich sehr aufgeregt hat. Er war ganz durch den Wind, als er zur Goschamarie gegangen ist."

Balu und Kitty erinnerten sich gut an den Abend als Pfarrer Sailer völlig außer Atem bei der Goschamarie aufgetaucht war. In Kitty keimte ein Verdacht auf.

„Was, wenn der Streit, den er mit den Kartenspielern hatte, doch nicht so harmlos war? Ich habe das Gefühl, dass wir nicht die ganze Geschichte kennen, und dass Pfarrer Sailers überraschender Tot vielleicht gar nicht so überraschend war."

11

Walter hatte eine zermürbende Woche hinter sich. In der Nacht von Montag auf Dienstag war das Sturmtief Ingrid über Oberschwaben gezogen und hatte, bei Temperaturen knapp unter null Grad, noch einmal Schnee gebracht. Nicht viel aber doch genug, um die Wiesen mit einem feinen weißen Flaum zu überziehen. Walter und Balu hatten ihre nächtlichen Runden teils in dichtem Schneetreiben teils im Kampf gegen eiskalte Sturmböen absolviert. Zur Freude aller schien zu Pfarrer Sailers Beerdigung am Freitagmorgen aber wieder die Sonne, auch wenn es noch bitter kalt war. Die kleine Alberskircher Kirche war restlos überfüllt gewesen und mehr als die Hälfte der Menschen hatte die Trauerfeier nur über einen Lautsprecher vor der Kirche verfolgen können. In der ersten Kirchenbankreihe, traditionell den Angehörigen vorbehalten, hatten nur drei Männer, die niemand gekannt hatte, und eine ältere matronenhafte Frau mit verbittertem Gesicht gesessen. Bei der anschließenden Beisetzung war es sogar auf dem Friedhof zu eng geworden, da die Musikkapelle Taldorf mit fast sechzig Mann angetreten war, um Pfarrer Sailer auf seinem letzten Weg musikalisch zu begleiten. Die Stimmung war allgemein gedrückt gewesen, aber positiv. Jeder hatte den alten Pfarrer gemocht und viele dachten in dieser Stunde an schöne Erlebnisse, die sie mit dem Verstorbenen gehabt hatten. In eisiger Stille war jeder einzelne der Trauergemeinde an Pfarrer Sailers Grab getreten und hatte sich verabschiedet. Da von den Angehörigen keiner am Grab aufwartete, entfiel das Kondolieren. Das anschließende Totenmahl hatte in der Landvogtei in Dürnast stattgefunden. Auch hier war keiner der

Angehörigen anwesend. Bei „Gschlagenen" mit Kartoffelsalat war die Stimmung allmählich lockerer geworden und nach einer Weile (und dem ein oder anderen Bier) war an vielen Tischen wieder laut erzählt und gelacht worden.
Walter hatte sich frühzeitig verabschiedet, da er nach seiner Zeitungstour noch keine Zeit für ein Schläfchen gehabt hatte und müde war.
Als er um kurz nach fünf erwachte, dämmerte es bereits. Auch Balu hatte den Tag mehr oder weniger verschlafen und verspürte jetzt ein dringendes Bedürfnis. Walter verstand sein hohes Winseln sofort und öffnete ihm die Tür zum Garten. Auf der Terrasse traf er einen am ganzen Körper zitternden Igel, der gierig das Katzenfutter aus dem Napf fraß.
„Hi Seppi! Echt übel die Temperaturen. Wer hätte gedacht, dass es nochmal so kalt wird?"
Der kleine Igel schaute nicht einmal auf, während er antwortete. *„Ja. Echt übel! Und zu fressen finde ich fast nichts mehr. Habe in der Wiese nach Würmern gebohrt, aber die Biester haben sich wieder nach unten verzogen. Ich hoffe, Kitty nimmt es mir nicht übel, dass ich ihr das ganze Futter wegfresse!"*
„Das tut sie bestimmt nicht", sagte die Tigerkatze, die mit einem eleganten Satz auf die Terrasse sprang. Mit einem freundlichen Nasenstupser begrüßte sie ihren stacheligen Freund. *„Ich krieg doch genug von Marie. Heute gab es superleckeren Schweinebraten. Nicht so ein trockener Schweinerücken, sondern ein schön durchwachsenes Halsstück."* Bei der Erinnerung an ihr Fressen musste sie sich mit der Zunge ums Maul lecken und ihre Barthaare zuckten nach vorne. *„Geht ihr denn nachher rüber in die Wirtschaft? Ist schon einiges los da. Ich glaube, einige waren nach der Beerdigung gar nicht mehr zu Hause!"*
Balu musste lachen. *„Ich denke schon. Walter hat bis vorhin geschlafen und*

muss erst mal munter werden. Aber ich darf nicht lästern, ich habe auch den ganzen Nachmittag gepennt wie ein Stein."

„Dann hast du sie nicht gehört?", mischte sich Seppi schmatzend ein.

„Wen denn?"

„Na, die Leute im Haus nebenan! Hab nichts gesehen, weil ich ja in meinem Nest lag, aber gehört hab ich sie. Ein Mann und eine Frau sind ins Haus gegangen und dann auch noch in den Garten. Haben sich darüber unterhalten, was alles gemacht werden muss, und dass sie anfangen, sobald es wärmer wird."

Balu konnte es nicht fasen: er hatte nichts mitbekommen und die neuen Nachbarn schon wieder verpasst. *„Ich könnte mir in den Schwanz beißen. Da hätte ich gerne mal hallo gesagt."*

Kitty rieb beruhigend mit dem Kopf an der Schulter des Wolfsspitz'. *„Die wirst du sicher noch früh genug kennen lernen. Jetzt überzeuge Walter zur Goschamarie zu kommen. Vielleicht weiß da ja jemand mehr. Wir sehen uns nachher!"* Und schon war sie mit einem weiteren eleganten Satz von der Terrasse verschwunden.

Grübelnd trottete Balu noch ein wenig durch die Gegend und erledigte sein Geschäft. Als er zurückkam, war Seppi verschwunden. Der Katzenfutternapf war leer.

12

Schon als Walter die Treppen zur Goschamarie erreichte, hörte er den Lärm aus der Gaststube. Der ganze Parkplatz war belegt. Einige Autos hatten sich noch irgendwo dazwischen gequetscht und so die Fahrwege verstellt. Gegen später würde es wieder ein paar kleinere Blechschäden geben. Balu beschnupperte einige Fahrzeug und setzte eine kleine Marke, wenn das Fahrzeug nach einem anderen Hund roch. Auch ein Fahrzeug der Ravensburger Polizei war dabei. Polizisten waren bei der Goschamarie durchaus nichts Ungewöhnliches. Oft kamen sie nach Feierabend auf ein Bier vorbei, manchmal kamen sie aber auch schon mittags, parkten ihren Streifenwagen dann aber diskret hinter dem Haus.
Als Walter die Gaststube betrat, prallte er gegen die gewohnte graue Wand aus Zigarettenqualm. Heute war es besonders schlimm, so dass er von den Gästen am Ende der Gaststube nur die Konturen erkennen konnte. Er setzte sich auf seinen Platz am Stammtisch und bestellte per Kopfnicken, während Balu unter der Eckbank verschwand. Max zu seiner Linken unterhielt sich gerade angeregt mit einer blonden Schönheit am Nebentisch, die offensichtlich nicht aus der Gegend stammte. Immer wieder fragte die Blonde „Wie bitte?“, da sie Max’ breites Schwäbisch nicht verstand. Rechts von Walter lag Elmar schlafend auf dem Tisch. Er hatte den linken Arm abgewinkelt und benutzte ihn als Kissen. Er trug noch die Musikantenuniform von der Beerdigung am Vormittag. Marie stellte die zwei Flaschen Bier für Walter auf den Tisch.
„Lossn schlafa. Hots glaub schtreng kett heit. Magsch no was ässa? I

het no von dem Schweinebrota iebrig. Isch ja kaum oiner komma heit middag – waret alle beim Totamohl."
Walter liebte Schweinebraten. „Gern. Aber bitte kein Brot. Ich muss jetzt doch mal ein bisschen aufs Gewicht achten", sagte er und streichelte dabei mit beiden Händen über seinen Bauch.
Marie hob gespielt entsetzt die Hände vors Gesicht. „Noi Walter, duuu doch it! Sähs scho komma, dass du au no so an Hungerhoka wirsch. Aber isch guat – kriegsch halt blos Schpätzla und koi Brot. Wenn's dr hilft." Kopfschüttelnd verschwand sie in der Rauchwand.
Als Walter ihr hinterher blickte, entdeckte er zwei Polizisten an einem Ecktisch. Den einen erkannte Walter als seinen alten Schulfreund Manni. Er hob die Hand zum Gruß und nickte einmal, was soviel bedeutete wie „Hallo, lange nicht mehr gesehen." Manni hob leicht die Schultern und ließ den Kopf etwas sinken mit der Bedeutung „Ja. Aber man hat ja nie Zeit!" Walter lächelte und nickte mehrmals leicht „Wem sagst du das." Manni zeigte mit einem Finger auf sein Bier und dann zu Walter und hob die Augenbrauen „Soll ich auf einen Schluck rüber kommen?" Walter lächelte breit und nickte „Klar!". Der Polizist stand auf und bahnte sich, mit der Bierflasche in der Hand, einen Weg durchs Lokal. Da er einen beachtlichen Körperumfang hatte, streifte er immer wieder andere Gäste und musste sich entschuldigen. Er musste auch am verrückten Dieterle vorbei, der gerade zwei Fremde in eines seiner wirren Gespräche verwickelt hatte. Niemand wusste Genaueres über „s'Dieterle". Irgendwann war er aufgetaucht und bewohnte seitdem eine alte Hütte am Taldorfer Ortsrand. Alle waren sich einig, dass er nicht richtig tickte (er behauptete im Taldorfer Wald hätten sich Außerirdische versteckt), da er aber niemandem etwas tat, störte sich auch niemand an ihm. Als Manni ihn mit seinem Bauch schubste, schaute er denn auch nur kurz auf und lachte übertrieben.
„Die Polizei, dein Freund und Helfer, gell, ja, gell! Aber bei den

Fremden helft ihr nicht, gell! Gell!"
Manni schüttelte nur den Kopf und steuerte weiter auf Walter zu. Der flüsterte Max etwas ins Ohr, der nur nickte und seinen Stuhl frei machte, um sich an den Tisch der Blonden zu setzen. Als Manni am Stammtisch ankam, ließ er sich auf den Stuhl fallen wie ein Wanderer nach einem schweren Bergaufstieg am Gipfelkreuz.
„Grüß dich Walter! Wir haben uns ja schon ewig nicht mehr gesehen. Ich weiß, liegt an mir. Ich schaff es einfach kaum mehr hier raus aufs Land." Manni war nach seiner Ausbildung zum Polizist in die Stadt gezogen.
„Mir geht's grad anders rum", entgegnete Walter, „ich bin so gut wie nie in der Stadt. Außer mal zum Klamotten kaufen oder samstags auf den Markt." Mit einem leichten Schauder erinnerte er sich an sein letztes Gespräch mit Eugen Heesterkamp, bei dem dieser angedroht hatte, mit ihm Sportkleidung kaufen gehen zu wollen. „Was treibt dich denn heute mal wieder nach Taldorf?" Manni hatte gerade den letzten Schluck Bier getrunken und winkte Marie mit der leeren Flasche zu.
„Der Tod vom Pfarrer. Als ich es in der Zeitung gelesen habe, war ich doch recht traurig. War ja damals auch bei ihm Ministrant. Konnte heute Vormittag leider nicht zur Beerdigung, weil ich Dienst hatte."
Walter klopfte ihm mitfühlend auf die Schulter. „Ja, das waren noch Zeiten damals. Aber irgendwann sind wir alle mal dran und Pfarrer Sailer war ja auch nicht mehr der Jüngste." Marie, die das Bier vor Manni auf den Tisch knallte und Walter seinen Schweinebraten vorsetzte, hatte die letzten Sätze mitgehört.
„Do hosch recht, Walter. Für jeden ischs irgendwänn Zeit, au für an Pfarrer. Und so alt wiener war isch do au nimme d'Hebamm schuld!"
Manni bedankte sich für das Bier und beugte sich dann nach vorne, um leiser sprechen zu können. „Eigentlich bin ich wegen dir hier. Ich

wollte mit dir reden, weil da gibt es etwas, was ich merkwürdig finde." Manni trank einen Schluck Bier, bevor er weiter sprach. „Man hat beim Pfarrer eine Autopsie gemacht. Das Ergebnis: Herzinfarkt. Ansonsten war bei ihm alles O.K. Bis auf eines: er hatte einen viel zu hohen Koffeinwert im Blut." Walter, den Mund voll Schweinebraten und Spätzle, wusste nicht so recht, worauf Manni hinaus wollte.
„Na, er wird wohl am Morgen einen Kaffee getrunken haben." Manni schüttelte den Kopf.
„Du hast mich nicht richtig verstanden, Walter. Er hatte einen viiiiiiel zu hohen Koffeinwert. Ich hab's nur durch Zufall erfahren, weil einer am Telefon darüber geredet hat, als ich eine Akte abgeholt habe."
Walter zog die Augenbrauen zusammen und dachte nach. Konnte es sein, dass Pfarrer Sailer sich vor dem Gottesdienst erst ein paar Tassen Kaffee reingeschüttet hatte, bevor er zur Kirche gegangen war? Unwahrscheinlich, vor allem wenn man bedachte, dass er schon einmal einen Herzinfarkt gehabt hatte und seitdem sehr vernünftig lebte. Unwahrscheinlich, aber nicht unmöglich.
„Weißt du denn, wie viele Tassen Kaffee er gebraucht hätte, um den Wert zu erreichen?"
„Ja. Und genau das hat mich gewundert. Er hätte rund fünfundzwanzig Tassen trinken müssen."

Walter verschlug es die Sprache. Wie in Gottes Namen hätte Pfarrer Sailer fünfundzwanzig Tassen Kaffee trinken sollen? Er wusste doch, dass so viel Koffein für sein angeschlagenes Herz nicht gut war. Manni sah, wie die Gedanken in Walters Kopf kreisten.
„Ja, so ging es mir auch", bestätigte er Walters Grübeln. „Ich hab dann mal nachgefragt, ob das denn nicht auf Fremdeinwirkung hindeutet, aber sie meinten nein. Das käme schon mal vor."
Walter hatte gar nicht recht hingehört und musste nachfragen. „Fremdeinwirkung? Was soll das denn sein?" Manni rutschte noch etwas näher und erklärte in verschwörerischem Flüsterton:
„Na, Fremdeinwirkung halt. Jemand anders war dran schuld. Jetzt stell dich nicht so blöd! Ich mein, vielleicht hat ja jemand Pfarrer Sailer das Zeug irgendwie untergejubelt und damit den Herzinfarkt ausgelöst!"
Walter begriff immer noch nicht. „Aber wenn ihm das jemand anders absichtlich angetan hätte, dann wäre das ja … also, ja … äh … das wäre … Mord?" Das letzte Wort war Walter deutlich lauter über die Lippen gekommen als beabsichtig und Manni legte sofort einen Finger auf die Lippen.
„Pscht! Das muss ja nicht jeder mitkriegen!" Besorgt schaute er sich um, doch alle Gäste in der Nähe waren in Gespräche vertieft und hatten nichts mit bekommen. Ohnehin war der Lärmpegel so hoch, dass man Arien hätte furzen können ohne aufzufallen.
„Ich dachte mir, vielleicht weiß einer von euch hier irgendwas. Hatte der Pfarrer Feinde? Hatte er Probleme? War er in irgendwas

verwickelt? Fällt dir irgendwas ein?"
Walters Gedanken schwirrten in seinem Kopf wie ein Schwarm Bienen. Die neue Sicht auf Pfarrer Sailers Tod überforderte ihn. Er hatte das Gesicht des Mannes vor Augen, wie er lächelnd auf der Kanzel stand und seinen Segen gab. Er erinnerte sich an so viele Begebenheiten, bei denen er in der Gemeinde geholfen hatte oder einfach auch nur gesellig mit am Stammtisch gesessen hatte. Niemand konnte ernsthaft seinen Tod gewollt haben.
„Nein, da fällt mir nichts ein. Er war mit Sicherheit einer der beliebtesten Menschen in der Gemeinde."
Manni schüttelte resigniert den Kopf. „Das dachte ich mir schon, aber irgendwie glaube ich nicht an einen einfachen Herzinfarkt."
Walter war überrascht. „Gibt es denn keine weitere Untersuchung? Ermittlungen oder so?"
„Nein. Wie gesagt, die halten den Koffeinwert für nicht so wichtig. Der Pfarrer hätte das ja auch selber hinbekommen können. Mit viel Kaffee oder mehreren von diesen neumodischen Energydrinks. Außerdem kommt es wohl bei Menschen in seinem Alter gern mal zu irgendwelchen unnormalen Werten. Da spielt der Körper hin und wieder verrückt. Hinzu kommt, dass er schon einen schweren Infarkt hatte und deshalb schon angeschlagen war. Und wenn wir ehrlich sind, Walter, ist das auch das Wahrscheinlichste. Es gibt ja nicht das geringste Motiv und das ist das eigentlich Wichtige. Jeder mochte ihn, keine Streitereien oder irgendwas … kann sein, ich verrenne mich da in irgendwas, aber ich habe mit ein paar Kollegen darüber geredet und die waren auch skeptisch."
Manni lehnte sich zurück und leerte sein Bier. Walters Gefühle gingen in zwei Richtungen. Zum einen war er schockiert über Mannis Idee, jemand könnte Pfarrer Sailer ermordet haben, zum anderen war er erleichtert, dass dem wohl nicht so war. Kein Motiv. Nur ein erhöhter

Wert. Also ist an allem nichts dran?
„Was sind denn das für Kollegen mit denen du darüber geredet hast?"
Manni überlegte kurz. „Wir sind Freunde, treffen uns immer mal auf einen Kaffee oder ein Bier. Hans da hinten", Manni zeigte auf seinen Kollegen, „gehört auch dazu. Einer von der Kripo ist dabei und auch ein Mädel aus der Pathologie. Eigentlich eine buntgewürfelte Truppe. Wir treffen uns, weil wir unseren Job mögen und auch gerne darüber reden, aber das kannst du ja mit den meisten Leuten nicht. Und da kam uns die Idee, ob wir nicht selber ein bisschen ermitteln sollen. Ist ja das, was wir gelernt haben. Nur kennen wir niemanden von hier … außer dir. Könntest du dir vorstellen bei uns mitzumachen?"
Manni sah Walters überraschtes Gesicht und ruderte sofort zurück. „Ich weiß, das klingt verrückt, aber denk doch einfach mal drüber nach. Schlaf eine Nacht drüber und dann triff dich mit uns. Wir sind samstags immer auf dem Markt an Francescos Kaffeewagen. Wird dir gefallen!" Manni trank seinen letzten Schluck Bier.
„So Walter", raffte er sich auf, „ich geh noch zu Marie bezahlen und dann fahre ich heim. Der Kollege will auch nach Hause."
Als hätte Marie seine Absicht erraten, stand sie plötzlich neben ihm und er beglich die Rechnung für sich und seinen Kollegen. „Jeder muss bloß oi Bier zahla. S'andre gaht aufs Haus. Aber sinder mir blos vorsichtig am Hoim fahra – it dass r blosa missat und d'Deckel isch futt!!"
Alle, die in der Nähe saßen, lachten herzhaft und verabschiedeten die zwei Ordnungshüter lautstark. Manni machte kurz vor der Tür kehrt und kam noch einmal zurück.
„Ich verlasse mich auf dich! Bis morgen!" Manni klopfte Walter freundschaftlich auf die Schulter und verließ die Gaststube.
Walter schaute sich nach seinen Freunden um. Da Max sich immer noch mit der Blonden unterhielt (die jetzt, dank der vier Bier die Max

getrunken hatte, fast gar nichts mehr verstand) und Elmar friedlich auf dem Tisch schlief, beglich Walter seine Rechnung und machte sich mit Balu auf den Heimweg. Ja, er würde morgen früh auf den Ravensburger Markt gehen.

Walter war um kurz nach sieben aufgewacht und nach einer Tasse Kaffee mit seinem altersschwachen Peugeot 205 nach Ravensburg gefahren. Balu hatte er, mit dem Auftrag das Haus zu bewachen, in der Küche zurück gelassen. Zu seinem großen Ärger war das Parkhaus am Marienplatz schon belegt gewesen und er hatte ins Bahnstadt Parkhaus ausweichen müssen. Nach einem zehnminütigen Spaziergang trippelte er jetzt aber doch im Strom der Menschenmassen zwischen den Ständen hindurch. Der Markt in Ravensburg war immer gut besucht. Sogar bei schlechtem Wetter. An einem sonnigen Frühlingssamstag wie diesem waren die schmalen Gassen gefüllt wie ein Fußballstadion beim Endspiel. Es waren an die hundert Händler, die ihre Stände in der Marktstraße und am Gespinstmarkt aufgebaut hatten. Walter ließ sich einfach mit der Masse treiben und bewunderte die Auslagen auf den Tischen. Obst und Gemüse dominierten eindeutig, und Walter fragte sich, wie das alles schon jetzt aus der Region kommen konnte. Mehrere Verkaufswagen mit Spezialitäten aus Italien und Griechenland lockten ihre Kundschaft mit dem Duft von Knoblauch und Olivenöl an. An einer Stelle stockte der Strom, da sich vor einer Gruppe peruanischer Musikanten eine kleine Traube gebildet hatte. Mit Felltrommeln, Gitarren und einer Panflöte gaben die sechs Männer in ihren bunten Ponchos mit riesigen Strohhüten auf dem Kopf ihr Bestes und hofften im Gegenzug auf eine kleine Spende. Gerade spielten sie „Der einsame Hirte“ auf der Panflöte und die meisten Zuhörer glaubten, es handele sich um ein peruanisches Volkslied. Tatsächlich war es ein

Klassiker von James Last aus dem Jahr 1977. Walter mochte diese Art von Kapellen nicht. Inkas gehörten nicht auf den Ravensburger Markt. Er selbst hatte früher Posaune gespielt und fragte sich, wie wohl die Peruaner reagieren würden, würde er sich vor eine ihrer Maja-Pyramiden setzen und den Defiliermarsch blasen. Bei dem Gedanken musste er grinsen.

Ein paar Meter weiter stieg ihm der Duft von frischem Kaffee in die Nase und zeigte ihm, dass sein Ziel nicht mehr weit war. Francescos Kaffeestand. Sein Besitzer: Francesco, ein herzlicher, über die Jahre etwas rund gewordener Barista aus Süditalien. Mit seiner fahrenden Kaffeebar war er vom Ravensburger Markt nicht wegzudenken. Er hatte auf der Ladefläche seines roten italienischen Dreirads eine professionelle Kaffeemaschine montiert und machte damit alle Marktbesucher glücklich, die mal eine kleine Pause brauchten.

Walter sah Manni schon von weitem, der ihm mit seiner roten Stoffmütze zuwinkte. An einem Stehtisch standen außer Manni noch zwei weitere Männer und eine junge Frau. Den einen der Männer hatte Walter schon mit Manni bei der Goschamarie gesehen. Alle hielten ihre Kaffeebecher mit beiden Händen fest umschlossen, um die Finger aufzuwärmen. Manni stellte seinen Becher ab und lief ein paar Meter auf Walter zu, um ihn zu begrüßen. Dann nahm er Walter am Arm und schob ihn zu den anderen.
„Das ist mein alter Freund Walter. Wir kennen uns noch aus der Grundschule in Taldorf."
Alle lächelten und nickten freundlich.
„Walter – das ist mein Kollege Hans, mit dem ich meistens auf Streife bin. Das da ist der Hubert von der Kripo und unser Küken hier ist die Anne aus der Pathologie. Da hat sie eine Assistenzstelle bei Dr. Vorn-Lang."

Walter schüttelte jedem die Hand und versuchte sich die Namen zu merken. Anne war eindeutig die jüngste in der Runde und hatte die Ausstrahlung von Weihnachten. Sie strahlte und lachte, wobei ihre Augen leuchteten wie Kinderaugen bei der Bescherung. Walter mochte sie auf Anhieb und stellte sich neben sie.

„So, Sie sind also in der Pathologie? Sicher spannend!", versuchte Walter sich unbeholfen in Smalltalk. Die strahlende Anne machte einen Schmollmund und piekte ihn in die Seite, so dass Walter zusammen zuckte und einen überraschten Quieklaut von sich gab.

„Das ist jetzt aber nicht dein Ernst, dass du „Sie" zu mir sagst? Ich mache dir nen Vorschlag: ich hole uns beiden jetzt nen Kaffee und mit dem stoßen wir dann aufs „Du" an, okay?"

Walter fehlten die Worte und nickte deshalb nur, wohlwissend, dass er gerade ziemlich verdattert aussah. Während Anne ihren leeren Kaffeebecher in eine Mülltonne pfefferte und sich auf den Weg zu Francesco machte, hatten Streifenkollege Hans und Kripo-Hubert Mühe nicht laut los zu lachen.

„So ist unser Küken – immer gute Laune und immer Vollgas. Man muss sie einfach lieben!"

Walter brummte zustimmend und schob sich etwas dichter an Manni heran.

„Sag mal, was passiert denn jetzt hier in dieser Runde?"

Während Walter gerade fast geflüstert hatte, gab sich Manni ganz offen.

„Na – wir kriegen raus, was dem alten Pfarrer wirklich passiert ist. Ich habe den anderen hier", er schwenkte seinen Arm über die Runde, „schon erzählt, worum es geht. Und ehrlich gesagt, glaubt keiner an einen natürlichen Tod. Wir wollen selber Nachforschungen anstellen und dafür sind wir ja eigentlich ganz gut aufgestellt. Was uns bisher fehlt, ist jemand vor Ort. Einer der Pfarrer Sailers Umfeld kennt und

im Auge behalten kann. Einer, der die Leute kennt und auch mal unauffällig nachfragen kann. Und da kommst du ins Spiel – hättest du Lust?"
Walter kam sich vor wie in einer Franz-Josef-Wanninger-Parodie. Was konnte diese zusammengewürfelte Truppe denn erreichen? Erwarteten sie von ihm etwa, dass er in Taldorf und Alberskirch für sie spionierte, die Nachbarn aushorchte und heimlich lauschte, wenn irgendwo getuschelt wurde? Walter sah sich schon um Hausecken schleichen und auf Bäume klettern, um irgendwen zu beobachten. Kindheitserinnerungen wurden wach und er erinnerte sich, wie er mit seinen Freunden damals „Detektiv" gespielt hatte. Nachdem er zur Kommunion die gesammelten Werke von Sir Arthur Conan Doyle geschenkt bekommen hatte, war die ganze Clique für einige Zeit im Sherlock-Holmes-Fieber gewesen. Dabei wurden die Rollen nie eindeutig vergeben. Jeder von ihnen war mal Sherlock Holmes, mal Dr. Watson, manchmal auch beides, und sie machten Jagd auf alles, was in Taldorf geheimnisvoll oder gar kriminell erschien – also auf nichts. Es dauerte ein gutes halbes Jahr, bis sie resigniert feststellten, dass sie im langweiligsten, dafür aber wohl auch sichersten Ort der Welt lebten.

„Sorry, hat gedauert …"
Anne stellte die zwei Kaffeebecher auf den Tisch und nestelte an ihrer Jacke herum, um ihren Geldbeutel wieder in der Innentasche zu verstauen. Sie gab Walter den einen Becher und nahm selbst den anderen, um mit ihm anzustoßen.
„Also Walter – ich bin die Anne! Freut mich, dich kennenzulernen." Sie nahm einen Schluck Kaffee und signalisierte Walter mit hochgezogenen Augenbrauen das Gleiche zu tun. Dann umarmte sie ihn und drückte ihm einen Kuss auf die Backe, wobei Walter

instinktiv zurückschreckte. Er war körperliche Nähe einfach nicht mehr gewohnt. Anne bemerkte seine Reaktion, winkte aber grinsend ab.

„Keine Angst, Walter! Wir sind jetzt nicht verlobt! Aber befreundet … hoffe ich doch?"

Walter schoss das Blut in den Kopf und er ärgerte sich selbst über seine Verlegenheit.

„Äh ja, das … äh … geht, glaube ich, in Ordnung."

Manni bewahrte Walter vor noch mehr Peinlichkeiten. „Wie sieht's denn jetzt aus, Walter? Machst du mit? Das ist ja auch kein „Muss"! Wir hören uns einfach um, ermitteln ein bisschen, tragen alles zusammen und schauen, wo es uns hinführt. Du musst nichts tun, was du nicht tun möchtest."

Eigentlich gefiel Walter die Idee ja. Er hatte selbst ein komisches Gefühl, was Pfarrer Sailers Tod anging und würde sich gern ein wenig umhören. Aber was würde passieren wenn er tatsächlich etwas herausfinden würde, etwas, das vielleicht auch gefährlich war? Immerhin würden sie nach einem Mörder suchen.

„Grundsätzlich würde ich gerne mitmachen, aber was passiert denn, wenn ich dadurch selbst in Gefahr gerate? Wenn wirklich jemand den Pfarrer ermordet hat, wird es demjenigen nicht gefallen, wenn wir versuchen das herauszufinden."

Für einen Augenblick war es still und alle schauten sich an. Kripo-Hubert, der mit seinem fast kahlen Kopf und den tiefliegenden Augen ein wenig Ähnlichkeit mit Yul Brynner in dem Film „Westworld" hatte, hob beschwichtigend die Hände.

„So weit wird es gar nicht kommen, Walter. Du bist nur aufmerksam und schaust gut hin. Wenn dir etwas komisch vorkommt, berichtest du uns davon und wir kümmern uns dann darum. Ich bin bei der Kripo, Manni und Hans bei der Bereitschaftspolizei und mit unserer

süßen Anne haben wir eine Spezialistin für Medizin und Pathologie. Wenn du auch dabei bist, sind wir ein richtig gutes Team!"
Alle schauten erwartungsvoll auf Walter, der sich immer noch nicht recht entscheiden konnte. Da kuschelte sich Anne von der Seite an ihn heran und strahlte ihn mit ihren Funkelaugen direkt an.
„Ohne dich geht's doch nicht, Walter."
Hypnotisiert, wie das Kaninchen vor der Schlange, nickte Walter langsam mit dem Kopf.
„Ist okay. Ich mache mit!" Wie um es zu besiegeln, schüttelte jeder Walters Hand und klopfte ihm auf die Schulter.
„Die nächste Runde Kaffee geht auf mich!", rief Manni lachend und signalisierte Francesco mit fünf gestreckten Fingern, dass er noch eine Runde einschenken sollte.

Sofort machten sie sich daran zusammenzutragen, was sie bisher wussten, was leider nicht viel war. Schließlich vereinbarten sie, sich nächsten Samstag wieder auf dem Markt zu treffen. Für ein „Update", wie Kripo-Hubert es nannte.
„Was mache ich denn, wenn vor Samstag schon etwas passiert?", wollte Walter wissen.
„Gute Frage", stimmte Streifenpolizist Hans zu, „aber ich hab da ne Idee. Wir tauschen alle unsere Handynummern aus und machen eine eigene Whatsapp-Gruppe auf!"
Sofort griff jeder zu seinem Handy und schaltete es ein. Auch Walter, der wie immer zwei Versuche brauchte, bis die PIN akzeptiert wurde. Dann erst bemerkte er, wie ihn die anderen anstarrten.
„Was ist denn los?", fragte Walter verwirrt. Annes Lächeln war auf einmal verschwunden, stattdessen starrte sie mit großen Augen auf sein Handy.
„Was – ist – das – denn???", stammelte sie.

Walter lächelte zufrieden, denn offensichtlich waren die anderen beeindruckt, dass er technisch so auf dem Laufenden war.
„Das ist mein Handy. Mein Siemens S4. Ist ein super Gerät!"
Kripo-Hubert war der erste, der nicht mehr an sich halten konnte. Er schlug die Hände vors Gesicht und prustete durch die Finger. Einer nach dem anderen prustete ebenfalls los und kurz darauf hielten sich alle die Bäuche vor Lachen. Anne musste sich die Tränen aus den Augen wischen und zeigte auf das Handy in Walters Hand.
„Das ist doch sicher zehn Jahre alt?", fragte sie mit gepresster Stimme.
„Zwanzig. Es ist fast zwanzig Jahre alt und leistet mir treue Dienste."
Walter steckte sein S4 wieder in die Tasche und wandte sich leicht mürrisch an Streifenkollege Hans.
"Was ist denn nun mit dieser Watt-Sepp-Gruppe?"
Wieder prusteten alle los und klopften sich auf die Schenkel. Halb erstickt winkte Streifenkollege Hans ab.
„Lass nur Walter. SMS tut's auch!"

Was zum Teufel war SMS?

15

Auf dem Heimweg versuchte Walter seine Gedanken zu ordnen. Er fühlte sich von der neuen Situation überfordert. Seit Jahren war sein Leben bestenfalls langweilig. Nicht dass er unzufrieden wäre, es war nur einfach ziemlich ereignislos und jetzt schien sich auf einmal alles zu überschlagen. Auf was hatte er sich da eingelassen? Wieso hatte er sich von der kleinen Gruppe um seinen alten Freund Manni überreden lassen bei dieser aberwitzigen Aktion mitzumachen? Walter schüttelte den Kopf. Ganz in Gedanken war er bereits bis Bavendorf gekommen, als ihm einfiel, dass er noch tanken wollte. 1,24 €. Das konnte nicht wahr sein. Heute Morgen hatte der Liter Diesel noch 1,13 € gekostet. Zwar leuchtete schon die rote Zapfsäule im Armaturenbrett, doch er biss wütend die Zähne zusammen und fuhr an der Tankstelle vorbei. Ohnehin wurde er allmählich nervös. Balu war schon seit heute früh allein im Haus. Da ihn der Wolfsspitz sonst ständig begleitete, wusste Walter nicht, wie der Hund darauf reagieren würde. Hatte er in seiner Abwesenheit die Wohnung verwüstet? Gardinen herabgerissen, Regale umgekippt? Oder hatte er gar sein Geschäft in irgendeinem Winkel verrichtet? Unbewusst beschleunigte Walter seinen alten Peugeot. Wuuuuusch! Scheiße! Als er den roten Blitz sah, war es zu spät. Die mobile Radarfalle hatte ihn erwischt. Auch das reflexartige Bremsen half nichts mehr. Die Tachonadel war bei ungefähr fünfundachtzig gewesen. Hier, auf Höhe von Wernsreute, waren auf der Bundesstraße aber nur siebzig erlaubt. Frustriert hämmerte Walter ein paarmal aufs Lenkrad und versuchte sich zu beruhigen und achtete darauf, die vorgeschriebene Geschwindigkeit einzuhalten.

Als er den Peugeot in die Garage fuhr, erwartete er Balus Gebell zu hören, wütend oder gar verzweifelt, doch alles war ruhig. Misstrauisch öffnete er die Haustür und schaute vorsichtig in den Gang. Doch da war nichts. Kein Laut. Kein Hund. Er hängte seine Jacke an den Garderobenhaken und öffnete die Tür zur Küche. Er hatte vieles erwartet, das jedoch nicht. Balu lag eingerollt, scheinbar schlafend, in seinem Hundekorb. In seiner Bauchkuhle schlummerte, fast auf dem Rücken liegend, Kitty. Walter beugte sich zu den beiden hinab und streichelte erst vorsichtig Balu, dann Kitty, die sich unter seiner Berührung wohlig streckte und ihre Vorderpfoten genießerisch an Balus Nase drückte. Balu öffnete ein Auge nur einen Spalt breit.
„Er darf nie erfahren, wie du hier rein gekommen bist!"
Auch Kitty öffnete an einem Auge einen schmalen Schlitz. *„Natürlich nicht!"*

Kopfschüttelnd ließ Walter die Tiere weiter schlummern und öffnete die Tür zur Terrasse, nicht ohne sich zu wundern, dass sie unverschlossen war. Die Sonne schien noch, doch er musste seinen Gartenstuhl ganz an den Rand der Terrasse schieben, um ein paar Strahlen zu erwischen, da der Schatten des Hauses schon weit vorgerückt war. Er versuchte erneut seine Gedanken zu ordnen, eine Struktur in die ganzen Ereignisse der letzten Tage zu bringen. Für den Anfang sei das das Wichtigste, hatte ihm Kripo-Hubert erklärt. Doch wo sollte er anfangen? Walter beschloss, da zu beginnen, als er Pfarrer Sailer das letzte Mal gesehen hatte. Er hatte sich ein kleines Notizbuch aus der Kommode im Flur geholt und machte einen ersten Eintrag. Er hatte den Pfarrer zuletzt am Freitag vor zwei Wochen bei der Goschamarie gesehen. Was war da passiert? Er wirkte recht aufgeregt, als er sich zu den Kartenspielern an den Tisch gesetzt hatte. Was dort gesprochen wurde, hatte Walter nicht mitbekommen, aber irgendwie gab es dann Streit und einer der Kartenspieler war wütend aufgestanden und gegangen. Josef aus Herrgottsfeld. Kurz darauf hatte auch Pfarrer Sailer die Wirtschaft verlassen. Danach hatte Walter ihn nicht mehr gesehen. Walter schaute auf die einzelnen Punkte, die er notiert hatte und wusste, was er tun musste. Er würde heute bei der Goschamarie in Erfahrung bringen, um was es in dem Streit zwischen Pfarrer Sailer und Josef gegangen war. Vielleicht brachte ihn das irgendwie weiter. Zufrieden klappte er sein Notizbuch zu und schob sich den Bleistift hinters Ohr. Er fingerte sein Handy aus der Hosentasche und schrieb die erste SMS seines Lebens. Streifenkollege Hans hatte ihm auf dem Markt noch eine kurze Einweisung gegeben, und so drückte Walter mutig auf das kleine Briefsymbol. Sofort öffnete sich das Eingabefeld. Mit viel Mühe tippte er Buchstabe für Buchstabe ein und teilte Manni mit, was er vorhatte. Außerdem erzählte er ihm, dass er auf Höhe Wernsreute geblitzt worden war. Die Autokorrektur des Handys half ihm bei der Eingabe. Nachdem das Handy mit einem kurzen „Plopp" den Versand der SMS bestätigt hatte, schaltete er es aus und schob es in seine Hosentasche. Dann schloss er die Augen und genoss die wärmenden Sonnenstrahlen auf seinem Gesicht.

Nur zehn Kilometer entfernt piepte Mannis Handy. Er wischte kurz über das Display, um es zu entsperren, und sah, dass Walter ihm eine SMS geschickt hatte. Mit einem Fingertip öffnete er die App und las kopfschüttelnd die kurze Nachricht:

„Liebste Manni,
ich gehe heute abend Gesund Maria. Habe ideen. Schreibe morgen Meer. Habe übrigens Strafzoll in Wünschelrute bekommen. Blöd.

Tschüss Walter“

16

Während Walter sich um den Wäscheberg vor seiner Waschmaschine kümmerte, zog es Balu und Kitty nach draußen. Zwar dämmerte es bereits, doch die vielen Sonnenstunden sorgten dafür, dass es abends nicht mehr so schnell abkühlte. Sie entdeckten Seppi, der gerade einen dicken Regenwurm zwischen ein paar Schneeglöckchen herauszog. Der Wurm wusste, dass es um Leben und Tod ging, und kringelte sich in Todesangst trotzig um Seppis Nase. Balu verzog angeekelt die Lefzen.

„Das ist doch widerlich. Wie kannst du so was essen?"

Seppi streifte den Wurm geübt mit seiner rechten Vorderpfote von der Nase und hielt ihn damit fest, so dass er genussvoll auf dem anderen Ende herumkauen konnte.

„Das ist ein Leckerbissen", schmatzte er undeutlich, *„die großen machen richtig satt. Viel Eiweiß!"*

Kitty stupste den kleinen Igel mit ihrer Nase leicht unterhalb seiner Stacheln an. *„Dann brauchst du das Katzenfutter also nicht mehr?"*

Seppi verschluckte sich fast und blickte schuldbewusst zu der Katze auf. *„Eigentlich brauche ich alles, was ich kriegen kann. Ich habe immer noch nicht genug auf den Rippen für die Paarungszeit. Die kommt ja bald und da muss ich fit sein."*

Kitty konnte und wollte sich nicht vorstellen wie die Paarung bei Igeln vor sich ging. Trotzdem war sie neugierig. *„Wie macht ihr Igel das eigentlich bei der Paarung? Also, ich meine … wegen der ganzen Stacheln."*

Seppi hörte für einen kurzen Moment auf zu kauen und sah Kitty mit seinen Knopfaugen schelmisch an. Dann legte er einen Hauch Erotik

in seine Stimme und säuselte: *„Wie wir das machen? Na … gaaaaaanz vorsichtig!!!"*
Alle drei brachen in lautes Gelächter aus und Seppi verlor das letzte Stück des Wurms, das schwach zuckend vor ihm im Gras liegen blieb.
Der Igel beruhigte sich als erster. *„Was macht ihr denn heute Abend?"*
Balu wusste das selbst noch nicht genau. *„Wenn mich nicht alles täuscht, gehen wir später noch zur Goschamarie. Walter hat zwar nichts gesagt, aber die Lederhose hängt am Schrank – eigentlich ein untrügliches Zeichen."*
Im selben Moment trat Walter auf die Terrasse und rief nach seinem Wolfsspitz. Balu reagierte sofort und verabschiedete sich im Rennen flüchtig von dem kleinen Igel, der bereits den nächsten Wurm am Kragen hatte.
Walter klopfte seinem Hund auf die Flanke und streichelte einmal kurz über Kittys Fell. „Dann sind wir ja komplett. Kommt mit ihr zwei. Heute haben wir bei der Goschamarie eine ganz besondere Mission."
Auf dem kurzen Weg zur Goschamarie erzählte Walter den Tieren, was er mit seinen neuen Freunden auf dem Markt besprochen und vereinbart hatte. Eigentlich erzählte Walter es sich selbst, aber die Tiere hörten aufmerksam zu.
Balu war besorgt. *„Was denkt er sich denn dabei? Glaubt er das sei ein nettes kleines Abenteuer und am Ende ist er der große Held? Was da alles passieren kann!"*
Kitty verstand die Besorgnis ihres Freundes und streifte beruhigend seine Flanke. *„Darum ist es umso wichtiger, dass wir auf ihn aufpassen. Auch wir halten unsere Augen und Ohren offen und wenn es eng wird, sind wir zur Stelle!"*

Obwohl es Samstag war, standen auf dem Parkplatz vor der Goschamarie nur wenige Autos. Walter war enttäuscht, denn dann war auch die Wahrscheinlichkeit gering, die Leute zu treffen, auf die

er gehofft hatte. Als er die Gaststube betrat, war er überrascht, wie gut die Tische trotzdem belegt waren. Offensichtlich waren viele der Gäste zu Fuß gekommen. Am Stammtisch waren noch viele Stühle frei. Peter saß alleine vor seinem Vesper und zwei Flaschen Bier.
„Ja Walter! Kommst du jetzt jeden Abend her? Aber das passt gut. Siehst ja: von den anderen hat's noch keiner geschafft."
Walter hängte seine Jacke auf und setzte sich auf seinen Platz, während Balu und Kitty es sich unter der Bank gemütlich machten.
„Ach, bei dem schönen Wetter wollt ich einfach nicht zu Hause rumsitzen. Außerdem muss ich noch was für meine Figur tun!" Walter lachte und streichelte über seinen Bauch.
Marie kam aus der Küche und stellte zwei Vesperteller am Nachbartisch ab. „Ja Walter. Scho wieder do? Hosch a Sehnsucht kett noch mer, hä? Oder ischs blos der Hunger?"
Walter grinste die Wirtin schelmisch an und legte ihr eine Hand auf den Unterarm. „Die Sehnsucht natürlich, die Sehnsucht nach dir, Marie! Aber ein Vesper nehme ich trotzdem!"
Marie streifte seine Hand ab und stemmte die Arme in die Hüfte. „Ha! Verarscha ka i mi selber, Freindle! Kennt ja dei Mutter sei. Aber d'Mama lueget nach ihre Kind … und drum bring i dir glei dei Veschper!" Marie klang bei diesen Worten recht streng und nur wer sie gut kannte, konnte um ihren Mund den Ansatz eines Lächelns entdecken.
Walter versuchte unauffällig an die anderen Tische zu schauen. Hinten im Eck saß s'Dieterle und baute aus Bierdeckeln ein Kartenhaus, das just in diesem Moment zusammenbrach. Daneben saßen vier Männer, die Walter nicht kannte, schweigend vor ihrem Bier. Dahinter ein älteres Ehepaar aus Taldorf beim Abendessen und gegenüber zwei Landwirte aus der Umgebung. Einer davon, Georg, war einer der Kartenspieler gewesen, als der Pfarrer den Streit mit

Josef hatte. Walter kannte ihn eher beiläufig, aber doch gut genug um „hallo“ zu sagen. Er entschuldigte sich bei Peter, der gerade mit seinem Rauchfleisch kämpfte, und setzte sich an den Tisch der beiden.
„Hallo Georg! Was ist los bei euch? Heute keine Skatrunde?“ Die beiden schienen nicht sonderlich überrascht über Walters Besuch, wenn doch, dann zeigten sie es nicht.
„Geht nicht zu zweit. Kannst du Skat, Walter?“ Walter konnte sich nicht erinnern, wann er das letzte Mal Karten gespielt hatte. Zwar glaubte er sich zu erinnern, wie das Reizen funktionierte, aber mehr auch nicht.
„Ach, das wird glaub ich nichts. Hab's schon seit Jahren nicht mehr probiert. Aber wo sind denn eure Skatbrüder?“, lenkte Walter das Gespräch in die beabsichtigte Richtung. Georg zuckte müde mit den Schultern und spielte am Etikett seiner Bierflasche, das sich schon halb gelöst hatte.
„Wir sind ja nur noch zu dritt, seit letztes Jahr der Renn Willy gestorben ist. Der Anton, der sonst manchmal einspringt, ist krank, und Josef hat sich schon seit zwei Wochen nicht mehr blicken lassen.“
Damit hatte Walter gerechnet. „Ach, seit dem Streit mit dem Pfarrer?“
Georg überlegte kurz und schüttelte den Kopf. „Weiß nicht, ob es daran lag. Wohl eher nicht. War ja auch nichts Wichtiges. Hat wahrscheinlich gerade viel auf dem Hof zu tun. Mitte März, da geht es dagegen.“
Walter hatte Angst weiter nachzufragen ohne allzu neugierig zu wirken und schaute gespielt gleichgültig zum Stammtisch, an dem Peter immer noch allein sein Vesper aß. Als er gerade aufstehen und sich verabschieden wollte, hielt Georg ihn mit einer Hand am Arm zurück.
„Die hatten ja keinen Streit. Pfarrer Sailer hat Josef nur gesagt, er solle auf seine Gesundheit achten und mal wieder zum Arzt gehen. Er hätte

in irgendwelchen alten Unterlagen etwas gefunden, was darauf hindeutet, dass es in seiner Familie eine Krankheit gibt, die sich weiter vererbt. Und da ist der Josef sauer geworden – jeder weiß doch, wie ungern der zum Arzt geht. Und das war's dann auch schon. Josef ist aufgestanden und gegangen. Seitdem hab ich ihn nicht mehr gesehen."

„Ach, so genau hab ich's gar nicht wissen wollen", log Walter, aber er konnte Georg ansehen, dass er ihm das nicht abnahm. „Ich muss dann auch mal wieder rüber. Der Peter sitzt da ganz allein. Wollte ja eh nur kurz hallo sagen."

Walter merkte selbst, wie blöd sich das anhörte, stand aber auf und ging zurück zum Stammtisch. Er drehte sich nicht mehr um, da er befürchtete Georg müsste ihm seine kleine Flunkerei im Gesicht ansehen. Er glaubte nicht, wie seine Mutter früher immer gesagt hatte, dass beim Lügen seine Nase länger wurde, aber er spürte die Hitze in seinen Wangen, als das Blut in sein Gesicht stieg.

„Geht's dir nicht gut Walter?", fragte Peter als er sich auf seinen Stuhl fallen ließ. „Bist ganz rot im Gesicht und schwitzt ja richtig."

Walter wollte irgendetwas Sinnvolles antworten, fand aber nichts, was irgendwie glaubhaft geklungen hätte. In diesem Moment kam Marie zum Stammtisch und rettete ihn aus dieser Zwickmühle.

„Dei Bier und dei Veschper. Loss dir schmecka, Walter!" Ohne ein Wort setzte Walter die Flasche Bier an den Mund und trank sie, ohne abzusetzen, halb leer. Das Glühen auf seinen Wangen ließ etwas nach und sofort spürte er die entspannende Wirkung des Alkohols. Mit einem befreiten Seufzer lehnte er sich zurück, griff dann nach dem Besteck und machte sich über sein Vesper her.

„Das war so ziemlich das Plumpeste, was ich je gesehen habe!", lästerte Kitty mit einem leichten Kopfschütteln. *„Wenn er so weiter macht, wird er unsere Hilfe schon bald dringend brauchen!"*

Auch Balu hatte plötzlich ein schlechtes Gefühl bei der ganzen Sache, bemühte sich aber nicht allzu besorgt zu klingen. *„Vielleicht lernt er ja noch dazu? Von Georg hat er auf jeden Fall nichts zu befürchten. Der hat nichts damit zu tun. Das spüre ich."*
Kitty nickte. Sie hatte Georg die ganze Zeit beobachtet und war mit Balu einer Meinung. *„Aber irgendwer HAT damit zu tun und der wird nicht so ruhig bleiben."*

17

Als Walter am Sonntag aufwachte, stand die Sonne schon hoch am Himmel. Er hatte gestern mehr Bier getrunken als sonst, und auch um den abschließenden Schnaps war er nicht herumgekommen. Zwar war er um kurz nach zehn zu Hause gewesen, doch die Menge Alkohol forderte jetzt ihren Tribut. Er hasste dieses Gefühl, den halben Tag verschlafen zu haben, und spürte, dass der Alkohol ihn noch immer lähmte. Für den Frühschoppen war es zu spät und er hätte ihm vermutlich auch nicht gut getan. In der Küche wartete Balu schon winselnd an der Tür und stürmte nach draußen, als Walter sie öffnete. Was hatte er sich nur dabei gedacht? Den Detektiv spielen zu wollen. Gerade er. Jeder Idiot musste gestern gemerkt haben, dass er Georg nur hatte ausfragen wollen. Nach Josef. Doch er hatte tatsächlich etwas erfahren. Hatte er sich vielleicht doch nicht so blöd angestellt? Walter schüttelte den Kopf und sortierte seine Gedanken. Er holte das kleine Notizbuch und versuchte, sich so genau wie möglich an das Gespräch mit Georg zu erinnern, aber immer wieder wurde er unsicher wie es wirklich gewesen war. Er pfefferte das Notizbuch unbenutzt auf die Küchenanrichte und setzte Kaffeewasser auf. Bevor er nicht klar denken konnte, würde er damit nicht weiter kommen und eine Tasse Kaffee schien ihm erst mal die beste Hilfe zu sein. Er füllte gerade das Pulver in die Kanne, als es an der Tür klingelte. Walter bekam zu Hause nur selten Besuch. Nicht weil er keine Freunde hatte - im Gegenteil: es gab viele Menschen in seinem Leben, die er schätzte und denen er vertraute und einige davon waren richtig gute Freunde. Aber man besuchte sich nur selten, meist traf

man sich irgendwo, häufig natürlich bei der Goschamarie. Er konnte sich nicht vorstellen, wer an einem späten Sonntagvormittag bei ihm klingelte. Als er die Tür öffnete, blieb sein Gehirn in einer Art Leerlauf stecken. Hatte er bisher gedacht, dieser Tag konnte nicht viel schlimmer werden, so wurde er nun eines besseren belehrt.
„Na, mein Freund, um die Uhrzeit noch im Bademantel unterwegs? Da lässt sich einer aber ganz schön gehen!“ Eugen Heesterkamp sprühte geradezu vor guter Laune und schob sich ungefragt an Walter vorbei. Er ließ eine gigantische Einkaufstüte mit Werbeaufdruck auf den Küchentisch fallen und baute sich mit einem breiten Verkäuferlächeln daneben auf.
„Das, mein lieber Walter, ist der Start in ihr neues Leben!“ Walter schaute Eugen verständnislos an, sah zum Tisch mit der Tüte, dann wieder zu Eugen.
„Ich … ich … also ich weiß nicht, was …“, stammelte Walter und hob dabei unbeholfen die Arme.
„Natürlich wissen sie nicht, was das ist. Das ist ja auch eine Überraschung.“ Freudestrahlend griff Eugen in die Tüte und holte einen Karton heraus. Einen Schuhkarton. Er platzierte ihn bedeutungsvoll neben der Tüte.
„Wir hatten uns doch neulich darüber unterhalten, wie wir sie … na sagen wir mal, wieder ein bisschen in Schwung bringen. Ich habe gleich gemerkt, dass sie nicht der Typ sind, der sofort die Initiative ergreift und habe daher selbst das Zepter in die Hand genommen.“ Eugen trat hinter den Tisch und hob mit nur zwei Fingern jeder Hand behutsam den Deckel des Schuhkartons an.
„Das … sind … ihre … neuen … … … LAUFSCHUHE!!!“ Das letzte Wort hatte Eugen herausgeschrien, wie der Ansager der Profiboxkämpfe im Fernsehen, und Walter war erschrocken zwei Schritte zurückgewichen. Jetzt starrte er auf ein Paar neongrüne

Plastikschuhe, während seine Nase den starken Geruch purer Chemie wahrnahm. Walter hasste Schuhe aus Kunststoff. Doch Box-Ansager Heesterkamp war noch nicht fertig.

„Zu den neuen Schuhen gehört … natürlich … auch … eine … richtige … … … LAUFHOSE!!!“ Bei diesen Worten zog er ein kleines Knäuel Stoff aus der Tüte und ließ es voller Stolz zwischen zwei Fingern schlaff herabbaumeln. Walter kniff die Augen zusammen um das kleine Fetzchen besser sehen zu können. Wie um Himmels willen sollte er da hinein passen? Der Anblick erinnerte Walter eher an ein gebrauchtes Kondom als an eine Hose. Doch Eugen war in Hochform, legte die Hose auf den Schuhkarton und griff ein letztes Mal in die Einkaufstüte.

„Und zum Schluss … noch … ein … topmodisches … … … LAUFSHIRT!!!“ Wieder riss er den Arm in die Höhe und präsentierte erneut einen Stofffetzen, der zwar etwas größer zu sein schien als die Hose, aber immer noch weit von dem entfernt war, was Walter im Schrank hängen hatte. Eugen, der zweifelsohne Konfettiregen und Dankesreden erwartet hatte, bemerkte Walters skeptischen Blick.

„Was ist denn, Walter? Gefallen ihnen die Sachen nicht?“

Walters Mutter hatte ihm schon von Kindesbeinen an eingebläut, dass man immer die Wahrheit sagen muss. Doch das ging hier nicht, denn Walter hatte keine passenden Worte hierfür. Er war einfach nur entsetzt. Er entschied sich für ein Hintertürchen.

„Das … ähm … das ist mir, glaube ich, alles zu klein. Viel zu klein! Bis auf die Schuhe. Die könnten passen.“ Eugen erkannte Walters Ahnungslosigkeit und legte ihm jovial die Hand auf die Schulter.

„Aber nicht doch. Die Hose und das Shirt sind aus ultramodernem Stretch-Stoff. Die passen sich ihrem Körper an und betonen ihre Linie … oder ihre Kurven. Wollen sie nicht mal reinschlüpfen?“

Nie im Leben würde Walter vor Eugen eine Stretch-Stoff-Modenschau

hinlegen, er würde diese seltsamen Dinger überhaupt niemals anziehen. Jetzt sah er nur noch einen Ausweg.
„Das ist ja sehr nett von ihnen, Eugen, aber das ist doch alles so neumodisch teuer. Das kann ich mir beim besten Willen nicht leisten!"
Wieder lächelte Eugen überheblich, schlug aber einen versöhnlichen Ton an.
„Das dachte ich mir schon. Aber wie es der Zufall wollte, hatte ich noch einen Gutschein für Sport-Discount-24-de übrig. Bei denen kaufe ich persönlich natürlich nicht ein, aber für den Einstieg ist das genau die richtige Ausrüstung. Kostet fast nichts, nur die Versandkosten, und die schenke ich ihnen!" Eugen verstummte und blickte Walter erwartungsvoll mit großen Augen an.
Musste er jetzt etwas sagen? Wahrscheinlich ja. Vielleicht etwas Nettes? Ja, etwas Nettes – aber nicht zu nett. Walter überlegte, legte den Kopf leicht schräg, rieb sich mit der Hand am Kinn und schob die Unterlippe nach vorne.
„Hmmm ...", brummte er. Eugen hing noch immer an seinen Lippen.
„Hmmm ... ja ... schön."
Der Wasserkessel auf dem Herd begann zu pfeifen und Walter dankte Gott für diese Ablenkung.
„Das ist ja prima! Kommen sie Eugen, als kleines Vergelts-Gott spendiere ich einen Kaffee!"
Während Walter den Kaffee einschenkte, sagte Eugen kein Wort. Er schob seine Geschenke etwas zur Seite um Platz für die Kaffeetassen zu machen.
„Es gefällt ihnen nicht."
Das war keine Frage, sondern eine Feststellung. Walter sah die Enttäuschung in Eugens Blick und hatte tatsächlich Mitleid.
„Es ist halt so, dass ich solche Sachen noch nie anprobiert habe", erklärte Walter. „Aber ich werde sie natürlich ausprobieren und dann

sag ich ihnen Bescheid, wie es war. Aber nicht heute. Ich habe heute noch … ähm … zu tun. Ja, etwas Wichtiges."

Eugen schien mit dieser Erklärung für den Moment zufrieden zu sein und rührte gedankenverloren in seiner Tasse.

In der noch immer geöffneten Küchentür tauchte Balu auf und verzog angewidert die Lefzen.

„Boah – was stinkt denn hier nach Chemieabfällen?"

Eugen interpretierte Balus Grunzen als Begrüßung und tätschelte dem Wolfsspitz die haarige Flanke. Doch schon nach dem zweiten Klopfer zog er seine Hand erschreckt zurück und hielt sie angeekelt von sich gestreckt.

„Was ist denn mit dem Hund los? Total nass und dreckig!"

„Gewälzt!", sagte Balu.

„Er hat sich gewälzt", sagte Walter. „Dafür darf er jetzt unter die Dusche."

Balu wusste, dass er da nicht drumrum kommen würde, nur hatte er einfach nicht widerstehen können, sich in der feuchten Wiese zu wälzen und seinen Geruch unauslöschlich in den Boden zu übertragen. Außerdem hatte es sich wundervoll angefühlt.

Eugen wusch sich die Hand am Waschbecken, bevor er seinen Kaffee in einem Zug leer trank, und sich von Walter verabschiedete.

„Probieren sie die Sachen an. Sie werden es nicht bereuen!"

Walter war da anderer Meinung, lächelte aber trotzdem und winkte Eugen noch nach, als dieser den Heimweg antrat.

Das war gerade noch mal gut gegangen. Aber er wusste, dass Eugen in dieser Sache keine Ruhe geben würde.

Walter schloss die Eingangstür und machte sich auf die Suche nach Balu, der sich natürlich versteckt hatte, um der angekündigten Dusche vielleicht doch noch irgendwie zu entgehen.

18

Josef war an diesem Sonntag nicht in der Kirche gewesen. Auch nicht beim anschließenden Frühschoppen bei der Goschamarie. Er hatte die Tiere gefüttert und dann ausgiebig gemistet. Seit Pfarrer Sailers Tot war er nicht mehr in Taldorf gewesen. Wenn er sich unter Leute begab, hatte er einfach ein schlechtes Gefühl, wegen der Auseinandersetzung, die er mit dem Pfarrer gehabt hatte. Er fühlte die verstohlenen Blicke der Anderen und meinte sie hinter seinem Rücken flüstern zu hören. Aber warum? Der Pfarrer war an einem Herzinfarkt gestorben. Das wusste mittlerweile jeder. Machten sie ihn dafür verantwortlich, weil er Streit mit ihm gehabt hatte? Dabei war es nicht mal ein richtiger Streit gewesen. Der Pfarrer hatte das, was er gesagt hatte, gut gemeint, doch konnte er nicht wissen, dass er damit an etwas rührte, das Josef seit vielen Jahren verdrängte. Plötzlich wieder daran erinnert zu werden, hatte heftige Gefühle in ihm geweckt, und er war davongelaufen. Wie ein Schuldiger. War er denn schuldig? Josef fühlte sich schuldig, das war sein Problem.
Er fuhr den letzten Hänger Mist auf den Haufen und hängte ihn ab. Der Traktor tuckerte derweil monoton im Leerlauf weiter. Josef öffnete die große Garage, die gleichzeitig auch seine Werkstatt war, und fuhr den Deutz auf seinen Parkplatz. Zur Kontrolle lief er um den Traktor herum und fluchte, als er die Tropfen sah, die aus der Fronthydraulik herausdrückten und auf dem gefliesten Boden eine schimmernde Lache bildeten. In einer Ecke der Werkstatt bewahrte er alte Planen auf, die er durchwühlte, um eine zu finden, die nicht allzu viele Löcher hatte. Eine sah ganz gut aus, fühlte sich aber schwerer an als die anderen, als wäre etwas darin eingewickelt. Er zog sie heraus

und entfaltete sie auf der Werkbank. Vor ihm lagen alte, in Leder gebundene Bücher. Wer hatte die hier versteckt? Er schlug das oberste auf und überflog ein paar Seiten, ohne wirklich etwas entziffern zu können. Diese alte Handschrift war schwer zu lesen, da er seine Lesebrille nicht dabei hatte sogar fast unmöglich. Josef ahnte, dass dies die Bücher waren, von denen Pfarrer Sailer gesprochen hatte. Doch wie kamen die hierher? Hatte seine Frau sie mitgebracht? Und wenn ja: warum? Er klappte das Buch zu und wickelte es, zusammen mit den anderen, wieder in die Plane, und legte sie dahin zurück, wo er sie gefunden hatte. Kurz hatte er mit dem Gedanken gespielt, die Bücher einfach in den Müll zu werfen, doch es schien ihm nicht richtig. Er musste mit irgendwem über diese ganze Geschichte reden. Er schlug sich mit Schuldgefühlen herum, die – seiner Meinung nach – völlig unberechtigt waren. Aber wem sollte er sich anvertrauen? Seine Frau Annemarie war dafür leider nicht die Richtige. Er liebte sie – natürlich – doch sie war in all den Jahren niemals seine Vertraute gewesen, nur seine Angetraute. Sie hatte sich um Haus und Herd gekümmert, die Kinder versorgt und die Einkäufe getätigt, während er den Hof am Laufen hielt. Sie ergänzten sich in ihrer Art und in ihren Aufgaben und waren so die perfekten Partner. Sie schliefen sogar noch regelmäßig miteinander, was nicht selbstverständlich war, wenn man dem Getratsche der anderen Männer bei der Goschamarie glauben wollte. Dennoch war sie nicht die Person, der er sich anvertrauen wollte.
Als er über den Hof zum Wohnhaus ging grübelte er noch immer, und stellte dabei traurig fest, wie wenig echte Freunde er hatte. Eigentlich hatte er gar keine. Der, der einem Freund am nächsten kam war Georg, aber er war sich nicht sicher, ob er mit ihm offen würde reden können. Er beschloss das Schicksal entscheiden zu lassen: wenn Georg an diesem Abend bei der Goschamarie auftauchte, würde er ihn um ein

Treffen unter vier Augen bitten, wenn nicht … dann eben nicht.
In dem Moment als er die Haustür aufschloss, schoss eine winzige Spitzmaus unter dem Stiefelzieher hervor und versuchte in den Hausflur zu flitzen. Ohne darüber nachzudenken, beendete Josef mit einem Tritt seines rechten Stiefels, alle Zukunftspläne des kleinen Nagers.

19

Es war eine grandiose Schlacht gewesen. Der Kampf zweier Individuen bis zur totalen Erschöpfung. Sie hatten heftig miteinander gerungen und dabei, ohne Rücksicht auf ihre Umgebung, bis zum Letzten gekämpft. Lange sah es nach einem Unentschieden aus, danach, dass einer der beiden vielleicht einen Waffenstillstand anbieten würde, doch dazu war es nicht gekommen. Der eine hatte gewonnen, der andere verloren. Das Schlachtfeld um sie herum zeugte von dem zermürbenden, rücksichtslosen Gefecht, das sie sich geliefert hatten. In dem kleinen Bad sah es aus wie nach einem Bombeneinschlag.

Walter saß auf der Terrasse in der Sonne, neben ihm Balu, die Rute akkurat um sein Hinterteil gelegt.

Walter lächelte, denn wieder einmal war er als Sieger aus dieser Schlacht hervor gegangen. Er wusste, dass Balu nicht gern gebadet wurde und hatte ihn in die Wanne heben müssen. Mehrfach, da der Wolfsspitz immer wieder herausgesprungen war. Erst als er komplett nass war, hatte er sich in sein Schicksal ergeben und war mitten in der Wanne stehen geblieben. Beim Shampoonieren hatte er mehrere Male leise geknurrt, hatte sich aber anschließend ohne Widerspruch abspülen lassen. Dass er sich, als Walter ihn aus der Wanne gehoben hatte, zweimal kräftig geschüttelt hatte, war zwar unangenehm gewesen, aber Walter war eh schon von oben bis unten eingesaut. Das Föhnen verlief fast problemlos, bis auf einen eigenartigen strengen Geruch, den er aber einem verbrannten Haar im Föhn zuordnete. Walter lehnte sich zufrieden zurück und genoss seinen Sieg. Er war der Herr im Haus.

Balu war zufrieden. Er selbst hätte sich niemals so sauber lecken können, wie Walter es mit Shampoo und Bürste geschafft hatte. Doch er hatte nicht darum betteln wollen, und darum so getan, als wolle er nicht geduscht werden. Wie immer. Walter bemühte sich dadurch umso mehr. Er hob ihn in die Wanne – auch mehrmals. Er wusch sorgfältig das Fell mit lauwarmem Wasser aus, und massierte anschließend dieses wunderbar duftende Hundeshampoo in den Pelz. Allein für diese Massage hätte Balu alles gegeben. Und das Beste: Walter hatte dabei noch ein schlechtes Gewissen. Für das Ausschütteln nach dem Baden hätte er ihn sonst wüst beschimpft, doch jetzt redete er beruhigend auf ihn ein und streichelte ihn sogar. Auch beim Föhnen sagte Walter andauernd, was er doch für ein toller, gutaussehender Hund sei – wer hörte das nicht gerne. Walter hatte sich nicht einmal beschwert, als ihm beim Föhnen ein ziemlich übler Hundepups entfleucht war. Er war einfach zu entspannt gewesen, um ihn zurückzuhalten. Balu kniff zufrieden die Augen zusammen und genoss seinen Erfolg. Walter konnte gern der Chef im Haus sein, aber er bestimmte was passierte.

20

Der Radiowecker sprang zur gewohnten Uhrzeit an und Walter war sofort wach. Sie spielten irgendwas von Helene Fischer, was Walter aber ganz gut gefiel. Hauptsache nicht „Atemlos". Das hatten sie nach dieser Fußballweltmeisterschaft damals einfach tot gedudelt. Erholt und bereit für den Tag, schwang er sich aus dem Bett und freute sich im Nachhinein, dass er gestern früh ins Bett gegangen war. So erholt hatte er sich schon lange nicht mehr gefühlt.
Jusuf kam pünktlich mit den Zeitungen in den Hof gerollt und gut gelaunt tranken sie ihren heißen Kaffee. Walter unterhielt sich gern mit Jusuf. Er war eine ehrliche Haut und sagte gerade heraus, was er dachte. Außerdem wohnte Jusuf in Berg bei Ravensburg und hatte mit Taldorf nur wenig zu tun. Deshalb hatte Walter sich entschlossen, ihm von ihrer kleinen Ermittlergruppe zu erzählen. Erst hatte er überlegt, Max oder Peter einzuweihen, aber sie waren einfach zu nah dran an der Geschichte. Als er ihr Vorhaben in Kurzform erklärt hatte, schüttelte Jussuf besorgt den Kopf.
„Meinscht du Walter, dass das gute Idee isch? Wahrscheinlich kommt eh nix bei raus, weil der Pfarrer Herzinfarkt hatte und fertig. Aber wenn doch anders is – oder wenn nur blöd gelaufen is – dann findet einer eure Idee nischt gut."
Walter hatte die gleichen Bedenken. „Was würdest du denn machen? Es bleiben lassen? Irgendwie habe ich das Gefühl, ich wäre es dem alten Pfarrer schuldig. Und wenn wir nichts finden, dann haben wir doch nur ein bisschen Zeit verschwendet – mehr nicht."
Jussuf strich mit dem Finger über den Rand seiner Kaffeetasse und

neigte den Kopf zur Seite, während er darüber nachdachte.
„Weischt du, Walter … am Ende muscht du selber entscheiden. Ist deine Sach! Aber egal was du machscht: verschprichscht du mir vorsichtig zum sein! Und wenn du mal brauchscht Hilfe, rufst du Jusuf an, okay?"
Jusuf trank den letzten Schluck Kaffee, stellte seine Tasse in die Spüle und verabschiedete sich, nicht ohne Balu einmal herzlich zu verwuscheln.
Walter hatte seine Zeitungen eingepackt und sich auf seine immer gleiche Tour begeben. Natürlich kam er auch an Pfarrer Sailers Haus vorbei. Es gruselte ihn ein wenig davor, denn es war ja das Haus eines Toten. Ob katholische Pfarrer als Geist zurückkommen können?
Er sah das schwache Licht schon von weitem. Es war die Eingangsleuchte über der Haustür. Wer hatte die angemacht? Walter wurde neugierig und trat etwas schneller in die Pedale, so dass Balu in einen lockeren Galopp verfiel, um nicht zurückzufallen. Als sie das Haus erreichten, gab es eine weitere Überraschung: im Hof stand ein Auto. Ein ziemlich neuer Audi A6 mit Augsburger Kennzeichen. Walter hatte ihn noch nie gesehen. Balu schnüffelte sofort einmal rund um das Fahrzeug und roch ein sehr süßes Damenparfum. Außerdem den Urin von einem Marder. Walter schob die Zeitung unter den Türgriff und sah beim Weggehen eine ziemlich teuer anmutende Damensonnenbrille auf dem Armaturenbrett. Er hatte keine Ahnung, welche Frau in Pfarrer Sailers Haus übernachten könnte, aber das konnte er herausfinden. Er merkte sich das Kennzeichen, war sich wegen der Dunkelheit aber nicht sicher welche Farbe der Audi hatte. Irgendetwas zwischen dunkelblau und schwarz. Das würde reichen müssen. Wozu hatte er Freunde bei der Polizei.
Walter beeilte sich auf dem Rest seiner Runde, nur an Eugen Heesterkamps Haus war er etwas vorsichtiger, um nicht wieder von

ihm erschreckt zu werden. Balu lief in dieser Zeit schon ein paar Häuser weiter und bellte leise vor Bimbos Stalltür. Er hatte eine Idee.
„Hey du altes Salami-Ross – schon wach?"
Aus dem Stall heraus waren die Geräusche zu hören, die entstehen, wenn sich ein schwerer Körper bewegt.
„Was soll ich denn davon halten? Eine chinesische Vorspeise kläfft vor meinem Stall? Verpiss dich, du Flohfänger!" Bimbo hatte wie immer schlechte Laune.
Balu ignorierte den aggressiven Ton des Haflingers und trat etwas näher an das halb offene Tor. *„Sag mal, bist du eigentlich wirklich so alt wie alle sagen?"*
Verwundert streckte Bimbo seinen Kopf aus der Öffnung. *„Schon. Zweiunddreißig Jahre. Und glaub mir: in dieser Zeit habe ich viele Tölen wie dich kommen – vor allem aber gehen sehen."* Er wieherte arrogant von oben herab und genoss es sichtlich rund anderthalb Meter größer zu sein als der Wolfsspitz.
„Ach, und dein Gedächtnis ist so gut, dass du dich noch an die ganzen Jahre erinnerst? Oder ist in deinem Kopf nur labbriges Stroh, so wie in deinem Futtertrog?"
Bimbo klopfte protestierend mit einem Huf an das Tor und schüttelte verärgert seinen massigen Kopf.
„Eins sag ich dir, Freundchen: ich weiß noch jede Einzelheit, die ich jemals erlebt habe. Ich weiß sogar noch, was du damals für ein hässlicher kleiner Welpe warst. Mit viel zu großen Pfoten und einer krummen Rute. Ich könnte mich heute noch totlachen!"
„Verkneif es dir, obwohl ich nichts dagegen hätte! Dann kannst du mir ja vielleicht eine Frage beantworten?"
Bimbo wurde misstrauisch. *„Warum sollte ich das tun?"*
„Um zu beweisen, dass du wirklich nicht nur Stroh im Kopf hast!"
Sofort reckte der Wallach seinen Hals und schüttelte seine Mähne.

Eine Geste, die an Überheblichkeit kaum zu übertreffen war.
„Dann frag halt! Was möchtest du wissen?"
Balu setzte sich und legte provokant langsam die Rute um sein Hinterteil. *„Du kanntest doch den alten Pfarrer? Der, der neulich gestorben ist?"*
„Natürlich! Ich war unzählige Male mit ihm beim Blutritt in Weingarten." „Hast du ihn jemals mit einer Frau gesehen?"
Während Bimbo überlegte, meinte Balu das Stroh in seinem Hirn knistern zu hören. Er grinste in sich hinein.
„Also der Pfarrer hatte natürlich keine Frau als Partnerin. Ob er sich heimlich mit jemandem getroffen hat, kann ich nicht sagen. Gesehen hab ich ihn höchstens mal mit seiner Haushälterin, der Annemarie. Die hat ihn auch mal mit dem Auto irgendwohin gefahren, wenn es sein musste. Ansonsten … nur seine Schwester. Die war vor Jahren ein paar Mal zum Blutritt da. Ein fürchterliches Weib! Man hat sogar dem Pfarrer angemerkt, dass sie ihm unangenehm war."
Von einer Schwester hatte Balu bisher nichts gewusst. Woher auch.
„Was war an der denn so fürchterlich?"
„Alles!", zischte Bimbo ohne zu zögern. *„Die war hochnäsig, arrogant, schnippisch, nörgelig … und ob du es glaubst oder nicht: das hat man ihr schon von weitem angesehen. Und eine Stimme …"* Anstatt den Satz zu vollenden schüttelte sich der Wallach angewidert und verdrehte die Augen. Balu wusste in diesem Moment, dass er diese Schwester nicht kennenlernen wollte, vermutete aber, dass sie wohl ganz gut zu Bimbo passen würde.
„Weißt du, wo die wohnt?"
„Nee, aber sicher nicht in der Nähe. Sonst wäre sie sicher öfter da gewesen. Hab sie nie irgendwo anders gesehen als beim Blutritt."
Walter hatte mittlerweile aufgeholt und begrüßte den Wallach.
„Hey Bimbo, altes Haus. Dass du so früh schon wach bist? Ich hätte

dich für wesentlich träger und fauler gehalten."

Bimbo stieg das Blut in den Kopf.

„Dir geb ich gleich träge und faul! Pass auf, dass du nicht in meine Beißzone kommst!"

Walter, der den wütenden Wallach natürlich nicht verstehen konnte, lächelte nur.

„Joooo, bist ein ganz ein Guter, gell, gaaaaanz ein Guter!"

„Das gibt's doch nicht!", tobte Bimbo. *„Jetzt redet er mit mir schon wie mit einem kleinen Haustier. Das zahl ich dir irgendwann heim, du lahmer Zweibeiner!!"*

„Ganz ruhig Brauner!", stichelte jetzt auch Balu, *„Jetzt mach du schön fressie fressie und danach schön Heia!"* Balu wartete keine Antwort ab und stob davon.

Noch im Hinterdorf konnte er das wütende Wiehern des Haflingers hören.

21

Walter stand an der Tür zu Pfarrer Sailers Haus. Er hatte beobachtet, wie einige vermummte Personen erst um das Haus herumgeschlichen, und dann durch den Hintereingang eingedrungen waren. Drinnen war alles dunkel, nur vereinzelt leuchtete kurz eine Taschenlampe auf. Hier war irgendwas ganz und gar nicht in Ordnung. Walter wollte Hilfe rufen und griff zu seinem Handy. Er wählte Mannis Nummer und lauschte dem Freizeichen. Es dauerte ewig, bis jemand abhob. Es war Helene Fischer.
„Atemlos durch die Nacht!“, säuselte sie.
„Verdammt, was soll das Manni?“, brüllte Walter.
Doch Helene ignorierte ihn und trällerte: „Bis ein neuer Tag erwacht!“.
Walter nahm sein Handy vom Ohr und starrte auf das Display. Doch statt der gewohnten Nummer zeigte es seinen aktuellen Puls – 180 Schläge pro Minute. In diesem Moment joggte Eugen Heesterkamp in seinem Neon-Outfit und mit einer lustigen Stirnlampe vorbei und hob mahnend den rechten Zeigefinger.
„Walter, Walter! Ganz schön hoher Puls! Sie müssen mehr für ihre Gesundheit tun! Oder hören sie etwa nicht ihr Herz klopfen?“
Walter horchte in sich hinein, und tatsächlich: er hörte es.
Bumm bumm – bumm bumm bumm – bumm bumm bumm bumm.
Es wurde immer schneller und immer lauter, so dass Walter das Klopfen jetzt sogar spüren konnte. Er schwitzte. Der Schweiß lief in Strömen über sein Gesicht. Seine Hände griffen panisch zur Brust, in der Hoffnung, sein Herz irgendwie zu beruhigen, doch selbst als er es rot glühend in der Hand hielt, schlug es wie wild. Walter versuchte es

zurück in seine Brust zu drücken, doch es zuckte und hüpfte so heftig, dass es ihm aus den Händen glitt und kreuz und quer über die Wiese sprang. Walter sprang auf und hechtete verzweifelt seinem Herz hinterher. BOMM.
Walter öffnete blinzelnd die Augen und musste sich erst orientieren. Er lag im Schlafzimmer vor seinem Bett. Erschreckt griff er an seine Brust und fühlte sein Herz. Dort, wo es hingehörte. Aber er konnte es noch immer hören. Sehr laut sogar. Er schüttelte den Kopf um den Rest des Traumes auch noch zu vertreiben, doch das Klopfen blieb. Wurde sogar lauter. Wie ein Donnern. Walter schaute auf seinen Radiowecker: gerade mal halb zehn. Er zog sich am Bettgestell nach oben und machte das Licht an. Immer noch dieser Lärm. Er schlüpfte in Morgenmantel und Pantoffeln und stieg die Treppe zur Küche hinunter. Balu lag zusammengerollt in einem Eck und starrte ihn verängstigt an.
„Mach bitte, dass es aufhört!“
Walter ging durch den Gang zur Vordertür. Als er sie öffnete, schlug ihm ein infernalischer Lärm entgegen. Vor dem Nachbarhaus standen gleich mehrere Baustellenfahrzeuge und mehrere Arbeiter trugen Eimer und Säcke ins Haus. Das Hämmern stammte von einem Presslufthammer, der irgendwo im Haus sein destruktives Werk verrichtete. Ein Mann mit gelbem Helm stand etwas abseits und studierte einen großen Bauplan, den er auf der Motorhaube seines Pickups ausgebreitet hatte. Walter stampfte direkt auf ihn zu und baute sich, die Arme in die Hüften gestemmt, vor ihm auf.
„Was denken Sie sich denn? Bei diesem Lärm kann doch kein Mensch schlafen!“
Der Gelbhelm blickte Walter verständnislos an. Erst jetzt sah Walter, dass er Ohrenschützer trug. Sogenannte „Micky-Mäuse“. Genervt streifte der Mann die Ohrenschützer nach hinten und schrie gegen

den Lärm an. „Was ist los? Was wollen Sie denn?"
Walter war wütend. Richtig wütend. In einem Comic wäre ihm der Rauch aus den Ohren gezischt.
„Was soll das hier? Dieser Lärm! Da kann doch kein Mensch schlafen!"
Der Mann musterte Walter von Kopf bis Fuß und blieb dann prustend bei seinen Hausschuhen hängen. Erst jetzt bemerkte Walter, wie lächerlich er aussah. Pantoffeln, Morgenmantel, darunter Unterhose und Unterhemd. Auf einer Baustelle. Seine Wut verflog und verwandelte sich in tiefste Scham. Er machte auf dem Absatz kehrt und marschierte zurück ins Haus.
„Ich komme später wieder!", rief Walter im Weglaufen und knallte die Eingangstür zu. Das Krachen der Tür ging im Baustellenlärm unter.

Bevor Walter hoch ins Schlafzimmer ging, um sich anzuziehen, ließ er Balu in den Garten, der schon mit eingezogener Rute an der Küchentür wartete. Balu trabte am Zaun zum Nachbargrundstück entlang, hatte aber stets das Haus und die Handwerker im Auge. Hinter den teilweise geöffneten Fenstern konnte er die Arbeiter in den Zimmern sehen. Hinter dem Haus standen jetzt auch zwei Müllcontainer, teilweise von einem Holunderbusch verdeckt. Der linke war schon fast voll. Balu konnte einige Möbelteile und Schränke erkennen, in den anderen schüttete einer der Arbeiter gerade einen Eimer mit Bauschutt. Auch hier im Garten war der Lärm unerträglich. Fast hätte Balu Seppi übersehen, der wieder dabei war die Wurmpopulation in Walters Garten zu dezimieren.

„Hey Balu, du Trampel! Bitte auf die Kleinen achten!“

Balu senkte seinen Kopf zu dem Igel hinab, etwas weiter als sonst, damit er ihn besser verstand.

„Entschuldige, ich bin von dem Krach total irritiert. Sonst ist es hier immer so ruhig und auf einmal ist die Hölle los!“

„Ich find's gut“, schmatzte der kleine Igel. *„Die Würmer haben Angst vor den Erschütterungen von diesem Hämmerdings da drinnen und flüchten an die Oberfläche. Ich brauche sie nur noch einzusammeln. So viel hab ich schon lange nicht mehr gefressen.“*

Sprach's und packte einen Monsterwurm von der Größe einer Blindschleiche. Balu verstand nicht, wie man bei diesem Treiben so gleichgültig bleiben konnte.

„Ich hoffe, die sind bald fertig mit dem … was immer sie tun. Das halte ich

nämlich nicht lange aus."
Seppi schüttelte den Kopf. *„Wirst es wohl noch ein Weilchen aushalten müssen. Vorher sagte einer, er wäre froh, wenn sie in einer Woche mit dem Gröbsten durch wären."*
Balu stellte die Nackenhaare. *„Eine Woche?"*
Seppi nickte. *„Für das Gröbste. Ich denke mal, danach kommt dann das nicht so grobe. Und dann sicher auch irgendwann der Garten."*
Balu zuckte erschrocken zurück. Der Garten. Daran hatte er gar nicht gedacht. Das Blut stieg ihm in den Kopf. In den letzten Jahren war er oft auf das Grundstück geschlichen und hatte dort, aus Bequemlichkeit, sein Geschäft verrichtet. Sie würden Berge von Hundehaufen finden. Wie peinlich. Andererseits hatten die Menschen so schlechte Nasen, dass sie nicht riechen würden von wem die Haufen stammten. Vielleicht würden sie sie ja dem Fuchs zuschreiben, der hier nachts manchmal herumschlich. Wie auch immer, er konnte es nicht ändern, nahm sich aber vor, in Zukunft den Nachbargarten nicht mehr als Toilette zu benutzen.
„Sag mal Seppi: war Kitty heute schon da?"
„Jo. Die kam, als das da drüben losging. Hat sich alles eine Weile lang angeschaut, aber dann wurde es ihr auch zu laut. Sie meinte, du wüsstest, wo du sie findest, wenn es dir danach ist."
Natürlich wusste Balu das. Zusammen hockten sie oft stundenlang in Maries Scheune und erschreckten die Mäuse. Balu trabte los in Richtung Hinterdorf. Walter wusste, dass sein Wolfsspitz sich dort öfter mit Kitty traf und hatte nichts dagegen.
Er fand die Tigerkatze auf einem übrig gebliebenen Strohballen am Scheunentor. Von hier hatte sie gute Sicht auf die Scheune und den Platz davor.
„Na, wenn das nicht mein Freund der Wachhund ist, der das ganze Theater verpennt hat", begrüßte sie Balu.

„Ach, hör auf. Gar nichts hab ich verpennt. Ich bin hochgeschossen, als ich die erste Autotür gehört habe. Aber Walter hat noch ne ganze Weile geschlafen. Der ist erst vom Presslufthammer wach geworden. Ich fürchte, er hat heute richtig schlechte Laune."
Kitty leckte an der linken Vorderpfote und wischte sich dann damit über die Ohren. *„Was meinst du, wer dahintersteckt?"*
„Keine Ahnung. Aber du hast ja neulich in der Wirtschaft gehört wie Elmar meinte, das Häusle sei verkauft worden. Derjenige wird schon irgendwann auftauchen und dann kriegt er von Walter sein Fett weg. Aber so richtig. Da kannst du dich drauf verlassen."
Kitty nickte. Sie kannte Walter fast so gut wie Balu. Er war immer freundlich und hilfsbereit, niemals streitsüchtig. Außer man brachte ihn um seinen Schlaf. Das hatten schon einige Zeugen Jehovas zu spüren bekommen, die die schlechte Idee gehabt hatten, um elf Uhr vormittags an Walters Tür zu klopfen.
„Ich habe heute früh mit Bimbo gesprochen", wechselte Balu das Thema.
Kitty war überrascht. *„Warum? Der alte Miesepeter ist es doch nicht wert sich mit ihm abzugeben."*
„Als ich mit Walter letzte Nacht auf Zeitungstour war, kamen wir an Pfarrer Sailers Haus vorbei. Wie immer. Und da brannte das Eingangslicht und es stand ein fremdes Auto in der Einfahrt. Ein Frauenauto!" Nun hatte Balu Kittys ganze Aufmerksamkeit.
„Woher willst du wissen, dass es ein Frauenauto war?"
„Ich hab natürlich gleich alles abgeschnuppert und da war überall dieser Geruch nach einem sehr süßen Parfum. Sowas hab ich bisher nur bei Frauen gerochen. Ein Mann würde sowas nicht benutzen."
Kitty überlegte. *„Vielleicht ein schwuler Mann?"* Daran hatte Balu noch gar nicht gedacht, fand es aber eher unwahrscheinlich. *„Das glaube ich nicht. Es war typisch weiblich. Na, auf jeden Fall hab ich mir dann überlegt, was für Frauen in Pfarrer Sailers Leben eine Rolle gespielt haben. Und da mir*

niemand einfiel, habe ich Bimbo gefragt. Der ist doch das älteste Tier im Dorf … abgesehen von Eugens Schildkröte. Und Bimbo kennt den Pfarrer von den Blutritten. Und tatsächlich: er erinnert sich daran, dass Pfarrer Sailer eine Schwester hat. Er mochte sie nicht. Muss ein unmögliches Weib sein, aber: er hat eine Schwester. Vielleicht wohnt die ja jetzt im Haus vom Pfarrer."

Kitty hatte aufmerksam zugehört, konnte aber keinen Zusammenhang erkennen. *„Na und? Er hatte eine Schwester. Was bedeutet das jetzt?"*

„Vielleicht profitiert sie ja von Pfarrer Sailers Tod und hat ein wenig … nachgeholfen?"

Kitty schüttelte den Kopf. *„Meinst du nicht, du verrennst dich da ein bisschen? Die ist wahrscheinlich hier, weil er gestorben ist und kümmert sich um den Nachlass. Die Menschen machen das so."*

Balu wurde energisch. *„Kitty – sie hat ihren Bruder fast nie besucht und jetzt schläft sie sogar in seinem Haus! Ich denke, da stimmt was nicht und ich wüsste gerne was."*

Die Tigerkatze kannte ihren Freund und wusste er würde keine Ruhe geben. Und warum auch nicht? Ein bisschen rumschnüffeln konnte nicht schaden.

„Also gut. Sollen wir später hoch nach Alberskirch und uns die Schwester anschauen? Wenn sie denn noch da ist!"

Balu stupste Kitty mit der Nase sanft in die Seite. *„Ich wusste, ich kann mich auf dich verlassen. Lass uns nachher hoch laufen. Jetzt muss ich zurück zu Walter. So wie der vorhin drauf war, macht er vielleicht irgendwelche Dummheiten."*

Sie verabschiedeten sich kurz und Balu galoppierte nach Hause. Er war gespannt, was zu Hause passierte.

Walter war außer sich vor Wut. Vor Aufregung zitterten ihm die Hände und er hatte Mühe sich anzuziehen. Wer konnte es wagen mitten in der Nacht so einen Lärm zu machen? Direkt vor seiner Haustür? Das würde er im Handumdrehen beenden, schließlich hatte er Freunde bei der Polizei. Erst versuchte er Manni eine SMS zu schicken, wobei er sich aber andauernd vertippte und genervt aufgab. Er wählte Manni im Telefonbuch seines Handys und drückte die Taste mit dem grünen Hörer. Es klingelte zweimal bis Manni sich meldete.
„Hi Walter! Was gibt's denn?“
In diesem Moment kreischte im Nachbarhaus eine Säge auf und Walter musste schreien damit Manni ihn verstand.
„DAS IST EIN NOTFALL, MANNI! ICH BRAUCHE HILFE!!!“
Doch selbst jetzt konnte Manni nur einige Worte verstehen – „Notfall“, „Hilfe“ - denn zusätzlich zum Lärm riss das schwache Handynetz in Taldorf wahllos Fetzen aus dem Gespräch.
Auch Manni schrie in den Hörer. „WO BIS DU DENN WALTER?“
Die Säge nebenan verstummte. „Ich bin zu Hause. Ich brauche unbedingt deine Hilfe – sofort! Du kannst dir nicht vorstellen was hier …“
Der Presslufthammer setzte ein und übertönte mit seinem „Rattatattatta“ alles andere. Manni nahm entsetzt sein Handy vom Ohr und schaute ungläubig auf das Display. Die Verbindung war unterbrochen. Aber das Geräusch hatte er erkannt. Rattatattatta. Eindeutig Gewehrschüsse. Eventuell sogar ein Maschinengewehr. Was passierte da in Taldorf? Neben ihm saß Streifenkollege Hans am

Steuer ihres Dienstwagens.
„Wir müssen zu Walter nach Taldorf. Irgendwas Schlimmes geht da vor sich."
Während Hans das Blaulicht einschaltete und an der Ampel wendete, meldete Manni ihr Fahrtziel über Funk in der Zentrale. Mit Vollgas fuhren sie die Jahnstraße aus Ravensburg hinaus, ignorierten zwei rote Ampeln und rasten mit 160 km/h Richtung Bavendorf. Dort hatte sich an der Ampel eine kleine Schlange gebildet und sie mussten ihr Tempo drosseln, als sie an den stehenden Fahrzeugen vorbeizogen. Dann wieder Vollgas. Wernsreute flog vorbei. Ortseingang Dürnast. Ein Traktor mit dem Aufkleber „6 km/h" tuckerte vor ihnen her und machte keine Anstalten rechts ran zu fahren. Trotz Blaulicht und Martinshorn. Als sie an dem Traktor vorbei ziehen wollten und links blinkten um nach Taldorf abzubiegen, bog der Traktor ebenfalls links ab. Ohne zu blinken. Streifenkollege Hans legte eine Vollbremsung hin und drückte auf die Hupe, um dann den Schreckmoment des Traktorfahrers zu nutzen und ihn zu überholen. Der alte Mann auf dem Fahrersitz ballte die Faust und winkte ihnen wütend hinterher.
Die Arbeiter auf der Baustelle staunten nicht schlecht, als das Polizeiauto mit Blaulicht und Sirene vor dem Nachbarhaus zu stehen kam. Für einen Moment legten sie ihre Arbeit nieder und verfolgten das Schauspiel: ein dicker und ein schlaksiger Polizist sprangen mit gezogenen Waffen aus dem Auto und schlichen dann, in entgegengesetzten Richtungen, um das Nachbarhaus. Als sie auf der Rückseite verschwanden, warteten die Handwerker noch eine Minute, machten sich dann aber schulterzuckend wieder an die Arbeit.
Walter versuchte noch immer mit seinem Handy Empfang zu bekommen. Es war wie verhext mit dieser Technik: wenn man sie am dringendsten brauchte funktionierte sie nicht. Er hatte es auch oben im Schlafzimmer versucht wo der Empfang eigentlich besser sein

müsste. Fehlanzeige. Natürlich hätte er das Festnetztelefon benutzen können, doch er hatte Mannis Nummer nur in seinem Handy gespeichert, und so sehr er es auch versuchte, in seiner Hektik konnte er den Eintrag im Telefonbuch nicht öffnen. Da stand nur „Manni", aber keine Nummer. Er entschied sich direkt bei der Polizei anzurufen und sich durchstellen zu lassen. Das sollte doch wohl möglich sein. Er hatte gerade den Hörer des Festnetztelefons im Flur abgenommen, als die Küchentür mit einem lauten Krachen aufgestoßen wurde. Zwei Männer rannten mit vorgehaltenen Pistolen in seine Küche und sahen sich hektisch um.

„Walter! Geht es dir gut?", fragte Manni hektisch.

Der stand wie versteinert mit dem Hörer in der Hand im Flur und wagte nicht sich zu bewegen. Das Freizeichen im Telefon war deutlich zu hören.

„Natürlich geht es mir gut. Was um Himmels willen machst du hier? Und was sollen die Pistolen?"

Manni und Streifenkollege Hans sahen sich unschlüssig an, zuckten mit den Schultern und steckten die Waffen zurück in ihre Holster. Erleichtert lockerten sie sich etwas und atmeten tief durch.

„Mensch Walter, was ist denn bei dir passiert? Ich habe dich am Telefon kaum verstanden. Und dann hab ich die Schüsse gehört und wir sind sofort los gefahren."

Überraschter hätte Walter nicht schauen können. „Schüsse? Hier hat doch niemand geschossen."

Als hätte er auf seinen Einsatz gewartet, legte in diesem Moment der Presslufthammer wieder los. Manni seufzte resigniert.

„Das war es, das Geräusch vom Presslufthammer. Klang übers Telefon aber verdammt nach Schüssen."

Manni öffnete seine Uniformjacke und wischte sich ein paar Schweißtropfen von der Stirn, dann griff er nach einem Stuhl und

setzte sich an den Küchentisch. Streifenkollege Hans ging nach draußen um zu rauchen.
„Mann, hast du uns einen Schrecken eingejagt. Aber jetzt erzähl mal. Was gibt es denn so dringendes, dass du mich angerufen hast?"
Walter war von dem Schreck immer noch etwas blas um die Nase. „Hast du das draußen nicht gesehen? Es ist ein Albtraum! Diese ganzen Bauarbeiter. Dieser Krach! Mitten in der Nacht!"
Manni konnte sich ein Grinsen nicht verkneifen. „Mitten in der Nacht? Hast du mal auf die Uhr geschaut?"
Ruckartig sah Walter auf die Uhr über der Spüle. Fast halb elf. Er wollte etwas sagen, stoppte aber und setzte erneut an. „Also das ist … also bei mir … ja Scheißendrecken … ich hab doch noch geschlafen! Bei mir ist das Nacht und da können die doch nicht einfach so einen Lärm machen!"
„Das können die schon Walter. Die gesetzliche Ruhezeit ist von 22 Uhr bis 6 Uhr. Dazwischen dürfen die machen was sie wollen."
Walter suchte verzweifelt nach einem Ausweg. „Aber wie ist es mit der Mittagsruhe? Und überhaupt: hätten die nicht vorher mich, als Nachbarn, fragen müssen ob sie überhaupt was bauen dürfen? So mit Baugenehmigung und so?" Walter hatte sich richtig in Rage geredet, doch Manni winkte ab.
„Nein Walter, so läuft das nicht. Eine Mittagsruhe gibt es gar nicht mehr. Hat man vor ein paar Jahren abgeschafft. Und für das, was die da drüben machen brauchen sie höchstwahrscheinlich auch keine Baugenehmigung, zumindest wenn sie nur umbauen oder renovieren. Das kann jeder tun, wann immer er Lust dazu verspürt."
Walter sackte resigniert auf dem Küchenstuhl zusammen und stützte den Kopf in die Hände. „Aber bei meinem Job muss ich doch tagsüber schlafen. Müssen die da nicht Rücksicht drauf nehmen?"
Manni schüttelte den Kopf. „Nach dem Gesetz müssen die gar nichts.

Natürlich wäre es im Zeichen einer guten Nachbarschaft schön eine einvernehmliche Lösung zu finden. Vielleicht redest du mal mit denen? Hast du das schon versucht?"

Walter ahnte allmählich, dass das nicht so einfach werden würde. Mit wem sollte er denn da drüben reden? Mit dem Typen mit den Mickey-Mäusen, der ihn vorhin im Morgenmantel gesehen hat? Er musste es zumindest versuchen. Später. Aber noch heute.

Manni sah sich um und zeigte zu Walters französischer Kaffeemaschine. „Machst du mir einen?"

Streifenkollege Hans, der vom Rauchen zurückkam, schloss sich an. „Ich würde auch einen nehmen."

Während Walter Wasser aufsetzte kam Balu zur geöffneten Küchentür herein und begrüßte schwanzwedelnd die Besucher. Streifenkollege Hans liebte Hunde, vor allem langhaarige, und begann sofort Balu zu streicheln. Der setzte sich neben ihn und grunzte schon nach wenigen Sekunden vor Wonne. Als sie am Tisch saßen und sich die Geschichte, die sie gerade erlebt hatten, gegenseitig noch einmal erzählten, mussten sie lachen. Das Ganze war einfach saublöd gelaufen. Da fiel Walter etwas ein. Er erzählte seinen Freunden, was er in der vergangenen Nacht beobachtet hatte. Das Licht an Pfarrer Sailers Haus, der Audi, das Nummernschild.

„Könnt ihr nachprüfen wem das Auto gehört?"

Streifenkollege Hans hatte sich das Kennzeichen bereits notiert. „Kein Problem. Das machen wir öfter. Manchmal kommen dabei auch echt lustige Sachen raus. Da hatten wir mal einen Fall, da hatten uns ein paar Anwohner gebeten ein Fahrzeug zu überprüfen, das oft in ihrer Straße stand, aber keinem von ihnen gehörte. Wie sich rausstellte, war es das Auto von unserem Oberbürgermeister. Der hatte in der Straße eine Freundin, die er heimlich besuchte. Seine Frau hat dann auch ganz schön blöd geguckt, als wir sie danach gefragt haben."

Alle drei lachten herzlich und genossen ihren Kaffee. Es wurden noch ein paar lustige Geschichten aus dem Polizeialltag erzählt, bis Manni sich erhob, und seine leere Tasse in die Spüle stellte.
„Danke für den Kaffee Walter, aber wir müssen wieder los. Sonst muss ich am Ende über diese Geschichte noch einen Bericht schreiben und das will ich wirklich nicht. Wir kümmern uns um das Kennzeichen und du hältst weiter die Augen offen. War doch schon mal ein ganz guter Anfang, oder?"
Walter freute sich, dass er etwas hatte beitragen können und nahm sich vor weiter wachsam zu bleiben. „Ja, es ist ein erster Schritt. Ich glaube ich gehe heute Abend zur Goschamarie und horche mich weiter um. Vielleicht kommt da ja noch was raus. Aber vorher muss ich noch mit jemandem auf der Baustelle reden."
Man klopfte sich auf die Schultern und versprach sich auf dem Laufenden zu halten. Dann stiegen die beiden Polizisten in ihren Dienstwagen und fuhren vom Hof. Diesmal ohne Blaulicht.

Walter hatte sich entschlossen, sofort mit jemandem auf der Baustelle zu sprechen. Der Mann mit den Mickey-Mäusen entpuppte sich als eine Art Vorarbeiter, einen echten Bauleiter gab es vor Ort nicht, und Walter schilderte ihm sein Problem. Der Vorarbeiter erklärte Walter, dass sie für ihre Arbeiten vier Wochen eingeplant hätten, wobei das Schlimmste wohl Ende dieser Woche vorbei sei. Sie seien ab neun Uhr da, um zwölf Uhr würden sie eine Stunde Mittagspause machen, wenn ihm das etwas helfen würde. Es half ihm nichts. Walter fragte auch nach dem Bauherrn, beziehungsweise nach dem neuen Besitzer des Hauses, doch der Mann konnte ihm nicht weiterhelfen. Ein Architekt aus Friedrichshafen, namens Weber, hatte seine Firma beauftragt. Den Besitzer hatte er selbst noch nie gesehen, aber das sei durchaus üblich. Walter war ratlos. Er würde sich etwas überlegen müssen, um irgendwie seinen Schlaf zu bekommen. Er hatte sich bei dem Mann (der eigentlich ganz nett war) für die Auskunft bedankt und war grübelnd ins Haus gegangen. Er machte sich eine Schorle mit seinem selbstgemachten Apfelsaft und setzte sich auf die Terrasse. Balu legte sich zu seinen Füßen auf den kühlen Boden und döste vor sich hin. Walter erinnerte sich, wie Elmar erst kürzlich erwähnt hatte, dass das Häusle nebenan verkauft sei und wie er sich Gedanken gemacht hatte, wie es wohl mit einem neuen Nachbarn wäre. Aus diesen Überlegungen war über Nacht Realität geworden und die gefiel ihm bisher gar nicht. Irgendwer würde hier neben ihm wohnen. Schon bald. Er seufzte tief, trank einen Schluck und schloss die Augen. Sie brannten, da er nicht genug geschlafen hatte. Daran würde er sich,

wohl oder übel, gewöhnen müssen.
Mit einem lautlosen Satz landete Kitty auf der Terrasse und setzte sich vor Balus Nase. *„Hey ihr zwei, schlaft ihr beide?“*
Balu öffnete halb seine Augen und hob leicht den Kopf. *„Nicht wirklich. Walter ist ziemlich platt, aber mir geht's gut. Aber er legt sich, glaub, nicht mehr hin. Dann können wir unseren kleinen Ausflug nach Alberskirch wohl vergessen.“*
Die Katze hörte Balus Enttäuschung. *„Mach dir nichts draus. Da läuft uns doch nichts weg. Hast du noch was von der Baustelle erfahren?“* Sie nickte in Richtung Nachbargrundstück.
„Die meinen, sie haben hier ungefähr vier Wochen zu tun, der meiste Krach sei aber nach dieser Woche vorbei. Hoffentlich. Ich ertrage diesen Presslufthammer nicht.“
Kitty verstand Balu. *„Die Menschen können so einen Lärm machen. Wahrscheinich haben sie deshalb so schlechte Ohren. Könnten sie so gut hören wie wir, würden sie wahrscheinlich verrückt werden.“*
Plötzlich verstummte der Lärm auf dem Nachbargrundstück. Kurz darauf hörte man Autotüren zuschlagen und mehrere Fahrzeuge, die sich entfernten.
„Mittagspause“, sagte Balu und ließ den Kopf auf die Vorderpfoten sinken. Kitty rollte sich schnurrend an seiner Seite ein und gemeinsam genossen sie die Ruhe. Auch Walter, der im Gartenstuhl zusammengesackt war und leise vor sich hin schnarchte.

25

Margarethe Sailer stand im Wohnzimmer ihres verstorbenen Bruders und schüttelte den Kopf.
„Tiberius Sailer, du hast gelebt wie ein Bettler." Grimmig stieß sie mit dem Schuh an eine kitschige Stehlampe aus Messing die hinter einem wuchtigen, abgewetzten Ohrensessel stand. Sie hatte die schweren Vorhänge aufgezogen, aber trotzdem blieb es schummrig in dem kleinen Raum. Sie hatte in jeden Schrank gesehen und jede Schublade durchsucht. Es blieb nur noch eine Möglichkeit. Vor einem der Fenster stand ein kleiner Schreibtisch aus fast schwarzem Holz mit kleinen Schubladen auf beiden Seiten. Wie ein Sekretär, doch er hatte keine Klappe, die man hätte schließen können. Sie kannte diesen Schreibtisch. Er hatte früher im Arbeitszimmer ihres Vaters gestanden. Missmutig ließ sie sich auf den billigen Bürostuhl fallen. Er knirschte etwas in seiner Mechanik, als er die ungewohnte Last aufnahm. Sie selbst hatte nicht ein einziges Möbelstück ihrer Eltern behalten, ihr Bruder jedoch hatte darauf bestanden, den Schreibtisch mitzunehmen.
„Zur Erinnerung und zur Mahnung", hatte er damals gesagt.
Margarethe strich mit den Händen über das kühle Holz und meinte den Geruch des Pfeifentabaks ihres Vaters zu riechen. Sie hob die Schreibtischunterlage an und bewunderte die fantastischen Intarsien. Die Details - fast wie mit Tusche gezeichnet. Jede einzelne Feder des Adlers war zu erkennen. Der erhabene Blick, sein starker Hals, die ausgebreiteten Schwingen. Darunter seine totbringenden Krallen, die den Lorbeerkranz hielten, in dessen Mitte das Hakenkreuz prangte.
Mit einem verächtlichen Schnaufen ließ Margarethe die

Schreibtischunterlage wieder auf die Platte fallen. Dann öffnete sie eine Schublade nach der anderen und untersuchte deren Inhalte. In den meisten fand sie Büromaterial. Radiergummis, Spitzer, Bleistifte. Eine Schublade war gefüllt mit alten Rechnungen. Alle mit dem handschriftlichen Vermerk „Bezahlt" und einem Datum daneben, vermutlich der Tag der Überweisung.
„Wo hast du es versteckt?", fragte sie sich selbst und öffnete ein weiteres Schubfach. Sie enthielt eine kleine Plastikschachtel ohne Deckel, gefüllt mit unzähligen Visitenkarten. Bestimmt über hundert, schätzte Margarethe. Beim Durchsehen fand sie die Adressen von Handwerkern, kirchlichen Bediensteten und viele, mit denen sie gar nichts anfangen konnte. Und sie fand die Visitenkarte eines Notars. Sie zog die Karte aus der Schachtel und bog sie leicht zwischen Daumen und Zeigefinger.
„Vielleicht kannst du mir ja helfen." Auf der Karte stand der Name des Notars, sowie seine Telefonnummer und die Adresse der Kanzlei. Margarethe hätte bei ihm anrufen können, einen Termin vereinbaren, doch Margarethe Sailer war nicht der Typ Mensch der Termine vereinbarte. Wenn sie etwas wollte, nahm sie es sich - auch die Zeit eines Notars. Sie stand auf, schnappte ihren Mantel von der Garderobe und verließ das Haus ohne sich noch einmal umzusehen.

Als die Mittagspause der Bauarbeiter zu Ende gewesen war, hatte der Presslufthammer Walter, der noch immer in seinem Gartenstuhl geschnarcht hatte, unsanft geweckt. Fluchend hatte er sich in der Küche verkrochen, doch auch dort war der Lärm nicht zu ertragen gewesen. Er wusste, dass er sich etwas einfallen lassen musste, um seinen Schlaf zu bekommen und so hatte er sich einen Plan zurechtgelegt: Morgens, nach dem Austragen, schnell ins Bett. Wenn er dann vom Lärm geweckt würde aufstehen und alle wichtigen Dinge erledigen. Während der Mittagspause, in der wahrscheinlich Ruhe herrschte, würde er ein Mittagsschläfchen machen und dann abends, spätestens um neun Uhr, ins Bett gehen. Mittlerweile war jedoch klar, dass sein toller Plan nicht funktionieren würde. Nicht an diesem Montag.

Walter saß mit Max, Peter, Elmar und Theo am Stammtisch und hatte sein viertes Bier vor sich stehen. Er lallte schon etwas und es war ihm auch egal, dass es bereits halb zehn war. „Wisst ihr … die bauen da jetzt einfach … die ganze Zeit. Und die machen Krach … die ganze Zeit. Und dann gibt's auch Dreck … die ganze Zeit. Ich hasche meinen neuen Nachbarn jetzt schon!" Eigentlich wollte er „hasse" sagen, doch seine Zunge gehorchte nicht mehr richtig. Max nickte zustimmend, während er versuchte, seine Zigarre neu anzuzünden.

Elmar, der gerade die zweite Schachtel Zigaretten an diesem Abend aufriss, klatschte mit der flachen Hand auf den Tisch, so dass Balu unter der Eckbank hochschreckte. „Und dann keiiiiiine Handwerker von hier! So eine Frechheit. Häääääfler Architekt … dann auch

Hääääääfler Handwerker! Pah! Wie soll man denn da als kleiner Fliesenleger auf einen grünen Zweig kommen, wenn die Arbeit immer die Auswärtigen kriegen?"

Peter schob ungeschickt seinen Stuhl zurück und versuchte aufzustehen. Beim zweiten Versuch gelang es ihm. Schwankend steuerte er auf die Ausgangstür zu. „Ich mu-u-u-ss mal!"

Theo leerte sein Bier und knallte die Flasche auf den Tisch. „MARIE! Bringmalnochnerundeschnaps!"

Walter überlegte kurz, ob er einen weiteren Schnaps vertragen würde, doch da stand Marie schon mit der Flasche am Tisch.

„Kasch du au a wäng leiser breela? Do wacht ja mei Mutter auf!"

Theo runzelte die Stirn und kratzte sich umständlich am Hinterkopf. „Aber Marie, ischt dei-ei-eine Mutter nischt dot?" „Ja sicher isch se dees. Aber so wia du rumschreisch, heert ses trotzdem!"

Etwas Unverständliches nuschelnd, nahm Theo Marie die Schnapsflasche aus der Hand um einzuschenken. Die Ausbeute lag bei fünfzig zu fünfzig. Die Hälfte Schnaps im Glas - die andere auf dem Tisch. Marie riss ihm die Flasche aus der Hand.

„Herrje! Jetzt muss ma dene Buaba au no eischänka. Aber saufa kennet ihrs denn scho no sälber, oder?" Sie bekam keine Antwort, stattdessen ertönte ein mehrstimmiges „Prost!".

Vom Flur her waren Stimmen zu hören, dann wurde die Tür aufgestoßen und Peter kam, stark schwankend, mit Karle aus Alberskirch in die Gaststube. Peter hielt sich auf dem Weg zu seinem Stuhl an den Lehnen der anderen fest, landete aber erst auf Walters Schoß, bevor er seinen Platz erreichte. Ansatzlos leerte er sein Schnapsglas, das auf ihn gewartet hatte.

Karle setzte sich mit hochrotem Kopf zwischen Elmar und Theo. „So eine blöde Kuh, so eine blöde!", giftete er hervor. „Oh wenn ich wüsste, dass ich nicht erwischt werde … ich würd sie umbringen!"

Er fluchte und brummelte weiter vor sich hin, bemerkte dann aber die fragenden Gesichter der anderen. „Na, die Schwester vom Pfarrer, dieses Miststück. Sowas Unfreundliches … ach was sag ich … Ekelhaftes hab ich noch nie erlebt.“
Walter wurde hellhörig. Er hatte nicht gewusst, dass Pfarrer Sailer eine Schwester hatte. „Seine Schwester? Die wohnt nicht gerade schufällig in seinem Hausch?“, lallte Walter.
Marie brachte Karle seinen Trollinger, der sofort einen großen Schluck nahm und sich dann zurücklehnte. „Dieses Teufelsweib hältst du nicht aus! Ich find da gar keine Worte für.“ Karle schnaufte schwer und beruhigte sich nur langsam. „Irgendwann gestern stand sie bei mir im Hof und wollte den Ersatzschlüssel fürs Haus, den der Pfarrer bei mir hinterlegt hatte. Keine Ahnung, woher sie davon wusste. Seitdem hat sie sich da eingenistet. Prima, dachte ich mir, da geh ich mal rüber und hol noch ein paar Sachen, die ich dem Pfarrer geliehen habe. Da haut die mir doch die Tür vor der Nase zu und sagt, alles was im Haus wäre, gehöre jetzt ihr und jeder, der etwas mitnähme, sei ein Dieb. Verschwinden soll ich, hat sie geschrien, wenn ich nicht beweisen könnte, dass ihr Bruder irgendetwas ausgeliehen hätte.“
Peter, nach dem Schnaps noch etwas betrunkener, konnte Karles Erzählung kaum folgen. „Wasch haschen du beim Pfa-a-rrer noch schte-ehen?“
„So dies und das. Er hat sich erst neulich meine Bildbände über Südtirol geliehen. Wollte wohl selber mal hin. Werkzeug müsste er auch noch einiges von mir rumliegen haben und …“, Karle schaute an die Decke während er überlegte, „ … ach ja! Meine Motorsense! Die hat er seit dem Herbst. Wollte damit die Brombeeren an seiner Hecke niedermachen. Also wenn ich die nicht wiederkriege, dann … dann …“ Ihm fehlten die Worte, so wütend war er.
„… dann schind mei-eine Bücher auch futsch“, unterbrach ihn Peter

mit schwerer Zunge, „aber iss nich soooo schlimm. Wüschte eh nich waschich mit dem alten Krempel machen schollte.“
Walter fühlte sich an irgendwas erinnert. „Was den für alte-Krempel-Bücher?“
„Na, von den Dok-toktors, die vorher in meiner Hütte gewo-ohnt hamm. Aufm Dachboden habich da so alte Bücher von de-e-enen gefunden. So von der Praxis und so.“
Die alten Bücher auf dem Küchentisch bei Pfarrer Sailer. Walter war sich sicher. Das konnte wichtig sein. War es nicht auch bei dem Streit mit Josef um die Bücher gegangen? Das Adrenalin machte Walter schlagartig nüchtern.
„Und warum wollte der Pfarrer die Bücher?“
Peter zog die Schultern hoch und ruderte unbeholfen mit den Armen. „Was weiß ich? Er sch-sch-teht einfach auf schoo altes Zeugs. Isch habihm davon erschält, er wollte schie haben, jetzt hatterschie!“
Walter war nach Karles Erzählung zwar nicht scharf darauf, Pfarrer Sailers Schwester kennenzulernen, aber vielleicht war es doch einen Versuch wert. Wenn sie ihm die Bücher aushändigen würde, wüsste er zumindest, um was es in dem Streit zwischen dem Pfarrer und Josef gegangen war. Er wollte Peter noch etwas über die Bücher fragen, doch dem war der Kopf auf die Brust gesunken und ein leises Schnarchen war zu hören. Verwundert blickte Walter auf seine Armbanduhr. Halb zwölf.
„Scheißendreckn!!!“

27

An diesem Dienstag hatte Walter das erste Mal, seit er Zeitungen austrug, verschlafen. Seinen Wecker hatte er im Halbschlaf ausgeschaltet, erst durch das wiederholte Klingeln von Jusuf war er aufgewacht. Noch immer betäubt vom Alkohol hatte er seine Runde so gut wie möglich hinter sich gebracht, am Ende aber auf den Schnaps, der bei der Goschamarie auf ihn wartete, verzichtet. Wieder zu Hause hatte er Balu etwas zu Fressen gegeben, eine frische Schale mit Wasser auf den Boden gestellt, war ins Bett gegangen und sofort eingeschlafen. Er schlief traumlos und tief und nicht mal der Presslufthammer (der an diesem Morgen nochmal viel zu tun hatte) weckte ihn.
Um kurz nach zwei Uhr tapste Walter unsicher die Treppe hinunter in die Küche. Balu lag entspannt in seinem Hundekorb, rappelte sich aber auf und lief zur Tür. Walter ließ ihn in den Garten und kochte sich umständlich einen Kaffee. Nichts funktionierte so richtig, bei jedem Handgriff musste er sich konzentrieren. Als er mit seiner dampfenden Tasse in den Gartenstuhl auf der Terrasse sank, stellte er fest, dass er sich seit Jahren nicht mehr so beschissen gefühlt hatte. Sein Schädel brummte und er hörte ständig dieses leise Klingeln. Nein, kein Klingeln, eine leise Melodie. Er brauchte noch ein paar Sekunden bis sein Gehirn erkannte, dass es der Klingelton seines Handys war. Mit einem Seufzer schob er sich aus dem Stuhl und fand sein Handy schließlich in der Jacke an der Garderobe, doch da klingelte es nicht mehr. Es zeigte an, dass er einen Anruf verpasst hatte. Walter wusste, dass man nachschauen konnte, wer angerufen hatte, aber er wusste

nicht wie. Er verfluchte sein Desinteresse an technischen Geräten, steckte das Handy in die Tasche seines Morgenmantels und kehrte zu seinem Kaffee zurück. Als es erneut klingelte war er schnell genug.
„Hubert von der Kripo hier, Grüß dich Walter. Wo warst du denn vorhin? Ich konnte dich nicht erreichen."
Das war es, was Walter an Handys hasste: sobald man eins besaß , erwartete jeder, dass man jederzeit und überall erreichbar war. „Ich war im Keller und hab's nicht gehört", log Walter ohne mit der Wimper zu zucken. „Was gibt's denn so dringendes?"
„Ich habe das Kennzeichen überprüft, dass du mir gegeben hattest. Das von dem Audi. Und jetzt rate mal, wem es gehört?"
Prima dachte Walter, der Kripo-Hubert macht es gern spannend. „Es ist seine Schwester, oder?" Kurz war es still auf der anderen Seite, und Walter wusste, dass er Kripo-Hubert seinen großen Auftritt vermasselt hatte. Doch der räusperte sich nur kurz und versuchte zu retten, was zu retten war.
„Der Wagen ist angemeldet auf eine Margarethe Wallpurga Sailer ... was für ein bescheuerter Name. Sie wohnt in Augsburg, die Adresse habe ich hier. Sie ist die jüngere Schwester vom Pfarrer und lebt davon, das Geld der Familie zu verwalten. Das scheint sie ganz gut zu machen. Es finden sich drei Firmen, die auf sie laufen, eine Stiftung und es gibt Hinweise auf Beteiligungen an mehreren anderen Konzernen."
Walter hatte noch immer Schwierigkeiten sich zu konzentrieren. „Wie, sie verwaltet das Geld der ganzen Familie, also auch das Geld vom Pfarrer?"
„Ja, so sieht's aus. Wobei es dabei wohl nicht um die Rente des Pfarrers geht, sondern um sein Erbe. Ihr Vater hat ihnen nämlich ein richtiges Vermögen hinterlassen. Der hatte im dritten Reich eine Firma für den Handel mit chemischen Stoffen und war damit sehr

erfolgreich."
Jetzt wurde es interessant. „Was passierte nach dem Krieg?"
„Kann ich nicht genau sagen. Auf jeden Fall existiert die Firma nach fünfundvierzig nicht mehr. Was mit dem Vater und dem Geld passiert ist, muss ich erst noch recherchieren. Aber Walter", Kripo-Hubert musste kurz durchatmen, weil er so schnell gesprochen hatte, „jetzt ist Geld im Spiel, und Geld war schon immer ein gutes Motiv. Ich denke , wir sollten uns die Schwester mal näher anschauen."
Walter dachte an Karles Erzählungen von gestern Abend und wusste, dass er genau darauf keine Lust hatte und stieß einen tiefen Seufzer aus.
„Was ist los Walter? Geht's dir nicht gut?", erkundigte sich Kripo-Hubert besorgt.
„Es geht schon. Wir waren gestern bei der Goschamarie und da ist es etwas später geworden. Getrunken hab ich auch zu viel und das rächt sich heute. Aber da hab ich auch was Interessantes erfahren." Walter wusste, dass *er* es jetzt unnötig spannend machte, nahm aber trotzdem noch genüsslich einen Schluck Kaffee. „Die Schwester wohnt zurzeit im Haus des Pfarrers und ist anscheinend richtig mies drauf. Ein Nachbar wollte nur ein paar Sachen holen, die sich der Pfarrer von ihm geborgt hatte, und dem hat sie einfach die Tür vor der Nase zugeknallt. Alles im Haus würde jetzt ihr gehören, hat sie gesagt. Dabei wollte er nur ein paar Bücher und sein Werkzeug wieder haben. Und jetzt kommt noch was: ein anderer Freund von mir hat dem Pfarrer ein paar alte Bücher von Ärzten hier im Dorf geliehen. Die waren wohl sowas wie heute die Patientenakten. Der Pfarrer hat so altes Zeug geliebt und hat sie sich genauer angesehen. Kurz vor seinem Tod hatte er dann Streit mit dem Josef aus Herrgottsfeld. Dabei ging es um irgendwelche Krankheiten. Der Pfarrer hat Josef geraten einen Arzt aufzusuchen, so verrückt das auch klingt.

Vielleicht hat er in den Büchern ja etwas gefunden, was dem Josef nicht gefallen hat, oder der geht einfach nur nicht gerne zum Arzt."
Selbst durch das Telefon konnte man hören, wie die Gedanken in Kripo-Huberts Kopf ratterten. „Tja, dann haben wir doch auf jeden Fall schon mal zwei Leute, mit denen wir reden müssen: die komische Schwester und der streitlustig Josef. Ich würde sagen, das ist ein Job für Manni und Hans. Die sollen mal vorbei fahren, wenn sie in der Nähe sind. Ich gebe ihnen Bescheid."
Kripo-Hubert wollte das Gespräch schon beenden, da kam Walter noch ein Gedanke. „Meinst du nicht, dass wir uns erst noch mal vergewissern sollten, ob das Koffein in Pfarrer Sailers Blut tatsächlich die Todesursache sein kann? Ich mein ja nur, bevor wir jetzt anfangen Leute zu verhören."
„Zu befragen", korrigierte Kripo-Hubert. „Wir be-fra-gen eventuelle Zeugen, wenn wir sie ver-hö-ren, holen wir sie aufs Revier. Und das geht nicht so einfach. Aber du hast Recht, ich bitte Anne, dass sie sich nochmal mit Dr. Vorn-Lang unterhält. Ich glaube sie hat einen ganz guten Draht zu ihm, da dürfte das kein Problem sein. Und was machst du noch?"
Walter seufzte in den Hörer. „Leiden. Einfach nur leiden."

„Was soll das heißen, er ist nicht zu sprechen?" Margarethe Sailer stand mit hochrotem Kopf vor Notar Kuschels Sekretärin. Sie hatte die Arme in die Hüften gestemmt und schleuderte bei jedem ihrer Worte Speicheltröpfchen auf den Empfangstresen.

„Ganz einfach: dass er nicht zu sprechen ist", erwiderte die Sekretärin kühl. „Sie hätten einen Termin vereinbaren sollen."

Trotz ihrer ohnehin schon massigen Erscheinung schien Margarethe Sailer noch weiter zu wachsen und wurde plötzlich gefährlich ruhig.

„Ich – brauche – keinen – Termin", zischte sie bedrohlich. „Sie kennen mich nicht, aber Sie werden mich kennenlernen, wenn Sie mich nicht sofort zu ihrem Chef bringen. Und das, meine Liebe, wollen Sie nicht. Glauben sie mir!"

Die Sekretärin war mit ihrem Bürostuhl etwas zurückgerollt, um dem Spucknebel zu entgehen, hielt aber wacker die Stellung. „Ich habe Ihnen doch bereits gesagt, dass Sie ihn jetzt nicht sprechen können. Er ist im Gespräch mit einer Mandantin und da darf ich nicht …"

Weiter kam sie nicht. Margarethe Sailer plusterte sich auf wie ein Pfau beim Balztanz, knallte die Fäuste auf den Tresen und brüllte so laut, dass ihre Halsschlagader anschwoll. „WAS SIE NICHT KÖNNEN IST MIR SCHEISSEGAL!!! ICH LASSE MICH HIER DOCH NICHT VON EINER UNFÄHIGEN TIPPSE ABSPEISEN. BRINGEN SIE MICH ZU IHREM CHEF!!! SO – FORT!!!"

Noch bevor die Sekretärin etwas erwidern konnte, öffnete sich eine der angrenzenden Türen und ein kleiner kahlköpfiger Mann streckte den Kopf ins Vorzimmer. Mit der Hand schob er seine Brille in

Position, um besser sehen zu können.
„Was ist denn hier los, Vanessa? Dieses Geschrei hört man ja bis in die Weststadt!“
„Herr Dr. Kuschel, diese …“, sie zögerte einen Moment, „… Dame möchte mit Ihnen Sprechen. Aber sie hat keinen Termin.“
Der Notar betrachtete Margarethe Sailer skeptisch von oben bis unten und schüttelte den Kopf. „Ich kenne diese Frau nicht. Sie soll gehen.“
Der Kopf verschwand, die Tür schloss sich. Margarethe Sailer stieß einen markerschütternden Kampfschrei aus, stürmte zur Tür und riss sie auf. Mit wenigen Schritten stand sie vor dem großen Schreibtisch hinter dem der Notar gerade wieder Platz genommen hatte. Es sah aus, als wollte sie direkt auf ihn losgehen, hielt aber im letzten Moment inne und wandte sich dem Sessel zu, der vor dem Schreibtisch stand. Eine uralte winzige Frau saß verloren zwischen den Lehnen des riesigen Möbels und blickte sie erschreckt an.
„Ich muss mein Testament machen“, krächzte sie mit altersschwacher Stimme.
Margarethe beugte sich zu ihr hinunter, so dass sie fast auf Augenhöhe waren. „Dann sollten Sie zusehen, dass sie heute nicht sterben, denn der Notar hat jetzt was Besseres zu tun. AUF – WIEDER – SEHEN!!!“
Die alte Dame zögerte noch einen Moment, bevor sie ihre Handtasche vom Boden aufhob und zur Tür ging, wo sie sich noch einmal kurz umwandte. „Auf Wiedersehen. Aber hoffentlich nicht so bald.“
Jetzt war Margarethe mit dem Notar allein. Sie blieb vor seinem Schreibtisch stehen und verschränkte die Arme. Notar Kuschel lehnte sich in seinem schweren Ledersessel zurück und schlug die Beine übereinander. Er besaß drei Doktortitel, unter anderem einen in Psychologie (man weiß nie, wozu es gut ist). Als er sprach, war seine Stimme ruhig und sachlich. Deeskalation.

„Was kann ich für Sie tun, Frau … ?"
„Sailer, Margarethe Sailer", vervollständigte Margarethe. „Ich bin die Schwester von Pfarrer Tiberius Sailer, der vor kurzem gestorben ist. Ich denke, mein schlauer Bruder hat bei Ihnen so etwas wie ein Testament hinterlegt, einen letzten Willen, eine Verfügung … nennen Sie es, wie Sie wollen."
Notar Kuschels Augen weiteten sich hinter den Brillengläsern und er betrachtete die Frau erneut. Eine Ähnlichkeit zwischen ihr und dem Pfarrer konnte er nicht erkennen, aber das hieß ja nichts. „Können Sie sich ausweisen?"
Immer noch wütend nestelte Margarethe in ihrer kaufhausgroßen Handtasche und warf ihm schließlich ihren Personalausweis auf den Schreibtisch. „Reicht das?"
Der Notar warf einen kurzen Blick auf den Ausweis und nickte. „Das sollte für den Moment reichen, ja. Was wollen Sie wissen?"
„War mein Bruder ihr Mandant?"
„Ja."
„Hat er bei ihnen ein Testament hinterlegt?"
„Ja."
„Kann ich es sehen?"
„Nein."
Margarethe, die bisher eine Frage nach der anderen wie Gewehrschüsse abgefeuert hatte, stutzte.
„Nein? Warum nicht?"
Notar Kuschel stellte die Ellenbogen auf den Schreibtisch, legte die Fingerspitzen beider Hände aufeinander und ließ sie, ohne Margarethe aus den Augen zu lassen, leicht gegeneinander wippen. „Nun, es ist so", begann er nach einer kurzen Kunstpause, „dass Ihr Bruder verfügt hat, sein Testament erst vier Wochen nach seinem Tod zu eröffnen. Ich hätte alle Begünstigten, natürlich auch Sie, noch

rechtzeitig informiert. Außerdem hat er verfügt, dass bei der Testamentseröffnung Zeugen anwesend sein sollen, die er selbst benannt hat."
Margarethe war verwirrt und ließ sich in den Sessel fallen. „Es gibt mehrere Begünstigte? Und Zeugen sollen dabei sein?"
Dr. Kuschel nickte. „So hat es Ihr Bruder gewünscht."
„Und wer bitte soll noch – begünstigt - sein? Ich bin seine einzige lebende Verwandte, da gibt es sonst niemanden! Und was soll das mit den Zeugen?"
Der Notar erhob sich und lehnte sich an die Fensterbank hinter seinem Schreibtisch. „Das wusste nur Ihr Bruder. Alles Weitere erfahren Sie, wie alle anderen auch, bei der Testamentseröffnung. Und jetzt muss ich Sie bitten, zu gehen. Es warten noch weitere Mandanten auf mich. Und sollten Sie wieder so ein Theater veranstalten wie vorhin, werde ich die Polizei holen. Verstehen Sie mich?"
Margarethe wollte noch etwas erwidern, verkniff es sich aber und stürmte wortlos nach draußen. Die Tür ließ sie offen.

Dr. Vorn-Lang saß an seinem Schreibtisch und war in ein mehrseitiges Formular vertieft, als es schüchtern klopfte und Anne ihren Kopf zur Tür herein streckte.

„Darf ich kurz stören?"

Dr. Vorn-Lang sah überrascht auf und winkte sie herein. „Kein Problem. Ich bin froh über jede Ablenkung von diesem … von diesem … Zeug. Worum geht's?"

Anne lächelte den Doktor an und setzte sich in den Stuhl vor seinem Schreibtisch. „Es geht nochmal um den Fall von neulich. Der mit dem hohen Koffeinwert."

Dr. Vorn-Lang runzelte die Stirn und sah sie über seine Lesebrille hinweg an, die auf seiner Nase nach vorn gerutscht war. „Der alte Mann mit dem Herzinfarkt? Was ist mit dem?"

Jetzt musste Anne die richtigen Worte finden. „Nun, es ist nur so eine Idee. Aber ich habe mir mit ein paar Freunden Gedanken über diesen Fall gemacht …"

„Das ist kein Fall", warf der Doktor ein. „Das ist ein alter Mann mit einem Herzinfarkt …"

„Und mit einem exorbitant hohen Koffeinwert!", unterbrach ihn Anne. „Hören Sie, wenn dieser Wert jetzt nicht nur ein Fehler, oder eine Abweichung wegen des hohen Alters wäre, dann wäre das doch auch eine ganz gute … Mordmethode." Das letzte Wort hatte Anne offen betont, irgendwo zwischen Frage und Feststellung.

Dr. Vorn-Lang sah sie irritiert an und legte seine Lesebrille auf den Schreibtisch. „Das sind ganz schön viele Konjunktive, junge Frau.

Aber ...", er spielte mit den Bügeln seiner Brille, „ja. Natürlich wäre es das. Eine unauffällige Mordmethode."

Anne jubelte innerlich. „Aber warum haben Sie das dann nicht im Obduktionsbericht so vermerkt? Dann müsste man doch Ermittlungen aufnehmen!"

„So einfach ist das nicht meine Liebe. Ich habe mit zwei Kollegen gesprochen, die schon wesentlich mehr Erfahrung haben als ich. Einzelne Werte können bei älteren Menschen, gerade kurz bevor sie sterben, extrem abweichen. Ohne jede weitere Erklärung oder gar Fremdeinwirkung. Der menschliche Körper ist nun mal sehr kompliziert. Alles hängt da zusammen, und wir sind weit davon entfernt, alles erklären zu können."

Annes Euphorie verebbte bei der Erklärung des Doktors.

„Außer", setzte dieser hinzu, „es gäbe einen begründeten Verdacht gegen jemanden. Ich hatte von der Kripo nichts in dieser Richtung gehört, also bin ich von einem natürlichen Tod ausgegangen. Hätte aber jemand ein gutes Motiv gehabt, den Pfarrer zu töten, dann müsste man die Sachlage neu bewerten."

Anne sprang auf und kam direkt an den Schreibtisch. „Dann würden Sie ihr Untersuchungsergebnis möglicherweise nochmal ändern?"

„Das würde ich, wenn die Kripo den Verdacht hätte, dass es Mord war. Aber ohne Motiv oder gar einem Täter, bleibt der natürliche Herzinfarkt die wahrscheinlichste Todesursache."

Anne strahlte über beide Ohren. „Danke, Dr. Vorn-Lang. Ich werde mich darum kümmern."

„Worum werden sie sich kümmern?"

„Darum, ein paar Konjunktive zu streichen."

Sie zwinkerte ihm zu und verließ ohne ein weiteres Wort Dr. Vorn-Langs Arbeitszimmer. Der setzte die Lesebrille auf und widmete sich seufzend wieder dem Formular, das vor ihm lag. Eines der vielen

Formulare, die ihm sein Anwalt mitgegeben hatte. Eine Scheidung war keine einfache Sache.

Walter gehörte zu den glücklichen Menschen, die so gut wie nie Kopfweh hatten. Bei einer Erkältung mal oder eben nach zu viel Alkohol, so wie heute. Entsprechend unvorbereitet hatte ihn der pochende Schmerz zwischen seinen Schläfen getroffen. Er hatte das ganze Haus nach Schmerzmitteln durchsucht, aber nur ein Röhrchen Aspirin gefunden, das noch von seiner Frau stammte. Abgelaufen im August 2013. Walter erinnerte sich an eine TV-Sendung zum Thema „Verfallsdatum“ und meinte sich zu erinnern, dass sämtliche Produkte eigentlich viel länger haltbar waren, als auf dem Etikett stand. Dass es in der Dokumentation um Lebensmittel und nicht um Medikamente gegangen war, hatte Walter vergessen. Er schüttelte zwei der Brausetabletten in seine Hand und sah sie genau an. Kein Schimmel, keine Verfärbungen, nichts. Ohne weiter darüber nachzudenken, warf er sie in ein Glas und füllte es mit Wasser. Er wartete bis sie sich aufgelöst hatten, dann trank er das Glas in einem Zug leer. Er schüttelte sich wegen des bitteren Geschmacks, doch schon kurze Zeit später spürte er, wie der Schmerz nachließ. Er wunderte sich im Nachhinein, wie ihm der gestrige Abend so hatte entgleiten können. Er konnte sich immer noch nicht richtig konzentrieren und hatte ständig das Gefühl, alles durch einen dünnen Schleier zu sehen. Er sehnte sich nach Bewegung und frischer Luft.
„Balu? Wo steckst du?“ Sofort kam der Wolfsspitz über den Rasen galoppiert, gefolgt von Kitty. Den Igel, der zurückblieb, hatte Walter nicht bemerkt.
„Wie sieht’s aus, mein Junge? Lust auf einen Spaziergang?“

Balu traute seinen Ohren nicht. Walter ging sonst nie spazieren.
„Weißt du, was das soll?“, fragte er Kitty.
Doch auch die Tigerkatze hatte keine Erklärung. *„Aber ist doch prima! Machen wir einen kleinen Ausflug. Bin gespannt, wo es hingeht.“*
Während die Tiere am Terrassenrand auf Walter warteten, packte dieser seine neuen Turnschuhe aus, die er von Eugen geschenkt bekommen hatte. „Dann kann ich wenigstens sagen, dass ich sie mal an hatte.“ Er fädelte umständlich die Schnürsenkel ein und schlüpfte hinein und … war begeistert. Er hatte noch nie einen Schuh angezogen, der sich so weich und leicht anfühlte, in dem er sich vom ersten Moment an so unglaublich wohlfühlte. Zur Probe machte er ein paar Schritte in der Küche und wippte kurz auf die Ballen, was sich richtig gut anfühlte. Als er seine Jacke von der Garderobe nahm, klingelte das Festnetztelefon. Walter nahm nach dem ersten Klingeln ab.
„Jaaa, hallo?“ Er meldete sich nie mit Namen.
„Bist du das Walter? Ich bin's der Georg.“
Walter musste kurz überlegen, erkannte aber Georgs Stimme.
„Das ist ja mal ne Überraschung. Was kann ich für dich tun?“
„Andersrum. Ich kann was für dich tun“, korrigierte Georg wortkarg. „Du hast mich doch neulich bei der Goschamarie über den Josef ausgefragt.“
Walter wurde vorsichtig. „Na ja, nicht ausgefragt. Nur mal … nachgefragt. So aus Interesse einfach.“
Walter wusste, wie bescheuert das klingen musste, doch Georg ging nicht darauf ein. „Er war heute Mittag bei mir. Um mit mir zu reden. Interessiert es dich, was er gesagt hat?“
Walter ahnte, dass Georg ihn durchschaut hatte und beschloss ehrlich zu sein. „Natürlich interessiert es mich. Was hat er gesagt?“
„Nicht am Telefon.“

„Hast du Angst, dass wir abgehört werden?“
„Nein. Ich telefoniere nicht gern.“
Fast musste Walter lachen, verkniff es sich aber. „Ich wollte gerade einen kleinen Spaziergang am Hummelberg machen. Sollen wir uns da am Bänkle treffen?“, fragte er. Georg wohnte auf einem Hof hinter dem Hummelberg. Von dort führte ein schöner Waldweg zu ihrem Treffpunkt.
„Klingt gut“, antwortete Georg, „in zwanzig Minuten bin ich da.“
In diesem Moment erschien Balu in der Küchentür. „Ich komme mit Balu …“, sagte Walter. Dann setzte sich Kitty neben den Wolfsspitz. „… und mit der Katze von Marie …“ Seppi trippelte vorsichtig neben die beiden anderen Tiere und schaute mit seinen Knopfaugen neugierig in die Küche. „… und mit einem Igel …“ Walter war so überrascht, dass er selbst nicht wusste, warum er das gesagt hatte.
„Du sollst mich nicht verarschen, Walter. Aber komm mit wem immer du willst“, sagte Georg und legte auf.

Walter ließ sich Zeit, denn für ihn waren es bis zum Bänkle nicht mal dreihundert Meter. Er räumte ein paar Teller von der Spülmaschine in die Schränke und schmiss noch eine Maschine Wäsche an, ehe er alle Türen abschloss und sich auf den Weg machte. Er hatte es nicht weit, aber die Strecke hinauf zum Waldrand war sehr steil. Walter kam sofort ins Schwitzen, doch seine Füße fanden in den neuen Laufschuhen gut Halt auf dem unebenen Untergrund und er kam gut voran. Als er fast oben war, hielt er an und ließ seinen Blick über das Tal schweifen, dem Taldorf seinen Namen verdankte. Es war wunderschön. Wie eine Schnur zog sich die einzige Straße durch die Landschaft, an ihr aufgereiht, wie Perlen, die Häuser und Höfe. Dahinter einige Äcker, die noch dreckig braun im Winterschlaf lagen, Wiesen, die schon wieder etwas frisches Grün zeigten und Obstgärten

mit hunderten Apfelbäumen, wie Soldaten, ordentlich in Reihe und Glied. Walter freute sich schon auf die Apfelblüte, die demnächst einsetzen würde. Dann verwandelten sich die Obstgärten in endlose weiße Meere und der Südwestwind wirbelte Millionen von Blütenblätter in die Luft, wie einen warmen Schneesturm. Walter sah einen Motorradfahrer in aberwitzigem Tempo auf der Straße ins Dorf rasen, ohne abzubremsen. Er hörte den Lärm des Motors, der irgendwo an der Drehzahlgrenze nagte. „Arschloch“, murmelte Walter und ging kopfschüttelnd weiter. Er erblickte Georg, der das Bänkle, ihren Treffpunkt, schon erreicht hatte. Balu und Kitty sprinteten voraus, um ihn zu begrüßen. Als Walter die Bank erreichte, musterte Georg ihn von oben bis unten.
„Schöne Schuhe“, sagte er und nickte dabei anerkennend. Walter schob den rechten Fuß etwas nach vorne, um den Schuh besser zeigen zu können.
„Die sind neu. Habe sie das erste Mal an.“
„Bequem?“
„Sehr!“ Georg zeigte auf Balu und Kitty. „Hund und Katze … wo ist der Igel?“
„Termine.“
„Verstehe.“
Walter setzte sich neben Georg auf die Bank und sie genossen schweigend die Aussicht. Der Motorradfahrer dröhnte erneut durch Taldorf, diesmal in entgegengesetzter Richtung.
„Arschloch“, sagte Georg und Walter nickte. „Der Josef war gestern bei mir. Er hatte mich bei der Goschamarie angesprochen und gemeint, er würde gern mit mir reden.“
Walter runzelte die Stirn. „Was wollte er von dir?“
„Eigentlich nichts Bestimmtes. Ich glaube, er wollte einfach nur mit jemandem sprechen. Er hat ein schlechtes Gewissen, weil sein letztes

Treffen mit dem Pfarrer so komisch verlaufen ist und fühlt sich irgendwie schuldig. Hab ihm gesagt, das sei Blödsinn."
Walter war etwas verwundert. „Wie kommt er denn darauf? Gab es doch einen Streit?"
Georg beugte sich vor und stützte die Ellenbogen auf die Oberschenkel. „Nein. Er hat ihn nur etwas angemeckert. Aber er denkt, dass der Pfarrer sich darüber vielleicht so sehr aufgeregt hat, dass es sein Herz nicht verkraftet hat. Und dann verfolgen ihn auch noch die Bücher."
Walter horchte auf. „Josef wird von Büchern verfolgt?"
„Ja. Glaubt er zumindest. In dem Gespräch damals hatte der Pfarrer ihm erzählt, er habe etwas Wichtiges in den alten Arztaufzeichnungen gefunden und genau diese Bücher lagen dann auf einmal in Josefs Werkstatt. Er vermutet, seine Frau hat sie dort hingelegt."
Walter verstand gar nichts mehr. „Warum sollte Annemarie das tun? Klar, sie hat dem Pfarrer den Haushalt gemacht und sicher hatte sie einen Schlüssel, aber warum sollte sie die Bücher mitnehmen?"
Georg zuckte mit den Schultern. „Frag sie selbst. Das hab ich auch Josef geraten, bevor er gegangen ist. Wahrscheinlich alles nur ein Zufall oder sie wollte sich die Schwarten selber mal anschauen, was weiß ich. Irgendwie war er nach unserem Gespräch etwas besser drauf, und wohl auch froh, dass ihm niemand etwas vorwirft. Wir wollen heute Abend wieder zusammen Karten spielen. Hast du auch Lust?"
Walter fiel ein, wie schmerzhaft sein letzter Abend bei der Goschamarie verlaufen war. „Lass mal, Georg. Ich muss heute mal wieder einen Abend zu Hause verbringen."
„Musst dich um den Igel kümmern …"
„Auch."
Sie saßen noch ein paar Minuten schweigend nebeneinander, bevor

Georg sich auf den Heimweg machte. Walter rief Balu und Kitty und lief noch ein ganzes Stück mit Georg am Waldrand entlang, bis dieser eine Abzweigung nahm. Dann folgten sie dem Weg weiter und machten eine große Runde, die sie am Ende durch Taldorf hindurch wieder zu ihrem zu Hause brachte. Walter hatte dabei echte Freude am Laufen, die neuen Schuhe waren der Hammer. Er war Eugen für dieses Geschenk wirklich etwas schuldig.

Auf der Baustelle am Nachbarhaus trugen die Arbeiter gerade einige Säcke hinein. Der Vorarbeiter sah ihn von weitem und kam auf ihn zu. „Hallo Walter! Ich habe gute Neuigkeiten für Sie!" Er schob seine Mickey-Mäuse nach unten, so dass sie ihm wie eine Manschette um den Hals hingen. „Ich habe vorhin mit dem Architekt telefoniert und hab ihm das Problem mit Ihren Arbeitszeiten erklärt."

Jetzt war Walter neugierig. „Und? Hämmern sie jetzt nur noch mit Wattebällchen?"

Der Vorarbeiter ignorierte Walters Sarkasmus. „Der Architekt hat darüber mit dem neuen Besitzer gesprochen und … was soll ich sagen … der will auf keinen Fall jetzt schon Ärger mit seinem einzigen Nachbarn und hat uns angewiesen eine Lösung zu finden."

Walters Stirn legte sich in Falten, denn für ihn war die einzige Lösung die Bauarbeiten einzustellen. „Wie soll das denn gehen? Ihr müsst doch arbeiten, sonst werdet ihr nicht fertig."

Der Vorarbeiter lächelte. „Klar müssen wir das, aber wann wir Lärm machen, können wir ändern. Normalerweise legen wir morgens um neun Uhr los und versuchen dann am Abend die Baustelle einigermaßen sauber zu verlassen. Mein Vorschlag wäre, dass wir das umdrehen. Wir könnten die lauten Arbeiten auf den Nachmittag legen, lassen dann abends alles stehen und liegen und nutzen den nächsten Vormittag, um den Schutt wegzuräumen und für vorbereitende Arbeiten. So wäre es bis nach der Mittagspause einigermaßen ruhig.

Was halten Sie davon?"
Walter war sprachlos. Mit so viel Entgegenkommen hatte er beim besten Willen nicht gerechnet. „Und das ist mit dem Besitzer abgesprochen?"
„Ja. Die Vorgabe war eine Lösung zu finden, und das wäre eine. Kann ich Bescheid geben, dass alles okay ist?"
Walter überdachte noch einmal alles, konnte aber keinen Haken finden. Er lächelte den Mann an und reichte ihm die Hand. „Ich denke, das ist eine ganz hervorragende Idee! Das können Sie dem Besitzer sagen. Wenn es für ihn in Ordnung ist, passt es für mich auch."
„Oh – das können Sie ihr selber sagen, sie wollte Ende der Woche mal vorbei schauen."
Walter glaubte sich verhört zu haben. „SIE??? Der neue Eigentümer ist eine Frau?"
Der Vorarbeiter hob entschuldigend die Hände. „Hab ich Ihnen das nicht gesagt? Na, dann ist das mein Fehler. Aber es ist, wie es ist. Kann eh keiner ändern." Damit drehte er sich von Walter weg und ging wieder zur Baustelle.

Walter wurde nicht enttäuscht. Völlig ungestört konnte er die nächsten Tage bis elf Uhr schlafen und fühlte sich prächtig. Wenn er den Arbeitern nach der Mittagspause begegnete, grüßten sie freundlich und oft ergaben sich kurze Gespräche. So erfuhr er am Donnerstag, dass die Arbeiten besser voran gingen als geplant. Der schwere Presslufthammer würde bereits am Freitag nicht mehr zum Einsatz kommen. Als kleines Dankeschön fuhr Walter nach Bavendorf ins Frischeländle und kaufte Kuchen für alle, den sie gemeinsam auf Walters Terrasse aßen. Balu und Kitty streiften zwischen den Beinen der vielen Gäste umher und wurden immer wieder kurz gestreichelt oder getätschelt. Die Tigerkatze war gerade auf den Schoß des Vorarbeiters gesprungen und ließ sich von ihm den Bauch kraulen.
„Weißt du Balu, daran könnte ich mich gewöhnen. Schade, dass diese Männer nicht lange bleiben."
Balu, der seine Streicheleinheiten gerade von einem jungen Italiener bekam, kniff genüsslich die Augen zu. *„Ja, alles sehr nette Leute. Aber trotzdem freue ich mich, wenn wieder Ruhe einkehrt. Außerdem bin ich so gespannt auf die neue Nachbarin. Ob die wohl Tiere mitbringt?"*
„Keine Ahnung. Aber es wäre toll, neue Freunde zu bekommen. Nur bitte nicht so was Langweiliges wie Eugens Schildkröte. Ich habe sie irgendwann mal gefragt, wie sie heißt, aber ich weiß es bis heute nicht. Sie spricht so langsam, dass ich jedes Mal, bevor sie mit ihrem Namen fertig war, eingeschlafen bin."
Balu drehte sich um 180 Grad, um dem Italiener die andere Seite anzubieten. *„Ein Esel und ein Hahn wären doch toll, dann könnten wir auf*

Bremer Stadtmusikanten machen. Das wäre ein Spaß!" Beide Tiere lachten und ließen sich weiter verwöhnen.
Walter ging mit der Kaffeekanne vom einen zum anderen und schenkte nach. Der Vorarbeiter bedankte sich und streckte ihm die Hand hin. „Ich bin übrigens Mirco", sagte er freundlich, „wäre es okay, wenn wir „du" sagen?"
Walter ergriff seine Hand und schüttelte sie. „Natürlich, ich bin Walter, aber das weißt du ja. Es freut mich wirklich, euch alle kennenzulernen. Soviel war hier schon seit Jahren nicht mehr los."
„Das wird sich wohl ändern, wenn die neue Nachbarin einzieht. Sie kommt übrigens morgen gegen Abend hier her. Willst du sie treffen?"
Eigentlich hat das ja noch Zeit, dachte Walter, aber wenn sie schon mal da war, konnte er sich auch gleich vorstellen. „Warum nicht, dann weiß ich schon, was auf mich zukommt."
Mirco legte Walter beruhigend die Hand auf die Schulter. „Da würde ich mir nicht allzu viele Sorgen machen. In den ganzen Jahren, die ich jetzt schon auf Baustellen unterwegs bin, habe ich es noch nie erlebt, dass ein Bauherr so um ein gutes Verhältnis zu seinen Nachbarn bemüht ist. Ich meine, sie hätte alles Recht gehabt, hier den Umbau durchzuziehen wie sie Lust hat. Aber nein, sie hat auf deine Arbeitszeiten Rücksicht genommen und dafür gesorgt, dass du zu deinem Schlaf kommst. Das, lieber Walter, würden nicht viele tun."
Diesen Gedanken hatte Walter auch schon gehabt und er hatte ihn beruhigt. Insgeheim freute er sich sogar darauf die Frau kennenzulernen.
„Tolle Tiere hast du, Walter", sagte Mirco und zeigte auf Balu und Kitty.
„Oh, mir gehört nur der Hund, die Katze gehört der Goschamarie. Aber die beiden verstehen sich so gut, dass sie fast immer zusammen unterwegs sind."

Mirco zeigte zu den Rosenbüschen. „Und wem gehört der dicke Kater?"
Zwischen zwei Sträuchern, die gerade ihre ersten Blätter bekamen, zwängte sich Eglon in Richtung Terrasse.
„*Eglon*", riefen Balu und Kitty im Chor, sprangen auf und begrüßten ihren rothaarigen Freund. Kitty gab ihm einen freundschaftlichen Nasenstupser. „*Was machst du denn hier? Bist du etwa den ganzen Weg von Herrgottsfeld hier her gelaufen?*"
Eglon verstand die Anspielung auf seine Faulheit, ignorierte sie aber. „*Es ist fürchterlich in diesem Kaff. Ich hätte nie gedacht, dass ich das irgendwann mal tun werde, aber ich muss euch fragen: darf ich bei euch bleiben?*"
Damit hatten sie nicht gerechnet. Balu kratzte sich verlegen mit dem Hinterlauf am Kopf, Kitty schaute einer Amsel nach, die zum Nachbargrundstück hüpfte.
„*Ähm, das ist nicht so einfach*", begann Balu. „*Wie soll ich Walter begreiflich machen, dass du hierbleiben willst?*"
„*Bei mir ist das ähnlich*", schaltete sich Kitty ein. „*Marie hat immer nur eine Katze, und das bin zurzeit ich. Alle anderen jagt sie konsequent weg. Ich wüsste nicht, wie ich dir da helfen kann.*"
„*Aber ich muss da weg*", jammerte der rote Kater mit weinerlicher Stimme, „*ich werde dort verhungern!*"
Kitty und Balu sahen sich überrascht an. „*Verhungern?*", fragte Balu verwundert, „*als wir dich das letzte Mal gesehen haben, warst du so voll gefressen, dass du kaum noch laufen konntest. Sagt dir das Wort „Schlachtabfälle" noch irgendwas?*"
Eglon blieb im Jammermodus. „*Ja schon, aber weißt du, wie oft der schlachtet? Zweimal im Jahr. In der anderen Zeit sind nur ein paar Essensreste in meinem Napf. Ich hatte jetzt drei Tage hintereinander Spätzle mit Soße – sehe ich etwa aus wie ein Vegetarier?*" Bei den letzten Worten

hatte er sich aufgerichtet und seinen immer noch beachtlichen Bauch nach vorne geschoben. *„Natürlich hab ich es auch mit Betteln versucht. Ganz herzerweichend hab ich miaut, das hat beim Pfarrer immer funktioniert, aber Josef, dieser brutale Mensch, scheucht mich weg und sagt, ich soll Mäuse fangen, wenn ich Hunger habe. Könnt ihr euch das vorstellen? Ich soll Mäuse fangen!"*
Kitty wusste nicht, was daran so schlimm war, verkniff sich aber einen Kommentar. Balu kam noch ein anderer Gedanke. *„Meinst du nicht, die würden dich in Herrgottsfeld vermissen und nach dir suchen?"*
„Pfff", spöttelte Eglon, *„die nehmen mich eigentlich gar nicht war. Es ist ja nicht nur das Essen, sie kümmern sich auch nicht um mich. Bisher hat mich dort niemand gestreichelt, im Gegenteil, die anderen Tiere ärgern mich, wo es nur geht, vor allem diese beschissenen Kühe. Eine ist mir neulich sogar absichtlich auf den Schwanz getreten."* Zum Beweis hob er seinen buschigen roten Schwanz, der tatsächlich an der Spitze einen kleinen Knick aufwies.
Balu seufzte. *„Also gut, ich werde sehen, was ich tun kann, aber einfach wird das nicht."*
Eglon drückte sich dankbar an Balus Flanke und schnurrte. *„Danke Balu, danke! Du wirst es nicht bereuen!"*
Wetten doch, dachten Kitty und Balu.

32

Der Abschleppwagen zog das schwer beschädigte Unfallfahrzeug auf seine Laderampe, während Manni das Unfallprotokoll fertig machte. An dieser Stelle, am Ortseingang von Dürnast, schepperte es beinahe jede Woche. An einer Abzweigung die „Auf die Höh“ führt, müssen Linksabbieger meist lange auf eine Lücke im Gegenverkehrt warten und hinter ihnen staut sich der Verkehr. Ist ein nachfolgender Fahrer abgelenkt, kracht er in das Stauende. Unfallverursacher war diesmal eine junge Frau, die sich nicht erklären konnte, wie sie die stehenden Fahrzeuge übersehen konnte. Manni hatte da so einen Verdacht, da sie, selbst während sie mit ihm sprach, ständig auf ihrem Handy herumtippte. Zum Glück war nicht viel passiert. Reichlich Blechschaden, aber ernsthaft verletzt wurde niemand. Nur ein älterer Mann klagte über Nackenschmerzen und wurde, mit Verdacht auf Schleudertrauma, vorsorglich ins Krankenhaus gebracht.
Manni klappte seine Mappe zu und warf sie in den Streifenwagen. Ihre Arbeit war getan, nun war die Feuerwehr an der Reihe, die erst Ölbinder auf die Straße schüttete und dann zusammenfegte. Streifenkollege Hans nutzte die Gelegenheit und stand rauchend etwas abseits. Manni gesellte sich zu ihm.
„Wo wir schon mal hier sind könnten wir doch nach Alberskirch fahren und sehen, ob wir die Schwester vom Pfarrer erwischen.“
Streifenkollege Hans war skeptisch. „Und was willst du ihr sagen? Hallo, wir sind ein paar gelangweilte Beamte und wollen deshalb mal fragen, ob sie vielleicht ihren Bruder umgebracht haben?“
Manni dachte nach. „Nein, nicht mit der Tür ins Haus fallen. Wir

könnten doch sagen, wir hätten erfahren, dass jemand in dem Haus wohnt und nachschauen wollen, ob alles mit rechten Dingen zugeht. Könnte ja auch ein Einbrecher oder Landstreicher sein."
„Klingt nicht sehr überzeugend, aber probieren können wir es. Dann haben wir wenigstens mal ein Gesicht zu dieser Walpurga."
„Margarethe", verbesserte Manni. „Ja, das auch."
Fünf Minuten später parkten sie vor Pfarrer Sailers Haus, neben dem Audi. Manni ging voraus und klopfte, da er keine Klingel finden konnte. Nichts rührte sich, also klopfte er ein zweites Mal, diesmal deutlich lauter. Nun waren Schritte zu hören und Margarethe öffnete schwungvoll die Tür.
„Was gibt es denn so Wichtiges, dass man mir fast die Tür einschlagen muss?" Ihre Augenbrauen waren zusammengezogen, ihr Blick schleuderte grimmige Blitze. Als sie die beiden Männer in Uniform sah, entspannte sie sich etwas, blieb aber mit verschränkten Armen im Türrahmen stehen.
„Guten Tag", sagte Manni sachlich, „wir haben erfahren, dass jemand in diesem Haus wohnt, und da der Besitzer erst vor kurzem verstorben ist, wollten wir nur nachsehen, ob auch alles seine Richtigkeit hat."
„Hier hat alles seine Richtigkeit", giftete Margarethe, „ich bin die Schwester des Verstorbenen."
So leicht wollte Manni es ihr nicht machen. „Dann können Sie sich sicher ausweisen? Nur fürs Protokoll."
Margarethe rollte mit den Augen. „Was soll denn dieser Scheiß? ICH-BIN-DIE-SCHWESTER!"
„Dann zeigen sie mir doch bitte ihren Ausweis und alles ist gut."
Margarethe zögerte kurz, drehte sich dann aber mit einem zornigen Zischlaut um und holte ihre Handtasche von der Garderobe. Sie zog ihren Personalausweis heraus und hielt ihn Manni unter die Nase.

„Jetzt zufrieden, Wachtmeister?"
Manni nahm ihr die Plastikkarte aus der Hand und betrachtete sie genau. „Margarethe Walpurga Sailer aus Augsburg." Um nicht ganz nutzlos zu sein, notierte Streifenkollege Hans die Daten auf seinem Notizblock. Manni gab den Ausweis zurück und zog ebenfalls seinen Notizblock hervor. „Darf ich fragen, wie lange sie noch hier bleiben?"
„Keinen Tag länger als unbedingt notwendig", blaffte Margarethe. „Diese Hütte ist ein Albtraum. Dreckig, stickig und es muffelt überall. Ich fahre morgen früh zurück nach Augsburg für ein paar Termine. Zur Testamentseröffnung bin ich dann wieder da."
Manni horchte auf. „Es gibt ein Testament? Wann ist die Eröffnung?"
Margarethe sah Manni von oben herab an. Sie war fast einen Kopf größer als er. „Was geht Sie das eigentlich an? Muss ich Ihre lästigen Fragen wirklich beantworten? Was wird das hier – ein Verhör?"
Manni wusste, dass er zu weit gegangen war, schließlich waren sie ohne jegliche Legitimation hier, und ruderte zurück. „Nein, nein, natürlich nicht. Es ist nur … ich kannte Ihren Bruder. Er war mein Firmpfarrer und daher habe ich ein persönliches Interesse."
Margarethe sah Manni, der den Kopf gesenkt hatte, prüfend an. Sie überlegte, ob sie diesen übergewichtigen Dorfpolizisten sofort abservieren sollte, entschloss sich aber, da er es anscheinend ehrlich meinte, freundlich zu sein. „Ja, es gibt ein Testament. Es ist bei Notar Kuschel in Ravensburg hinterlegt. Mein toller Bruder hat wohl verfügt, dass es exakt vier Wochen nach seinem Tod eröffnet wird. Jetzt können Sie sich den Termin ausrechnen. Ich werde da sein. Sonst noch was, auf das sie neugierig sind?"
„Nein, danke für Ihre Hilfsbereitschaft. Wie gesagt, wir wollten nur schauen, ob hier alles in Ordnung ist. Ich wünsche Ihnen eine gute Fahrt nach Augsburg."
Ohne ein weiteres Wort knallte Margarethe Manni die Tür vor der

Nase zu. Der kurze Moment der Freundlichkeit war vorbei.
Streifenkollege Hans zündete eine Zigarette an, während sie zum Polizeiwagen gingen.
„Immerhin haben wir erfahren, dass es ein Testament gibt und wo wir es finden. Das ist doch besser als nichts."
Manni, etwas gekränkt von Margarethes herablassender Art, musste seinem Ärger Luft machen. „Klar – fast nichts ist besser als nichts. Und du rauchst zu viel. Schmeiß die blöde Kippe weg und steig ein!"
Margarethe stand hinter einem Vorhang und belauschte die beiden Polizisten durch ein gekipptes Fenster. Ihr Misstrauen war geweckt. So zuvorkommende Beamte gab es nirgendwo auf der Welt. Sie konnte sich keinen Reim darauf machen, ahnte aber, dass hinter dieser Neugier mehr steckte und das gefiel ihr gar nicht.

33

In der Nacht von Donnerstag auf Freitag erreichte das Tief Susi Taldorf und brachte ergiebigen Regen. Walter und Balu waren triefnass von ihrer nächtlichen Runde heimgekehrt und mussten sich am Ofen aufwärmen. Walter hatte erst Balu, dann sich selbst trocken gerubbelt und saß nun im Morgenmantel, mit einer kuscheligen Decke um die Schultern, in der Küche vor dem wärmenden Feuer. Er liebte das Knacken der Scheite und das leichte Rauschen durch den Luftzug im Ofen. Balu hatte sich zu seinen Füßen flach auf den Boden gelegt, drehte sich aber alle paar Minuten, da es ihm schnell zu warm wurde. Eigentlich war Walter hundemüde, doch seine Gedanken wollten nicht zur Ruhe kommen. Heute würde er seine neue Nachbarin kennenlernen und er phantasierte die verschiedensten Bilder. Mal mit langen Haaren, mal mit kurzen, blond, braun, rot, grau, mal groß, mal klein, dick, dünn, kurz gesagt: jede Kombination kam ihm in den Sinn. Als er gut eine Stunde gegrübelt hatte, war das Feuer im Ofen heruntergebrannt und Walter erhob sich seufzend, um ins Bett zu gehen. Unnötige Aufregung, sagte er sich, in ein paar Stunden würde sie vor ihm stehen. So, oder so. Er kuschelte sich in die weiche Biberbettwäsche, die für die Jahreszeit eigentlich schon etwas zu warm war, aber für diese Nacht genau richtig. Sein Schlaf war unruhig und er wachte mehrmals auf. Es dämmerte schon leicht, als er endlich tief und fest schlief.

Um kurz nach zehn Uhr schreckte er hoch, mit dem beklemmenden Gefühl, er hätte irgendetwas vergessen. Was nicht stimmte, aber an weiterschlafen war nicht zu denken. Gähnend stapfte er in die Küche und entließ Balu in den Garten, der, im Gegensatz zu Walter, putzmunter war. Als Balu zur Tür hinausstürmte, stolzierte Eglon mit erhobenem Schwanz herein. Er rieb sich an Walters Beinen, schnurrte und miaute freundlich.

„Du bist noch hier? Ich dachte, du wärst gestern Abend wieder nach Hause gelaufen." Eglon miaute etwas jammernder. Walter bückte sich und streichelte Eglons Kopf, was sofort mit noch lauterem Schnurren belohnt wurde.

„Oh du armer Kerl, hast wohl Hunger."

„Endlich hast du es kapiert", raunte Eglon ungeduldig. *„Aber bitte kein Hundefutter, davon krieg ich Dünnschiss!"*

Walter ging zur Spüle und öffnete den Unterschrank, in dem er die Futterbeutelchen für Kitty aufbewahrte. Er quetschte den Inhalt auf einen kleinen Teller und stellte ihn vor Eglon auf den Küchenboden, der sich sofort darauf stürzte.

„Es ist zwar nur das billige vom Disccounter, aber es macht satt", schmatzte der dicke Kater mit vollem Maul. Walter beobachtete ihn beim Fressen und ahnte, dass er ein neues Haustier hatte. Warum auch nicht. Eglon war Pfarrer Sailers Kater gewesen und der lebte nicht mehr. Er konnte genauso gut hierbleiben wie anderswo. Als Eglon leergefressen hatte, miaute er erneut und Walter legte nach. Erst nach dem dritten Tütchen schien Eglon satt zu sein, denn er ließ ein paar Bröckchen am Rand liegen und lief nach draußen. Auf der Terrasse sprang er auf Walters Gartenstuhl, rollte sich ein und schlief sofort. Walter entsorgte die leeren Futtertüten im RAWEG-Sack.

„Das kann ja teuer werden", sagte er zu sich selbst und schrieb Katzenfutter auf die Einkaufsliste, die unter einem Magneten am Kühlschrank klebte.

Balu stand im Garten vor Seppis Rosenbusch und winselte leise.

„Wer stört?", meckerte eine verschlafene Stimme aus dem Strohhaufen.

„Ich bin's. Es gibt interessante Neuigkeiten."

Seppi machte sich nicht die Mühe herauszukommen, sondern schob nur seinen Kopf durch die Halme. *„So wichtig, dass du mich wecken musst?“*
Balu wusste natürlich, dass der kleine Igel am Tag eigentlich schlief, aber er wollte seine Neuigkeiten sofort loswerden. *„Heute Abend kommt die neue Nachbarin. Walter wird sich mit ihr treffen. Bist du auch schon gespannt?“*
Seppi streckte verwundert seine Nase in die Höhe. *„Wieso? Sie zieht ja nicht bei mir ein und wenn es gut läuft, werden wir uns sogar niemals begegnen.“*
Das war der entscheidende Unterschied zwischen Hunden und Igeln: während Hunde gerne die Nähe von Menschen suchten, waren Igel eher scheu und stets darauf bedacht, nicht entdeckt zu werden. Seppi war da schon eine echte Besonderheit, da er für Walter eine Ausnahme machte.
Doch Balu hatte noch mehr zu berichten. *„Außerdem wohnt Eglon jetzt bei uns, zumindest vorübergehend.“*
„WAAAAS?“ Seppi war entsetzt. *„Dieser fette, faule, verfressene Kater wohnt jetzt hier? Wer kam denn auf die Scheißidee?“*
Balu erzählte Seppi, wie es Eglon in Herrgottsfeld ergangen war und warum er abgehauen ist. *„Er meinte, ich würde es nicht bereuen.“*
Seppi schnaubte verächtlich. *„Natürlich wirst du es bereuen. Der Kerl ist zu nichts zu gebrauchen. Wenn er überhaupt irgendwas macht, dann Ärger. Und ich kann meine Abstecher zu Kittys Katzenfutter in Zukunft vergessen, denn da wird nichts übrig sein.“* Der kleine Igel hatte sich in Rage geredet. *„Warum sind es immer die Nichtsnutze dieser Welt, die am besten davonkommen? Hat der große Igel im Himmel so einen kranken Humor oder interessiert ihn das Ganze hier unten nicht? Während ich nach drei Monaten Winterschlaf fressen muss wie ein Verrückter, um wieder zu Kräften zu kommen, wechselt der feine Herr Kater einfach sein zu Hause, wenn er mal

nicht genügend Futter und Anerkennung bekommt."
Balu war verblüfft, dass Seppi so aufbrausend sein konnte, konnte ihn aber verstehen. *„Jetzt warte doch erst mal ab. Wenn es hart auf hart kommt, werde ich mit ihm reden. Du kommst schon nicht zu kurz."*
„Du wirst es nicht bereuen, hat er gesagt", schnaubte der kleine Igel, *„ich bereue es jetzt schon."* Er drehte sich um und es war nur noch eine Wand aus Stacheln zu sehen.
Walter hatte nichts von dem wütenden Igel mitbekommen. Er kramte gerade seinen Rechen aus dem kleinen Geräteschuppen neben der Terrasse. Da lag noch altes Laub in einigen Ecken des Gartens, dass er zusammenrechen wollte. Der Garten sollte heute besonders gut aussehen. Zu Seppis Glück ließ er das Stroh unter den Rosenbüschen noch liegen. Die Gefahr, dass noch ein Frost kam, war zu groß.
Drei große Gartenmüllkübel waren voll, als Walter endlich den Rechen wieder an seinen Platz stellte und sich auf der Terrasse eine Apfelschorle gönnte. Leider im Stehen, da Eglon auf dem Gartenstuhl immer noch tief und fest schlief. Er sah auf die Uhr, denn sein Magen verlangte knurrend nach einem Mittagessen. Walter beschloss, sich im Frischeländle in Bavendorf einen Leberkäswecken zu kaufen, und wo er schon mal da war, wollte er auch nach einer Kleinigkeit für Eugen suchen. Als Dankeschön für die Laufschuhe. Er rief nach Balu, der weiter hinten im Garten irgendeine Spur beschnüffelte.
Schwanzwedelnd kam der Wolfsspitz angaloppiert und sprang kurz darauf freudig auf den Rücksitz des alten Peugeot. Balu liebte Autofahren. Am meisten, wenn er vorne sitzen durfte, doch auch von der Rücksitzbank aus konnte er die Landschaft vorbeirasen sehen. Er staunte immer wieder, wie schnell man mit so einer hässlichen Maschine vorankam.
Am Frischeländle war, wie immer um die Mittagszeit, die Hölle los. Viele Handwerker verbrachten hier ihre Mittagspause. Alle

Parkplätze waren belegt und Walter musste ein ganzes Stück entfernt an der Straße parken. Als er den Außenbereich der Bäckerei erreichte, wurde er freudig begrüßt.

„Walter, grüß dich! Bist du auch zum Essen hier?" Elmar saß mit einem Handwerkerkollegen im Außenbereich, hauptsächlich weil hier das Rauchen erlaubt war. Vor sich auf den Tellern hatte jeder einen riesigen Leberkäswecken. Walter kam an ihren Tisch und Balu nutzte die Gelegenheit beide mit einem Nasenstupser zu begrüßen.

„Mein Magen hat geknurrt und ich hatte keine Lust selber etwas zu kochen. Außerdem brauch ich noch ein kleines Geschenk. Haltet ihr mir einen Platz frei?" Elmar konnte nur bestätigend nicken, da er gerade den Mund voll hatte.

„Du wartest hier!", befahl Walter Balu und stellte sich hinten in die Schlange, die bis vor die Tür ging. Während es langsam vorwärts ging, betrachtete Walter die Regale auf der Suche nach einer Kleinigkeit für Eugen. Im letzten Regal standen einige Liköre in verschiedenen Flaschengrößen. Die Halbliterflasche erschien Walter zu groß und mit siebzehn Euro auch zu teuer, aber die Viertelliterflasche für neun Euro schien ihm angemessen. Er entschied sich für einen Quittenlikör, der von einem Landwirt in der Region hergestellt wurde.

Als Walter endlich an der Reihe war, wurde er von der Chefin persönlich bedient. Walter mochte sie gern, denn sie war immer freundlich und sehr bemüht alle Wünsche ihrer Kunden zu erfüllen.

„Hallo Walter", begrüßte sie ihn lächelnd, „brauchst du außer dem Likör noch was?"

„Ja, einen Leberkäswecken – und zwar einen großen. Ich hab einen Mordshunger. Und scharfen Senf bitte, auch gern reichlich." Walter sah zu, wie sie seinen Leberkäswecken fertig machte, zahlte passend und ging hinaus zu Elmar und Balu. Elmars Kollege war mittlerweile gegangen und Walter hatte genug Platz am Tisch.

„Warum kommst du denn hierher zum Mittagessen und gehst nicht zur Marie? Wär für dich doch viel näher“, fragte Elmar, dessen Teller schon fast leer war.
„Da bin ich doch heute Abend schon zum Stammtisch und zweimal am Tag muss ich nicht in die gleiche Wirtschaft.“ Walter nuschelte stark, da sein Mund voll war, aber das störte ihn nicht. „Und was ist mit dir? Könntest auch zur Marie runter fahren.“
Elmar seufzte frustriert und ließ die Hände auf die Schenkel klatschen. „Das könnte ich, wenn ich auf der Baustelle in deinem Nachbarhaus arbeiten würde, stattdessen mache ich einem Mehrfamilienhaus in der Weststadt neue Fliesen in den Waschraum. Das ist so was von anspruchslos. Kann es mir aber im Moment nicht aussuchen.“ Elmar rieb Daumen und Zeigefinger aneinander. „Der Pulver muss stimmen, verstehst du?“
Walter verstand. Selbständig zu sein, war kein Zuckerschlecken. „Da fällt mir ein, heute treffe ich das erste Mal meine neue Nachbarin.“
Elmar war überrascht. „Eine Frau zieht bei dir ein?“
„Nein!“ Walter schüttelte energisch den Kopf. „Nebenan das Haus, die Baustelle … das gehört alles einer Frau und ich habe über den Vorarbeiter ausgemacht, dass wir uns heute treffen. Schadet ja nichts, dann weiß ich, woran ich bin.“ Aus Gewohnheit ließ Walter ein Stück Leberkäse unter den Tisch fallen, wo Balu es sofort verschlang. „Wenn du zum Stammtisch kommst, kann ich dir ja erzählen, wie es war.“
Elmar liebte es, Neuigkeiten als Erster zu erfahren. „Natürlich komme ich. Das lasse ich mir bestimmt nicht entgehen. Aber jetzt muss ich wieder los, sonst macht mir die Mietergemeinschaft die Hölle heiß. Wir sehen uns heute Abend.“
Elmar erhob sich und klopfte Walter zum Abschied freundschaftlich auf die Schulter. Walter aß noch in Ruhe fertig, bevor er mit Balu zum

Auto zurückging. In der rechten Hand hielt er die Likörflasche und die wollte er noch schnell loswerden.

Es dauerte ungewöhnlich lang bis Eugen die Tür öffnete. Walter streckte ihm am langen Arm den Likör entgegen.
„Das ist ein kleines Dankeschön für die Sportsachen." Eugen nahm verblüfft die Flasche entgegen und begutachtete sie wie einen edlen Wein.
„Quittenlikör. Von hier. Sehr fein. Aber kommen Sie doch kurz rein."
Walter wurde nervös. „Nein, nein. Ich muss ja auch gleich wieder los. Ich habe noch einiges vor heute."
„Keine Widerrede, Walter! Sie kommen jetzt mit auf die Terrasse und wir probieren dieses gute Tröpfchen. Ich war eh gerade nur beim Yoga."
In Walters Kopf entstand ein Bild, das er nicht sehen wollte, doch er saß in der Falle und so fügte er sich zögernd und lief hinter Eugen her durchs Haus und auf die Terrasse. Eugen hatte sich dort ein wirklich schönes Plätzchen geschaffen, mit einigen Bäumen und Forsythiensträuchern, deren Knospen im Ansatz schon gelb wurden. Der Rasen hätte jedem Golfplatz zur Ehre gereicht, mitten darauf lag eine gelbe Yogamatte.
„Das wäre wirklich nicht nötig gewesen", rief Eugen über die Schulter, während er zwei Likörgläschen aus einer Vitrine im Wohnzimmer nahm. „Haben Sie denn schon alles anprobiert?"
„Nun ja", druckste Walter herum, „eigentlich habe ich bisher nur die Schuhe angehabt." Eugen sah ihn fragend an.
„Um sie schon mal einzulaufen", fügte Walter schnell hinzu. „Das soll man machen, habe ich irgendwo gelesen." Eugen schien überzeugt

und schenkte den Likör ein.
„Und wie war das Laufgefühl? Hat alles gepasst?“
Wieder zögerte Walter, denn er hatte sie ja nur zum Spazierengehen angehabt. „Es hat sich sehr gut angefühlt, aber ich bin auch nur hoch zum Hummelberg gelaufen und hab dann noch eine kleine Runde durchs Dorf gedreht. Alles in gemütlichem Tempo. Und ich muss zugeben: ich hatte noch nie Schuhe, die sich vom ersten Moment an so gut angefühlt haben.“
Eugen lachte überheblich. „Ha! Dann sollten Sie mal Profischuhe von Asics oder Nike probieren. Die kosten dann zwar zwei- oder dreihundert Euro, sind aber jeden Cent wert. Ihre sind ja nur ganz günstige Einsteigermodelle. Aber stoßen wir doch an, auf ihren ersten Schritt in die richtige Richtung. Stößchen!“
Während die beiden Männer an ihrem Likör nippten, beschnupperte Balu den Garten. Er roch ausgesprochen gut, nur wenig nach Moder oder faulenden Pflanzen. Ein fremder Geruch führte ihn zu einem kleinen Gehege, ungefähr zwei Quadratmeter groß. Mittendrin saß Eugens Schildkröte und mampfte eine Banane. Ihre Bewegungen waren langsam und etwas holprig, doch die zahnlosen Kiefer schienen recht kräftig zu sein. Sie ignorierte Balu und biss erneut in die Banane.
„Hey! Du!“, bellte Balu. Die Schildkröte hörte auf zu kauen und wandte ihm langsam ihren Kopf zu, wobei die ledrige Haut am Hals Falten warf.
„Ich würde gerne deinen Namen wissen. Sagst du ihn mir?“
Die Schildkröte holte tief Luft und antwortete mit einer unglaublich tiefen Stimme.
„I-i-i-i-i-i-i-i-i-i-i-i-i-i-i-i-i-i-i-i-i-i-i-i-i-i-ch-ch-ch-ch-ch ...“
„Meinen sie ihr Hund tut meiner Schildkröte etwas?“, fragte Eugen erschreckt, als er Balu vor dem Gehege sah.
„Niemals“, winkte Walter ab, „Balu ist zu allen Tieren freundlich,

außer es geht ums Fressen. Die Banane, die da drinnen liegt, dürfte ihn aber kaum interessieren."

„ch-ch-ch-ch-ch-ch h-h-h-h-h-h-h-h-h-h-h-h-h-ei-ei-ei-ei-ei-ei-ei-ei-ei-ei-ei-ei-ei-ei-ei-ei …"

„Wie wäre es denn, Walter, wenn wir Ihre Laufkleidung gemeinsam einweihen? Ich wollte morgen früh sowieso laufen gehen. Ich könnte auf dem Rückweg bei Ihnen vorbei kommen und dann drehen wir noch eine kleine Runde."

Walter war froh, dass er diesmal noch nicht mal eine Notlüge brauchte. „Das tut mir jetzt aber echt unendlich leid. Ich habe morgen früh schon eine Verabredung mit ein paar Freunden. Wir treffen uns immer samstags auf dem Ravensburger Markt. Das kann ich unmöglich absagen." Walter konnte Eugens Enttäuschung sehen und erinnerte sich daran, weshalb er eigentlich hergekommen war.

„Aber Anfang nächster Woche hätte ich Zeit. Natürlich nicht morgens, weil ich ja austragen muss. Aber wie wäre denn Montag … so um sechzehn Uhr?"

„ss-ss-ss-ss-ss-ss-ss-ss-ss-e-e-e-e-e-e-e-e-e-e-e-e …"

„Ganz wunderbar", jubelte Eugen, „ich komme dann bei Ihnen vorbei."

Er griff zur Likörflasche und wollte gerade nachschenken, als Walter ihn unterbrach.

„Nein, mir bitte nichts mehr. Ich muss wieder los. Ich erwarte nachher noch Besuch. Meine neue Nachbarin wollte vorbeikommen."

Überrascht hielt Eugen in der Bewegung inne. „Eine neue Nachbarin? Wie spannend. Davon müssen sie mir am Montag unbedingt erzählen!" Natürlich, dachte Walter, am besten drucke ich ein Flugblatt und verteile es, dann muss ich nicht alles zwanzigmal erzählen.

„Dann will ich Sie natürlich nicht weiter aufhalten", sagte Eugen und

stellte die Likörflasche ab. „Wir sehen uns am Montag.“ Damit erhob er sich und streckte Walter die Hand hin, der sie schüttelte und ebenfalls aufstand.
„Balu! Komm, wir gehen!“
„a-a-a-a-a-a-a-a-a-a-a-a-a-a-a-a-a-a-a-a-a“.
Als Balu seinen Namen hörte, schreckte er hoch. Er war tatsächlich eingenickt. Offenbar war die Schildkröte fertig mit ihrem Namen, denn es kam kein weiterer Laut über ihre rauen Stimmbänder. Er hatte es verpennt. Immerhin wusste er, dass der Name auf „a“ endete. Er rappelte sich auf, schüttelte einmal kräftig seinen Pelz und trabte zu Walter. Die Schildkröte konnte warten.

Karle aus Alberskirch war der Kirche schon immer sehr verbunden gewesen. Der sonntägliche Kirchgang gehörte für ihn genauso zum Alltag wie die Pflege und Instandhaltung des kleinen Kirchgebäudes in Alberskirch. Vor ungefähr drei Monaten war die Tür eines kleinen Schränkchens im hinteren Teil der Kirche plötzlich herausgebrochen. Einer der uralten Beschläge war buchstäblich durchgefault und hatte das Gewicht des schweren Holzes nicht mehr tragen können. Karle hatte die Tür mit in seine Werkstatt genommen und unzählige Stunden damit verbracht, einen identischen Beschlag herzustellen und an der Tür zu befestigen. Die Arbeit hatte sich gelohnt. Nur ein echter Antiquitätenspezialist hätte die Ausbesserung entdeckt. Jetzt wollte er die Tür wieder einsetzen, doch aus unerklärlichen Gründen streifte sie an einer Stelle den Rahmen und ließ sich nicht schließen. Da die Tür noch genau die gleichen Maße hatte, vermutete Karle, dass sich das Schränkchen in den Monaten, in denen die Tür nicht an ihrem Platz war, verzogen hatte. Er kniete sich hin, um das Problem aus einem anderen Winkel zu betrachten. Plötzlich wurde ihm bewusst, dass er fast genau auf der Stelle kniete an der Pfarrer Sailer gestorben war. Er sprang auf und ging zwei Schritte rückwärts. Es kam ihm nicht richtig vor auf genau dieser Stelle zu stehen. Andererseits musste er das Schränkchen einrichten und das ging nun mal nicht aus der Entfernung. Er atmete einmal tief durch und näherte sich wieder, versuchte aber, die Stelle zu umgehen. Er schob leicht an der linken Außenwand, während er gleichzeitig mit dem rechten Knie am Mittelholmen dagegen hielt. Dabei schloss er die Tür, die nun ohne

Widerstand hineinschwang. Er würde eine Versteifung anbringen müssen, die den Schrank in dieser Position hielt, am besten verschraubt mit Seitenwand und Boden. Karle tastete mit der rechten Hand unter den Schrank, um eine Strebe zu finden, in der die Schrauben halten würden. Er fand die Strebe, dabei streifte sein Handrücken über etwas, das unter dem Schrank lag. Er vermutete ein Stück Abfall oder ein Gesangbuch, das verloren gegangen war. Als er es hervorzog, hielt er ein kleines Notizbuch in der Hand. Neugierig schlug er es auf und überflog die vielen vollgekritzelten Seiten. Er erkannte die fahrige Handschrift sofort. Es war das Notizbuch von Pfarrer Sailer.

Es war kurz nach sechs Uhr, als Walter sich in seine Lederhose zwängte. Er hatte sich in den letzten Tagen beim Essen etwas zurückgehalten und das zahlte sich jetzt aus. Zufrieden strich er sich über den Bauch und begutachtete sich im Spiegel. Er zupfte ein wenig an seinem Hemd herum bis es richtig saß. Als er nach unten ging, klingelte es und Balu bellte zweimal kurz. Es war soweit. Walter spürte, dass er etwas nervös war, atmete aber mutig tief durch und ging zur Tür. Er öffnete sie schwungvoll und blickte in Mircos grinsendes Gesicht.
„Hallo Walter! Ich möchte dir deine neue Nachbarin vorstellen." Er trat einen Schritt zur Seite und gab den Blick auf die Frau frei, die hinter ihm gestanden hatte. Sie war etwas kleiner als Walter und ungefähr gleich alt. Sie war zierlich, hatte dunkelbraunes, schulterlanges Haar und wirkte ein wenig verlegen, aber freundlich. Ohne nach vorne zu treten streckte sie ihm ihre Hand entgegen.
„Hallo! Ich bin Elisabeth, aber das ist ein viel zu großer Name für eine so kleine Frau", plapperte sie, „deshalb nennen mich alle Liesl."
Walter schüttelte ihre Hand und sah ihr in die kleinen braunen Augen.
„Dann werde ich Sie auch Liesl nennen, wenn sie einverstanden sind. Ich bin Walter und freue mich sehr, Sie endlich kennenzulernen."
Sie schüttelten sich noch immer die Hände und Walter merkte, dass es bald peinlich würde. Er ließ ihre Hand los und zeigte einladend in den Flur. „Haben Sie ein paar Minuten Zeit? Kommen Sie doch rein, dann können wir uns ein wenig unterhalten." Wortlos folgte Liesl Walters Einladung, während Mirco grinsend die Hand hob und verschwand.

Walter führte seinen Gast in die Küche und bot einen Stuhl an.
„Schön haben sie es hier“, brach Liesl das Schweigen.
„Danke“, sagte Walter, „klein aber mein. Ich mag es gemütlich.“
„Und das ist es … wirklich sehr gemütlich. Oh – und Sie haben einen Hund!“
Balu kam schwanzwedelnd zur Küchentür herein und begrüßte die Besucherin in freundlichster Wolfsspitzmanier.
„Das ist Balu. Ein reinrassiger …“
„Wolfsspitz“, unterbrach Liesl, „er ist ein wunderschöner Wolfsspitz!“ Dabei klopfte sie Balu die Seite und wühlte in seinem kuscheligen Fell. „Die haben mir schon immer gefallen, überhaupt liebe ich Hunde, aber da, wo ich bisher gewohnt habe, konnte ich leider keinen halten.“ Walter beobachtete wie liebevoll Liesl in Balus Fell knetete und freute sich, dass sein Hund so höflich war.
„Dann haben Sie keine Haustiere?“
„Oh doch natürlich. Insgesamt habe ich 54 Haustiere!“
Walter starrte sie entsetzt an. „54? Um Gottes Willen, wo wollen Sie die denn alle unterbringen?“
Liesl lachte und Walter merkte, dass ihm dieses Lachen gefiel. „Im Aquarium natürlich. Fische waren die einzigen Tiere, die ich in Frankfurt halten konnte. Und keine Angst: es sind keine Pirhanas.“
Jetzt lachten beide und das Eis war endgültig gebrochen.
„Ich wollte mich nochmal für die Rücksicht auf meine Schlafenszeiten bedanken. Das hätten andere sicher nicht gemacht.“
Liesl schüttelte den Kopf und ihre Haare fielen ihr ins Gesicht. „Wie kann ich ein gutes Gewissen haben, wenn ich weiß, dass meine Bauarbeiter jemand anderen um den Schlaf bringen. Und so funktioniert es genauso gut, hat mir der Vorarbeiter versichert. Damit ist doch allen geholfen.“
Walter fasste sich theatralisch an den Kopf. „Was bin ich doch für ein

schlechter Gastgeber … möchten Sie vielleicht etwas trinken? Kaffee, Wasser, Apfelschorle?“

Liesl winkte beschwichtigend ab. „Wir haben uns doch gerade erst kennengelernt. Aber ja, eine Apfelschorle wäre wirklich sehr gut. Meine Wasserflasche, die ich im Auto dabei hatte, ist leider schon leer.“ Walter öffnete einen Küchenschrank und holte ein Glas heraus. Er betete, dass es sauber war. Er füllte etwas von seinem selbstgemachten Apfelsaft ins Glas und schüttete mit Mineralwasser auf.

„Der Apfelsaft ist selber gemacht“, sagte er stolz, als er ihr das Glas reichte und zeigte durch die offene Küchentür auf die Hochstämme im Garten. Liesl probierte einen kleinen Schluck.

„Der schmeckt ja wunderbar. Und der ist von diesen Bäumen?“

„Ja, nur von diesen Bäumen. Was anderes kommt mir da nicht rein. Sie müssen sich unbedingt auch welche pflanzen, dann können wir im Herbst zusammen den Saft pressen und Sie haben einen Vorrat bis zum nächsten Jahr.“

Liesl schaute resigniert auf ihr Glas. „Ach, der Garten. Bei dem bin ich mir noch gar nicht im klaren, was ich machen soll. Der Architekt hat mir schon einige Vorschläge gemacht, aber keiner hat mich vom Hocker gehauen.“ Walter konnte sich vorstellen, wie viele Entscheidungen während einer solchen Renovierung getroffen werden mussten. Nicht einfach. Vor allem, wenn man ganz allein war. Da fiel ihm ein, dass er das ja gar nicht wusste.

„Hilft Ihnen denn niemand dabei? Ihr Mann, Ihre Kinder oder gute Freunde?“

Liesl lachte verächtlich. „Meinen Mann habe ich vor über zehn Jahren zum Teufel gejagt und Kinder habe ich leider keine. Mein Ex wäre hier auch nicht hilfreich gewesen. Keine Fantasie, zwei linke Hände, ja nicht dreckig machen … er war kein schlechter Kerl, aber

handwerklich ein Totalausfall."
Walter war es etwas unangenehm, wie offen Liesl aus ihrem Privatleben erzählte, obwohl sie sich erst seit zehn Minuten kannten.
„Wie lange sind Sie denn jetzt hier?", wechselte er das Thema.
„Noch bis Sonntagmittag. Dann muss ich wieder nach Frankfurt. So wird es auch an den nächsten beiden Wochenenden laufen. In drei Wochen - wenn alles nach Plan verläuft - ist dann der Umzug. Ich freue mich schon so darauf."
Walter fuhr nicht gerne lange Strecken mit dem Auto und bewunderte die zierliche Frau dafür. Es musste anstrengend sein, mal eben am Wochenende ein paar hundert Kilometer auf der Straße zu sein.
„Übernachten Sie jetzt schon im Haus?"
Liesl schüttelte den Kopf. „Nein. Da ist im Moment alles eine Baustelle. Ich habe ein Zimmer in der Landvogtei in Dürnast. Das ist ja gleich um die Ecke."
Walter nickte, ärgerte sich aber insgeheim, dass er nie ein Gästezimmer eingerichtet hatte. Er hätte es ihr gern angeboten. Liesl trank den letzten Schluck Apfelschorle und erhob sich.
„So, jetzt muss ich aber. Mir knurrt der Magen und dann will ich früh ins Bett. Morgen bin ich wieder im Haus – vielleicht sieht man sich ja?"
Walter stand ebenfalls auf und begleitete sie zur Tür. „Ja, das wäre schön. Ich komme einfach mal rüber, wenn ich Zeit habe." Zum Abschied gaben sie sich noch einmal die Hand.
„Es hat mich sehr gefreut, Sie kennenzulernen", sagte Liesl.
Walter lächelte. „Mich auch. Bis morgen dann."
Walter sah noch zu wie Liesl in ihr Auto stieg und davon fuhr, dann griff er nach seiner Jacke und rief nach Balu, bevor er die Tür verschloss. Zeit für Goschamarie. Er brauchte dringend einen Schnaps.

Als Walter nach Balu rief, erzählte der gerade Kitty von Liesls Besuch. Eglon saß teilnahmslos daneben und putzte seinen Schwanz. Als die beiden davonstürmten, blickte er nicht einmal auf.
„Dressierte Haustiere", grummelte er und ging zur Terrasse, um zu fressen.
Als Walter, Balu und Kitty die Wirtschaft erreichten, hörten sie durch die geöffneten Fenster, dass es drinnen hoch herging. Walter wusste, dass Balu Lärm nicht mochte.
„Wollt ihr nicht lieber draußen warten?", fragte er die Tiere, die ihn verstanden und Richtung Scheune abbogen. „Ich bringe euch auch was vom Vesper mit. Wird eh wieder viel zu viel sein."
Walter betrat die Gaststube und sah Peter und Theo, die sich am Stammtisch Nase an Nase gegenüber standen.
„Du hast doch beschissen und mich auf viel härterem Boden fahren lassen!", brüllte Peter.
„Da sieht man mal wieder, wer keine Ahnung hat!", geiferte Theo mit hochrotem Kopf und seine Halsschlagader trat deutlich hervor. „Du hast dir ausgesucht, wo du fahren willst, also bist du auch selber schuld!"
„Nichts hab ich ausgesucht. Da, wo ich fahren wollte, ist schon dein blöder Fendt gestanden, da musste ich ja eine andere Spur nehmen."
Theo verschränkte die Arme vor der Brust und hob arrogant den Kopf. „Ich hab es dir gesagt: mein Fendt pflügt den Kilometer Acker schneller als dein blöder neuer John Deere. Und so war es auch. Also zahlst du jetzt deine Wettschulden? Wettschulden sind

Ehrenschulden!"
Peter zögerte kurz, bevor er nachgab und sich auf seinen Stuhl fallen ließ. „Also gut, DIESMAL hast du gewonnen, aber es gibt eine Revanche!"
„Wann immer du willst!" Theo wandte sich zum Tresen. „Marie! Ein Kasten Bier auf den Peter, gleich hier auf den Tisch!"
Walter schob sich zwischen den anderen hindurch und setzte sich auf seinen Platz.
„Was ist denn hier los? Wieder eine eurer Wetten?"
Peter und Theo wetteten ständig, stritten dann darüber, wer wie geschummelt hatte, um sich anschließend wieder zu vertragen und gemeinsam den Wetteinsatz zu trinken.
„Du kommst gerade recht, Walter", sagte Theo, „heute trinken wir auf den Peter und seinen klapprigen John Deere!"
Peter wollte etwas erwidern, doch Max, der neben ihm saß, hielt ihn zurück.
„Ist doch egal, wer von euch zahlt, Hauptsache ich bin es nicht!"
Alle lachten und langten sofort zu, als Marie den Kasten Bier auf den Tisch stellte.
„Oh, wenn ihr nix zum Wetta hättet, wa däätät ihr au? Äppes Aschtändigs gwies it. Jetzt saufat eier Bier und sand friedlich. Walter, magsch du no a Veschper?"
Walter bejahte und schnappte sich eine Flasche Bier, um mit den anderen anzustoßen. Langsam beruhigte sich die Stimmung und es kamen auch wieder andere Themen zur Sprache. Marie brachte Walters Vesper, das heute besonders üppig ausfiel.
„Brauchsch du no a oigenes Bier, oder saufsch du an derre Kischt mit?"
„Danke, ich trinke mit den anderen. Aber kannst du mir noch einen anständigen Schnaps einschenken?"

Marie starrte ihn an. „Jo Walter, gaats dir it guat, oder isch äbbes bassiert?“
Walter hatte nicht geahnt, dass es so verräterisch war, einen Schnaps zu bestellen. „Mir geht es gut. War einfach ein bisschen viel heute. Ich habe meine zukünftige Nachbarin kennengelernt.“
Alle Blicke richteten sich auf Walter, doch der schob sich hungrig ein riesiges Stück Fleischwurst in den Mund und schien gar nicht zu merken, wie sehr die anderen an seinen Lippen hingen. Es kam nur selten vor, dass Marie sich zu ihren Gästen setzte, doch jetzt schob sie sich zwischen Max und Peter und schaute Walter direkt in die Augen. „Jetzt verzehl halt scho, wa des für oine isch, Kerle! Loss dir it älles aus dr Naas ziah!“
Also legte Walter Messer und Gabel beiseite und schilderte ausführlich sein Treffen mit Liesl. Er ließ nichts aus, blieb dabei aber sehr sachlich, weshalb Marie nachhakte.
„Und wa moinsch jetzt? Basst dia Liesl doher oder isch des so a rääse Reigschmeckte?“
Walter lehnte sich zurück und legte die Stirn in Falten. „Ich glaube, sie passt richtig gut nach Taldorf und ich bekomme eine nette Nachbarin.“
Ein freudiges Raunen ging durch die Runde, begleitet von dem ein oder anderen „Hört, hört!“. Während sie darauf anstießen, überlegte Walter, wie er sich da so sicher sein konnte - aber er war es einfach. Also machte er sich keine weiteren Gedanken und genoss den Abend mit seinen Freunden. Er bezahlte etwas früher als sonst, da er am nächsten Morgen früh aufstehen musste, außerdem wartete Balu draußen auf ihn und er wollte ihn nicht zu lange allein lassen.
„Bringsch se halt a mol mit, die Liesl, damit mir se au kenna lernet“, sagte Marie, während sie Walters Wechselgeld auf den Tisch legte.
„Ich werde es ihr ausrichten.“

Walter stand auf und verabschiedete sich bei allen, als Max ihn am Arm festhielt.
„Warte, ich komme mit. Sonst wird es wieder so spät."
Die beiden verließen gemeinsam die Gaststube, während Marie ihnen zuwinkte.
„Machets guat, ziernet nix, kommet wieder!"
Balu freute sich Walter zu sehen, vor allem wegen der Tüte, die er unter dem Arm trug und verlockend nach Rauchfleisch roch. Max war auch zu Fuß da und schlug den gleichen Weg ein wie Walter.
„Wegen der Liesl", hakte Max nach, „ist die wirklich in Ordnung?"
„Nach dem ersten Eindruck: ja!", antwortete Walter. „Warum? Hast du was anderes gehört?"
Max hob beschwichtigend die Arme. „Nein, nein, aber man weiß ja nie. Wenn Fremde ins Dorf kommen, ist das oft ein bisschen … na sagen wir … schwierig."
Sie kamen an die Kreuzung, wo ihre Wege sich trennten.
„Ich glaube, mit der Liesl wird es ganz nett werden", rief Walter ihm noch über die Schulter nach.
Balu schaute zu Walter auf und sah, dass er lächelte.

38

Walter hatte in dieser Nacht gut geschlafen und sprühte vor Energie. Schneller als sonst hatte er gefrühstückt und die Tiere gefüttert. Dank Eglons Appetit ging das Katzenfutter zur Neige und Walter nahm sich vor, in der Stadt welches zu besorgen. Balu war sauer, dass er schon wieder allein zu Hause bleiben sollte, während Eglon es sich mit vollgefressener Wampe auf dem Gartenstuhl bequem machen konnte.
„Das ist nicht fair!“, bellte er Walter an, *„mich sperrst du ein und der fette Kater darf draußen bleiben und kann machen, was er will!“*
„Er weiß halt, wem er vertrauen kann“, stichelte Eglon auf der Terrasse, was Balu noch wütender machte.
Gerade als Walter die Tür hinter sich ins Schloss zog, stopte Liesl ihr Auto vor seinem Haus. Von drinnen war immer noch Balus wütendes Gebell zu hören.
„Hallo! Was ist denn mit Balu los? Der heult ja wie ein Wolf.“
Walter lehnte sich auf das heruntergekurbelte Fenster. „Er ist nur beleidigt, dass er allein zu Hause bleiben muss. Ich gehe in die Stadt auf den Markt und das ist kein Spaß mit Hund - zumal er sich weigert, an der Leine zu gehen.“
Liesl machte einen Schmollmund. „Aber der arme Balu, die ganze Zeit eingesperrt! Ich mache Ihnen einen Vorschlag: Sie holen ihn raus und wir probieren, ob er mit mir mitgeht. Ich wollte mir heute Vormittag eh nur den Garten ansehen, um auf Ideen zu kommen. Da stört er überhaupt nicht.“
Walter gefiel der Vorschlag, genauso wie Balu, der kurze Zeit später mit Liesl im Garten verschwand.

Walter hatte zuerst das Katzenfutter gekauft und trug jetzt schwer an der Einkaufstasche. Er war froh, als er Francescos Kaffeebar erreichte und stellte seinen Einkauf unter den Stehtisch, an dem die anderen schon auf ihn warteten. Nach einer kurzen Begrüßung tauschten sie ihre neuesten Erkenntnisse aus. Als erstes berichteten Manni und Streifenkollege Hans von ihrem Besuch bei Margarethe Sailer. Beide waren sich einig, dass sie der unsympathischste Mensch auf der Welt war. Sie erzählten auch von der Testamentseröffnung und dass die Schwester darüber offensichtlich nicht glücklich war.
„Trotzdem hat sie wohl nichts mit dem Tod ihres Bruders zu tun", sagte Kripo Hubert, als die beiden geendet hatten. „Ich habe die Dame einfach mal gegoogelt und einen Zeitungsartikel gefunden, nachdem sie an dem Wochenende als Pfarrer Sailer starb auf einem Wirtschaftssymposium in Zürich war. Es war sogar ein Bild dabei, auf dem sie zu sehen war."
„Ich habe ähnlich schlechte Neuigkeiten von unserem anderen Verdächtigen", begann Walter. „Josef hat sich diese Woche mit seinem Freund Georg getroffen und ihm erzählt, wie sehr ihn sein kleiner Zoff mit dem Pfarrer belastet. Er fühlt sich schuldig, aber nicht, weil er dem Pfarrer etwas getan hätte, sondern wegen diesem Streit."
Die fröhliche Anne, die bisher ungewöhnlich ruhig gewesen war, lehnte sich enttäuscht an Walters Seite. „Dann haben wir also nichts vorzuweisen und es war wahrscheinlich doch nur der normale Tod eines alten Mannes ..."
„Ich war noch nicht ganz fertig", unterbrach sie Walter, „da gibt es nämlich doch etwas Komisches. Erst hielt ich es nicht für wichtig, aber je mehr ich darüber nachdenke, desto weniger werde ich schlau daraus. Josef hat sich ja bei Georg ausgesprochen, wie sehr ihm die ganze Geschichte an die Nieren geht, er sagte aber auch, er fühle sich von den Büchern verfolgt."

„Was für Bücher?", fragte Kripo-Hubert.
„Die alten Bücher von den Ärzten, in denen der Pfarrer kurz vor seinem Tod geschmökert hat. Sie sind in Josefs Garage aufgetaucht. Ich denke, seine Frau Annemarie hat sie dahin gelegt. Sie war die Haushälterin des Pfarrers und war sicher auch nach seinem Tod nochmal in dessen Haus."
Manni runzelte die Stirn. „Was macht das für einen Sinn? Wenn du meinst, dass Josef nichts getan hat … warum sollte seine Frau dann die Bücher mitnehmen?"
„Ich glaube, wir sollten uns diese Bücher mal anschauen", sagte Anne. „Meinst du, wir könnten an sie rankommen, Walter?"
„Ich denke schon. Die gehören nämlich eigentlich meinem Freund Peter. Er hatte sie dem Pfarrer nur geliehen. Er könnte sie bei Josef abholen und dann an uns ausleihen. Aber wer kümmert sich dann darum?"
„Das ist ja wohl ganz eindeutig mein Job", strahlte Anne. „Ärzte … Medizin … mein Fachgebiet!"
Die anderen gaben ihr Recht und man einigte sich darauf, dass Walter die Bücher mit Peters Hilfe besorgen und dann Anne geben sollte. Jetzt, da alle auf dem neuesten Stand und die nächsten Schritte geplant waren, erzählten Manni und Streifenkollege Hans von ihrem Einsatz in Walters Küche. Als Manni dann auch noch Walters SMS vom letzten Samstag vorlas, liefen die Tränen. Walter wurde rot, musste letztendlich aber mitlachen. Sie redeten noch ein bisschen, bis alle ihren Kaffee leer hatten und sich einer nach dem anderen verabschiedete. Streifenkollege Hans und Walter waren die beiden letzten.
„Hast du schon was von deinem „Strafzoll" gehört, Walter?"
„Haha, sehr witzig", nörgelte Walter. Er fand, dass es jetzt genug war. Da nahm ihn Streifenkollege Hans an der Schulter und zog ihn ganz

dicht heran.
„Keine Angst, da kommt auch nichts mehr." Er zog etwas aus der Innentasche seiner Jacke. „Schickes Foto", sagte er, nachdem er es ein paar Sekunden angesehen hatte und reichte es Walter. Auf dem Bild sah Walter sich selbst am Lenkrad seines Peugeot, mit weit aufgerissenen Augen. Unten rechts war ein Zeitstempel und die Geschwindigkeit eingeblendet. 86 km/h.
„Ich hab es zufällig auf den Tisch bekommen", erklärte Hans. „Lass uns für das Geld lieber mal ein Bier trinken gehen", sagte er augenzwinkernd.
Walter war perplex. „Danke ... das ist ... sehr nett!"
„Wozu hat man Freunde? Mach's gut, man sieht sich", sagte Streifenkollege Hans und ging davon. Walter brauchte noch einen Moment, um zu begreifen, was passiert war, dann machte auch er sich auf den Heimweg. Was für eine verrückte Woche.

Walter war um halb zwölf zu Hause gewesen und hatte Balu abgeholt. Liesl betonte, wie brav er gewesen war und dass er gerne mal wieder bei ihr bleiben könne. Walters Angebot, ihr im Garten zu helfen, lehnte sie ab und so packte Walter die Kettensäge auf seinen kleinen Traktor und zog Waldschutzkleidung an. Er wollte eine Fichte zerlegen, die irgendwann im Winter umgefallen war und nun einen Weg versperrte. Auch im Wald war es warm und nach zwei Stunden machte sich Walter schweißüberströmt auf den Heimweg. Balu trottete in einigem Abstand neben dem Traktor her und legte sich auf der Terrasse in den Schatten, während Walter Traktor und Kettensäge aufräumte.

„Na, einen harten Tag gehabt?“, fragte Kitty, die wie aus dem Nichts aufgetaucht war.

„Nein, gar nicht. Es war ein toller Tag bisher. Stell dir vor: ich durfte heute bei Liesl bleiben, während Walter in der Stadt war. Wir haben zusammen ihren Garten angeschaut … und ich glaube, sie mag mich.“

Kitty setzte sich direkt vor Balu. *„Ja, sie scheint nett zu sein. Gibt es drüben was Interessantes? Ich war da schon ewig nicht mehr.“*

„Allerdings. Da ist doch dieser alte gemauerte Grill mit der Öffnung unten drin, in der man Brennholz lagern kann … meine Nase hat da einen fremden Igel gerochen!“

„Das ist Mandy“, sagte Seppi, der umständlich unter einem Busch hervorkroch. *„Sie ist dort letzten Herbst eingezogen.“*

Balu war überrascht. *„Warum hast du nie was von ihr erzählt?“*

Seppi kaute verlegen auf einer Kralle. *„Na, bisher war es nichts Festes,*

deshalb wollte ich noch warten, bevor ich etwas sage."
Kitty wurde hellhörig. *„Bisher? Ist es denn jetzt was Festes?"*
Der kleine Igel grinste süffisant. *„Das hoffe ich. Wir verstehen uns ganz gut und … naja, die Paarungszeit geht bald los."*
„Bäh", brummte Balu und verzog bei dem Gedanken an sich paarende Igel die Lefzen. *„Bitte keine Einzelheiten!"*
„Ganz bestimmt nicht", konterte Seppi, *„das wäre Mandy sicher nicht recht."*
„Was ist das eigentlich für ein Name? „Mandy" … so heißt doch kein Igel."
Seppi tat gleichgültig. *„Ach, sie kommt aus dem Osten des Tals. Da haben sie alle so komische Namen und einen recht seltsamen Dialekt, aber was soll's."*
„Werden wir sie denn mal kennenlernen?", fragte Kitty neugierig.
„Irgendwann bestimmt, aber sie ist etwas ängstlich und wird sich erst an euch gewöhnen müssen. Ich hab ihr schon gesagt, dass ihr in Ordnung seid." Damit war das Thema für Seppi beendet und er trippelte in Richtung Futternapf. *„Leer. So ein Mist! Der fette rote Kater hat nicht mal Sauce drauf gelassen. Wo steckt Eglon überhaupt?"*
Balu schaute zu dem leeren Gartenstuhl, auf dem Eglon immer lag. In diesem Moment kam Walter frisch geduscht zur Küchentür heraus und Seppi kugelte sich instinktiv ein.
„Da schau mal einer an", freute sich Walter, „die ganze Bande ist wieder zusammen." Er sah, dass Seppi vor dem leeren Futternapf saß. „Verstehe … Eglon schnappt sich deinen Anteil vom Futter", murmelte er und ging langsam in die Hocke, um den Igel nicht zu erschrecken und nahm den Futternapf. In der Küche drückte er ein frisches Päckchen hinein und stellte Seppi den vollen Napf vor die Nase.
„Na los, Seppi, hau rein!", feuerte Balu den Igel an, der nur zögernd seine Kugel aufgab und schnuppernd die kleine schwarze Nase

herausstreckte. Es roch köstlich und so nahm er all seinen Mut zusammen und fing an zu fressen.
„*Geht doch*“, sagte Kitty.
„Geht doch“, sagte Walter und beobachtete den kleinen Kerl noch ein paar Minuten, bevor er die Tiere wieder allein ließ.
Seppi verputzte den ganzen Teller. „*Jetzt bin ich für zwei Tage satt*“, keuchte er, „*aber Hauptsache, der rote Kater kriegt nichts ab.*“
„*Pass auf, dass du nicht zu fett wirst*“, stichelte Kitty, „*sonst sucht sich deine Mandy noch einen anderen!*“
„*Ihr habt ja keine Ahnung! Nur ein dicker Igel ist ein guter Igel! Bei uns sind die Schönheitsideale etwas anders. Dünn sein bedeutet Schwäche, denn wer zu dünn ist, kommt nicht durch den Winter. Auf solche Typen steht kein Igelmädchen.*“
Kitty und Balu sahen dem Igel nach, der vollgefressen davonstapfte.
„*Kannst du dir vorstellen, dass Seppi sexy ist?*“, lachte Kitty und Balu verschluckte sich fast an der eigenen Zunge.
„*Oh Gott nein! Davon will ich nichts hören!*“ Balu waren sexuelle Themen generell unangenehm (ein weit verbreiteter Charakterzug bei Wolfsspitzen).
Doch Kitty ließ nicht locker. „*Was meinst du, wie das bei den Menschen ist? Walter zum Beispiel … ist der sexy?*“
„*Oh bitte, Kitty …*“, wand sich Balu peinlich berührt, „*… über so was spricht man nicht!*“
„*Aber warum nicht? Wäre doch schön, wenn die Liesl den Walter sexy fände, dann würden sie in Zukunft sicher viel zusammen unternehmen und du hättest ein Herrchen und ein Frauchen.*“
Jetzt wurde Balu laut. „*Niemals! Walter ist mein Herrchen und daran wird sich nie etwas ändern! Solange ich lebe!*“
„*Oder solange Walter lebt*“, gab Kitty zu bedenken. Balu wollte erst widersprechen, dachte aber über ihre Worte nach. Was wäre, wenn

Walter tatsächlich etwas passierte? Würde er bei jemand anderem bleiben können oder würde er im Tierheim landen? Dieser Gedanke machte ihn traurig und er beschloss in Zukunft noch besser auf sein Herrchen aufzupassen.
„Weißt du, ob Walter immer noch an Pfarrer Sailers Tod interessiert ist?", fragte Kitty, die seine Gedanken zu erraten schien.
„Ich glaube schon. Er hat sich heute Morgen mit seinen Freunden von der Polizei getroffen, aber er erzählt mir ja nichts."
Um ihn zu beruhigen drückte Kitty sich sanft an die Flanke des Wolfsspitz'. *„Ihm wird schon nichts passieren. Und falls es gefährlich wird, sind wir ja auch noch da."*
Balu hörte Kittys tröstende Worte, doch sie konnten ihn nicht beruhigen. *„Ich werde Walter immer beschützen … und wenn es mich das Leben kostet"*, flüstere er und Kitty wusste, dass er es ernst meinte.
„Ah, da ist ja unser Taldorfer Superpärchen", lästerte Eglon, der um die Hausecke geschlendert kam. Sein dicker Bauch wabbelte bei jedem Schritt abwechselnd von links nach rechts.
„Da kommst du gerade recht", konterte Kitty, *„dann ist jetzt auch Super-Dickie mit dabei."*
Eglon rümpfte nur die Nase und inspizierte den Futternapf. *„So eine Scheiße. Leer. Hat Walter das noch nicht bemerkt?"*
Balu genoss den Moment. *„Doch hat er. Er hat vor ein paar Minuten ein frisches Päckchen draufgetan. Aber für Seppi. Du glaubst gar nicht, wie der reingehauen hat."*
Eglons Augen verengten sich zu schmalen Schlitzen. *„Dieser miese kurzfüßige Stachelball. Klaut mir mein Futter! Den werde ich das nächste Mal in eine Pfütze rollen und dann gnade ihm Gott."* Eglon wusste, dass Igel sich entkugeln, wenn sie in etwas tieferes Wasser geraten.
„Gar nichts wirst du tun!", befahl Balu. *„Seppi war schon lange vor dir hier … und er ist unser Freund. Eigentlich bist du es, der ihm das Futter klaut.*

Und wenn du ihm irgendwas tust, bekommst du es mit mir zu tun!"
„Und wenn schon", antwortete Eglon arrogant, *„mit einem Hund und einem Igel nehme ich es allemal auf."*
„Und mit einer Katze!" Kitty setzte sich demonstrativ neben Balu. Eglon sah die Entschlossenheit in den Augen der beiden und wusste, dass er hier nicht gewinnen konnte. Er machte kehrt, doch ehe er hinter der Hausecke verschwand, giftete er noch ein leises *„Ihr könnt mich alle mal!"*.
Walter kam auf die Terrasse, unschlüssig, was er tun sollte. Er setzte sich auf seinen Gartenstuhl, der überraschenderweise frei war.
„Störe ich?", fragte Liesl, die den Kopf zwischen zwei riesigen Jostabüschen hindurchschob.
Walter erschrak, fing sich aber gleich wieder. „Aber nein. Ich sitze einfach hier und genieße das schöne Wetter. Selten, dass es im März schon so warm ist."
„Wie wäre es mit einem Bier?"
„Das geht leider nicht", entschuldigte sich Walter. „Ich hab keins im Haus."
„Aber ich", jubelte Liesl, und hielt triumphierend einen Sixpack in die Höhe. „Darf ich rüber kommen?"
Walter winkte sie zu sich und wenig später saßen sie, jeder mit einem Bier in der Hand, auf der Terrasse. Balu und Kitty lagen etwas abseits im Rasen und dösten. Walter hatte für sich einen Stuhl aus der Küche geholt und Liesl den bequemen Gartenstuhl überlassen. Eine ganze Weile saßen sie schweigend nebeneinander und starrten in den Garten. Liesl bemerkte Balu und Kitty, die friedlich nebeneinander lagen.
„Gehört die Katze eigentlich auch Ihnen?"
„Kitty? Irgendwie schon", wich Walter aus. „Eigentlich gehört sie zur Wirtschaft im Dorf vorne, aber Balu und sie sind ständig zusammen. Scheinen gute Freunde zu sein. Ich stelle ihr immer Futter raus, doch

wie es aussieht, frisst das im Moment ein Igel, der bei mir im Garten wohnt."
„Einen Igel haben Sie auch noch", lachte Liesl. „Was verschweigen Sie mir denn noch alles?"
Walter musste an Eglon denken. „Nun ja, vielleicht habe ich noch eine Katze."
„Vielleicht?", wunderte sich Liesl.
„Er ist …", Walter korrigierte sich, „… er war der Kater von unserem alten Pfarrer, der vor kurzem gestorben ist. Dann ist er eines Tages bei mir aufgetaucht. Den füttere ich auch."
„Dann bleibt er bei Ihnen", sagte Liesl. „Wer eine Katze füttert, dem bleibt sie. Und zwar genau so lange, bis sie woanders etwas Besseres bekommt."
Walter dachte darüber nach und überschlug im Kopf die Kosten für Eglons Futter. Das würde ihn im Jahr mehr kosten, als die Versicherung für seinen alten Peugeot.
Plötzlich streifte sie ein Schatten. Ein prächtiger Milan flog nur ein paar Meter über ihre Köpfe hinweg und stieß auf die benachbarte Wiese hinab.
„Eine Maus weniger", kommentierte Walter und Liesl verzog bei der Vorstellung, wie der kleine Nager zerfleischt wurde, das Gesicht.
„Ich weiß ja, dass so was in der Natur ganz normal ist … trotzdem tut mir das Tierchen leid", rechtfertigte sie sich. Walter verstand sie gut. Auch er fühlte mit jeder Kreatur, doch sah er auch einen Sinn dahinter.
„Der Milan tötet die Maus, weil er Nahrung braucht. Es ist zwar erst März, aber er könnte durchaus schon Junge in seinem Nest haben. Sein Weibchen beschützt sie dort und er bringt die Maus zu ihr, damit sie und die Jungen zu fressen haben. In ein paar Wochen werden die Jungen dann flügge und verlassen das Nest, um selbst auf die Jagd zu gehen. So war der Tod der Maus wichtig für das Leben der Milane."

„Wenn man es so betrachtet, klingt es logisch“, sagte Liesl. “Ich habe mal irgendwo gelesen, dass Tiere nie grundlos andere Tiere töten. Sie tun es nur, um sich und ihre Art zu schützen und zu erhalten. Es ist hart, aber ein perfekter Kreislauf. Ein Leben wird genommen, um ein anderes zu schützen oder um ein neues zu schaffen.“
Walter hatte Liesl aufmerksam zugehört und irgendetwas von dem, was sie gesagt hatte, ließ ihn unruhig werden. Er versuchte sich zu konzentrieren, doch der kurze Gedankenblitz war schon verraucht. Seine Unruhe war nur der nachhallende Donner. Walter schüttelte den Kopf und trank einen Schluck Bier, dessen einsetzende Wirkung ihn bereits redselig werden ließ.
„Schade eigentlich, dass wir Menschen so wenig mit der Natur zu tun haben“, murmelte er. Liesl sah ihn fragend an. „Bei uns ist das anders“, erklärte Walter, „wir töten nicht nur, um zu überleben. Wir stellen Wühlmausfallen auf, um unseren Rasen zu schützen, wir erschlagen Fliegen, weil sie uns nerven, wir hängen Wespenfallen auf, streuen Ameisengift, schießen aus Spaß mit dem Luftgewehr auf Vögel.“ Walter hatte sich in Rage geredet und musste durchatmen, um sich zu beruhigen.
„Und doch gelten diese Regeln irgendwie auch bei uns“, gab Liesl zu bedenken. „Was wir mit den Tieren, ach was, mit unserer ganzen Umwelt tun, ist oft fürchterlich, aber auch bei uns ist der Tod des einen, häufig eine Chance für den anderen. Nehmen Sie mich als Beispiel. Wäre meine Tante nicht gestorben, hätte ich dieses Haus nicht geerbt und ich wäre nie nach Taldorf gekommen.“
Walter blickte auf. „Die alte Renate war Ihre Tante? Ich wusste gar nicht, dass sie Verwandtschaft hatte.“
„Natürlich nicht“, sagte Liesl leise. „Das letzte Mal habe ich sie besucht, als ich vielleicht fünfzehn war. Sie war damals schon etwas komisch und meine Eltern haben später den Kontakt zu ihr ganz

abgebrochen. Ich habe noch hin und wieder bei ihr angerufen, aber sie hat mich am Schluss nur noch mit ein paar Sätzen abgefertigt. Also habe ich irgendwann aufgegeben. Umso mehr habe ich mich gewundert, als sie mir ihr Haus vererbt hat. Wahrscheinlich wäre es sowieso an mich gefallen, da sie ja keine Kinder hatte, doch sie hatte mich in ihrem Testament ausdrücklich als Erbin eingesetzt."
Walter hatte sich von Anfang an gefragt, warum jemand Fremder aus Frankfurt ein renovierungsbedürftiges Haus in Taldorf kaufen sollte. Nun war es klar.
„Ihre Tante hatte sich zurückgezogen, nicht nur von Ihnen und Ihrer Familie … von allen. Ich wohne hier seit meiner Geburt und kannte sie gut, doch irgendwann ging sie allen Leuten aus dem Weg. Wenn ich ehrlich bin, kann ich mich nicht erinnern, wann ich zuletzt mit ihr gesprochen habe. Ich habe es versucht – sie war ja meine Nachbarin – aber sogar, wenn ich aus der Ferne gegrüßt habe, hat sie den Gruß nicht erwidert und ist stattdessen um die Hausecke geflüchtet. Ich denke, sie wollte einfach keinen Kontakt mehr."
„Trotzdem ist es traurig", flüsterte Liesl betroffen. „Niemand sollte ganz allein sein. Wie ist das bei Ihnen, Walter? Haben Sie Familie?"
Die Frage kam für Walter so unerwartet, dass er sich an seinem Bier verschluckte. Liesl hob entschuldigend die Arme.
„Oh nein, … ich wollte nicht … ich meine, das war natürlich viel zu privat. Bitte entschuldigen Sie." Walter sah wie unangenehm ihr die Situation war und versuchte Liesl zu beruhigen.
„Nichts passiert, ehrlich. Ich hatte nur ganz vergessen, dass sie hier neu sind. Im Dorf weiß sonst jeder über jeden Bescheid. Und ich kann Ihr Interesse auch zu gut verstehen: immerhin wohnen wir bald nebeneinander und da möchte man doch etwas mehr über seinen einzigen Nachbarn wissen. Vielleicht bin ich ja ein exhibitionistischer Psychopath, der Leichenteile in seiner Gefriertruhe lagert …"

Liesl lachte. „Sind Sie?"
„Was?"
„Na, ein Psychopath?" Jetzt lachte auch Walter und drehte sich mit seinem Stuhl so, dass er Liesl direkt ansah.
„Wer von uns ist schon ganz normal? Aber ich kann Ihnen versichern, dass ich keine Leichen im Keller habe oder nackt ums Haus renne."
„Das beruhigt mich ungemein", erwiderte Liesl mit einem Augenzwinkern.
„Um es kurz zu machen", Walter räusperte sich, „ich lebe hier allein. Mit Balu. Ich war einundzwanzig Jahre verheiratet, dann ist meine Frau vor ein paar Jahren an Krebs gestorben. Und das", Walter schluckte trocken, „war auch schon meine ganze Geschichte."
Liesl legte ihm sachte die Hand auf den Unterarm. „Das tut mir sehr leid, Walter. Und entschuldigen Sie bitte, dass ich Sie so plump daran erinnert habe."
Walter schüttelte den Kopf, während er den letzten Schluck Bier trank. „Ist schon gut, ich denke eh jeden Tag daran. Es ist nur … ich habe schon lange nicht mehr mit jemand darüber gesprochen. Das ist doch noch mal was anderes." Walter war über seine Offenheit selbst erstaunt. Er lächelte. „Trinken wir noch eins?" Liesl nickte und Walter holte zwei neue Flaschen von ihrem Sixpack, den er vorsorglich in den Kühlschrank gestellt hatte.
„Dann bin ich jetzt wohl dran", sagte Liesl und stellte ihr Bier ab. „Ich habe vor Jahren einen Mann geheiratet, der mein bester Freund war. Wir kannten uns vorher schon viele Jahre und hatten viel Zeit miteinander verbracht. Da wir uns immer gut verstanden hatten und uns über die Jahre näher gekommen waren, kam das Eine zum Anderen und wir standen vor dem Traualtar. Leider haben wir erst hinterher kapiert, dass wir bis dahin nur Dinge miteinander geteilt hatten, die wir beide mochten. Dabei waren wir sonst unglaublich

verschieden. Ich wollte immer Kinder, er hasste Kinder. Ich liebe die asiatische Küche und Meeresfrüchte, er war gegen fast alles davon allergisch. Ich wollte meinen Urlaub ruhig in der Toskana verbringen, er buchte für uns Mallorca. So ging das immer weiter. Bis er mir eines Tages gestand, dass er jemanden gefunden hätte, der besser zu ihm passte ... und außerdem fünfzehn Jahre jünger war."
„Er hat Sie verlassen?"
Liesl schüttelte leicht den Kopf. „Nein, wir haben uns friedlich voneinander getrennt. Und was soll ich sagen: das war die beste Entscheidung meines Lebens. Seitdem verstehen wir uns wieder richtig gut und haben auch noch regelmäßig Kontakt. Er hat die andere Frau kurz nach unserer Trennung geheiratet und dann recht schnell Zwillinge bekommen. Stellen sie sich vor", lachte Liesl, „der, der nie Kinder haben wollte, sitzt jetzt mit Zwillingen am Wochenende zu Hause, weil seine junge Frau in Diskotheken unterwegs ist!"
Auch Walter lachte herzhaft, angesichts dieser Ironie. „Ich war einmal in der Toskana", sagte Walter, um die anschließende Stille zu unterbrechen. „Das war unsere Hochzeitsreise. Siena. Im Frühling. Es war wunderschön. Alle Sträucher rundherum haben geblüht und es duftete wie bei einem Gewürzhändler. Wir haben auf der Piazza del Campo Cappuccino getrunken und uns vorgestellt, wie dort die Pferde beim Palio vorbeigaloppieren. Das wollten wir irgendwann einmal anschauen - haben es aber nie geschafft."
„Es ist nie zu spät", sagte Liesl, während sie sich erhob. „Aber für mich wird es jetzt Zeit. Ich möchte morgen recht früh losfahren. Für den Nachmittag ist Regen gemeldet und das ist bei so langen Strecken recht unangenehm."
Walter erhob sich ebenfalls und lief mit Liesl bis zu ihrem Auto. „Sie haben Ihr Bier noch bei mir im Kühlschrank", fiel Walter ein.

„Lassen Sie es dort, wenn Sie den Platz nicht brauchen. Dann ist es nächstes Wochenende wenigstens schön kalt. Und ich weiß ja, wo ich klingeln muss."
Sie verabschiedeten sich und Walter beobachtete, wie Liesl auf der schmalen Straße ins Dorf fuhr und Richtung Dürnast abbog. Es dämmerte schon leicht und Liesl hatte die Scheinwerfer an. Als die Lichter verschwunden waren, ging Walter zurück auf die Terrasse und beobachtete zufrieden, wie es langsam dunkel wurde.
„Sie findet ihn sexy …", maunzte Kitty.
„Fang nicht schon wieder damit an!", knurrte Balu zurück.
„Und Walter findet sie auch nicht schlecht …", stichelte Kitty, mit einem lästernden Singsang in der Stimme.
„Und wenn schon. So kompliziert, wie die Menschen sind, bedeutet das gar nichts!"
Kitty setzte sich auf und legte den Schwanz elegant um ihr Hinterteil.
„Wer weiß, wer weiß …"

Als Walter am Sonntagvormittag zur Goschamarie ging, begann es zu regnen. Er dachte an Liesl und hoffte, dass sie nicht mehr weit zu fahren hatte. Er hatte, bevor er gegangen war, noch Wäsche zusammengelegt und war deshalb etwas später dran als sonst. Balu, dem Regen nichts ausmachte, trottete vergnügt an seiner Seite. Kitty saß aufrecht unter dem Scheunendach im Trockenen.

„Ich bleibe lieber hier draußen", begrüßte sie ihren Freund. *„Ist echt übel heute. Drinnen ist zwar ziemlich tote Hose, aber ein paar starke Raucher sind dabei. Es brennt schon in den Augen."*

Walter sah wie die Tiere sich begrüßten und tätschelte Balu die Flanke. „Bleib ruhig hier, wenn du möchtest. Ich bleibe nicht lang." Balu brauchte nicht lange zu überlegen und setzte sich zu Kitty unter das Vordach.

Als Walter die Gaststube betrat, raubte ihm der dichte Qualm sofort den Atem. Obwohl nur wenige Gäste an den Tischen saßen, war die Luft zum Schneiden. Er setzte sich an den Stammtisch zu Max, der mit seiner Zigarre zu diesem Wirtshaus-Smog beitrug.

„Wo sind die anderen?", fragte Walter durch den Nebel, da die anderen Plätze noch frei waren.

„Die sind noch in Ravensburg. Die wollten hören, was unser Landesvater zu sagen hat", erklärte Max.

„Landesvater?" Walter verstand nicht.

„Na, unser Ministerpräsident von Baden-Württemberg", erklärte Max. „Der spricht heute auf dem Marienplatz. Müsste jetzt aber allmählich vorbei sein." Walter erinnerte sich wage, irgendwo vom Besuch des

Politikers gehört zu haben. Es war ein Wahljahr und da stieg die Anzahl der Besuche von politischer Prominenz auch auf dem Land drastisch an. Walter interessierte sich nicht dafür. All die Versprechungen im Wahlkampf waren ihm nach dem Urnengang viel zu schnell vergessen. Er ging zur Wahl, natürlich, entschied sich aber immer kurzfristig aus dem Bauch heraus, wo er sein Kreuz machte.

„Ist es für den Wahlkampf nicht noch ein bisschen früh? Gewählt wird doch erst im September!"

Max zuckte mit den Schultern. „Vielleicht werden hinten raus die Termine knapp." Wie immer fand Max eine einfache Erklärung.

Walter ließ seinen Blick durch den Gastraum schweifen und entdeckte die Ursache für den starken Rauch an einem der Fenstertische. Vier alte Männer saßen dort und rauchten Pfeife. Alle hatten imposante Vollbärte, die sich nur in den Farben unterschieden. Die Palette ging von Weiß bis Dunkelbraun. Ansonsten hätten die vier Männer Brüder sein können.

Marie kam zum Tisch und brachte Walter seine zwei Flaschen Bier.

„Wer sind denn diese Pfeifenraucher?", fragte Walter leise.

„Dia sind heit s eerschte Mol do. Wellet wohl an Pfeifaschtammdisch macha. Aber des glaub i no it. Kasch ja kaum me schnaufa da dinna." Sie ging zum Tisch der Bärtigen und zischte ein paar Worte, woraufhin grummelnd ein Fenster geöffnet wurde. Die Luft wurde sofort besser.

Die Tür zum Gastraum wurde geöffnet und Peter, Theo und Elmar traten ein.

„Ja brennt's denn hier?", fragte Elmar lautstark in die Runde. „Wir haben schon vom Parkplatz aus den dichten Rauch gesehen, der da aus dem Fenster kommt."

Erst jetzt entdeckte er die vier Pfeifenraucher, die ganz bewusst nicht in seine Richtung blickten.

„Wie war es denn beim Landesvater?“, begrüßte Walter die Neuankömmlinge.
„Oh, hör auf!“, winkte Theo ab. „Wir sind ja eigentlich nur wegen dem Freibier hin. Haben ganz vergessen, dass unser Ministerpräsident ja aus Sigmaringen kommt. Da hat er natürlich Sigmaringer Bier verteilt. Kannst du dir das vorstellen? Sigmaringer Bier für uns Ravensburger!“
Mit einem angewiderten Gesichtsausdruck deutete er an, sich den Finger in den Hals zu stecken. Alle lachten und stießen kurz darauf glücklich mit ihrem gewohnten Bier an.
„Ansonsten war es der übliche Politikerkram“, nahm Elmar das Thema wieder auf. „Wir werden dies tun und das verhindern, dort helfen und da ausbauen … ich hab gar nicht richtig hingehört. Erzählen eh alle das Gleiche. Aber clever war er schon: das Freibier gab es erst nach seiner Rede. So mussten alle dableiben. War dann ein ziemliches Gedränge am Bierstand, aber wir haben uns durchgeboxt.“
„Mecht no oiner was Ässa? I het no an Gaisburger Marsch, der sott weg“, fragte Marie in die Runde. Alle waren hungrig und bestellten eifrig. Peter erhob sich vom Tisch, um sich vor dem Essen noch zu erleichtern und Walter schloss sich an.
Sie standen nebeneinander am Zaun und pinkelten im hohen Bogen in den Bach. Peter hatte deutlich mehr Druck auf der Leitung und schaffte es sogar bis in das Gemüsebeet hinter dem Bach. Dünger für den Eissalat, der dort bald wachsen würde.
„Meine Güte“, seufzte er, „geschmacklich ist das Sigmaringer Bier ein Reinfall, dafür treibt es aber umso mehr.“
„Ich hätte eine Bitte an dich“, tastete Walter sich vor.
„Worum geht's?“, fragte Peter gleichgültig.
„Um die alten Bücher, die du dem Pfarrer geliehen hattest.“
„Die sehe ich wahrscheinlich nie wieder. Hast doch gehört, was die

Schwester vom Pfarrer gesagt hat. Die rückt nichts raus."
Walter räusperte sich. „Die Bücher sind nicht mehr beim Pfarrer. Die liegen jetzt beim Josef in Herrgottsfeld."
Peter war überrascht. „Oh, dann krieg ich sie vielleicht doch wieder. Hab mir schon überlegt, ob ich sie bei ebay verkaufe … ein paar Euro krieg ich sicher noch."
„Meinst du, ich könnte sie vorher noch für ein paar Tage haben?", fragte Walter zaghaft. „Ich würde sie gerne mal anschauen." Während er auf Peters Antwort wartete, hielt er innerlich den Atem an. Doch der winkte nur ab.
„Klar, kein Problem! Wenn ich sie nur am Ende wiederbekomme. Du sagst, der Josef hat sie? Da fahr ich heute Abend kurz vorbei und hole sie. Muss eh in die Ecke."
Walter war erleichtert. So einfach hatte er sich das nicht vorgestellt. Zufrieden drückte er seine Hüfte durch und schüttelte die letzten Tropfen ins Gras. Er wartete noch auf Peter, als plötzlich drei schwarze Limousinen mit verdunkelten Scheiben auf den engen Hof fuhren. Sie machten erst gar nicht den Versuch einen Parkplatz zu finden, sondern blieben direkt vor dem Eingang stehen. Walter und Peter beeilten sich an den Fahrzeugen vorbeizukommen, um rechtzeitig in der Wirtschaft zu sein, bevor das Theater losging.
„Hier geht's gleich rund!", rief Walter, als er in die Gaststube stürmte. „Draußen sind drei dicke Limos vorgefahren. Da sitzt sicher ein hohes Tier drin."
Prominente verirrten sich immer mal wieder zur Goschamarie. Meist bekamen sie von irgendeinem Bekannten den Tipp „Da musst du unbedingt mal gewesen sein", und konnten nicht widerstehen.
Walter hatte kaum ausgesprochen, als die Tür aufgestoßen wurde, und zwei Männer in dunklen Anzügen eintraten. Im Ohr kleine Kopfhörer mit geringeltem Kabel. Ihre Blicke huschten umher,

musterten den Raum. Dann kam ein weiterer Mann im Anzug herein, dicht gefolgt ... vom Ministerpräsidenten von Baden-Württemberg. Alle Gespräche verstummten. Nur einer der Pfeifenraucher hustete polternd in seinen Bart. Marie durchbrach die Stille und lief mit ausgebreiteten Armen auf die Männer zu.

„Jo mei, so a scheene Iberraschung!"

Der Landesvater freute sich über die herzliche Begrüßung und streckte Marie die Hand entgegen, im Gesicht sein schönstes Politikerlächeln. Als Marie fast bei ihm war, stoppte sie jedoch plötzlich und umarmte den jungen Mann im Anzug, der direkt vor dem Politiker stand.

„Mei Birschle, schee dass mal wieder do bisch. Hon die scho so lang nimme gsäha!"

Der junge Personenschützer wusste nicht wie ihm geschah. Er war noch nie in seinem Leben in Taldorf gewesen. Die Arme seitlich am Körper, war er in Maries Umarmung gefangen. Nach einer gefühlten Ewigkeit lockerte Marie ihren Griff etwas und hielt verschwörerisch die Hand vor den Mund.

„Aber sag a mol", flüsterte sie gespielt, „wa hosch denn do für an alta Seckel mitbrocht? Bisch du dem sein Pfläger?"

Die meisten im Raum durchschauten Maries Spiel und fingen an zu kichern, nur der Landesvater blieb ahnungslos und lächelte dümmlich.

„Aaber gnäädige Frauuu ... kennen sie miiich denn niicht?", fragte er in seinem zähen Sigmaringer Dialekt. Dabei klang er, als hätte jemand am Plattenspieler von 45 auf 33 geschaltet.

„Iich bin iiihr Minischterprääsident!"

Marie musterte ihn distanziert von der Seite und verschränkte die Arme vor der Brust.

„Erkenna du i di scho", sagte sie nach kurzem Überlegen, „aber kenna, du i di it!" Sie wand sich wieder dem Personenschützer zu, der noch

immer mit offenem Mund im Raum stand.
„Wellet ihr it nahocka? I hon eich a Dischle. Komm mit!"
Sie nahm den verdatterten Mann am Arm und führte ihn zu einem Ecktisch. Der Ministerpräsident folgte sichtlich irritiert. An dem Tisch saß nur s'Dieterle.
„Komm Dieterle", sagte Marie freundlich, „heit darfsch a mol am Schtammdisch hocke."
S'Dieterle sprang erfreut auf und klatschte in die Hände, bevor er sein Bier nahm und sich neben Walter setzte. Als der Ministerpräsident und sein Personenschützer Platz genommen hatten, wurden die Gespräche wieder lauter und viele lachten über das, was gerade passiert war. Die beiden Anzugmänner, die zuerst hereingekommen waren, blieben vor dem Tisch des Politikers stehen und schirmten ihn mit ihren Körpern ab.
„Das war doch mal wieder typisch Marie", lachte Max. „Der junge Mann hatte keine Ahnung, was da mit ihm passiert und muss seinem Chef wohl gerade einiges erklären."
Die anderen stimmten ihm zu und blickten zum Tisch des Ministerpräsidenten, an dem der Personenschützer gerade mit entschuldigenden Gesten seine Ahnungslosigkeit beteuerte.
Walter hatte sein zweites Bier fast leer, als Josef den Gastraum betrat und sich zu ihnen gesellte. Er sah müde und überarbeitet aus.
„Sag mal Josef, ich habe gehört, du hast meine alten Bücher bei dir rumliegen", sprach Peter ihn sofort an.
Josef blickte überrascht auf. „Die liegen bei mir in der Werkstatt. Hol sie ab, wenn du willst. Ich schmeiße sie sonst weg."
Sie einigten sich darauf, dass Peter am Abend vorbeikommen sollte. Falls gerade niemand da sei, könnte er die Bücher selber aus dem Stapel Planen fischen. Das sei in Ordnung. Walter hatte dem Gespräch der beiden aufmerksam gelauscht und war nun ganz von Josefs

Unschuld überzeugt. So würde niemand reagieren, der in diesen Büchern Beweise für seine Straftat vermutete. Trotzdem würde Walter die Bücher zu Anne bringen. Er war gespannt, was sie herausfinden würde.

Auch der Ministerpräsident und sein Leibwächter hatten sich den Gaisburger Marsch bestellt. Dazu gab es Wein für den Politiker und Wasser für den Personenschützer. Beide sahen zufrieden aus und gaben Marie ein Zeichen, dass sie bezahlen wollten. Sie kam und knallte ihren schweren Geldbeutel auf den Tisch, und schaute dem Landesvater dabei tief in die Augen.
„Von dir kriag i oisazwanzig fuffzig …", mit einem Lächeln drehte sie sich dem jungen Mann zu, „und von dir elf Eiro!"
Der Ministerpräsident sutzte. „Aaber gnäädige Frau: wiir hatten doch das Glaiche!"
Marie stemmte die Arme in die Hüften. „It ganz. Du hosch an Wai khett … der Kerle blos a Wasser!"
Der Politiker gab sich kopfschüttelnd geschlagen und bezahlte seine überhöhte Rechnung.
„Irgendwiiie ischt daas koomisch", sinnierte er.
„Woisch", zwinkerte ihm Marie zu, „wer sein Grind auf sooo viele Plakat im ganza Land na hebt, der darf au mol a wäng dafier blecha. Und ois no: auf dene Bilder siehsch echt besser aus."
Sie drehte dem sprachlosen Ministerpräsidenten den Rücken zu und klopfte dem Personenschützer im Weggehen freundlich auf die Schulter.
„Kommsch a mol wieder wänn d aloi bisch. Dänn hemmer au wieder meh Schpass."
„Herr Ministerpräsident, bitte glauben sie mir: ich hab wirklich keine Ahnung, was das soll", begann er sich aufs Neue zu entschuldigen,

doch sein Chef winkte nur ab.
„Passt schoon. Iiich bin nuur Gottfroh, dass diieses Weib niicht in der Politiiik ischt."
Als der Landesvater mit seinem Tross die Wirtschaft verließ, winkte er freundlich in die Runde. Auch Marie hob die Hand zum Gruß:
„Machets guat, ziernet nix, kommet wieder!"

41

Als Walter am Montagmorgen sein Fahrrad belud, regnete es immer noch. Von Jusuf hatte er ungefragt einige neue türkische Ausdrücke gelernt, um das Wetter zu verfluchen, doch Walter fand es gar nicht so schlimm. Die Temperaturen waren immer noch angenehm und gegen den Regen hatte er seine wetterfeste Jacke. Er dachte über den vergangenen Abend bei der Goschamarie nach und freute sich, wie gut alles gelaufen war. Noch am Abend hatte ihm Peter die Bücher vorbei gebracht und Walter hatte eine (diesmal fehlerfreie) SMS an Anne geschickt. Sie hatte sofort geantwortet und ihm versprochen am Montag nach Dienstschluss die Bücher abzuholen. Montagabend? Walter hatte das unbestimmte Gefühl etwas Wichtiges vergessen zu haben.

Seine Runde war schon fast zu Ende und er schob die Zeitung in das dafür vorgesehene Rohr an Eugens Haus. Aus dem Augenwinkel las er das Namensschild: Heesterkamp. „Scheißendreckn!“, fluchte Walter. Er hatte sich für heute Abend mit Eugen zum Laufen verabredet. Und es vergessen. Verdrängt. Wie auch immer. Obwohl es noch dunkel war, starrte Walter zum Himmel. Ob Eugen auch bei Regen laufen würde? Sicher nicht. Oder doch? Er schüttelte resigniert den Kopf und beendete seine Tour. Er trank den Schnaps von Marie und hätte diesmal gerne noch einen zweiten hinterher gekippt.

Als er um kurz vor elf aufwachte, musste er blinzeln, da einzelne Sonnenstrahlen durch den Rollladen stachen. Das Wetter war an diesem Tag nicht auf seiner Seite. Er ging in die Küche und ließ Balu in den Garten, der sich über die Sonne freute.

„Guten Morgen“, rief Mirco von der Baustelle herüber. Er war von oben bis unten mit weißem Staub bedeckt.
„Morgen“, grüßte Walter zurück. „Hast du jetzt einen Nebenjob als Bäcker?“
Mirco lachte. „Gleiches Aussehen, andere Ursache. Wir haben angefangen zu verputzen. Ist immer eine Mordssauerei!“
„Dann kommt ihr gut voran?“, erkundigte sich Walter. Mirco klopfte sich eine dicke Staubwolke von der Hose.
„Denke schon. Verputzt wird im Moment nur die Küche. Die soll am Freitag eingebaut werden. Die Anschlüsse sind schon drin und wir machen die Wände zu. Ich habe aber vorhin erfahren, dass sich unser Fliesenleger am Wochenende bei einem Fußballturnier den Unterschenkel gebrochen hat. So ein Mist. Wenn der Boden und der Fliesenspiegel nicht drin sind, wird das nichts mit dem Einbau.“
Walter hatte eine Idee. „Habt ihr denn keinen Ersatz?“
Mirco lachte verächtlich auf. „In welcher Welt lebst du, Walter? Wenn du heute einen zuverlässigen Handwerker haben möchtest, brauchst du entweder richtig gute Beziehungen oder sehr viel Geld. Und dann noch so kurzfristig … das ist fast unmöglich.“
Während Mirco missmutig versuchte einen Klumpen Putz von seinem Schuh zu klopfen, kam Walter näher an den Zaun.
„Ich hätte eventuell eine Lösung für dich.“
„Kannst du etwa Fliesen legen?“, spottete Mirco.
„Ich nicht, aber ein Freund von mir. Er hat sich vor kurzem erst selbständig gemacht und ist immer auf der Suche nach Aufträgen.“
„Im Ernst jetzt?“, fragte Mirco ungläubig. „Der soll so schnell wie möglich vorbeikommen. Über den Preis werden wir uns schon einig.“
Walter ging ins Haus und rief Elmar auf dem Handy an. Er erwischte ihn auf einer Baustelle und schilderte ihm kurz die Lage. Elmar freute sich über den unerwarteten Auftrag, da er für den Rest der Woche nur

Kleinigkeiten eingeplant hatte, die er aber problemlos verschieben konnte. Er versprach, noch an diesem Abend vorbeizukommen, um sich alles anzuschauen. Walter ging auf die Baustelle und überbrachte Mirco die gute Nachricht.

„Mann Walter, du hast wirklich was gut bei mir. Ich hab mir schon das Ohr wund telefoniert und niemanden ran gekriegt. Da trinken wir demnächst mal ein bis vier Bier drauf!"

Mirco lachte und klopfte Walter dankbar auf die Schulter.

Währenddessen streifte Balu durch den Garten. An Seppis Rosenstrauch machte er kurz halt, doch der Igel war nicht da. Balu wunderte sich, denn es war noch mitten am Tag. Eglon kam aus dem Nachbargarten geschlendert und Balus Laune verschlechterte sich schlagartig.

„Kommst du zum Fressen? Schlechte Nachricht: der Napf ist leer."

„Pfff", schnaubte Eglon und tat gelangweilt. *„Ich habe schon gefressen. Vorne bei der Wirtschaft. Deine Tigerfreundin war nicht da und ihr Teller war voll. Pech für sie."*

Balu wollte Eglon erst warnen, dachte dann aber, dass er ruhig selbst herausfinden sollte, wie Marie mit fremden Katzen umging.

„Du bist übrigens nicht das einzige, was den Weg aus Herrgottsfeld hierher gefunden hat", orakelte der Wolfsspitz.

Eglon stellte die Ohren. *„Na, hoffentlich keine von den blöden Kühen."*

„Nein. Die Bücher von Pfarrer Sailer. Sie liegen im Haus auf dem Schränkchen neben dem Telefon."

Eglon gefiel der Gedanke nicht. *„Ich glaube, diese blöden Bücher bringen Unglück. Siehst ja, was dem Pfarrer passiert ist. Was will Walter denn mit den alten Dingern?"*

„Peter hat sie ihm gestern gebracht. Heute Abend soll eine Freundin sie abholen."

Eglon erhob sich und trottete Richtung Gartenstuhl. *„Je schneller die*

weg sind desto besser. Glaub mir."
Walter stand unterdessen vor seinem Kühlschrank und überflog den Einkaufszettel. Gerade hatte er noch „Bier" hinzugefügt. Er trank gerne Bier, hatte aber nur selten eins im Haus. Eigentlich nie. Er wollte sich am nächsten Wochenende bei Liesl revanchieren und vielleicht auch mit Mirco mal eines trinken. Der Handwerker war ihm sympathisch. Er beschloss nach dem Mittagessen einkaufen zu gehen, um für alle Fälle gerüstet zu sein. Die Frage, was er essen sollte, war schnell beantwortet, denn im Kühlschrank lagerten noch einige Stücke Rauchfleisch von Marie. Walter schnitt Rauchfleisch und etwas Brot auf. Balu gesellte sich zu ihm und sie aßen gemeinsam.
„Eins für dich, eins für mich", murmelte Walter und ließ jedes zweite Stück unter den Tisch fallen.
Als sie vom Einkaufen zurückkamen, war es schon kurz nach halb vier. Walter versuchte, immer möglichst viele Stationen mit einer Fahrt zu erreichen. Im Lidl in Neuhaus hatten sie das Meiste von Walters Liste eingekauft, bei der Raiba Schneckenkorn, im Getränkeladen eine Kiste Bier, in der Apotheke Aspirin. Dann hatte Walter bei der Sparkasse noch etwas Bargeld am Automat geholt.
Walter räumte ein Fach im Kühlschrank frei und füllte es mit Bier. Ein ungewohnter Anblick. Er schaute auf die Uhr und ging seufzend ins Schlafzimmer, um seine Sportsachen zu holen. Er zog Hemd und Unterhemd aus und legte beides ordentlich über die Lehne eines Stuhls. Er hielt das Shirt mit ausgestreckten Armen vor sich und zog es mehrmals leicht in die Breite.
„Dehnbar? So so … dann wird das jetzt eine echte Zerreißprobe."
Ohne weiter nachzudenken, streifte er das Shirt mit Schwung über Kopf und Schultern und strich es dann über den Bauch. Es passte perfekt. Walter drehte sich verwundert um sich selbst. Das Shirt lag eng auf der Haut, aber nicht unangenehm. Allerdings ragte sein Bauch,

den Walter sonst gerne etwas versteckte, deutlich hervor. Er zog die Hose aus und legte sie ebenfalls über die Stuhllehne. Um nicht zu stolpern, setzte er sich hin, als er in die Laufhose schlüpfte. Sie passte sich problemlos an seinen Körper an und der elastische Bund hielt sie auf der richtigen Höhe. Ganz ohne Hosenträger. Walter ging in den Flur und betrachtete sich im Spiegel. Für seinen Geschmack zeigte die Hose etwas zu viel von seinem Privatleben und er nestelte im Schritt herum, bis er mit dem Ergebnis zufrieden war. Die Schuhe kannte er ja schon und sie fühlten sich genauso gut an wie beim ersten Mal. Wieder wippte er ein paarmal auf die Zehen und federte zurück. Er war bereit. Eugen konnte kommen.

Als es an der Tür klingelte, atmete Walter tief durch und trat selbstbewusst ins Freie. Eugen lehnte schnaufend an der Hauswand. Sein Shirt war nass vom Schweiß und kleine Rinnsale liefen ihm übers Gesicht. Bei Walters Anblick stockte ihm kurz der Atem und seine Augen wurden groß.

„Das sieht ja … perfekt aus!", lobte er. Seine Augen musterten Walter von oben bis unten. „Na ja … fast perfekt."

Irritiert schaute Walter nach unten und bemerkte, wie blass und haarig seine Beine im Tageslicht aussahen. Dass sie unten in grauen Schafswollsocken endeten, bevor sie in die Schuhe übergingen, machte es nicht besser. Unbewusst drehte er verschämt die Knie nach innen, wie ein Erstklässler, der dringend aufs Klo musste.

„Fürs erste Mal passt das, Walter, aber Sie sollten sich Sportsocken besorgen. Sieht besser aus und: es gibt keine Blasen", dozierte Eugen.

„Und? Geht es jetzt los?", fragte Walter, unsicher, ob er das überhaupt wollte.

„Gern. Ich dachte wir laufen erstmal nur eine kleine Runde. Auf der Straße vor ins Dorf und …"

„Nein!", protestierte Walter. „Wir laufen NICHT – DURCH – DAS –

DORF!!!“
Eugen verstand und überlegte eine alternative Route. „Alle anderen Strecken gehen leider recht steil bergauf. Das wäre etwas viel für den Anfang. Der Weg nach Hütten vielleicht – der wäre machbar.“
Walter ging die Strecke in Gedanken ab, um abzuschätzen, wer ihnen begegnen könnte. „Das passt. Dann los.“
Walter hüpfte ein paarmal auf der Stelle, wie er es bei Eugen neulich gesehen hatte und joggte los.
„Immer langsam“, hielt Eugen ihn lachend zurück. „Wann sind Sie das letzte Mal gejoggt?“
„Ich … äh … bin noch nie gejoggt.“
„Oder einfach mal gerannt?“ Walter überlegte, konnte sich aber nicht erinnern. „Das dachte ich mir. Also schön langsam anfangen. Schnelles Schritttempo. Orientieren Sie Sich einfach an mir.“
Sie liefen vom Hof und bogen an der Durchgangsstraße rechts ab. Als sie nach ein paar hundert Metern den Abzweig nach Hütten nahmen, hatte Walter schon Schweißperlen auf der Stirn. Dann wurde der Weg allmählich steiler und sein Atem ging schneller. Eugen bemerkte es und wurde langsamer.
„Da ist aber jemand ganz schön aus der Form“, stichelte der ehemalige Sportlehrer und begann leise ein Lied zu pfeifen. Walter kam sich erbärmlich vor. Wie konnte er nur so wenig Kondition haben? Er versuchte, sich auf seine Schritte zu konzentrieren und schätzte in Gedanken ab, wie weit es noch war. Sehr weit. Zu weit.
„Ich weiß nicht, ob ich es wirklich bis nach Hütten schaffe“, japste Walter. Eugen verringerte erneut das Tempo.
„Das schlimmste ist diese Steigung. Wenn Sie die geschafft haben, wird es einfacher.“
Walter biss die Zähne zusammen und kämpfte sich Schritt für Schritt weiter. Zum wiederholten Mal fragte er sich, warum er sich auf die

ganze Geschichte überhaupt eingelassen hatte. Als sie das steilste Stück hinter sich hatten, wurde es tatsächlich leichter und Walter freute sich, dass er nicht aufgegeben hatte. Zwar wurde Eugen wieder schneller, doch er konnte gut mithalten. In Hütten machten sie kehrt und liefen den gleichen Weg zurück. Wo es vorhin bergauf gegangen war, ging es jetzt bergab und Walter wurde automatisch schneller.
„Langsam, Walter. Versuchen Sie das gleiche Tempo zu laufen wie vorher." Mittlerweile atmete er fast normal, schwitzte aber noch immer.
„Wie oft muss ich das denn machen, damit die Kilos purzeln?"
„Oh, sie werden schon morgen etwas merken", grinste Eugen. „Einen ordentlichen Muskelkater!"
„Im Ernst? Von dem bisschen?"
„Keine Angst – Sie werden es überleben. Und es wird mit jedem Mal besser. Es wäre gut, wenn Sie drei Mal in der Woche laufen würden. Mehr schadet auch nicht. Dann sind Sie in einem halben Jahr ein ganz anderer Kerl."
Walter blieb stehen. „Ein halbes Jahr?", fragte er ungläubig. Das hatte er sich anders vorgestellt. „Gibt es denn nichts, mit dem man das beschleunigen kann?"
Eugen runzelte die Stirn. „Ich hoffe, Sie meinen nicht irgendwelche Wundermittelchen, wie sie in der Werbung angeboten werden. Das ist nämlich fast alles Humbug. Sie könnten ein paar Vitamine schlucken oder vielleicht auch Magnesium gegen die Krämpfe, aber bitte nichts was in Richtung Leistungssteigerung geht." Walter war erstaunt.
„Doping für einen alten Zausel wie mich?"
„Sie würden sich wundern, was manche sich antun, um möglichst schnell Ergebnisse zu erzielen. In der Apotheke gibt es ein ganzes Regal mit Pillen und Pulvern. Mehr Leistung, mehr Fettverbrennung, fit sein, wach sein … all das wird einem da versprochen, aber nur

selten gehalten."
Walter kam ein Gedanke. „Gibt's denn auch Koffein als Pille? Dann könnte ich mir den Kaffee sparen."
„Aber das ist doch das schönste am Koffein ... dass es sich in leckerem Kaffee versteckt", lachte Eugen. „Was wäre ein Morgen ohne eine schöne Tasse Kaffee."
„Aber geben tut es das schon ... so Koffeinpillen oder Pulver?", hakte Walter nach.
„Natürlich gibt es das. Tabletten hab ich schon in der Apotheke gesehen, aber ich bin sicher, im Internet bekommt man alles."
Walters Gedanken rasten. Wenn es wirklich so einfach war an Koffein heranzukommen, dann hätte jeder aus dem Umfeld des Pfarrers die Möglichkeit gehabt, ihm eine tödliche Dosis zu verabreichen. Derjenige hätte nur Zugang zu einem Getränk des Pfarrers haben müssen, ein bisschen Pulver unterrühren, fertig. Die große Menge Koffein, die den Pfarrer getötet hat, musste gar nicht von 25 Tassen Kaffee kommen, sondern konnte hochdosiert in jedem Getränk gewesen sein, das der Pfarrer getrunken hatte. Walter wollte sofort Manni anrufen, musste aber erst mal nach Hause kommen. Sie bogen auf die Dorfstraße ein und auf den Weg zu Walters Haus. Walter bedankte sich bei Eugen und sagte, er müsse jetzt ganz schnell unter die Dusche, als Elmar mit seinem Renault Kangoo vor dem Haus hielt.
„Hey Walter, ist es okay, wenn ich bei dir parke? Ich schaue mir nur schnell die Baustelle drüben an." Erst jetzt bemerkte Elmar Walters ungewöhnliche Kleidung. „Was ist denn mit dir los? Fängst du etwa das Joggen an?", fragte er ungläubig.
„Laufen. Nicht Joggen. Wir laufen nur", stammelte Walter.
„Stehen dir aber gut diese Klamotten. Betonen die Figur", lachte Elmar und streichelte sich dabei übertrieben den Bauch, den er absichtlich herausdrückte.

„Ein bisschen Sport könnte Ihnen auch nicht schaden", mischte sich Eugen ein. „Da ist das ein oder andere Kilo auch schon übrig. Außerdem sind Sie Raucher. Da sollten Sie umso mehr für ihren Körper tun."
„Keine Zeit für so was", winkte Elmar ab und steckte sich provokant eine Zigarette in den Mund.
In diesem Moment bog ein weiteres Auto auf die schmale Straße ein. Das schicke BMW Mini Cabrio hielt direkt vor Walter. Eine bildhübsche blonde Frau mit großer Sonnenbrille stieg aus. Ihr kurzes, schwarzes Kleid ließ nur wenig Platz für Fantasie. Sie nahm die Brille ab, schüttelte ihre Haare wie in einer Shampoo-Werbung und umarmte Walter.
„Ich hoffe, du hast nicht zu lange auf mich gewartet, aber ich bin einfach nicht aus dem Büro gekommen." Sie küsste Walter auf beide Wangen und schaute zu den anderen. „Willst du uns nicht vorstellen?"
Walter versuchte, irgendwie sein Blut unter Kontrolle zu bekommen, war aber sicher, dass sein Gesicht die Farbe eines Erdbeerkörbchens hatte.
„Natürlich. Das ist mein Freund Elmar. Er ist Fliesenleger und wollte sich gerade die Baustelle nebenan anschauen. Elmar", sagte er zu seinem Freund gewandt, „das ist Anne. Eine … ähm …"
„Freundin…", ergänzte Anne, "… ich bin eine gute Freundin von Walter."
Elmar war von Annes Anblick überwältigt. Er vergaß die Zigarette anzuzünden, die lose in seinem Mundwinkel klebte. Er schüttelte die ihm angebotene Hand, brachte aber keinen Ton hervor.
„Und das ist Eugen. Lehrer im Ruhestand. Wir waren gerade zusammen laufen."
Eugen ging auf Anne zu und ergriff ihre Hand, schüttelte sie jedoch

nicht, sondern hauchte mit einer leichten Verbeugung einen perfekten Handkuss darauf.

„Es freut mich, sie kennenzulernen. Wenn sie mal etwas brauchen – egal was – melden sie sich bitte bei mir.“ Während er das sagte, schaute er Anne ohne einmal zu blinzeln in die Augen.

„Ich werde darauf zurück kommen“, antwortete sie lachend. „Wie könnte ich ein so charmantes Angebot ablehnen?“

„So, jetzt muss ich aber los“, unterbrach Walter den Flirt, „ich sollte unter die Dusche. Und wir beide haben ja auch noch etwas vor.“ Walter blinzelte Anne verstohlen zu, die nur mädchenhaft kicherte. Eugen verabschiedete sich und trabte locker vom Hof. Elmar stand, wie versteinert, noch immer an derselben Stelle. Wie aus weiter Ferne hörte er das Gespräch zwischen Anne und Walter, als sie ins Haus gingen.

„Ich muss echt noch schnell duschen, bevor wir loslegen.“

„Ich kann ja schon mal anfangen. Lass dir ruhig Zeit.“

„Ich beeile mich.“

„Stehen dir übrigens gut diese Klamotten. Ich stehe auf sportliche Typen.“

„Dann musst du aber mindestens noch ein halbes Jahr warten.“

42

Als Walter vom Duschen kam, saß Anne am Küchentisch und hatte eines der Bücher aufgeschlagen, in der Hand eine Flasche Bier.
„Ich war so frei", sagte sie ohne aufzublicken und blätterte auf die nächste Seite. Sie schien alles andere als glücklich. „Das wird schwerer als ich dachte. Allein diese Schrift … puuh! Und oft stehen da auch nur die Initialen von den Patienten. Wenigstens verwendet er für die Krankheiten die lateinischen Fachbegriffe." Walter öffnete den Kühlschrank und nahm sich ebenfalls ein Bier.
„Möchtest du was essen?", fragte er.
„Gerne. Was gibt's denn?"
„Rauchfleisch und Bauernbrot", antwortete Walter und begann Rauchfleisch aufzuschneiden. Anne schnappte sich ein kleines Stück und seufzte zufrieden, als sie es in den Mund schob.
„Das schmeckt ja göttlich. Woher hast du das?"
Walter zeigte mit dem Messer in der Hand Richtung Wirtschaft. „Von der Goschamarie. Das gehört zum Vesperteller, aber den schaffe ich nie. Ich nehme die Reste immer mit." Er öffnete den Kühlschrank und zeigte auf ein Fach voller Rauchfleischstücke. „Man sollte sie irgendwann auch essen", lachte er, „möchtest du nachher was mitnehmen?"
„Du würdest ja drei Wochen Belagerung überstehen", wunderte sich Anne, als sie die vielen Fleischstücke sah. „Ich nehme gern eins mit. In einem Singlehaushalt fehlt es immer an Lebensmitteln … zumindest bei mir."
Es kratzte an der Tür zum Garten und Walter öffnete sie.

„Oh, wer bist du denn?“, begrüßte Anne Balu und ließ sich rundum beschnüffeln.
„Das ist Balu, mein Wolfsspitz“, antwortete Walter. „Und das ist seine Freundin Kitty. Sie gehört eigentlich zur Wirtschaft, aber die beiden sind ständig zusammen unterwegs.“
Auch Kitty blieb höflich und ließ sich streicheln. Sie bemerkte zufrieden, dass Anne beim Streicheln einen Unterschied zwischen Hund und Katze machte.
„Wir hatten zu Hause auch Katzen und Hunde. Aber immer Golden Retriever. Der letzte hieß Fuchur … wie der Drache in „Die unendliche Geschichte“. Irgendwann will ich wieder Tiere, aber dafür brauche ich erst mal eine geeignete Wohnung. Und Zeit. Die Arbeit hält mich ganz schön auf Trab. Unser kleines Hobby“, dabei malte sie mit den Fingern Anführungszeichen in die Luft, „macht es auch nicht besser. Aber es macht Spaß.“
Walter betrachtete die hübsche Frau nachdenklich. „Hast du keinen Freund? Also, wäre ich zwanzig Jahre jünger, würde ich keine Zeit verschwenden.“
„Du bist so süß“, sagte Anne und drückte Walter einen Kuss auf die Backe. „Wenn ich zwanzig Jahre älter wäre, wärst du jetzt fällig.“ Sie zwinkerte schelmisch und Walter wusste nicht, was er erwidern sollte, wurde diesmal aber wenigstens nicht rot. Ich gewöhne mich wohl langsam daran, dachte Walter. Wenn er ehrlich war, genoss er Annes Gesellschaft, genauso wie den Kontakt zu den anderen in ihrer kleinen Gruppe. Und dann war da noch Liesl. Er hatte sich schon mehrfach dabei erwischt, dass er sich insgeheim auf das nächste Wochenende und das Wiedersehen mit ihr freute. Irgendetwas passiert, dachte Walter. Er konnte nicht genau sagen was, doch es fühlte sich gut an. Neu und aufregend. Es kam wieder etwas Schwung in sein Leben. Das hatte er lange nicht mehr empfunden. Er konnte auf

den Tag genau sagen seit wann. Er wusste, er hatte sich zurückgezogen, einen Weg gesucht mit seinem Verlust umzugehen, hatte immer gehofft, dass der Schmerz irgendwann weg sein würde, doch so war es nicht gekommen. Stattdessen hatte er über die Jahre gelernt damit zu leben, es nicht mehr als die große Katastrophe seines Lebens anzusehen, sondern als eine sehr glückliche Zeit mit wunderbaren Erinnerungen. Er wusste, er würde Anita nie vergessen, aber vielleicht konnte er auf eine andere Art doch wieder glücklich werden. Er wünschte es sich.

„Was ist eigentlich mit diesem Elmar?", platzte Anne in seine Gedanken.

„Was soll mit ihm sein?"

„Na, hat er eine Freundin oder Frau? Ist er nett?"

Walter spürte überrascht einen leichten Anflug von Eifersucht.

„Natürlich ist er nett, also als Kumpel halt. Im Moment ist er Single, soviel ich weiß, aber dafür lege ich nicht die Hand ins Feuer. Er hat immer mal wieder eine Freundin, aber meistens nicht lang."

„So so", murmelte Anne und hatte dabei einen Ausdruck in ihren Augen, den Walter nicht recht deuten konnte. Sie trank ihren letzten Schluck Bier und stellte die Flasche auf die Spüle.

„Ich mache mich auf den Heimweg. Es war ein anstrengender Tag." Sie legte die Bücher aufeinander und klemmte sich den Stapel unter den Arm. Walter packte zwei Stücke Rauchfleisch in eine Papiertüte und legte sie oben drauf. Er begleitete sie bis zu ihrem Auto und nahm ihr Bücher und Rauchfleisch ab, damit sie aufschließen konnte.

„Vielen Dank fürs Essen, Walter. Ich werde mich jede freie Minute mit den Büchern beschäftigen. Wäre doch gelacht, wenn wir nicht irgendwas finden. Ich halte dich auf dem Laufenden."

Sie winkte oben aus ihrem Cabrio heraus, als sie vom Hof fuhr. Etwas zu flott, wie Walter fand.

In der Küche lagen Balu und Kitty dösend im Hundekorb, Eglon schlief tief und fest auf dem Gartenstuhl auf der Terrasse.

„Hast du es gerochen?", fragte Kitty ohne die Augen zu öffnen.

„Natürlich", antwortete Balu. *„Als sie nach Elmar gefragt hat, haben ihre Hormone verrückt gespielt."*

„Es könnte alles so einfach sein, wenn die Menschen bessere Nasen hätten. Doch stattdessen reden sie nur ... und meistens auch noch aneinander vorbei. Die beiden wären ein hübsches Paar."

Balu rümpfte die Nase. *„Du wieder ... aber wir werden sehen."*

Margarethe Sailer stand im obersten Stock des Firmenhochhauses am Fenster ihres Büros und genoss den Blick über die Stadt. Er gab ihr das Gefühl über den Dingen zu stehen, Macht zu haben. Und sie hatte Macht. Ihre Beziehungen reichten bis in die höchsten Kreise und wo diese mal nicht ausreichten, wusste sie sich anders zu helfen. Sie hatte sich seit dem Tod ihres Vaters um das Geld der Familie gekümmert und über die Jahre ein beeindruckendes Vermögen zusammengetragen. Sie beobachtete wie ein ICE in den Augsburger Hauptbahnhof einfuhr und unzählige Fahrgäste ausspuckte. Die Menschen liefen eilig über die Bahnsteige, um nach einem langen Arbeitstag schnell nach Hause zu kommen. Margarethe schnaubte verächtlich. Arbeiter, dachte sie. Alle ersetzbar. Sie opfern ihr Leben für ein paar tausend Euro im Jahr, um dann im Alter mit einer winzigen Rente in irgendeiner Bruchbude langsam zu sterben.
Es klopfte leise an der Tür.
„Herein“, rief Margarethe ohne sich umzudrehen. Dr. Rommel trat ein und schloss die Tür hinter sich. Der betagte Firmenanwalt hatte schneeweiße Haare, die durch nichts zu bändigen waren, auf seiner Oberlippe prangte ein üppiger Schnauzer. Die Ähnlichkeit zu Albert Einstein hatte ihm seinen Spitznamen eingebracht.
„Was kann ich tun, um dieses Testament verschwinden zu lassen?“, fragte Margarethe ohne eine Begrüßung. Der Anwalt, der schon für ihren Vater gearbeitet hatte, setzte sich auf den Sessel vor dem riesigen Schreibtisch und räusperte sich kurz.
„Nun“, begann er leise, „ich fürchte, da lässt sich gar nichts machen.“

„Man kann IMMER etwas tun!“, unterbrach ihn Margarethe barsch. „Finden Sie etwas, um diesen Notar unter Druck zu setzen oder bieten Sie ihm Geld an.“

„Sie wissen, dass ich das alles schon versucht habe. Das funktioniert hier nicht. Der Mann ist sauber, absolut integer. Ich habe ihm eine stattliche „Aufwandsentschädigung“ angeboten. Er hat abgelehnt.“

Margarethe drehte sich um und hieb mit der flachen Hand auf die Schreibtischplatte.

„Dann bieten Sie ihm mehr an!“, keifte sie. „Jeder ist käuflich, wenn nur der Preis stimmt.“

„Ich habe ihm zwei Millionen Euro angeboten. Er meinte, Ihr Bruder hätte ihm mehr versprochen.“

„Dann ist er einer der Begünstigten des Testaments“, überlegte Margarethe. „Tiberius hat nie auf das Familienvermögen zugegriffen und sein Gehalt als Pfarrer war lächerlich. Welche Überraschungen hat mein Bruder wohl noch für uns, Einstein?“ Der Anwalt ließ sich mit seiner Antwort Zeit. Er war einer der Menschen, die erst nachdachten, bevor sie sprachen.

„Im schlimmsten Fall – und davon gehe ich aus – könnte er seinen gesamten Anteil verschenken oder spenden. Er selbst hat das Geld nie angerührt, weil er den Gedanken nicht ertrug, wie ihr Vater es bekommen hat.“

„Es ist mein Geld“, polterte Margarethe mit hochrotem Kopf. „All die Jahre habe ich mich darum gekümmert. Es war mein Leben. Und jetzt verhöhnt mich mein sauberer Bruder aus dem Grab heraus, indem er es verschenkt? Das lasse ich nicht zu.“

„Ihr Vater wollte, dass Sie und ihr Bruder gleichberechtigt über das Familienvermögen verfügen. Er hat das eindeutig geregelt. Glauben Sie mir: das ist wasserdicht … ich habe das Testament damals selbst aufgesetzt. Wenn es nun der letzte Wille von Tiberius war seinen

Anteil zu verschenken, müssen Sie das akzeptieren."
Margarethe warf die Arme in die Luft und lief wieder Richtung Fenster. „Hätte mein Vater das geahnt, hätte er meinem Bruder keinen Cent hinterlassen. Tiberius hätte sich eigentlich um die Geschäfte kümmern sollen. Er ist schließlich der ältere von uns beiden … war der ältere von uns beiden", korrigierte sie sich. „Aber nein, meinem toller Bruder gefällt es nicht, wie Vater an das Geld gekommen ist und wird Pfarrer. Was für ein Schwachsinn. Dabei war Vater ein Held!"
„Das sieht nicht jeder so", sagte der Anwalt vorsichtig.
„Mein Vater hat hunderten von Juden das Leben gerettet, indem er ihnen Arbeit gab und gegenüber den Nazis behauptete, sie seien unentbehrlich. Er hat ganze Familien aus den KZs geholt und vor dem sicheren Tod bewahrt."
„Und hat ihnen dafür alles abgenommen, was sie besaßen", fügte Dr. Rommel leise hinzu.
Margarethe hasste diese Diskussion. „Was ist so schlimm daran für eine Dienstleistung Geld zu nehmen? War es teuer? Natürlich, denn sein Risiko war riesig. Hätte man Vater erwischt, wäre er vor keinem Richter gelandet. Man hätte ihn einfach abgeknallt. So haben die Nazis das damals geregelt." Margarethe hatte sich mit hochrotem Kopf in Rage geredet. „Außerdem gab es nach dem Krieg sogar eine Untersuchung der Alliierten …"
„… die ergebnislos blieb", vervollständigte der Anwalt. „Sie konnten damals nichts finden, was die Aussagen der Zeugen untermauert hätte." Er legte bewusst eine kurze Pause ein. „Aber … die wussten ja auch nichts von den beiden Konten Ihres Vaters in der Schweiz. Die Eidgenossen hielten sich damals noch sehr streng an ihr Bankgeheimnis."
Margarethe erwiderte nichts. Sie wusste, dass er Recht hatte. Doch das war ihr egal. Ihr Vater hatte den Juden vor langer Zeit ihr Hab und

Gut abgenommen, sie selbst kam erst viel später dazu. Über die Stiftung hatte sie über die Jahre hinweg das Judengeld gewaschen und sogar versteuert (wenn es sich nicht vermeiden ließ). Heute waren all ihre Geschäfte und Investitionen legal und die beiden Schweizer Konten, von denen niemand wusste, so gut wie leer. Die Konten.
Margarethe hob erschrocken den Kopf.
„Tiberius wusste von den Konten, Einstein. Was passiert, wenn er das in seinem Testament aufdeckt?"
Dr. Rommel strich nachdenklich über seinen Bart. „Daran habe ich auch schon gedacht. Aber würde er Ihnen das wirklich antun? Gerechtigkeit ist das eine, aber das käme ja einem Rachefeldzug gleich. Würden die Behörden die Konten genau prüfen, wäre das im besten Fall unangenehm, im schlimmsten Fall Grundlage für einen Prozess, den ich nicht würde führen wollen. Wegen der Herkunft des Geldes könnte man Sie nicht belangen, das war ihr Vater, aber SIE ...", er zeigte mit dem Finger auf Margarethe, „... SIE haben es gewaschen und investiert. Glauben sie mir: das könnte sehr unangenehm werden."
Margarethe wusste, dass der Anwalt Recht hatte. Sie starrte aus dem Fenster auf einen imaginären Punkt am Horizont und durchdachte die Situation. Die Existenz der Konten durfte auf keinen Fall bekannt werden. Scheiß auf das Geld, fluchte sie innerlich. Selbst wenn ihr nur die Hälfte blieb, war das noch mehr als genug, aber niemand durfte von diesen zwei Konten erfahren. Sie würde die Sache selber in die Hand nehmen müssen. Wo der alte Einstein Skrupel hatte, erwachte bei ihr erst der Ehrgeiz. Sie würde wieder in dieses verfluchte Kaff fahren und noch einmal mit dem Notar reden. Sollte er nicht einlenken, würde sie sich an einen Spezialisten wenden, der sich bestens darauf verstand, Dinge zu beschaffen. Egal, was es war. Ohne ihren Anwalt zu beachten, suchte sie in ihrem Handy nach der

Nummer des Spezialisten. Die Ländervorwahl zeigte, dass sie zu einem Anschluss in Tschechien gehörte. Anstatt eines Namens hatte sie nur „Helfer“ eingetragen, er selbst hatte sich so genannt.
„Ich werde mich selbst darum kümmern, Einstein. Morgen fahre ich nach Ravensburg und nehme mir den Notar nochmal vor. Was danach passiert, hängt von seiner Kooperationsbereitschaft ab.“
Der Anwalt erhob sich und ging zur Tür. „Dann betrachte ich die Sache für mich als erledigt“, sagte er über die Schulter. „Mehr möchte ich darüber auch gar nicht erfahren.“
„Natürlich nicht“, entgegnete Margarethe zynisch, „wie immer“.
Als sich die Tür hinter Dr. Rommel geschlossen hatte, wählte sie die Nummer des Helfers. Der Anrufbeantworter eines Landschaftsgärtners bedauerte, dass sie außerhalb der Geschäftszeiten anrufe, versprach aber einen baldigen Rückruf, wenn sie ihren Namen und ihr Anliegen nach dem Pfeifton hinterlassen würde. Mit wenigen Worten fragte Margarethe nach einem Termin innerhalb der nächsten zwei Wochen, um ein Nelkenbeet anzulegen und legte auf. Alles Weitere würde über eine anonyme Emailadresse laufen.
Wollen doch mal sehen, wer am längeren Hebel sitzt, dachte sie grimmig. Als sie das Licht ausmachte und das Büro verließ, lächelte sie.

Walter und Balu trafen auf ihrer nächtlichen Runde Kitty, die bei der Goschamarie auf sie gewartet hatte. Wie immer begrüßten sich die Tiere freundlich und gingen dann nebeneinander zu Walters Haus. Dort legten sie sich auf die Terrasse und Walter deutete diese Geste richtig, ließ beide draußen, während er selbst ins Bett ging.
„Ich mache mir Sorgen um Seppi", sagte Balu leise. Er wollte Eglon nicht wecken, der vollgefressen auf dem Gartenstuhl schnarchte. *„Ich war die letzten Tage ein paar Mal bei ihm am Rosenstrauch, aber er war nie da."*
Es raschelte in den Jostabüschen am Nachbargrundstück. *„Ich bin ja auch umgezogen"*, sagte Seppi stolz, als er hervorkroch. *„Zumindest vorübergehend."*
„Du wohnst jetzt bei Mandy?", fragte Kitty.
„Hmmm", nickte der Igel, *„sie hat es echt schön da unter dem alten Grill. Walter wird demnächst sicher das Reisig unter den Büschen wegräumen, dann hätte ich mir eh was Neues suchen müssen."*
„Aber ihr Igel seid doch Einzelgänger?", wunderte sich Kitty.
Seppi verdrehte die Augen. *„Sind wir auch. Aber zur Paarungszeit müssen wir ja wohl irgendwie mal zusammenkommen. Sonst wird das nichts mit dem Nachwuchs."*
„Bitte nicht schon wieder", murmelte Balu und wandte sich ab.
„Jetzt stell dich doch nicht immer an wie ein Ungesprungener", schimpfte der kleine Igel. *„Wenn du eine Hündin besteigst, ist das auch nichts anderes."*
„Aber ich kann nicht … ich … also bei mir …", stotterte der Wolfsspitz, doch Seppi unterbrach ihn.

„Oder bist du vielleicht tatsächlich noch ungesprungen?“
Kitty und Seppi starrten Balu an, der sich krümmte wie ein Wurm am Haken.
„Ich kann doch nicht … also ich weiß nicht …“
„Ungesprungen?“, fragte Seppi noch einmal, wobei er das Wort übertrieben in die Länge zog. Balu stotterte noch etwas herum, dann brach es aus ihm heraus.
„Verdammt, ist euch noch nicht aufgefallen, dass es hier weit und breit keine Hündin gibt? Erst recht keinen anderen Wolfsspitz! Was soll ich denn machen?“
Seppi erkannte, dass er zu weit gegangen war. *„Das tut mir leid“*, entschuldigte er sich kleinlaut. *„Da habe ich tatsächlich nicht dran gedacht.“*
„Aber in Lempfriedsweiler gibt es doch diese hübsche Schäferhündin“, überlegte Kitty.
„Die ist mindestens hundert Jahre alt. Außerdem ist sie sterilisiert.“
„Der Pudel oben in Alberskirch?“, versuchte es Kitty unsicher.
„Das ist ein Rüde. Ich glaube zwar, er ist schwul, aber ich eben nicht.“
„Da ist doch diese süße kleine Mopsdame, die manchmal mit ihrem Frauchen hier spazieren geht …“, erinnerte sich Seppi, erntete dafür aber von Balu tödliche Blicke.
„Zwing mich nicht, dich zu fressen“, knurrte er düster und Seppi kugelte sich instinktiv etwas ein. Alle drei schwiegen.
„Friss ihn ruhig. Dann ist der stachlige Mitesser endlich weg.“ Eglon war aufgewacht und war schlecht gelaunt. Er fiel eher vom Gartenstuhl, als dass er sprang.
„Unser Balu ist also noch ungesprungen, wer hätte das gedacht. Aber das erklärt, warum er immer so nett zu dir ist Kitty. Wahrscheinlich hat er es auf dein pelziges Hinterteil abgesehen.“
Ansatzlos zischte Kittys Pfote hervor. Die messerscharfen Krallen

erwischten Eglons Ohr, das sofort heftig blutete.
„Was bist du doch für ein Riesenarschloch", zischte sie wütend. *„Wir nehmen dich hier auf, füttern dich durch und du bist nur widerlich und gemein. Verschwinde doch einfach, wenn es dir hier nicht passt, aber hör auf deine beschissene Laune an uns auszulassen!"*
Eglon hatte sich ein Stück zurückgezogen und wischte mit der Pfote über sein verletztes Ohr. *„Ihr habt mich doch nicht aufgenommen"*, grummelte er und leckte die blutbefleckte Pfote sauber. *„Ich darf hier wohnen. Auf dem Gartenstuhl. Ich darf nicht mal ins Haus. Früher hatte ich mein eigenes Haus und den alten Pfarrer. Meinen eigenen Futternapf, den ich nicht mit einem Igel teilen musste und: ich hatte mein Sofa. Hier bin ich doch nur ein unerwünschter Besucher, von dem jeder hofft, dass er bald wieder verschwindet."*
Ohne ein weiteres Wort drehte Eglon den anderen den Rücken zu und verschwand in der Dunkelheit.
„Er vermisst Pfarrer Sailer und sein zu Hause", flüsterte Kitty. *„Er fühlt sich im Stich gelassen und ist wahrscheinlich deshalb so fies."*
Balu kratzte sich verlegen den Hals. *„So hab ich das noch gar nicht gesehen. Aber wenn er sich so aufführt, wird er nie ein neues zu Hause finden."*
„Vielleicht können wir ja Walter dazu bringen, dass er ihn ins Tierheim bringt?", fragte Seppi hinterlistig, erntete dafür aber sofort böse Blicke von Kitty.
„Du bist auch nicht besser, mein Freund", zischte sie. *„Wenn es jemand eh schon nicht gut geht, hackt man nicht auch noch auf ihm herum, verstanden?"*
Seppi verstand die Botschaft. *„Ja, hab es kapiert. Es ist nur … zu mir ist er immer noch etwas gemeiner, als zu euch. Er mag mich nicht und ich mag ihn auch nicht"*, versuchte er sich zu rechtfertigen.
„Trotzdem bleibt man fair", tadelte Kitty. *„Wenn wir andere nicht mehr*

neben uns leben lassen, nur weil wir sie nicht mögen, dann sind wir so schlimm wie die Menschen."

Die drei Freunde schwiegen ein paar Minuten und dachten über Kittys Worte nach. Seppi verabschiedete sich als erster und trippelte in Richtung Nachbargarten. Balu und Kitty machten es sich auf der Terrasse bequem.

Walter hatte sich keinen Wecker gestellt und prompt verschlafen. Als er um kurz nach halb zwölf aufstehen wollte, spürte er einen stechenden Schmerz in seinen Pobacken. Überrascht ließ er sich wieder auf die Matratze fallen und tastete mit den Händen die schmerzenden Stellen ab. Er fand nichts Ungewöhnliches und versuchte erneut aufzustehen, diesmal etwas vorsichtiger. Als er breitbeinig vor seinem Bett stand, erinnerte er sich an seine Laufrunde mit Eugen. Der Lehrer hatte Recht behalten: Walter hatte einen ziemlich üblen Muskelkater. Trotzdem war er erleichtert, da er nun wusste, was ihn plagte. Schwankend wie ein Seemann stakste er durchs Haus, um die betroffenen Muskeln möglichst wenig zu belasten. Die Stärke des Muskelkaters irritierte Walter. Er wusste, dass er nicht der Sportlichste war, hatte aber immer geglaubt, sein Job als Zeitungsausträger würde ihm eine gewisse Grundkondition sichern. Er öffnete die Küchentür und hörte Elmar im Nachbarhaus lachen. Offensichtlich hatte er schon mit dem Verlegen der Fliesen begonnen. Walter wackelte auf die Terrasse und entdeckte seinen Freund, der getrocknete Fliesenkleberreste in einen der Container hinter dem Haus schüttete.
„Hey Elmar! Wie kommst du voran?", rief Walter. Elmar stellte den Eimer ab und kam an den Zaun.
„Bestens. Die haben sehr ordentlich vorgearbeitet und ich kann richtig Gas geben. Bin mit dem Küchenboden schon fast fertig, aber ich mache jetzt erst mal Mittag, damit der Kleber trocknen kann. Später kommen dann noch die Sockelleisten. Wie sieht's aus? Kommst du mit

zur Goschamarie?“
Walter lief auf Elmar zu, bemüht sich seine Schmerzen nicht anmerken zu lassen. „Nein, lass mal. Ich habe verpennt und bin gerade erst aufgestanden. Da verträgt mein Magen noch nichts außer Kaffee.“
„Du läufst so komisch. Hast du dich verlegen“, fragte Elmar und machte dabei im Stehen Walters wackeligen Gang nach, was ein wenig nach Ententanz aussah.
„Halb so wild“, winkte Walter ab. „Ich hab nur Muskelkater von der Lauferei gestern. Sollte man nicht glauben, dass das gleich so rein haut.“
„Das kenne ich“, lachte Elmar. „Frag mal, wie es mir geht, wenn ich zum Fliesenleger-Kick gehe. Da bin ich meist eine halbe Woche unbrauchbar. Aber du, mal was anderes: die Anne, die von gestern Abend … hat die noch irgendwas gesagt?“
„Was soll sie denn gesagt haben“, fragte Walter ahnungslos.
„Na, irgendwas über mich. Oder hat sie nach mir gefragt?“
Jetzt verstand Walter wie der Hase lief. „Ach so, das meinst du. Sie hat sich schon ein bisschen nach dir erkundigt … und ich hab ihr gesagt, dass du mit einer Rumänin verheiratet bist und drei Kinder hast.“
„WAS HAST DU?“, brüllte Elmar und riss bestürzt die Arme in die Höhe. „Das kannst du doch nicht machen!“ Elmar war außer sich, bis er Walters Mundwinkel bemerkte, die amüsiert nach oben zuckten.
„Du bist doch ein blöder Hund“, rief Elmar, während Walter schallend zu lachen begann, doch dann musste auch er lachen. „Mann Walter, das war echt gut. Aber so etwas macht man eigentlich nicht mit Freunden!“
„Ganz im Gegenteil“, korrigierte Walter. „Sowas kannst du nur mit guten Freunden machen. Jeder andere würde dir wahrscheinlich eine aufs Maul hauen.“

„Verdient hättest du es. Aber jetzt mal ehrlich: was hast du ihr wirklich erzählt?“
Walter spürte, dass es Elmar ernst war und spannte ihn nicht länger auf die Folter. „Na, ich hab die Wahrheit gesagt: dass du Single bist, hin und wieder mal nen Hasen am Start hast und ganz nett bist. Aber warum willst du das wissen? Interessierst du dich für Anne?“
„Also Walter“, lachte Elmar empört, „ich weiß ja nicht, wie das in deinem Alter ist, aber bei mir brennen beim Anblick so einer Frau alle Sicherungen durch. Ich hab ja kein Wort mehr rausgekriegt, als sie mir gestern gegenüber stand. Das passiert mir sonst nie.“ Walter erinnerte sich an Elmars Verhalten bei der Begegnung und musste unwillkürlich grinsen, denn er war sonst wirklich nicht auf den Mund gefallen.
„Warum kam sie eigentlich zu dir? Habt ihr was am Laufen?“, bohrte Elmar nach und Walter hob abwehrend die Hände.
„Aber nein! Sie hat nur die alten Bücher geholt, die Peter mir vorbeigebracht hat.“ Im selben Moment als er es sagte, wusste Walter, dass er sich verplappert hatte. Sie hatten in ihrer kleinen Gruppe einstimmig beschlossen, sowenig Leute wie möglich einzubeziehen, doch es war zu spät und Walter musste den Schaden irgendwie begrenzen.
„Also Anne … die Anne“, stotterte er, „die Anne, die interessiert sich für alte Bücher … und Medizin und so … und dadurch natürlich besonders … für … alte Medizinbücher … und Ärzte … also alte Ärzte … von denen waren ja die Bücher.“
Walter hätte sich für das, was er da brabbelte, ohrfeigen können, aber ihm fiel einfach nichts Besseres ein. Elmar verstand gar nichts und sah Walter nur fragend an.
„Weißt du Elmar, so gut kenne ich sie dann auch wieder nicht“, winkte Walter ab. Da kam ihm eine Idee. „Aber möchtest du sie

vielleicht näher kennenlernen? Ich treffe sie am Samstag wieder. Da kann ich ja mal vorsichtig vorfühlen …“ Walters Ablenkungsmanöver zeigte Wirkung und Elmar grinste breit.
„Das würdest du für mich tun? Also das wäre echt nett von dir. Wenn das klappt, gebe ich dir bei der Goschamarie einen aus!“
Walter fiel ein Stein vom Herzen und er versprach alles zu tun, was in seiner Macht stand.
Als Elmar sich in die Mittagspause verabschiedete, sank Walter erschöpft auf seinen Gartenstuhl. Er war erleichtert, dass sein Versprecher wohl doch keinen größeren Schaden anrichten würde. Doch nun hatte er ein anderes Problem: er musste Anne gestehen, dass er Elmar quasi ein Treffen mit ihr versprochen hatte und er war sich keineswegs sicher, wie sie darauf reagieren würde.

Die Fahrt von Augsburg nach Ravensburg war ein Alptraum gewesen. Mehrmals hatte Margarethe im Stau gestanden und lautstark jeden verflucht, der ihr einfiel. Erst um kurz nach vier Uhr erreichte sie die Kanzlei von Notar Kuschel in der Ravensburger Innenstadt und stürmte wie ein wildgewordener Elefant auf die Sekretärin zu. Erst im letzten Moment parierte sie durch und holte zweimal tief Luft.
„Ich weiß, ich habe schon wieder keinen Termin", zischte sie beherrscht, „aber ich muss ihren Chef wirklich dringend sprechen. Jetzt!"
Die Sekretärin erwiderte kühl ihren agressiven Blick, griff dann aber zum Telefonhörer. „Die Dame von neulich ist wieder da, Margarethe Sailer. Haben sie kurz Zeit?" Margarethe konnte die Antwort nicht hören, aber sie sah das knappe Nicken des Mädchens. „Sie können zu ihm rein", sagte die Sekretärin und zeigte mit der ausgestreckten Hand auf die Tür des Sprechzimmers.
Margarethe ließ sich kontrolliert auf den Besuchersessel sinken und stellte bedächtig ihre riesige Handtasche auf dem Boden ab. Nach ihrem ersten ruppigen Aufeinandertreffen wollte sie diesmal an die Vernunft des Notars appellieren und dafür musste sie ihre Gefühle im Griff haben.
„Vielen Dank, dass Sie noch einmal Zeit für mich haben", begann sie höflich. „Sie wissen, worum es mir geht und zum Wohl aller Beteiligten sollten wir doch eine Lösung finden, mit der jedem geholfen ist."
Der Notar lehnte sich angenehm überrascht zurück. „Natürlich helfe

ich Ihnen gerne, wenn ich kann."
„Freut mich das zu hören", lächelte Margarethe. „Und bitte entschuldigen Sie mein barsches Auftreten neulich. Ich war durch den plötzlichen Tod meines Bruders verstört und stand ziemlich unter Stress."
„Ich nehme es Ihnen nicht übel. Das erlebe ich hier öfter. Der Tot eines Menschen ist für viele Menschen traumatisch, vor allem, wenn sie der Person nahestanden."
Margarethe überlegte kurz, ob sie da einen Hauch von Zynismus in der Stimme des Notars gehört hatte, verwarf den Gedanken aber. „So ist es. Mein Bruder und ich standen uns sehr nahe. Das ist auch der Grund meines erneuten Besuches. Wie Sie wissen, sind wir eine sehr prominente Familie. Und auch eine sehr vermögende. Leider hatte mein Bruder in den letzten Jahren keinerlei Interesse mehr an unseren Familiengeschäften. Ich fürchte nun, dass er in seinem Testament eventuell Dinge erwähnt, die der Familie und ihrem Ansehen schaden könnten. Wie gesagt: er hatte ja überhaupt keinen Einblick mehr. Um dem vorzubeugen, würde ich gerne einen Blick auf das Testament werfen – nur um eventuellen Überraschungen vorbeugen zu können."
Notar Kuschel richtete sich in seinem Stuhl auf und hob beschwichtigend die Hände. „Leider wäre das ganz und gar nicht im Sinne Ihres Bruders. Er hat sehr genaue Anweisungen hinterlassen, was nach seinem Ableben passieren soll. Eine vorzeitige Einsicht in sein Testament hat er ausdrücklich verboten. Er hat Sie sogar ausdrücklich erwähnt."
„Mich?", fragte Margarethe verwundert.
„Ja. Er betonte, dass man Ihrem Drängen – auch wenn Sie seine leibliche Schwester sind – nicht nachgeben dürfte."
So ein Mistkerl, dachte Margarethe. Ihr Bruder hatte geahnt, dass sie versuchen würde, sich vorzeitig Zugang zu seinem Testament zu

verschaffen und hatte Vorkehrungen getroffen.
„Sie verstehen, dass Sie mich und meine Familie damit eventuell in Schwierigkeiten bringen?"
Notar Kuschel hob abwehrend die Arme. „Sie sehen das falsch, Frau Sailer. Ich bin nur derjenige, der sich darum kümmert den letzten Willen Ihres Bruders zu erfüllen. Sollte das für Sie unangenehm werden, so ist das allein die Schuld – und übrigens auch der Wille – Ihres Bruders."
Margarethe schwieg und legte den Kopf etwas schräg, als müsste sie über seine Worte nachdenken. „Und Sie meinen nicht, ich könnte sie durch eine gewisse … Aufwandsentschädigung überzeugen Ihre Meinung zu ändern? Ihnen kann es doch egal sein! Mein Bruder ist tot und wird Sie sicher nicht verklagen. Mir dagegen wäre mit dieser kleinen Gefälligkeit sehr geholfen."
Der Notar erhob sich und ging zum gegenüberliegenden Bücherregal. „Diese Art der … Zusammenarbeit … hatte ja bereits Ihr Anwalt vorgeschlagen, was ich damals schon abgelehnt habe." Er legte eine Hand auf einen mannshohen, antiquarisch wirkenden Safe, der in das Bücherregal eingearbeitet war. „Das Testament Ihres Bruders wird bis zum Tag der Eröffnung in diesem Tresor sicher verwahrt. Niemand wird vorher einen Blick darauf werfen. Nicht Sie, nicht ich und auch sonst niemand. Bitte akzeptieren Sie das."
Margarethe war wenig begeistert und spürte die aufsteigende Wut. „Können Sie mir denn wenigstens etwas über den Inhalt sagen, wenn ich es schon nicht sehen darf?"
Ein Lächeln huschte über das Gesicht des Notars. „Nicht einmal das. Das kann ich gar nicht, denn ich selbst habe es nicht gelesen."
Margarethe zwang sich ruhig zu bleiben, griff dann aber mit überraschtem Gesichtsausdruck in ihre Handtasche.
„Verzeihen Sie … das war der Vibrationsalarm meines Handys. Da

muss ich kurz ran."
Während Notar Kuschel sich diskret abwandte, entsperrte sie ihr Smartphone und telefonierte. Zumindest sah es so aus. Tatsächlich aber machte sie mit der eingebauten Kamera lautlos einige Fotos.
Ohne weitere Fragen verabschiedete sie sich von Notar Kuschel und verließ die Kanzlei. Noch auf den Stufen des Hauseinganges verschickte sie die Bilder, die sie vom Büro, vor allem aber vom Safe gemacht hatte. Sie würde dieses Testament in die Finger bekommen – so oder so.
Notar Kuschel blieb noch ein paar Minuten ruhig an seinem Schreibtisch sitzen. Dann griff er zum Telefon und wählte eine Nummer ohne Vorwahl.
„Hallo Bernd! Ich glaube, ich habe mal wieder ein Sicherheitsproblem. Machen wir es so wie letztes Mal?"

Walter hatte sich nach dem Gespräch mit Elmar vorgenommen, Anne so schnell wie möglich von seinem Fauxpas zu erzählen. Da er ohnehin damit rechnete, dass sie bald anrufen würde, um ihm von ihrer Arbeit mit den Büchern zu erzählen, hatte er das Telefonat aber immer wieder rausgeschoben. Mittlerweile war es Donnerstag und er hatte immer noch nichts von ihr gehört. Er war mit Balu einkaufen gewesen und saß nun grübelnd auf seinem Gartenstuhl, sein Handy lag vor ihm auf dem Tisch. Jetzt, um kurz nach drei Uhr, würde er Anne bei der Arbeit stören, aber er wischte seine Bedenken bei Seite und wählte ihre Nummer. Schon nach dem zweiten Klingeln meldete sie sich.
„Hallo Anne“, begrüßte er sie eine Spur zu fröhlich. „Passt es gerade? Ich wollte nur mal hören, wie es mit den Büchern läuft.“
Anne schnaubte resigniert ins Handy. „Wie es läuft? Ha – gar nicht. Das Problem ist, dass ich nicht weiß, wonach ich suchen soll. Die ganzen Patientenberichte und Behandlungsnotizen kann ich zwar lesen und zuordnen, aber ich finde keinen Zusammenhang.“ Anne klang ernsthaft verzweifelt und Walter hatte Mitleid.
„Vielleicht hast du dich zu arg reingehängt. Versuch doch mal einen Schritt zurückzutreten, um wieder einen Überblick zu bekommen.“
„Das ist eine gute Idee“, sagte Anne schnippisch. „Das hab ich schon probiert – mehrmals! Aber da ist einfach nichts Greifbares. Ich habe das Gefühl, es liegt direkt vor meinen Augen, aber mir fehlt der Schlüssel, um es zu verstehen. Ich werde noch übers Wochenende weitermachen, aber wenn ich dann nichts entdecke, war es das.“

„Das tut mir leid", sagte Walter mitfühlend. „Ich dachte, du würdest sofort etwas finden und wir kämen endlich weiter."
„Ich gebe nicht auf – noch nicht! Auch wenn ich schon lange nicht mehr so zuversichtlich bin wie am Anfang." Sie machte eine kurze Pause, bevor sie weitersprach. „Dein Rauchfleisch hat mir übrigens das Leben gerettet", lachte Anne. „Letzte Nacht saß ich bis kurz vor drei Uhr über den Büchern, als ich plötzlich einen wahnsinnigen Hunger bekommen habe. Ich hatte das Essen total vergessen. Und da habe ich das eine Stück komplett weggeputzt. Das war so lecker. Du musst mich unbedingt mal mitnehmen zur Goschamarie. Da treffe ich dann ja vielleicht auch deinen Freund Elmar, oder?"
Walter schoss das Blut in den Kopf, als er sich an Elmars Bitte erinnerte. „Ja … das können wir gerne mal machen", antwortete er zögernd. „Da muss ich dir aber noch etwas gestehen."
„Immer raus damit", frohlockte Anne.
Walter wusste nicht genau wie er anfangen sollte, wählte dann aber den direkten Weg. „Er war diese Woche in dem Haus nebenan zum Fliesenverlegen, da haben wir uns unterhalten. Er hat sich nach dir erkundigt …"
„Und?", fragte Anne.
Walter suchte verzweifelt nach den richtigen Worten. „Er hat gefragt, was du bei mir gemacht hast und da ist mir rausgerutscht, dass du nur da warst, um die Bücher zu holen."
„Und?" Anne verstand nicht.
„Na – ich habe mich verplappert. Er weiß jetzt, dass du wegen der Bücher da warst."
Anne lachte auf. „Das macht doch nichts Walter. Er kann doch unmöglich ahnen, worum es geht. Und eigentlich finde ich es ganz nett, dass er sich nach mir erkundigt."
Damit hatte Walter nicht gerechnet. „Ich hab ihm aber auch

versprochen, dass ich mein Bestes gebe, damit er dich kennenlernen kann." Anne lachte erneut und Walter spürte Erleichterung in sich aufsteigen.
„Tja Walter, da bist du jetzt aber ganz schön in der Tinte! Dann tu jetzt bitte auch dein Bestes, damit ich mich mal mit ihm treffe! Wenn du es schon versprochen hast."
Walter konnte fast sehen, wie sie ihm zuzwinkerte. „Dann darf ich ihm deine Nummer geben?"
„Aber natürlich. Und sag ihm, ich wäre enttäuscht, wenn er sich nicht in den nächsten Tagen meldet."
Walter konnte kaum fassen, dass das heutzutage so einfach ging. In seinen wilden Jahren war es immer die erste große Hürde gewesen, an die Telefonnummer eines Mädchens zu kommen. Andere Zeiten.
„Ich werde es ihm ausrichten", sagte er resigniert. „Dann halte ich dich auch nicht länger auf. Nachher gehe ich übrigens wieder zur Goschamarie. Wahrscheinlich ist Elmar da und ich kann es ihm gleich ausrichten."
„Prima", flötete Anne. „Und Walter?"
„Ja?"
„Bring mir ein Rauchfleisch mit!"
Balu und Kitty hatten während des Gesprächs still in der Wiese gelegen und zugehört.
„Das scheint ja mal zu funktionieren", freute sich Kitty. *„Die zwei stellen sich gar nicht so kompliziert an."*
„Die sind noch jung", grummelte Balu, dem wieder einmal bewusst wurde, dass es für ihn weit und breit keine Hündin gab. In diesem Moment stapfte Eglon ums Hauseck. Sein ansonsten wuscheliges rotes Fell klebte an seinem dicken Körper. Bei jedem Schritt tropfte Wasser aus seinen Haaren am Bauch.
„Diese verdammte Hexe", miaute er wütend. *„Das ist das Heimtückischste,*

was ich je erlebt habe."

Balu und Kitty blickten überrascht auf und sogar Walter schaute besorgt zu dem triefenden Kater hinab.

„Was ist denn mit dir passiert?", fragte Walter und ging ein altes Handtuch holen. Balu und Kitty wussten genau, was passiert war.

„Wie ich sehe warst du bei der Wirtschaft an meinem Futter und Marie hat dich erwischt", stichelte Kitty.

„Das freut euch jetzt natürlich", fauchte Eglon. *„Wie krank muss diese Frau sein, dass sie einen armen hungrigen Kater beim Fressen mit Spülwasser überschüttet?"*

„Kitty hatte dich gewarnt", sagte Balu ruhig. *„Marie duldet keine anderen Katzen auf ihrem Hof und das ist ihre Art, sie zu vertreiben."*

Walter kam mit dem Handtuch aus dem Haus und begann vorsichtig Eglons Fell zu trocknen. Offenbar spürte er die Wut des Katers, denn bei der kleinsten Bewegung zuckte er zurück, um nicht gekratzt oder gebissen zu werden.

„Ihr habt gewusst, dass Marie sowas macht? Warum habt ihr nichts gesagt?"

„Ach weißt du", lächelte Kitty, *„wir fanden, du solltest diese Erfahrung selber machen."*

Eglon entzog sich Walters Händen und lief Richtung Nachbargrundstück. *„Leckt mich doch alle mal"*, fauchte er zornig und verschwand unter einem der Jostabüsche.

Nur wenige Meter entfernt, unterhalb des gemauerten Grills, war ein leises schadenfrohes Kichern zu hören.

Um kurz nach sechs Uhr stand Walter abmarschbereit in seiner Küche. Balu und Kitty warteten auf der Terrasse, doch von Eglon fehlte jede Spur. Walter hatte bemerkt, wie die Stimmung unter den Tieren sich verschlechtert hatte, seit Eglon bei ihnen wohnte, konnte sich aber keinen Reim darauf machen. Er selbst war in höchstem Maße harmoniebedürftig und ertrug es nur schwer, wenn Spannung in der Luft lag. Normalerweise würde er sich bemühen, die Stimmung zu verbessern, indem er mit den Betroffenen redete, doch wie sollte er das bei einem Hund und zwei Katzen anstellen? Und einem Igel. Er schüttelte resigniert den Kopf und gab mit einem kurzen Pfiff das Zeichen zum Aufbruch.
Walter genoss den kurzen Spaziergang ins Dorf. Jetzt, Ende März, war es um diese Uhrzeit noch hell und mit sechzehn Grad recht mild. Zu keiner Zeit des Jahres spürte man so deutlich, wie die Tage länger wurden, ganze dreieinhalb Minuten pro Tag am Frühlingsanfang. Doch ab diesem Moment nahm der Zuwachs auch schon wieder ab, um dann am Sommeranfang den Nullpunkt zu erreichen und danach, mit negativem Vorzeichen, die Tage zu verkürzen. Walter nahm sich Zeit und ließ seinen Blick über die verschiedenen Grundstücke schweifen. In den Gärten vertrieb der Frühling mit zartem Grün das winterliche Braun und während die Schneeglöckchen schon fast verblüht waren, drückten an vielen Stellen Osterglocken und Tulpen ihre dicken Stängel aus der Erde. Kurz bevor er zur Wirtschaft kam, bemerkte er einen starken Knoblauchgeruch und sah sich um. In einem geschützten Eck an einer Hauswand entdeckte er mehrere

Kaiserkronen, die ihre orangeroten Blüten geöffnet hatten und ihren strengen Geruch verströmten. Die Blüten waren riesig. Giganten des Frühlings.
Als Walter die Stufen zur Wirtschaft erreichte, fuhr ein einzelnes Auto auf den Hof und hupte zur Begrüßung. Walter drehte sich um und winkte Karle aus Alberskirch zu, der umständlich ausstieg.
Gemeinsam betraten sie die Gaststube und wurden von ihren Freunden freudig begrüßt. Max und Peter saßen kauend vor ihren Vespertellern, während Elmar genussvoll an seiner Zigarette saugte.
„Einen guten Appetit", rief Walter und schob sich auf seinen Platz.
Karle ging am Stammtisch vorbei und setzte sich zu einer Gruppe im hinteren Teil des Raumes. Mehrere messingfarbene Eimer waren auf einem Tisch zu einer Pyramide gestapelt, wie beim Dosenwerfen.
Karl-Heinz, einer der Imker im Dorf, kam regelmäßig zur Goschamarie, um seine Ernte zu verkaufen. Marie hatte nichts dagegen, da er ihr als Dank immer einen Eimer schenkte. Walter hatte bei Karl-Heinz noch nie Honig gekauft. Nicht weil er keinen Honig mochte – ganz im Gegenteil – sondern weil er Karl-Heinz nicht mochte. Er war ungepflegt und grobschlächtig und erinnerte Walter, mit seinem struppigen Vollbart, an einen müffelnden Rübezahl.
Diverse Essensreste in seinem Bart belegten, dass er erst kürzlich Nudelsuppe gegessen hatte. Karle schien das hingegen nicht zu stören.
Er hielt zwei Eimer in der Hand und verhandelte mit Karl-Heinz den Preis.
„So Walter, schee dass do bisch", rief Marie und stellte zwei Flaschen Bier vor ihm auf den Tisch. „Magsch no a Veschper?"
Walter nickte und nahm einen großen Schluck aus der Flasche. Als die Tür sich erneut öffnete und Eugen Heesterkamp hereinkam, hätte Walter sich fast verschluckt. Eugen kam so gut wie nie zur Goschamarie. Aus irgendeinem Grund konnte er Marie nicht leiden,

was offensichtlich auf Gegenseitigkeit beruhte, denn sie würdigte den ehemaligen Gymnasiallehrer keines Blickes, als dieser zum Honigverkauf marschierte.
„Die zwei Bier gehen übrigens auf mich“, sagte Elmar. „Dafür, dass du an mich gedacht hast, als deine Nachbarin einen Fliesenleger gesucht hat.“
„Ist doch selbstverständlich“, winkte Walter ab. „Wie läuft es denn auf der Baustelle?“
„Ich bin fertig. Die Küche kann morgen eingebaut werden. Mirco ist ganz glücklich.“
Walter erinnerte sich daran, dass auch Mirco ihm noch ein paar Bier für die Vermittlung ausgeben wollte und grinste: besser konnte es nicht laufen.
„Ach Elmar, ich hab da noch was für dich.“ Walter kruschtelte in seiner Hosentasche und schob verschwörerisch einen Zettel über den Tisch. Elmar nahm den Zettel und faltete ihn auf.
„Ein Kassenbon vom Lidl? Was soll ich damit?“ Walter zuckte zusammen und lief puterrot an.
„Ups … ähh … falscher Zettel.“ Er stand auf, um tiefer in seine Hosentasche greifen zu können und streckte Elmar dann den richtigen Zettel entgegen.
„Deine Handynummer?“, fragte Elmar verwirrt.
Walter schüttelte genervt den Kopf. „Doch nicht meine. Das ist Annes Nummer. Du sollst sie anrufen – und zwar bald!“
Elmar brauchte einen Moment, doch dann breitete sich ein strahlendes Lächeln auf seinem Gesicht aus. „Walter, du Mordskerl! Du hast sie wirklich gefragt!“ Er drehte sich Richtung Tresen. „Marie, zwei Schnaps für Walter und mich!“
Walter nestelte verlegen an seiner Bierflasche. „Ist doch nicht nötig, Elmar. Sie würde sich wirklich gern mit dir treffen. Versprich mir nur

eins: wenn das was wird, bin ich Trauzeuge und das erste Kind heißt Walter." Alle am Tisch lachten und stießen darauf an.
Eugen kam mit zwei Eimern Honig zum Stammtisch, gleichzeitig mit Marie, die Walters Vesper servierte.
„So, der feine Herr Lehrer. Gefällt es Ihnen denn in unserem Etablisse-ment?", schleimte Marie in aufgesetztem Hochdeutsch.
„Nein, eigentlich nicht. Schlechte Luft, zu fettes Essen, unfreundliche Bedienung", zischte Eugen zurück und wendete sich, als sei nichts gewesen, Walter zu. Marie stapfte wütend zum Tresen zurück.
„Na, Walter", sagte er dann wieder freundlich, „in der Zwischenzeit mal wieder Laufen gewesen?" Walters gute Laune war mit einem Mal verflogen.
„Ach Eugen, das ist nicht so einfach. Ich hatte einfach keine Zeit. Außerdem hatte ich nach dem ersten Mal schon einen ordentlichen Muskelkater."
Eugen machte eine wegwerfende Geste. „Nicht dran denken. Sie müssen nach vorne schauen. Das wird mit jedem Mal besser. Die Zeit dafür müssen Sie sich aber schon nehmen. Soll ich Sie am Montag wieder abholen?"
Walter stieg das Blut in den Kopf und Schweißperlen traten auf seine Stirn. Dieses Gespräch wollte er auf keinen Fall vor seinen Freunden führen. „Nein! Ich melde mich bei Ihnen, wenn es bei mir reinpasst."
„Schade", sagte Eugen enttäuscht. „Dann will ich auch nicht länger stören." Er packte seine Honigeimer, die er auf dem Boden abgestellt hatte und lief grußlos zum Ausgang.
„Gott erhalte Sie", rief Marie ihm nach und murmelte dann viel leiser: „... und das möglichst bald."
Max legte sein Besteck auf den leeren Teller und zündete genüsslich seine Zigarre an. „Ist wohl nicht so einfach mit dem Sport?", fragte er und schaute Walter durch die ersten Rauchschwaden hindurch an.

„Nein. Gar nicht. Ich finde einfach keine Zeit dafür."
Max nickte langsam. „Ich will mich ja nicht einmischen, aber warum machst du aus dem Lästigen nicht etwas Nützliches?"
Walter verstand nicht was er meinte. „Wie soll das gehen?"
„Na, du rennst doch eh schon jeden Morgen mit den Zeitungen durchs Dorf. Geh zu Fuß, lass dein Fahrrad zu Hause. Dann hast du deinen Sport."
Walter war wieder einmal überrascht, wie einfach Max Probleme lösen konnte. Natürlich, das war die Lösung! So schlug er zwei Fliegen mit einer Klappe.
„Marie!", rief Walter Richtung Tresen, „nochmal zwei Schnaps bitte!"
„Rutscht mal ein bisschen zusammen!" Karle aus Alberskirch quetschte sich zu ihnen an den Tisch. Seine zwei Honigeimer stellte er auf den Boden, direkt vor Kittys und Balus Nase.
„Boah, was ist das denn für ein Gestank?", winselte Balu, und Kitty kniff angewidert die Augen zusammen. *„Das riecht recht streng nach Verwesung. Die Menschen haben so ein Glück, dass ihre Nasen so schlecht funktionieren, sonst würden sie durchdrehen!"*
Balu drehte sich um und schob die Eimer mit seinen Hinterbeinen weiter unter den Tisch, wo der Verwesungsgeruch vom Sockenmief der Anwesenden überdeckt wurde.
„Besser", atmete Kitty auf. *„Wo lagert Karl-Heinz nur diese Eimer? Sei froh, dass Walter bei ihm nichts kauft, sonst hättest du den Gestank die ganze Zeit im Haus."* In diesem Moment wurden sie von zwei Rauchfleischstücken abgelenkt, die wie zufällig vor ihnen auf dem Boden landeten.
„Sagt mal, habt ihr auch Post von einem Notar Kuschel bekommen", fragte Karle, während er über Walters Kopf hinweg von Marie seinen Trollinger entgegennahm.
„Ja, war heute morgen im Briefkasten", bestätigte Max. Peter und

Elmar nickten zustimmend.
„Bei mir auch. Das ist die Einladung zur Testamentseröffnung vom Pfarrer."
„I hons au heit kriagt. Frog mi blos, wa i do soll?", raunte Marie. „Der hot bei mir nix meh offa khett!"
Offenbar hatten alle Freunde des Pfarrers ein Anschreiben erhalten. Da fiel Walter ein, dass er seinen Briefkasten schon zwei Tage nicht mehr geleert hatte und nahm sich vor noch heute Abend nachzusehen.
„Ich würde mich ja schon freuen, wenn ich nur meine Südtirol-Bücher und die Motorsense wiederbekomme", sagte Karle resigniert.
„Ohnehin wird es da nicht viel zu Erben geben, so einfach wie der Pfarrer gelebt hat. Außerdem glaube ich, dass er fast sein gesamtes Gehalt, das ihm die Kirche gezahlt hat, gespendet hat. Er hat mal sowas angedeutet."
Das war Walter neu, doch wenn er darüber nachdachte, hätte es gut zu Pfarrer Sailer gepasst. In diesem Moment bemerkte Walter, dass Karle schwitzte, obwohl es im Raum wirklich nicht zu warm war.
„Geht es dir gut?", fragte er besorgt. Mit zittriger Hand zog Karle ein Taschentuch aus der Hosentasche, um sich den Schweiß abzutupfen, dabei fiel ein kleines Notizbuch auf den Boden.
„Es geht schon", stammelte er, während sein Gesicht mit jeder Sekunde an Farbe verlor.
„Es geht dir nicht gut", rief Walter. „Macht mal alle Platz! Wir müssen Karle hinlegen! Ich glaube, er wird gleich ohnmächtig!"
Plötzlich ging alles rasend schnell. Während einige nach einem Arzt riefen, rückten andere näher heran, um besser sehen zu können. Noch bevor Walter Karle auf den Boden legen konnte, verlor dieser das Bewusstsein und sackte in seinen Armen zusammen und seine Blase entleerte sich. Schreie gellten durch den Raum und viele Gäste verließen fluchtartig die Gaststube. Nur die kleine Runde am

Stammtisch bemühte sich um ihren Freund, indem sie ihre Jacken ausbreiteten und Karle, mit erhöhten Beinen darauf ablegten.
„I hon dr Notarzt scho grufa!", rief Marie hinter dem Tresen hervor und brachte eine Schüssel Wasser und zwei Lumpen.
Walter hatte seine Jacke zusammengerollt und als Nackenkissen unter Karles Kopf geschoben. Mit einem der angefeuchteten Lappen betupfte er die Stirn des bewusstlosen Freundes. Plötzlich flatterten seine Lider und er öffnete kurz die Augen.
„…ucker … tucker!", röchelte er mit schwerer Zunge und war sofort wieder weg. Was sollte das bedeuten? TUCKER? Walter überlegte fieberhaft und sprach das Wort in Gedanken immer wieder nach.
„Zucker!", rief er aufgebracht. „Er braucht Zucker! Karle ist Diabetiker und wahrscheinlich im Unterzucker."
Max griff zu einem der Honigeimer unter dem Tisch und riss den Deckel auf. „Da ist genug Zucker drin, denke ich."
Walter fuhr mit dem Finger durch die zähe Masse und schob ihn dann in Karles Mund, der reflexartig daran nuckelte. Es wurde still im Raum und alle starrten auf den reglosen Mann am Boden. Walter fühlte an Karles Handgelenk den Puls und erschrak.
„Sein Herz rast wie wild. Wo bleibt denn der Notarzt?" Alle sahen sich betreten an. Mehr konnten sie im Moment nicht tun. Walter fühlte erneut den Puls und atmete erleichtert auf.
„Der Puls geht runter. Ich glaube, das Schlimmste ist überstanden."
Wenige Sekunden später öffnete Karle zittrig die Augen und blickte sich irritiert um.
„Wwwas … ist passiert?", fragte er kaum hörbar.
„Ich fürchte, du bist in Unterzucker gekommen", antwortete Walter. „Der Notarzt müsste jeden Moment kommen." Karle versuchte sich etwas aufzurichten, ließ sich aber sofort stöhnend wieder auf den Boden sinken.

„Höllische Kopfschmerzen", presste er hervor. Im selben Moment war entfernt das Martinshorn des Krankenwagens zu hören und Karle entspannte sich.
Eine halbe Stunde später war alles vorbei. Der Notarzt hatte Karle mit einer Zuckerlösung versorgt, nachdem er den erschreckend niedrigen Blutzuckerwert gemessen hatte. Danach ging es Karle mit jeder Minute besser und sein Gesicht nahm wieder Farbe an. Die Sanitäter luden ihn trotzdem in ihren Krankenwagen und fuhren ihn ins Ravensburger Krankenhaus, um ganz sicher zu gehen, dass ihm nichts weiter fehlte.
Alle außer der Stammtischrunde waren gegangen und nun saßen sie schweigend an einem Ecktisch, während Marie die Urinpfütze am Stammtisch aufwischte.
„Ich dachte schon, das ist der nächste Herzinfarkt", flüsterte Elmar.
„Das hätte gerade noch gefehlt." Max schüttelte den Kopf. „Das hat unser Karle schon öfter geschafft. Er muss doch Insulin spritzen, macht das aber eher so Pi mal Daumen. Geht halt auch mal schief."
„Gkehrt des oim vo eich?", rief Marie vom Stammtisch herüber, und winkte mit dem kleinen Notizbuch, das sie vom Boden aufgehoben hatte. Walter stand auf und nahm Marie das kleine Büchlein aus der Hand. Als er neugierig über die ersten Seiten blätterte, sah er lange Listen mit Namen und einzelne Baumdiagramme, die ebenfalls mit Namen versehen waren. Alles in Pfarrer Sailers Handschrift. Er steckte das Notizbuch ein und griff zu seiner Jacke.
„Das gehört dem Karle. Ich gebe es ihm, sobald er wieder auf den Beinen ist. Aber jetzt mache ich mich auf den Heimweg. War alles ein bisschen viel heute."
Auch die anderen erhoben sich und fragten Marie nach der Rechnung, doch die winkte nur ab.
„Lossats schtäcka! Heit hender mit Schwoiß zahlt. Bin froh das älles

guat ganga isch. Machets guat, ziernet nix, kommet wieder."
Balu und Kitty hatten die ganze Zeit lautlos unter der Eckbank gelegen und folgten jetzt Walter nach draußen.

„Hast du das Notizbuch gesehen?", fragte Kitty.

„Natürlich hab ich es gesehen", antwortete Balu, *„ ... es lag ja die ganze Zeit vor meiner Nase."*

„Und was sagt dir deine Nase?"

„Das es nach Pfarrer Sailer roch."

„Das sagt meine Nase auch."

Die ganze Woche über hatte Anne jeden Abend über den Büchern gesessen und versucht irgendetwas zu finden, das sie weiter brachte. Ohne Erfolg. Bisher hatte sie es pflichtbewusst ohne Alkohol probiert, hatte sich an diesem Abend aber frustriert eine Flasche Riesling aufgemacht. Vielleicht half das ja. Doch auch jetzt wollte der Gedankenblitz nicht einschlagen. Noch nicht mal ein Ahnungswölkchen zeigte sich an ihrem Horizont der Unwissenheit. Seufzend fuhr sie sich mit der Hand durch die Haare und schob frustriert die Unterlippe nach vorn, als ihr stummgeschaltetes Handy brummte. Walters Name stand in großen Buchstaben auf dem Display. Sie drückte die grüne Taste und stellte auf Freisprechen.
„Hallo Walter", sagte sie müde. „Ich sag es dir gleich: ich habe immer noch nichts gefunden. Niente. Nullo. Razzi Fazzi Nixi!" Sie kicherte beschwipst und trank den letzten Rest Wein aus der Flasche.
„Bist du in Ordnung?", fragte Walter besorgt. „Du klingst ein wenig … anders?"
„Liegt an der Flasche Wein", gestand Anne stolz. „Dachte, das bringt mich vielleicht auf irgendeine Idee. Hat es aber nicht – dafür hab ich jetzt einen sitzen." Sie kicherte kindlich.
„Vielleicht hab ich was, das dich weiterbringt", sagte Walter und erzählte ihr, was bei der Goschamarie passiert war und wie er an das Notizbuch gekommen war. „Ich glaube, da drin sind Pfarrer Sailers Notizen über die Bücher. Ganz viele Namen und ein paar kleine Diagramme. Sehen ein bisschen wie einfache Stammbäume aus."
„Walter, das könnte der Schlüssel sein!" Anne war plötzlich wieder

stocknüchtern. „Damit können wir nachvollziehen, was er in den Büchern wirklich gefunden hat. Und: vielleicht führt uns das zu seinem Mörder."
„Wenn es denn ein Mord war", bremste Walter Annes Euphorie.
„Walter, über dieses Stadium sind wir doch längst raus, oder? Wann kann ich das Notizbuch haben?"
Walter hatte mit dieser Frage gerechnet. „Ich bringe es Samstag mit auf den Markt."
„Erst Samstag?", fragte Anne enttäuscht.
„Sieh es positiv: dann hast du morgen einen Tag frei und kannst am Wochenende in aller Ruhe das Rätsel lösen."
„Was glaubst du denn?", schnaubte Anne. „Ich bin Anfang zwanzig! Da habe ich am Wochenende weitaus Besseres zu tun, als mit ein paar Schmökern aus dem vorigen Jahrhundert zu Hause zu sitzen!"
„Ach, du hast schon eine Verabredung … vielleicht mit Elmar?", stichelte Walter.
„Nein. Habe ich nicht. Aber vielleicht kommt das ja noch. Hast du ihm meine Nummer gegeben?"
„Habe ich … und die vom Lidl"
„Vom Lidl?", fragte Anne verwirrt.
„Musst du nicht verstehen", beschwichtigte Walter. „Er wird dich anrufen. Glaub mir. Ich kenne meinen Freund."
Sie verabschiedeten sich und Walter legte auf. Er hatte Anne nicht gesagt, warum er am Freitag keine Zeit für sie hatte. Diesen Tag hatte er für Liesl reserviert, die irgendwann am Nachmittag ankommen würde.
Balu und Kitty lagen auf der Terrasse und beobachteten ein Fledermauspärchen, das Motten aus dem Schein von Walters Hausbeleuchtung pickte.
„*Die sind soooooo unnütz*", raunzte Balu.

„Wer? Die Fledermäuse?“

„Nein, die Motten. Fledermäuse mag ich, obwohl mir ihr ständiges Gefiepe in den Ohren weh tut.“ Balu meinte die hohen Töne, die die kleinen Säugetiere ausstießen, um sich im Dunkeln zu orientieren.

„Ich hab mal eine gefangen“, erzählte Kitty und schüttelte angewidert den Kopf. *„Die schmecken fürchterlich! Außerdem ist nichts dran an den Biestern. Da schmeckt so eine Motte schon besser. Irgendwie nussig.“*

Nun zog Balu angeekelt die Lefzen nach unten. *„Insekten fressen? Pfui Spinne!“*

„Nicht Spinne“, erwiderte Kitty, *„Motten! Solltest du mal probieren.“*

„Ich hab nichts gegen Insekten“, sagte Seppi der unbemerkt an die Terrasse gekommen war. *„Nur einige haben Bitterstoffe im Körper, damit sie nicht so gut schmecken. Wanzen zum Beispiel.“*

„Hi Seppi!“, begrüßte Kitty ihren Freund. *„Man sieht dich ja kaum mehr. Wohnst du immer noch bei Mandy unter dem Grill?“*

„Natürlich! Wir sind nur zum Fressen rüber gekommen.“

„Wir?“, fragte Kitty überrascht.

„Jetzt komm schon raus, Mandy“, rief Seppi nach hinten zu einem der Jostabüsche. Ängstlich schnuppernd schob sich eine Igelnase zwischen den unteren Ästen hervor.

„Hallö! Isch bin die Määändy“, flötete das Igelmädchen schüchtern in ihrem Ost-Dorf-Dialekt.

„Ich bin Balu …“

„Und ich bin Kitty!“, stellten die Tiere sich vor. Mandy schob sich ein Stück unter den Busch zurück, als die beiden Tiere sich aufsetzten, kam dann aber zögernd näher.

„Isch kenn eusch. Hab eusch schon öft beöbachtet.“

Kitty ging langsam auf Mandy zu, die mutig stehen blieb. *„Dann wird es ja höchste Zeit, dass wir uns kennenlernen. Du hast dein Nest in dem alten Grill? Gefällt es dir?“*

„Ei nü, es göht eigentlisch gor nisch besser, ober in letzter Zeit hob isch ein bisschen Angst. Viele Fremde laufen do rüm."

„Das wird auch wieder ruhiger", beschwichtigte Balu. *„Zurzeit sind halt viele Handwerker im Haus. Wenn alles fertig ist, zieht da die Liesl ein und die ist echt nett."*

„Na, dann höff isch mol das Beste!"

„Balu", rief Walter durch die geöffnete Terrassentür. „Zeit für's Bett. Komm rein!"

Der Wolfsspitz rappelte sich auf und trottete Richtung Eingang. *„Wir sehen uns demnächst sicher noch öfter, Mandy. Hat mich gefreut."* Er setzte ein schelmisches Lächeln auf und stemmte sich wackelig auf die Hinterbeine. *„Machets guat, ziernet nix, kommet wieder"*, parodierte er Marie. Kitty kugelte sich vor Lachen, doch Seppi und Mandy hatten keine Ahnung, worum es ging.

„Nu – ein bisschen kömisch sind deine Freunde schön", meckerte Mandy im Weggehen. *„Aber wönigstens scheinen sie nött zu sein."*

„Glaub ja nicht, dass hier alle so nett sind", murmelte Eglon, der alles aus sicherer Entfernung beobachtet hatte.

Kripo-Hubert saß in einer Bar am Marienplatz und bestellte sein zweites Bier, als ihm jemand von hinten freundschaftlich auf die Schulter klopfte.
„Hallo Hubert! Schön, dass du kommen konntest." Hubert und Bernd waren gleichalt und seit der Polizeischule befreundet. Jahrelang hatten sie gemeinsam Lehrgänge und Fortbildungen absolviert, bevor Bernd aus persönlichen Gründen gekündigt und sich mit einem privaten Sicherheitsunternehmen selbständig gemacht hatte. In vielen Fällen übernahm seine Firma die Aufgaben der Polizei, die auf Grund der dünnen Personaldecke nur einen Bruchteil dessen bewältigen konnte, was die Bürger von ihr erwarteten. Bernd hatte nur drei Mitarbeiter und beschäftigte daher gern ehemalige Kollegen, die sich nach Dienstschluss noch ein paar Euro dazuverdienen wollten.
„Ich habe da vielleicht wieder was für dich", sagte Bernd und setzte sich zu Hubert an den kleinen Tisch.
„Um was geht's?"
„Eine Überwachung. Die Kanzlei eines Notars in Ravensburg. Er hat das Gefühl, dass jemand etwas aus seiner Kanzlei haben möchte, das ihm nicht gehört."
Hubert atmete überheblich aus. „Überwachung? Dafür brauchst du mich? Was ist mit deinen eigenen Leuten?"
Bernd hob resigniert die Arme und schlug die Beine übereinander.
„Das ist alles nicht mehr wie früher. Meine zwei Überwachungsspezialisten haben schon so viele Überstunden, dass sie zwei Monate zu Hause bleiben könnten und der, den ich eigentlich für

diesen Job gedacht hatte, ist an diesem Wochenende mit seiner neuen Flamme auf einem Salsa-Seminar in München. Es ist zum verrückt werden."
Hubert musste grinsen, als er sich den hüftschwingenden Ermittler vorstellte. „An welche Schichten denkst du?"
„Samstag bräuchte ich dich von zwanzig Uhr bis vier Uhr früh und Sonntag nochmal von sechszehn Uhr bis null Uhr. Die anderen Zeiten kann ich selber abdecken."
Hubert zählte die Stunden zusammen und rechnete sich seinen Verdienst aus. Er hatte keine Geldprobleme, doch dieser Nebenjob ermöglichte es ihm, einige besondere Wünsche zu erfüllen. Aktuell sparte er auf ein VW Käfer Cabrio aus den frühen Siebzigern. Daher fiel ihm die Entscheidung nicht schwer.
„Ich bin dabei. Wann ist Einsatz- und Lagebesprechung?" In diesem Punkt unterschied sich die Arbeit bei einer privaten Sicherheitsfirma nur unwesentlich von der bei der Polizei. Sie verabredeten Ort und Uhrzeit und Bernd bestellte für jeden ein Bier.
„Da ist noch was, das du wissen solltest: dieser Notar … das ist mein Onkel. Also mach den Job unauffällig und gut. Er hat mich erst zweimal engagiert, aber beide Male hat er Recht behalten und wir konnten jemanden der Polizei übergeben. Also rechne bitte damit, dass das diesmal auch passiert."
Kripo-Hubert lächelte und nahm einen großen Schluck aus der Flasche. Das war das Schöne an diesem Nebenjob: es passierte auch mal was. Entgegen der landläufigen Meinung war sein Job bei der Kripo nämlich alles andere als aufregend. Die meiste Zeit verbrachte er am Schreibtisch und am Telefon. Neunzig Prozent aller Fälle, die er bearbeitete, waren so klar, dass er nur noch die Fakten zusammenführen und den Papierkram erledigen musste. Wann immer Hubert im Fernsehen eine flott geschnittene, actionreiche CSI-

Folge sah, konnte er nur den Kopf schütteln. Das hatte mit der Realität so wenig zu tun, wie die Wettervorhersage mit dem Wetter. Er hatte mehrere Male versucht zu einer Spezialeinheit zu kommen, doch war immer abgelehnt worden. Trotz bester Tests und fünfundzwanzig Jahren Kampfsport im Karateverein. Zweimal war er sogar deutscher Meister gewesen. Heute war er zu alt für eine Spezialeinheit und auch für Karate, was ihm sehr leid tat.

„Wie heißt dein Onkel?", fragte Hubert beiläufig.

„Kuschel. Notar Manfred Kuschel. Die Kanzlei ist in der unteren Breite", antwortete Bernd.

Bei Hubert klingelten sofort die Alarmglocken. Das war derselbe Notar, bei dem Pfarrer Sailer sein Testament hinterlegt hat. Manni und Hans hatten das von Pfarrer Sailers Schwester erfahren. Natürlich konnte das ein Zufall sein, doch wenn er in den vielen Jahren bei der Kripo eines gelernt hatte, dann, dass die meisten Zufälle keine waren.

„Das wird spannend", nuschelte Hubert in sein Bier. „Kommt dein Onkel morgen auch zur Besprechung?"

„Natürlich", sagte Bernd. „Er wird uns selber erklären, worum es geht."

Hubert nahm sich vor, den Kuschel-Onkel auch nach Pfarrer Sailer und dessen Schwester zu fragen. „Die Wege des Herrn sind seltsam", murmelte Hubert, als er kurz darauf zu Fuß nach Hause ging, obwohl er mit der Kirche nichts am Hut hatte. Vielleicht hatte ihn ja der Zufall auf eine neue Spur gebracht, aber wie gesagt, Hubert glaubte nicht an Zufälle.

Der Südwestwind hatte in der Nacht zum Freitag eine kleine Schlechtwetterfront aus Frankreich herübergeschoben. Der Regen hatte eingesetzt, als Walter sein Haus verlassen hatte und genau dann aufgehört, als er sein Fahrrad wieder in die Garage schob. Trotz des Wetters hatte Walter Max' Vorschlag befolgt und sein Rad den ganzen Weg geschoben und spürte jetzt den Unterschied in seinen Pobacken. Leider war es nicht so gut gelaufen, wie er es sich vorgestellt hatte. Beim Schieben war er mit dem rechten Bein immer wieder an das Pedal gestoßen. Zwei große blaue Flecken zierten schmerzhaft sein Schienbein. Da würde er sich noch etwas einfallen lassen müssen.
Als Walter um kurz nach elf Uhr in die Küche kam und Balu in den Garten entließ, hörte er erfreut Liesls Stimme. Sie stand mit Mirco und einem weiteren Mann im Garten. Zwischen ihnen lag ein großer Plan auf einem wackeligen Klapptisch.
„Hallo Nachbarin", grüßte Walter und nickte auch freundlich in Richtung der beiden Männer. „Ich dachte, Sie kommen erst heute Nachmittag."
Liesl entschuldigte sich bei ihren Begleitern und kam zum Zaun.
„Dann hoffe ich mal, die Überraschung ist nicht allzu unangenehm", stichelte sie lächelnd. „Ich habe noch eine ganze Menge Überstunden und muss mich allmählich ranhalten, die noch abzubauen. Das passt aber heute ganz gut. Demnächst müsste der erste Umzugswagen kommen."
„Heute schon?", fragte Walter verblüfft. „Ich dachte, Sie ziehen erst nächstes Wochenende um."

„Richtig. Da ziehe ICH um. Meine Sachen kommen aber größten Teils schon vorher. Sonst würde ich hier ja in einer leeren Wohnung auf ein paar Kartons sitzen."
Walter zeigte zum Haus. „Sind die Arbeiter denn schon fertig?"
„Fast. Nur noch Kleinigkeiten. Die haben wirklich super gearbeitet. So kann ich meine Sachen schon reinstellen. Wo sie letztendlich hinkommen, entscheide ich dann später."
In diesem Moment bog ein großer Transporter in die Straße ein und hupte zwei Mal kurz.
„Meine Sachen kommen", jubelte Liesl und lief dem Fahrzeug entgegen. Walter ging schnell ins Haus und zog sich Arbeitskleidung an, um zu helfen. Als er zur Tür hinausging, fiel ihm sein überquellender Briefkasten auf, den er noch immer nicht geleert hatte.
Der Transporter kam mit zwei Männern, die zwar kein Deutsch sprachen, dafür aber bewundernswerte Oberarme hatten. Mit einfachsten Anweisungen wie „Das – da!" und „Diese – hier!", dirigierte Liesl die beiden Männer mit den Kisten ins Haus. Auch Walter trug den ein oder anderen Karton, achtete aber darauf, nicht die schwersten Kisten zu erwischen. Die Bizeps-Brüder mussten schließlich im Training bleiben. Eine knappe Stunde später war alles verräumt und der Transporter tuckerte davon (Ein Bizeps winkte fröhlich aus dem Fenster).
„Bier", fragte Walter.
„Kalt?"
„Eiskalt. Natürlich!"
„Da sag ich nicht nein", antwortete Liesl und lies sich auf den Gartenstuhl fallen, nachdem sie einen übel gelaunten Eglon heruntergeschoben hatte.
Walter hatte sich wieder den Stuhl aus der Küche geholt und ihn neben Liesl gestellt. „Wer ist denn der Neue bei Mirco?", fragte er.

„Ein Freund von ihm. Jury. Arbeitet eigentlich bei der ZF, aber verdient sich freitagnachmittags und samstags ein bisschen was als Landschaftsgärtner dazu. In meinem Garten muss sich JETZT was tun, im Frühjahr, sonst wird das dieses Jahr nichts mehr. Und da ich selber weder Zeit noch Lust habe, mich darum zu kümmern, macht das Jury."
Liesl lehnte sich entspannt zurück und nahm einen großen Schluck Bier. Sie beobachteten Jury, der flink Unmengen an Unkraut herausriss und in einen Container warf. Tatsächlich lichtete sich der Gartenurwald mit jeder Minute. Klonk. Klonk. Walter dachte, Jury habe mit seinem Spaten einen großen Stein erwischt, doch der Russe hielt inne und winkte ihnen hektisch zu. Walter und Liesl liefen um den Zaun herum und begutachteten die Stelle, an der Jury eben noch mit seinem Spaten gearbeitet hatte. Unter einer wenige Zentimeter dicken Erdschicht war deutlich ein altes Kopfsteinpflaster zu erkennen. Walter traute seinen Augen nicht.
„Das ist noch da?", rief er erstaunt.
„Sie haben das schon mal gesehen?", fragte Liesl.
„Ja habe ich. Aber vor sehr, sehr langer Zeit. Ich dachte, das hätte irgendwer mal rausgerissen. Warten sie einen Moment, ich bin gleich wieder da."
Walter rannte in sein Haus und kam nach ein paar Minuten mit einem Bild in der Hand zurück. Das Schwarzweißfoto war ungefähr DIN A4-groß, eine Ecke war eingerissen und irgendeine Flüssigkeit hatte Tropfspuren hinterlassen. Es zeigte die rückwärtige Ansicht von Walters Haus und damit auch Liesls Garten.
„Oh Mann", staunte Liesl. „Das ist ja wunderschön!"
Vor dem Eingang zum Haus war das Kopfsteinpflaster zu sehen, das einen Halbkreis bildete, mit der Tür als Mittelpunkt. An der Stelle, wo der Fußabstreifer hätte sein können war mit helleren Steinen eine

Sonne eingearbeitet. Von ihren Strahlen aus gingen mehrere Wege vom Haus weg in den Garten. Alle ordentlich gepflastert.
„Ob die alle noch da sind?“, flüsterte Liesl.
„Geh ich gucken“, sagte Jury und nahm seinen Spaten wieder in die Hand. Er lief im Garten umher und stieß den Spaten überall dort in die Erde, wo er einen Weg vermutete. Klonk. Klonk. Er fand fast alle und blieb dann, auf seine Schaufel gelehnt, mit fragendem Gesichtsausdruck stehen.
„Was machen jetzt?“, rief er herüber.
Liesl betrachtete den überwucherten Garten, dann das alte Foto und wieder den Garten.
„Können Sie das Pflaster freilegen?“
„Klar“, strahlte der ZF-Landschaftsgärtner. „Jury kann alles!“
Und schon war er wieder am Eingang zum Haus und begann mit flach gehaltenem Spaten die Dreckplatten vom Pflaster abzuheben. Walter und Liesl sahen fasziniert zu, wie Stein um Stein zum Vorschein kam, als die Glocken im Kirchturm die volle Stunde verkündeten. Liesl sah überrascht auf, während Walter das Geläut wegen der jahrelangen Gewöhnung gar nicht wahrnahm.
„Was denn – schon ein Uhr?“, rief sie. „Ich habe total die Zeit vergessen. Eigentlich wollte ich doch etwas essen gehen.“ Sie machte ein zerknirschtes Gesicht.
„Na und? Dann gehen wir halt jetzt“, schlug Walter vor.
„Und wohin?“
„Na, rüber zur Goschamarie. Und wenn wir zurückkommen, hat Jury wahrscheinlich schon den halben Garten fertig.“
Zur Bestätigung hob Jury grinsend den Daumen in die Höhe und hackte eifrig weiter.
„Also gut“, gab Liesl sich geschlagen, „dann gehen wir zur Goschamarie“.

Was Walter eben noch wie eine gute Idee vorgekommen war, wandelte sich auf ihrem kurzen Weg zur Goschamarie in ein Horrorszenario. Liesl hatte keine Ahnung, wie es in der Wirtschaft manchmal zuging und sie kannte Marie nicht. Walter schon und darum versuchte er sie vorzuwarnen, was Liesl aber mit einem: „Wird schon nicht so schlimm werden", ignorierte.
Balu trabte locker neben den beiden her, als sich auf halbem Weg Kitty zu ihnen gesellte, die auf der Wiese vor dem Hinterdorf nach Mäusen Ausschau gehalten hatte.
„Das könnte lustig werden. Walter nimmt Liesl mit zur Goschamarie", freute sich Balu.
„Wow", staunte Kitty, *„das ging aber schnell. Walter muss wirklich etwas an ihr liegen."*
„Ich glaube, er hat sich einfach verplappert. Seit wir losgelaufen sind, versucht er Liesl umzustimmen, erzählt ihr Geschichten über Marie und wie sie am besten mit ihr umgehen soll. Dass sie eigentlich ganz nett ist und so weiter."
Kitty blieb kurz stehen. *„Sie IST nett!"*, fauchte sie. *„Ihr versteht nur manchmal ihren kreativen Humor nicht. Aber wart es ab, vielleicht überrascht sie dich ja."*
Balu schüttelte den Kopf, während Kitty wieder zu ihm aufschloss.
„Glaub mir: die Einzige, die gleich eine richtige Überraschung erlebt, ist Liesl."
Sie betraten die Gaststube und Walter führte Liesl zu einem Tisch am

Fenster. Kitty und Balu folgten ihnen und legten sich in eine Ecke. Mit Liesl an den Stammtisch zu sitzen, kam Walter einfach nicht richtig vor. Noch nicht. Marie hatte sie beim Betreten der Gaststube gesehen und mit einem Winken signalisiert, dass sie gleich rüberkommt. Walter spürte die Nervosität in sich aufsteigen und sah sich im Raum um. Die meisten Tische waren mit Fremden besetzt, Handwerker, wie Walter an ihrer Kleidung erkennen konnte. Die grünen Schnittschutzhosen der Waldarbeiter leuchteten genauso, wie die orangefarbene Warnkleidung der Bauhofmitarbeiter. Zwei Maler mit bunt beschmierten Hosen saßen etwas abseits. Marie hatte ihnen alte Zeitungen auf den Stuhl gelegt, um die Polster zu schonen. Zwei Rentner aus dem Vorderdorf nickten Walter zu, als er sie entdeckte. Im Augenwinkel sah er wie Marie die Hände an der Schürze abwischte und auf sie zukam. Jetzt geht's los, dachte Walter und zog unbewusst den Hals ein. Mit hinter dem Rücken verschränkten Armen kam Marie an ihren Tisch.

„Sodele, jetzt ihr zwoi. Wen hosch denn do dabei Walter? Magsch uns it vorschtella?"

Walters Kehle war trocken und seine Gedanken rasten. „Also … ja natürlich. Ähm … das ist meine neue Nachbarin, die Liesl, also eigentlich Elisabeth, aber Liesl ist kürzer", stammelte er und zeigte dann auf Marie. „Und das ist die Marie, die Wirtin hier."

Liesl lächelte und schaute Marie direkt in die Augen. Auch Marie lächelte, machte einen Schritt auf Liesl zu und umarmte sie, als sie sich von ihrem Stuhl erhob.

„Ja des freit mi aber. Jetzat lern i Sie endlich kenna. Dr Walter hot scho sooooo viel von Ihne verzeelt."

Liesl erwiderte die Umarmung herzlich. „Mich freut es ebenfalls, Sie kennenzulernen. Entschuldigen Sie bitte, dass wir nicht reserviert haben, aber es war eine ganz kurzfristige Entscheidung."

Jetzt kommt's, dachte Walter, doch Marie setzte ihr charmantestes Lächeln auf und lies Liesl wieder Platz nehmen.
„Passt scho. Fier eich hon i doch immer a Plätzle. Derf i denn äbbes zum Trinka bringa?" Walters Kinnlade sackte nach unten.
„Ich hätte gerne eine Apfelschorle, wenn das geht", sagte Liesl.
„Und wa willsch du Walter? Mittags doch sicher no koi Bier, oder?"
Da lachte Liesl auf. „Das Bierchen hatten wir vorher schon, nachdem wir meine Sachen ausgeladen haben."
Marie stimmte in Liesls Lachen ein, während Walter die Welt nicht mehr verstand und nur ein dümmliches „Ich nehme das Gleiche" hervorbrachte.
„Und wie ischs mitm Hunger? Heit gibt's saure Linsa, Schpätzla und Soitawirschtla."
Liesl überlegte kurz und betrachtete die Portionen auf den Nachbartischen. „Das ist eines meiner Lieblingsgerichte, aber die Portion ist mir echt zu groß. Da schaffe ich höchstens die Hälfte."
„Aber des isch doch koi Problem", viel ihr Marie ins Wort. „I mach Ihne gern a kloinere Portion mit bloß oim Wirschtle."
„Das wäre wirklich sehr nett von Ihnen. Vielen Dank."
„Und du Walter? Wa willsch du?"
„Ich nehme das Gleiche", antwortete Walter erneut und sah verwundert, wie Marie lächelnd zum Tresen eilte und kurz darauf vor ihnen den Tisch mit Serviette, Messer und Gabel eindeckte.
„Ich glaube Aliens haben die Wirtschaft übernommen und haben Marie durch einen Klon ersetzt", stammelte Balu fassungslos.
„Das hab ich ja noch nie erlebt!"
„Und? Wer ist jetzt überrascht?", triumphierte Kitty. *„Ich dachte mir schon, dass Marie die Liesl mag. Und zwar einfach aus dem Grund, weil Walter Liesl mag. Ist dir noch nie aufgefallen, wie gut Marie und Walter sich verstehen?"*

Balu dachte über Kittys Worte nach. *„Das stimmt schon. Marie macht manchmal schon recht derbe Späße mit ihren Gästen, aber Walter hatte sie dabei noch nie im Visier."*
„Was zu viel ist, ist zu viel", dachte Walter, als Marie ihnen das Essen servierte, ein sauberes Geschirrtuch über dem Unterarm, wie ein Kellner im Fünfsterne-Restaurant.
„Lasset's eich schmecka", säuselte sie und war auch schon wieder weg.
„Hmmm", seufzte Liesl nach dem ersten Bissen, „das sind mit Abstand die besten Linsen, die ich je gegessen habe. Ich denke, ich komme öfter hierher zum Essen."
Walters Verstand versuchte immer noch zu begreifen, was hier gerade vor sich ging, deshalb schaufelte er ziemlich wortkarg Gabel für Gabel vom Teller. Erst als er fast fertig war, bemerkte er, dass Liesl ihren Teller noch annähernd voll hatte und drosselte sein Tempo. Er stand auf und öffnete das Fenster, um frische Luft hereinzulassen.
„Ich war ganz in Gedanken", entschuldigte er sich.
„Ich hab es gemerkt", kicherte Liesl. „Kam mir so vor, als hätten Sie Angst, jemand klaut Ihnen was vom Teller."
Sie lachten beide und unterhielten sich dann über den erstaunlichen Fund im Garten.
„I woiss no, dasses in dem Garta au mol no an Schpringbrunna khett hot. Aber des isch au scho saulang her", erzählte Marie, als sie die Teller abräumte.
„An einen Brunnen kann ich mich nicht erinnern", grübelte Walter.
„Des war ja au scho lang vor deiner Zeit, Birschle", flötete Marie und zwinkerte Liesl verstohlen zu. „Hots eich denn gschmeckt?"
„Und wie! Ich komme sicher bald wieder", schwärmte Liesl.
„Denn derf i eich au glei dr Nochdisch bringa?"
„Den WAS?", platzte es aus Walter heraus. Marie machte ein beleidigtes Gesicht, eilte in die Küche und kam kurz darauf mit zwei

Tellern zurück.
„Selbschtgmachter Zwätschgadatschi“, sagte sie stolz. „Lossats eich schmecka!“
Walter konnte sich nicht erinnern bei Marie jemals einen Nachtisch bekommen zu haben und auch an den anderen Tischen wurde getuschelt und mit dem Finger auf den Zwetschgendatschi gezeigt. Er schmeckte köstlich. Plötzlich hatte Walter das Gefühl im Augenwinkel etwas Rotes gesehen zu haben und blickte zum Fenster. Doch da war nichts. Er schüttelte den Kopf und stach ein weiteres Stück Kuchen ab. Da war es wieder. Doch auch diesmal war nichts zu sehen. Walter wollte gerade Liesl fragen, ob sie auch etwas gesehen hat, als plötzlich ein großes rotes Etwas auf die Fensterbank sprang. Naja – nicht ganz, denn das Etwas hatte es nicht ganz hoch geschafft und versuchte nun sich scharrend hochzuziehen.
„Eglon“, rief Walter, als der rote Kater es endlich geschafft hatte und durch das geöffnete Fenster auf ihren Tisch sprang. „Was willst du denn hier?“
Doch der rote Kater ignorierte Walter und sprang in die Ecke zu Balu und Kitty. *„Ihr … ihr … ihr“*, weiter schaffte Eglon es nicht, da er immer wieder Luft holen musste. Der Sprung hatte ihn offensichtlich viel Kraft gekostet.
„Beruhig dich doch erst mal“, sagte Kitty sanft.
„Keine … Zeit!“, japste Eglon. *„Seppi … Mandy … im Grill … SCHNELL!“*
Obwohl sie keine Ahnung hatten, worum es ging, sprangen Balu und Kitty auf und rannten zur Tür. Ballu bellte zwei Mal, Marie öffnete ihnen die Tür und die beiden Tiere stürmten hinaus.
„Was war denn jetzt des?“, grübelte Marie.
„Ich habe nicht die leiseste Ahnung“, sagte Walter entschuldigend und erhob sich. „Aber ich habe das komische Gefühl, dass etwas

passiert ist. Da sollte ich besser nachschauen. Marie, schreib alles auf meine Rechnung, bitte. Ich zahle heut Abend!"
„Warten Sie", rief Liesl, als Walter schon bei der Tür war. Sie schnappte sich Eglon und rannte hinterher. „Danke für das leckere Essen, Marie. Ich komme bald wieder!"
Marie stand im Türrahmen und sah den beiden hinterher. „A schees Pärle", flüsterte sie. „Machets guat, ziarnet nix, kommet wieder!"

53

Balu und Kitty waren im Renngalopp nach Hause gerannt, wobei die elegante Tigerkatze deutlich schneller gewesen war. Als Walter und Liesl sich kurz darauf dem Haus näherten, hörten sie Balus wütendes Bellen und das bedrohliche Miauen einer Katze im Angriffsmodus. Sie betraten den Garten und blieben überrascht stehen: Balu stand mit hochgezogenen Lefzen vor dem eifrigen Jury, den er, mit Kittys Hilfe, bis an die Hauswand gedrängt hatte. Ihr aufgestelltes Fell machte sie dabei fast doppelt so groß. Die Tiere bellten und miauten, Jury zitterte und hielt sich verängstigt die Arme vors Gesicht.
„Balu! Aus jetzt!", rief Walter streng und der Wolfsspitz wich widerstrebend etwas zurück, ließ Jury aber keinen Moment aus den Augen.
„Was ist denn hier los, verdammt nochmal", fragte Walter, halb zu Balu, halb zu Jury. Es war Jury, der antwortete.
„Ich weiß nix. Ich hab hier Steine frei machen. Dann fertig. Dann ich diese Richtung weiter frei machen. Da bis zu Grill. Mach ich Müll weg. Da aus Grill unten. Plötzlich kommt böse Katz. Dann kommt böse Hund. Ich hab nix macht!"
Balu hatte sich wieder beruhigt und kam an Walters Seite. Er stupste ihn mit der Schnauze leicht an der Hand und ging Richtung Grill. Walter folgte ihm neugierig. Er ging in die Hocke und lugte vorsichtig in das Durcheinander aus Unrat, Holzscheiten und alten Jutesäcken. Er meinte eine Bewegung gesehen zu haben und schob den Kopf vor. Er erkannte zwischen einigen dürren Ästen die Stacheln eines Igels.
„Deshalb drehen die Tiere so durch", erklärte Walter. „Hier wohnt ein

Igel und der ist offensichtlich ihr Freund."
Als Seppi Walters Stimme hörte, streckte er vorsichtig seine Nase heraus und schnupperte. Alle verhielten sich ruhig und Seppi traute sich zögernd aus seinem Unterschlupf. Als er draußen war, erschien hinter ihm eine zweite Igelnase.
„Oh", staunte Walter, „da wohnt ja noch jemand."
Mandy kam ebenfalls heraus, hielt sich aber ängstlich an Seppis Seite. Jetzt kam auch Liesl zum Grill, ging in die Hocke und betrachtete interessiert das Igelpärchen.
„Ihr seid aber zwei hübsche Stacheltiere", sagte sie leise und streckte eine Hand nach ihnen aus, woraufhin sich beide Igel etwas einrollten. „Der Jury hat euch erschreckt, hmm? Aber jetzt wissen wir ja, dass hier euer zu Hause ist und passen darauf auf."
Liesl griff nach einem Holzscheit und legte ihn über Seppi und Mandy hinweg wieder an seinen Platz. Das machte sie auch mit den anderen Dingen die Jury hervorgeholt und neben dem Grill abgelegt hatte. Als sie fertig war, kroch sie in der Hocke zwei Schritte zurück, bevor sie sich aufrichtete.
„Jury, ich glaube Sie sollten erst mal woanders weiterarbeiten. Geben wir den Tieren Gelegenheit, den Schreck zu verdauen."
Jury nickte, schnappte sich seinen Spaten und ging ans andere Ende des Gartens.
„Ich glaube, jetzt könnte ich doch noch ein Bier vertragen. Haben Sie noch eins im Kühlschrank?"
„Mehr als genug", lachte Walter und ging mit Liesl zu seinem Haus.
„Das ist gerade nochmal gut gegangen", keuchte Seppi. *„Ich dachte schon, der komische Russe macht unser Nest kaputt."*
Da die Menschen jetzt weg waren, traute Mandy sich etwas weiter nach vorne und wandte sich an Balu und Kitty.
„Viiiielen Donk! Öhne eusch hätte dö weiss Gött was bassieren können. Isch

bin jetzt nöch tötaaaal fertisch mit den Nerven."

„Ihr müsst euch nicht bei UNS bedanken", widersprach Kitty, *„sondern bei Eglon. Wir hätten gar nichts mitbekommen, hätte er uns nicht geholt."*

Seppi und Mandy machten große Augen und sahen Eglon an, der noch immer da saß, wo Liesl ihn abgesetzt hatte.

„Das hast du wirklich getan?", fragte Seppi ungläubig. *„Aber ich dachte, du kannst mich nicht ausstehen?"*

„Kann ich auch nicht", raunzte Eglon. *„Aber wenn einem von uns was passiert, kann ich doch nicht einfach nur zusehen!"*

„Donke, Eglon", säuselte Mandy und auch Seppi nickte ihm gerührt zu.

„Jetzt werdet bloß nicht sentimental. Wer weiß … vielleicht überlege ich es mir das nächste Mal doch anders." Er erhob sich und reckte arrogant seinen buschigen Schwanz in die Höhe und verschwand in den Jostabüschen.

Joseph kniete vor seinem Fendt und löste mit einem Schlagschrauber die Radmuttern. Er hatte Siloballen in den Stall gefahren, als mit einem lauten Knall der linke Vorderreifen geplatzt war. Fluchend hob er das Rad von der Achse und betrachtete den Schaden. Die Ursache war schnell gefunden: ein Stahlbolzen steckte im seitlichen Bereich des Reifens, wo er am verwundbarsten war. Zu allem Übel erkannte er den Bolzen sogar wieder. Er hatte ihn selbst vor ein paar Tagen wütend in den Hof geworfen, da er einfach nicht in die vorgesehene Öffnung am Stallgitter passen wollte. Seufzend zog er den Bolzen mit einer Zange aus dem Gummi und markierte das Loch mit einem Kreidekreis. Er hatte den Reifen erst letztes Jahr gekauft. Joseph hoffte, dass sein Landmaschinenmechaniker ihn reparieren konnte. Er rollte das Rad an eine Wand und lehnte es dagegen. Da sah er die kleine Pfütze Hydrauliköl, die sich schon wieder unter der Frontgabel gebildet hatte. Da er den Traktor eh nicht benutzen konnte, machte er sich auf die Suche nach dem Leck. Wahrscheinlich nur eine defekte Dichtung. Er kroch rücklings unter den Traktor und verfolgte die dünne Ölspur, als er hörte wie die Werksatttür geöffnet wurde. An den Füßen erkannte er seine Frau, die vor seinen Beinen stehen blieb.
„Hast du nichts Besseres zu tun?“, keifte sie ihren Mann an. „Du wolltest doch das Futter in den Stall fahren.“
Joseph schob sich etwas unter dem Traktor hervor und wischte sich die ölverschmierten Hände an einem Lumpen ab.
„Hab ich ja“, raunte er zurück. „Dann ist mir ein Reifen geplatzt. Den muss ich flicken lassen. Und da dachte ich, ich kümmere mich mal um

das Leck in der Hydraulik. Gibt jedes Mal eine Mordssauerei, wenn ich den Bock irgendwo stehen lasse. Kannst du mir mal eine von den Planen geben?", fragte Joseph und zeigte auf den Stapel in der Ecke.
Unwillig wühlte Annemarie in dem Haufen, bis sie plötzlich stockte, um dann noch intensiver zu wühlen. Eine Plane nach der anderen flog durch die Werkstatt.
„Verdammt, Joseph", schrie sie, „wo sind die Bücher, die ich hier hingelegt hatte?"
„Die alten Schinken? Hab ich dem Peter zurückgegeben. Er sagte, sie gehören ihm und wollte sie wiederhaben."
„Bist du noch ganz bei Trost?", zischte sie gefährlich leise. „Du weißt doch, was der Pfarrer in den Büchern gefunden hat. Soll das nochmal passieren?"
„Und wenn schon", sagte Josef gleichgültig. „Das interessiert doch niemanden … dieser ganze alte Scheiß!"
Annemarie baute sich vor Josef auf, der immer noch halb unter dem Traktor lag und fuchtelte mit den Armen. „Dieser alte Scheiß, sagst du! Wenn uns das alles um die Ohren fliegt, wirst du sehen, wer sich dafür interessiert." Wütend stampfte sie zur Werkstatt hinaus und knallte die Tür ins Schloss, dass es nur so schepperte.
Josef verstand ihre Aufregung nicht. Natürlich gefiel es ihm nicht, wenn Fremde in seiner Vergangenheit herumwühlten, zumal es da durchaus etwas zu finden gab. Aber deshalb so durchdrehen? Er widmete sich wieder den Hydraulikschläuchen und fand kurze Zeit später das Leck. Eine Schlauchschelle hatte sich gelöst und war nach hinten gerutscht, wodurch die Zuleitung nicht mehr richtig auf dem Auslass saß. Er ersetzte die Schelle vorsichtshalber durch eine neue und ärgerte sich, das nicht schon längst getan zu haben.
Er wischte alles sauber und machte sich dann daran die Planen, die Annemarie in der Werkstatt verteilt hatte, wieder ordentlich zu falten

und zu stapeln. Er ließ sich Zeit, denn er verspürte nicht die geringste Lust auf eine erneute Auseinandersetzung mit seiner Frau. Als Annemarie kurze Zeit darauf mit ihrem VW Golf aus dem Hof raste, griff er nach seinem Handy und wählte Georgs Nummer.
„Hättest du heute Lust bei Marie Karten zu spielen?", fragte er seinen Freund, als der abgenommen hatte.
„Aber sicher", antwortete Georg ohne nachzudenken. „Ich sag den anderen Bescheid. Um acht?"
„Um acht dann", bestätigte Josef und legte auf.
Als er über den Hof zum Haus lief, fasste er einen Entschluss: er würde sich nicht länger mit einem schlechten Gewissen von seinen Freunden fernhalten, schließlich hatte er sich nichts zu Schulden kommen lassen. Sollten die anderen doch denken, was sie wollten. Das galt auch für Annemarie.

Nachdem sich, nach der Aufregung um die Igel, wieder alles beruhigt hatte, hatten Walter und Liesl auf der Terrasse gesessen und ein Bier getrunken. Später war Liesl aufgebrochen, um die ersten Kartons auszupacken. Walter hatte endlich seinen Briefkasten geleert, die Einladung zur Testamentseröffnung lag zwischen den üblichen Werbesendungen. Er wusste nicht so recht, was er davon halten sollte, war aber fest entschlossen hinzugehen. Da er früh dran war, hatte Walter noch staubgesaugt. Kitty und Balu hielten sich derweil vom Haus fern, da sie den hochfrequenten Ton des beutellosen Staubsaugers nicht ertrugen. Als es dämmerte, hatte Walter bei Liesl geklopft und gefragt, ob sie nochmal mit zur Goschamarie wolle, aber sie hatte dankend abgelehnt. Und so war Walter mit Balu und Kitty allein zur Wirtschaft gelaufen. Schließlich war ja Freitag.

Der Abend war zunächst ruhig verlaufen, bis Theo aufgetaucht war. Offensichtlich hatte er schon das ein oder andere Bier getrunken und seine Zunge saß entsprechend locker. Während Walter seinem Freund Max von dem seltsam erfreulichen Mittagessen mit Liesl erzählt hatte, waren Theo und Peter mal wieder in Streit geraten.

„Du hast doch keine Ahnung von Pferden", schrie Peter, der von Kindesbeinen an ein leidenschaftlicher Reiter war.

„Da braucht es ja auch nicht viel", konterte Theo überheblich. „Draufsitzen, Hacken ran und los geht's!" Er lachte und griff nach seinem Bier.

Doch Peter ließ nicht locker. „Keine zwei Minuten bleibst du im Sattel! Nicht mal bei einer hundertjährigen Stute."

Die beiden wurden immer lauter und Walter hatte Angst, sie könnten sich diesmal wirklich an die Gurgel gehen.
„Jetzt beruhigt euch doch mal", ging er dazwischen. „Warum macht ihr es nicht wie immer und macht eine Wette draus?" Walters Absicht war, den Streit irgendwie zu vertagen, doch die Streithähne hatten eine andere Idee.
„Walter hat Recht. Wir machen einen Wettkampf", rief Theo begeistert.
„Ein Rodeo", fiel Peter ihm ins Wort. „Gleich jetzt und hier!"
In den folgenden Minuten wurden die Regeln geklärt und auf einer Serviette festgehalten. Dann räumten Peter und Theo vier Tische ab und legten sie im rechten Winkel seitlich aneinander, so dass in der Mitte der Gaststube eine kleine Arena entstand.
„Alles wa kaputt goht zahlet ihr! Des kann i eich saga", keifte Marie hinter dem Tresen hervor, doch niemand beachtete sie.
Alle Gäste versammelten sich um das kleine Viereck, um nichts von dem Spektakel zu versäumen. Auch die kleine Skatrunde mit Josef und Georg kam neugierig näher.
Elmar betrat den Ring und hob bedeutungsschwer die Arme, bis es leiser wurde. (Anmerkung des Autors: um die Theatralik der folgenden Szene in keiner Weise einzuschränken, belasse ich Elmars Ansage im schwäbischen Originalton.)
„Liebe Freunde", begann Elmar überschwänglich, "heit gibt's wieder mol an Wettkampf, den dia Welt so no it gsäha hot! Es erschte Goschamarie-Rodeo." Elmar wartete, bis der Jubel im Raum abebbte.
„Im rechta Eck – der Mah, mitm Nacka wie an Stier und em Bauch wie a Sau … PETER!" Peter stellte sich in die Mitte, riss die Arme hoch und ließ sich bejubeln. „Im linka Eck – der Mah, mit der greeschta Gosch und am schüttera Horansatz – THEO!" Auch Theo ließ sich beklatschen und stellte sich Peter gegenüber. Elmar schob sich als Ringrichter zwischen die beiden und erklärte noch einmal, worum es

ging. „Mir machet Männer-Rodeo. Der oi muss auf dr andre naufhocka. Heba derf er sich bloß mit oiner Hand am Riema." Er hielt einen Gürtel hoch, den Max aus seiner Hose ausgefädelt hatte. „Der, ders Pfärdle isch, muss immer mit boide Händ und boide Fiaß am Boda bleiba und muss versucha, dr andre nabzumbuckla. Wenn der, der doba hockt, mit irgendäbbes dr Boda beriert wird gschtoppt. Denn muss dr andre naufhocka. Wer am End länger doba war hot gwonna. So oifach isch des. Es goht um oin Kaschte Bier und umd Ehr!"
Eine Münze wurde geworfen und bestimmte Peter als ersten Reiter. Theo ließ sich von Elmar den Gürtel unterhalb der Arme um die Brust schnallen, dann ließ er sich auf alle Viere hinab.
„Das habe ich mir schon immer gewünscht", sagte Peter und setzte sich auf Theos Rücken, behielt die Beine aber noch auf dem Boden.
Jetzt wurden die Zuschauer wieder lauter. Viele hatten gewettet und feuerten ihren Favoriten an. Walter hatte Peters Casio bekommen und war für die Zeitmessung verantwortlich. Elmar verließ die Arena und hielt ein Glas und eine Gabel in die Höhe.
„Auf die Plätze – fertig … LOS!" Während er „los" rief, schlug er mit der Gabel an das Glas, um eine Art Startgong zu bekommen, doch das Glas zerbrach in tausend Teile.
Marie machte sich am Tresen eine Notiz.
Sofort versuchte Theo mit heftigen Bucklern Peter von seinem Rücken zu werfen, doch der hatte sein Gewicht leicht nach hinten verlagert und federte jeden Stoß elegant ab. Nach ein paar Sekunden wurde er so selbstsicher, dass er mit der freien Hand ins Publikum winkte. Die Zuschauer tobten und jubelten bei jedem überstandenen Buckler. Die Sekunden vergingen und Theo merkte, dass er Peter so nicht runter kriegen würde. Er versuchte noch einige heftige Bewegungen und wurde dann ruhiger. Peter wähnte sich in Sicherheit.
„Yiiiiiha!", rief er seinen Fans zu, als Theo überraschend eine

unrhythmische Seitwärtsbewegung machte. Peter verlor das Gleichgewicht und musste sich mit dem rechten Bein auf dem Boden abstützen, um nicht zu stürzen.
„Stop!“, rief Elmar und Walter stoppte die Uhr. Alle Augen waren auf ihn gerichtet.
„Siebenunddreißig Sekunden“, verkündete er und die Zuschauer johlten. Theo hatte sich erhoben und rieb sich die Knie. Seine Jeans war am rechten Knie durchgescheuert und eine kleine Schürfwunde war zu sehen.
„Willst du aufgeben?“, fragte Peter gönnerhaft, doch Theo dachte nicht daran und zeigte ihm den Mittelfinger. Jetzt bekam Peter den Gürtel umgeschnallt, rückte seine Hose zurecht und ging auf die Knie. Als Theo sich auf ihn setzte, spannte er alle Muskeln an, blieb aber ruhig.
Elmar gab mit einem neuen Glas das Startsignal und Marie machte eine weitere Notiz.
In diesem Augenblick betrat ein gut gekleidetes Ehepaar die Gaststube, machte aber, angesichts des Treibens im Lokal, auf der Stelle kehrt und suchte entsetzt das Weite.
Wie zuvor Theo, buckelte jetzt Peter durch die kleine Arena, angefeuert von seinen Fans. Er hielt sich überraschend sicher „im Sattel“, glich immer wieder geschmeidig Peters abrupte Bewegungen aus.
„Zehn Sekunden“, rief Walter Pferd und Reiter zu, damit sie die Zeit besser einschätzen konnten. Walter staunte, wie gut Theo sich hielt, hatte aber das Gefühl, dass Peter sich irgendwie zurückhielt. Wieder zwei verhaltene Buckler direkt hintereinander, dann ein Seitwärtsschwenk. Theo ruderte mit der freien Hand in der Luft, blieb aber im Gleichgewicht, wenn auch nur knapp. Peter verzichtete nun auf große Buckler und beschäftigte seinen Reiter mit mehreren

seitlichen Haken.
„Zwanzig Sekunden!"
Theo balancierte die Schlenker problemlos aus und blieb aufrecht sitzen. Darauf hatte Peter gewartet. Mit einem gewaltigen Impuls streckte er seine Knie durch und seinen Hintern in die Höhe. Die Bewegung endete in einer Liegestützposition, was Theo nicht mitbekam, da er vollkommen überrascht, kopfüber von Peters Rücken katapultiert wurde. Er ließ den Gürtel los und krachte kopfvorraus in einen der Tische.
Den Fans entfuhr ein kollektives „Ouuuuuh!". Dann war es still.
Für ein paar Sekunden war die Szene wie eingefroren. Die Zuschauer starrten entsetzt auf den bewegungslos am Boden liegenden Theo. Peter war der erste, der sich aus der Schreckstarre erholte und krabbelte auf allen vieren zu seinem Freund. Als er ihn vorsichtig am Arm berührte, stöhnte dieser leise auf und zog seine Beine unter sich, um sich aufzusetzen. Er hob den Kopf und bemerkte das Blut, das aus einer mehreren Zentimeter langen Platzwunde über dem rechten Auge quoll.
Verwirrt berührte er die Wunde mit der Hand und zuckte vor Schmerz zurück. Allgemeine Erleichterung machte sich breit und die meisten zogen sich an ihre Tische zurück. Marie kam mit einem (hoffentlich) sauberen Geschirrtuch und einem Kühlbeutel aus der Küche und drückte beides auf Theos Wunde. Der zuckte erneut zusammen, ließ es aber über sich ergehen.
Peter saß immer noch neben ihm auf dem Boden. Es war ihm sichtbar unangenehm, dass er seinen Freund verletzt hatte.
„Hör mal, Theo, also das mit unserer Wette vergessen wir natürlich. Nur gut, wenn dir nichts Schlimmes passiert ist."
Theo warf Peter einen tödlichen Blick zu. „Vergessen? Wie kommst du denn darauf? Wo du doch beschissen hast!", brüllte er.

„Ich soll beschissen haben? Spinnst du?"
„Na klar! Du hast bei deinem Buckler die Knie vom Boden genommen. Das hab ich im Runterfallen noch gesehen."
„Aber das war doch nicht regelwidrig", verteidigte sich Peter. „Hände und Füße müssen am Boden bleiben und das waren sie!"
„Aber deine Knie nicht", widersprach Theo.
„Hier sind die Regeln", sagte Peter und winkte mit der Serviette. „Da steht nur, dass Füße und Hände immer am Boden bleiben müssen. Von Knien steht da nichts."
Theo schüttelte verärgert den Kopf, was ihm sofort ein schmerzhaftes Pochen an der Wunde einbrachte. „Das hat Elmar aber so nicht gesagt. Er sagte nicht „Füße" sondern „Fiaß", und jeder weiß, dass die „Fiaß" beim Schwaben von der Hüfte bis zu den Zehen gehen." Peter wollte antworten, fand aber keine passenden Worte.
„Können wir das vielleicht vertagen?", mischte sich Walter ein. „Du blutest wie ein Schwein, Theo. Ich glaube, da kommst du ohne Arzt nicht davon."
Auch Elmar kam näher und betrachtete den Cut auf der Stirn seines Bruders. „Walter hat Recht. Das sieht recht tief aus. Wird man wohl nähen müssen. Ich fahr dich in die Notaufnahme."
Elmar half seinem Bruder auf die Beine zu kommen. Theo schwankte ein wenig, griff dann aber nach seiner Jacke und lief mit Elmar zum Ausgang. Mit dem Türgriff in der Hand drehte er sich nochmal um und zeigte mit dem Finger auf Peter.
„Es ist noch nicht vorbei!", rief er, während sein Blut auf den Boden tropfte.
Marie machte sich eine weitere Notiz.
Walter und Peter stellten die gekippten Tische wieder auf, während Marie, leise vor sich hin schimpfend, die Blutflecken aufwischte. Sie hatte gerade die kleine Lache an der Tür entfernt, als Karle aus

Alberskirch herein kam.
„Vorsicht! Rutschig!“, rief Marie, doch Karle verlor bereits die Kontrolle über seine Füße und schlitterte in Schräglage auf den Stammtisch zu. Im letzten Moment klammerte er sich an Peters Arm, den dieser gerade noch rechtzeitig ausgestreckt hatte und konnte den Sturz verhindern. Schwer atmend setzte er sich und bedankte sich bei Peter.
„Das hätte jetzt ordentlich schief gehen können. Die hätten in der Notaufnahme schön blöd geschaut, wenn ich da schon wieder aufgetaucht wäre.“ Karle beruhigte sich und nahm dankend seinen Trollinger von Marie entgegen.
„Da hättest du dann Theo getroffen“, sagte Peter und erzählte ihm, was sich kurz zuvor ereignet hatte.
„Ihr Kindsköpfe“, lachte Karle. „Das macht ihr jetzt schon seit ihr kleine Jungs wart. Werdet ihr wohl jemals vernünftig?“
Peter hob fragend die Arme. „Warum mit etwas aufhören, das Spaß macht?“
„Weil des vielleicht it alle Schpass macht!“, raunte Marie im Vorbeigehen. „Ihr hend eier Gaudi und i ka dänn die Sauerei wegmacha.“
„Geht's dir denn wieder gut?“, erkundigte sich Walter.
„Alles bestens“, winkte Karle ab. „Hab wohl beim Insulinspritzen Mist gebaut. Aber zum Glück wart ihr da und habt genau das Richtige gemacht. Ich war nur über Nacht noch zur Beobachtung im Krankenhaus, dann durfte ich heim.“
„Ich muss dir noch was gestehen“, druckste Walter herum. „Du hast an dem Abend ein kleines Notizbuch verloren…“
„Ach das vom Pfarrer?“, unterbrach Karle.
„Genau. Also … das habe ich. Wollt es dir nur sagen.“
„Und ich hab mich schon gefragt, wo es abgeblieben ist.“

Walter wurde noch etwas verlegener. „Meinst du, ich könnte es noch ein paar Tage behalten? Wollte nur mal ein bisschen drin rumblättern."
„Kein Problem, Walter. Es ist für mich eh nur ein Erinnerungsstück. Da steht auch nichts Wichtiges drin. Viele Namen halt. Keine Ahnung, warum der Pfarrer die alle aufgeschrieben hat. Gib es mir einfach wieder, wenn du damit fertig bist."
Walter lächelte und hob seine Flasche hoch, um mit Karle und Peter anzustoßen.
Er blieb noch bis sein Bier leer war und machte sich dann mit Balu, der vor der Wirtschaft auf ihn gewartet hatte, auf den Heimweg. Manne und Otto, die beiden weißhaarigen Taldorfer verließen mit ihm gemeinsam die Wirtschaft.
„Ihr geht auch schon so früh?", fragte Walter.
„Muss leider", antwortete Manne, während Otto nur nickte. „Ich habe morgen Dienst in der Oberschwabenhalle." Manne besserte seine Rente auf, indem er für ein paar Stunden im Monat beim Auf- und Abbau von Messen oder Konzertveranstaltungen half.
„Was steht denn auf dem Programm?", fragte Walter.
„Ach, so ein geschissener Flohmarkt. Samstag und Sonntag. Dabei hätte ich echt besseres zu tun. Willst du hin? Ich hab noch einen ganzen Schwung Freikarten." Manne griff in seine Jackentasche und wedelte mit einem Bündel Eintrittskarten vor Walters Gesicht.
„Ähm, eigentlich nicht", stammelte Walter überrumpelt. Andererseits war er aber eh in der Stadt. Warum nicht noch über den Flohmarkt schlendern. Kostenlos.
„Aber vielleicht ja doch", sagte er und zupfte eine der Karten aus dem Bündel.
„Du kannst auch gerne mehr haben", ereiferte sich Manne, doch Walter lehnte ab.

„Lass stecken. Ich wüsste nicht, wer mit mir dahin gehen soll. Aber vielen Dank!"
An der Abzweigung verabschiedeten sie sich, als Otto und Manne den Weg zu ihren Häusern im Vorderdorf einschlugen.
Walter ließ den Abend nochmal Revue passieren und war sich sicher, dass ihm diese Geschichte, sollte er sie jemals erzählen, niemand abkaufen würde. So war das eben bei der Goschamarie: da passierten die verrücktesten Sachen.
Zu Hause machte Walter sich bettfertig, steckte aber noch das kleine Notizbuch in seine Jacke, um es am nächsten Morgen auf keinen Fall zu vergessen.

Walter war an diesem Morgen der Erste ihrer kleinen Runde an Francescos Stand. Er hatte Balu wieder bei Liesl abgegeben, die schon fleißig dabei gewesen war weitere Kartons auszupacken. Er hatte ihr gesagt, dass es diesmal etwas später würde, da er noch auf den Flohmarkt in der Oberschwabenhalle schauen wollte, was für Liesl kein Problem war.
Er hatte gerade seinen Kaffee geholt, als Anne auf ihn zu hüpfte.
„Guten Morgen, Walter! Seit du angerufen hast, konnte ich es einfach nicht mehr erwarten, das Notizbuch in die Finger zu bekommen. Hast du es dabei?"
„Aber natürlich", lächelte Walter und gab es ihr, was mit einer herzlichen Umarmung belohnt wurde. Sofort blätterte sie darin herum und nickte immer wieder wissend, als hätte sie bereits etwas entdeckt.
„Kommst du damit weiter?"
„Ich denke schon. Die ganzen Namen … die habe ich auch in den Büchern gesehen. Auf den ersten Blick sieht es so aus, als hätte der Pfarrer sie aber irgendwie sortiert. Ich setze mich da gleich nachher dran, dann wissen wir hoffentlich bald mehr."
„Kommen wir ungelegen?" Manni und Streifenkollege Hans traten zu ihnen an den Stehtisch und ließen sich von Anne umarmen.
Walter schüttelte beiden die Hand. „Aber nein. Ich habe Anne gerade ein Notizbuch von Pfarrer Sailer gegeben. Das hat er wohl benutzt, als er sich die alten Bücher angesehen hat."
„Hast du schon was gefunden?", wollte Manni von Anne wissen.
Die machte einen Schmollmund. „Leider nein. Da steht so viel drin,

aber ich kriege da einfach keine Ordnung rein oder sehe irgendeinen Sinn. Meine letzte Hoffnung ist dieses Notizbuch."
Manni klopfte ihr tröstend auf die Schulter und ging dann mit Streifenkollege Hans Kaffee holen.
„Dann bin ich heute wohl der Letzte", tönte Kripo-Hubert und begrüßte seine Freunde. Manni, der in der Schlange anstand, sah ihn, und signalisierte, dass er ihm einen Becher mitbringen würde, was Kripo-Hubert mit einem dankbaren Kopfnicken bestätigte.
„Ich habe eine ganz heiße Geschichte für euch, aber warten wir doch bis die beiden anderen auch da sind, sonst muss ich alles zweimal erzählen."
Als die Runde wieder komplett war, winkte Kripo-Hubert sie etwas näher zusammen, da er nicht wollte, dass Passanten mithörten.
„In meiner Freizeit helfe ich immer mal wieder einem Freund, der eine Sicherheitsfirma hat. Meist sind es irgendwelche Überwachungen. Ist zwar langweilig, bringt aber gut Geld. Bernd, so heißt der Freund, hat mich am Donnerstagabend abgepasst und gefragt, ob ich dieses Wochenende Zeit hätte. Ich habe zugesagt und war dann gestern zur Lagebesprechung bei dem Kunden. Und jetzt ratet mal, wer das ist?" Das war eine rhetorische Frage, weshalb er sie selbst beantwortete.
„Der Kunde ist Notar Kuschel. Klingelt es da bei euch?"
„Das ist der Notar von Pfarrer Sailer", sagte Manni ohne zu zögern.
„Was hat der denn für ein Problem?"
„Wartet nur ab. Es kommt noch besser. Wir waren da also zur Besprechung bei dem Notar und er erzählt, dass er unangenehmen Besuch in seiner Kanzlei gehabt hätte. Eine Frau, die Einsicht in ein Testament haben wollte, was er ihr aber nicht gestatten konnte. Sie hat sogar versucht, ihn zu bestechen."
Alle schüttelten fassungslos den Kopf und Walter ahnte bereits

worauf das hinauslief. „Sag nicht ‚das war die Sailer", warf er ein. Kripo-Hubert schlug mit der Hand auf die Tischplatte und zeigte dann auf Walter.
„Hundert Punkte, Walter. Sie wollte unbedingt das Testament in die Finger kriegen. Erst unfreundlich mit Druck, dann mit Bestechung und dann kam sie nochmal in die Kanzlei und hat es zuckersüß mit bitten und betteln versucht. Aber genau das kam dem Notar komisch vor. Außerdem hat er beobachtet, wie die Sailer mit dem Handy heimlich ein Foto von seinem Safe gemacht hat, in dem er die meisten Unterlagen aufbewahrt. Als wollte sie ihn auskundschaften. Und da haben bei ihm alle Alarmglocken geläutet. Bei ihm wurde schon mehrmals eingebrochen, aber er hatte immer den richtigen Riecher gehabt und eine Überwachung bestellt. Er hat natürlich den Vorteil, dass mein Freund Bernd sein Neffe ist. Da wird es nicht so teuer."
Diese Neuigkeiten mussten sie erstmal verdauen und jeder tat das für sich.
Streifenkollege Hans schüttelte den Kopf. „Hey, glaubt ihr ernsthaft die Schwester des Pfarrers bricht in die Kanzlei ein? Manni und ich haben sie ja kennengelernt und das kann ich mir beim besten Willen nicht vorstellen. Das ist ein Koloss von einem Weib, alt und ziemlich etepetete. Die macht sich nie und nimmer die Finger schmutzig."
„Das glaube ich auch", stimmte Kripo-Hubert zu. „Aber sie könnte jemanden beauftragen. Geld hat sie ja wohl genug. Auf jeden Fall bin ich bei der Überwachung dabei. Habe zwei Schichten übernommen. Wir überwachen mit zwei Kameras in der Kanzlei, die live übertragen. Und einer von uns ist immer im Überwachungsfahrzeug, das vor dem Haus steht. Wenn da einer einbricht, erwischen wir ihn."
„Das klingt ja wie in einem Tatort", sagte Walter skeptisch.
„Angenommen die Schwester vom Pfarrer ist wirklich so scharf auf das Testament – warum will sie es noch vor der Veröffentlichung

haben? Das kann doch nur bedeuten, dass sie befürchtet, dass da etwas drin steht, was niemand erfahren soll. Und das wiederum hieße …"

„… dass ihr der Tot ihres Bruders und die Testamentseröffnung gar nicht in den Kram passen", ergänzte Anne. „Sie befürchtet, dass Pfarrer Sailer irgendetwas in sein Testament geschrieben hat, das ihr sehr unangenehm werden könnte. Vermutlich hat sie es zu seinen Lebzeiten versäumt, sich darum zu kümmern und will das jetzt nachträglich regeln."

Kripo-Hubert hatte Anne interessiert zugehört und nickte zustimmend. „Das sehe ich auch so. Aber warten wir ab, was passiert. Die Testamentseröffnung ist für morgen in einer Woche angesetzt. Wenn sie also noch irgendwas plant, dann muss sie sich ranhalten. Sonst ist die Katze aus dem Sack."

Walter hatte das unangenehme Gefühl, dass die ganze Geschichte sich ihrem Höhepunkt näherte. Was natürlich nicht schlecht war, aber dennoch eine Frage offen ließ: wer hat Pfarrer Sailer auf dem Gewissen? Was sie gerade erfahren hatten, sprach eindeutig gegen die Schwester als Täterin und ob die Bücher, in Verbindung mit dem Notizbuch etwas hervorbrachten, war bestenfalls ungewiss. Vielleicht war es am Ende doch nur der tragische Tot eines alten Mannes. Die anderen schienen das Gleiche zu denken, denn keiner hatte eine neue Idee.

„Was soll die Trübsalblaserei?", platzte Anne heraus. „Ich bin mir sicher, ich finde was. Also, ich mache mich auf den Weg und an die Arbeit. Ich melde mich sofort bei euch, wenn es etwas Neues gibt." Sie verabschiedete sich, nicht ohne jeden nochmal in den Arm zu nehmen und war schon fast weg, als Walter ihr hinterherlief.

„Warte mal Anne, ich hab was vergessen!"

Sie blieb verwundert stehen, freute sich aber überschwänglich als

Walter ihr ein Stück Rauchfleisch in die Hand drückte.
„Vielen Dank! Vielleicht kann ich das heute Abend noch brauchen. Ich habe nämlich eine Verabredung. Und du, Walter, weißt mit wem.“
Sie zwinkerte Walter zu und ließ ihn verdutzt in der Menschenmenge stehen.

Als Walter sich von seinen Freunden verabschiedet hatte, machte er sich auf den Weg Richtung Oberschwabenhalle. Er kam an der Stelle vorbei, an der neulich die Inkas ihre Show veranstaltet hatten. Der Platz war nun von einem mit vielen Instrumenten bepackten Alleinunterhalter belegt, der gerade lautstark „Country Roads“ zum Besten gab. Die Inkas hatten andere Termine, vermutete Walter.
Am Eingang der Oberschwabenhalle zeigte er die Freikarte, die er von Manne bekommen hatte und durfte ohne zu bezahlen hinein. Walter hätte für einen Flohmarkt nie und nimmer Eintritt bezahlt, zumal er auch nicht vorhatte, irgendetwas zu kaufen. Seiner Meinung nach wurde auf Flohmärkten nur der alte Kruscht, den keiner mehr haben wollte, vom einen Dachboden zum anderen bewegt. Er wollte sich nur etwas umsehen und das, dank Freikarte, kostenlos.
Er bahnte sich einen Weg durch die Massen, musste aber immer wieder warten, da die schier endlose Menschenschlange alle paar Meter ins Stocken kam. Walter war fassungslos. Er konnte sich nicht vorstellen, dass hier wirklich viel verkauft wurde, doch er irrte sich. Überall wechselten Geldscheine den Besitzer und gleich darauf auch das erstandene Schnäppchen. Er beobachtete einen Mann, der mit einem Standinhaber um einen alten Dreschflegel feilschte.
„Is Antik“, behauptete der Verkäufer immer wieder und zeigte dabei auf das Preisschild. 70 Euro. War wirklich jemand bereit für ein altes, kaputtes Werkzeug aus dem letzten Jahrhundert so viel Geld auszugeben? Er hörte noch, wie die beiden sich auf fünfzig Euro einigten, als er in der Menge ein bekanntes Gesicht entdeckte.

Eugen Heesterkamp saß entspannt in einem Campingstuhl, vor sich mehrere geöffnete Koffer, prall gefüllt mit Büchern. Walter passte eine Lücke zwischen den Besuchern ab und schlängelte sich zu Eugens Stand durch.
„Sie hätte ich hier jetzt am aller wenigsten erwartet", begrüßte er den ehemaligen Gymnasiallehrer. Der setzte sein breitestes Lächeln auf und erhob sich aus seinem Stuhl.
„Walter, schön sie zu sehen! Flohmärkte sind meine geheime Leidenschaft. Früher bin ich immer nur zum Kaufen hergekommen, aber wie sie sehen, muss ich hin und wieder auch mal etwas loswerden."
Eine junge Mutter mit Kind auf dem Arm drängte sich an Walter vorbei und fragte Eugen nach dem Preis für ein Märchenbuch, das sie in einem seiner Koffer entdeckt hatte. Für drei Euro durfte sie es mitnehmen.
„Reich werden sie mit ihren Geschäften aber nicht", sagte Walter skeptisch, doch Eugen winkte ab.
„So schlecht läuft das gar nicht hier. Das Buch gerade, das habe ich auf einem Garagenflohmarkt für fünfzig Cent gekauft. Jetzt habe ich drei Euro dafür bekommen … rechnen Sie mal die Gewinnmarge aus."
Noch während Walter rechnete, legte Eugen genau das gleiche Märchenbuch an den freien Platz im Koffer. „Es waren zwanzig von diesen Büchern. Alle zusammen für fünfzig Cent", beantwortete er grinsend Walters fragenden Blick. „Wollen Sie nicht mal ein bisschen stöbern? Vielleicht finden Sie ja etwas. Sie bekommen natürlich einen Sonderpreis."
Aus Höflichkeit nahm Walter ein paar Bücher in die Hand und tat so, als würde er sie genau begutachten. Eines zeigte eine abstrakt gezeichnete Katze auf dem Einband, die Kitty entfernt ähnelte.
„Was ist das für ein Buch?", fragte er Eugen.

„Ist ein Krimi“, erklärte der ehemalige Lehrer. „Rita Mae Brown. Amerikanische Autorin. Schreibt diese Bücher zusammen mit ihrer Katze.“
„Sie schreibt die Bücher mit ihrer Katze?“, fragte Walter ungläubig.
„Naja, wahrscheinlich nicht wirklich … ist wohl ein Marketing-Gag, der Katzenfreunde ansprechen soll.“
Walter hielt das Buch abwägend in der Hand. „Was soll es denn kosten?“
„Drei Euro.“
„Der Einkaufspreis?“
„Weiß ich nicht mehr genau. Wahrscheinlich lege ich sogar noch drauf.“
Walter zählte drei Euro ab und gab sie Eugen. „Dann hab ich wohl ein Schnäppchen gemacht“, sagte er zufrieden und verabschiedete sich von Eugen, der einer jungen Frau mit Kind auf dem Arm gerade das nächste Märchenbuch verkaufte. Während er weiter lief, blätterte er beiläufig in dem Buch herum. Plötzlich verhärteten sich seine Gesichtszüge. Auf der ersten Seite war links oben etwas mit Bleistift notiert worden: „Preis: 0,50€“. Er überlegte kurz, ob er sich bei Eugen beschweren sollte, entschied sich aber dagegen, als er an die geschenkten Sportsachen dachte.
Walter ließ sich weiter durch die Reihen der Aussteller treiben, bis er unvermittelt vor einer der Hallenwände stand. Entlang der Wand waren einige Rollstühle und Rollatoren aufgereiht, allesamt mit deutlichen Gebrauchsspuren. Auch zwei Sackkarren und ein seltsames dreirädriges Gefährt.
„Was soll das denn sein?“, fragte er den Verkäufer, der lässig in einem der Rollstühle lümmelte.
„Diese Wagen hatten früher die Postboten. Die zwei Nylontaschen waren damals gelb, die wurden aber durch blaue ersetzt.“

Walter kam eine Idee. „Der wäre doch auch gut zum Zeitungen austragen, oder?“
„Ideal“, lächelte der Verkäufer. „Er hat luftgefüllte Reifen. Da klappert nichts. Und der Haltegriff ist ergonomisch geformt und in Länge und Höhe verstellbar.“ Er zeigte auf einen kleinen Aufkleber auf dem Rahmen. „Zugelassen bis achtzig Kilo. Das ist schon eine Menge, was man da reinpacken kann.“
Walter zog den Wagen ein Stück in den Gang und wieder zurück. Er machte einen massiven Eindruck, ließ sich aber erstaunlich leicht bewegen. Am Griff hatte er außerdem einen kleinen Hebel, den Walter mehrmals drückte.
„Das ist die Bremse“, erklärte der Verkäufer. „Wenn es mal bergab geht, kann die dir das Leben retten.“
Walter war begeistert, wollte sich aber nichts anmerken lassen, um seine Verhandlungsposition nicht zu schwächen. „Ist ja ganz nett“, sagte er stattdessen gleichgültig. „Aber ist ja doch eher ein Spielzeug. Ich glaube, das ist nichts für mich.“ Er schaute bewusst gelangweilt zu den Rollstühlen und ging ein paar Schritte weiter, machte aber kehrt und tat, als wäre ihm plötzlich etwas eingefallen. „Ha, da fällt mir gerade jemand ein, der diesen Wagen tatsächlich gut brauchen könnte. Dem könnte ich damit einen großen Gefallen tun … wenn der Preis stimmt.“
Der Verkäufer lächelte und zeigte seine perfekten Zähne. „Hundert Euro“, sagte er ohne Erklärung.
Walter war entsetzt. „Hundert? Für das alte klapprige Ding?“
„Sie wollen jemandem einen GROSSEN Gefallen tun … da sind hundert Euro genau richtig.“
„Was halten Sie von 50?“, versuchte es Walter, doch der Verkäufer machte ein beleidigtes Gesicht.
„Sie wollen einen Mann im Rollstuhl über den Tisch ziehen? Also das

finde ich schon ziemlich mies. Und ich glaube, ich will ihnen den Karren auch gar nicht mehr verkaufen."
„Hören Sie", beschwichtigte Walter, „so war das doch gar nicht gemeint. Hundert Euro sind mir nur einfach zu viel. Und auf einem Flohmarkt verhandelt man doch den Preis."
Der Verkäufer warf die Stirn in Falten und schien zu überlegen, schüttelte dann aber den Kopf. „Nein. Sie haben mich gekränkt und das gefällt mir nicht. Ich verkaufe nicht."
Walter spürte wie die Wut in ihm aufstieg, konnte aber nichts dagegen tun. „Jetzt hören Sie mal – Sie bieten diesen Wagen hier zum Verkauf an und dann wollen Sie ihn mir nicht geben? Das ist doch Betrug! Ich bestehe darauf, dass Sie mir den Karren verkaufen – verstanden? Hier …", Walter holte seinen Geldbeutel hervor und fischte zwei Fünfzigeuroscheine heraus. „Hier ist Ihr Geld und jetzt geben Sie mir den Wagen!"
„Hundertzwanzig", erwiderte der Verkäufer, jetzt wieder mit einem strahlenden Lächeln.
„Aber Sie haben mir doch vorhin gesagt, er kostet hundert", rief Walter fassungslos.
Der Verkäufer nickte langsam. „Ja, aber das war bevor Sie mich abzocken wollten. Mich, einen Mann im Rollstuhl … wissen Sie wie kränkend das ist? Hundertzwanzig – mein letztes Angebot."
Walter war immer noch wütend, doch jetzt mischte sich auch Enttäuschung hinzu. Er wollte diesen Wagen. Er war genau richtig für seine Bedürfnisse und er wollte sich gar nicht vorstellen, was das Gerät neu kosten würde. Zähneknirschend holte er seinen letzten Zwanziger aus dem Geldbeutel und streckte dem Verkäufer die Scheine entgegen.
„Da wäre noch eine Sache", sagte der zögerlich. „Ihr Ton hat mir wirklich nicht gefallen und ich finde es angebracht, dass Sie sich bei

mir entschuldigen."
Walter glaubte sich verhört zu haben. „Was soll ich? Ich biete Ihnen schon mehr Geld, als sie ursprünglich verlangt haben und jetzt soll ich mich auch noch entschuldigen?"
Der Verkäufer grinste. „Würden Sie lieber noch mehr bezahlen?"
„Nein", stieß Walter hastig hervor. Er holte tief Luft und versuchte seine Wut zu unterdrücken, was ihm nicht wirklich gelang. „Bitte, lieber Mann", zischte er mit einem gepressten Lächeln heraus, „bitte entschuldigen Sie meinen Versuch, Sie zu übervorteilen. Es tut mir aufrichtig leid."
Der Verkäufer sprang aus seinem Rollstuhl und nahm Walter das Geld aus der Hand. „Na also, war doch gar nicht so schlimm, oder? Hier …", er schob den Wagen zu Walter, „der Karren gehört Ihnen. Viel Spaß damit und einen schönen Tag noch!"
Damit drehte er sich von Walter weg, der total perplex mitten im Gang stand. „Hey - Sie sagten mir, Sie säßen im Rollstuhl. Das ist doch schon wieder Betrug!"
„Klar sagte ich das", rief der Verkäufer lächelnd über die Schulter. „Ich saß ja auch im Rollstuhl, aber ich habe nie behauptet, dass ich ihn brauche!" Er zwinkerte Walter schnippisch zu und begann ein Gespräch mit dem nächsten potentiellen Käufer.
„Hey – junger Mann", bellte eine alte Frau mit dem Kratzen von hunderttausend Zigaretten in der Kehle. „Sie blockieren den ganzen Weg! Los weiter laufen!"
Immer noch geschockt, setzte Walter sich langsam in Bewegung. Der Mann hatte ihn übers Ohr gehauen, das war ihm klar. Das durfte niemals jemand erfahren.
„Mensch Walter, da haben Sie ja ein tolles Schnäppchen gemacht." Unbewusst war er dem Menschstrom zu Eugens Stand gefolgt. „Ich hoffe nur, Sie haben dem Kerl nicht den vollen Preis

bezahlt", streute Eugen unwissentlich Salz in die Wunde. „Den Wagen hatte ich auch schon in der Hand, aber der wollte doch tatsächlich sechzig Euro dafür haben. Total überzogen."
Walter hatte das Gefühl, er müsste sich gleich übergeben. Eugen sah ihn fragend an.
„Wie wollen Sie das Ding eigentlich nach Hause transportieren? In ihren winzigen Peugeot kriegen Sie das nämlich sicher nicht rein!"

Auf dem Weg nach Hause dachte Walter nur an eins: Bier. Viel Bier. So etwas war ihm noch nie passiert. Erst die Abzocke durch den Rollstuhlverkäufer und dann der grinsende Eugen Heesterkamp, der ihm anbot, den Wagen am Abend in seinem VW-Bus mitzunehmen, wenn er ihm vorher noch ein paar Bücher abkaufen würde, da sonst im Bus einfach zu wenig Platz sei.
Rita Mae Brown würde sich freuen – Walter besaß nun alle ihre Werke.

Walter war grimmig nach Hause gefahren, hatte aber diesmal darauf geachtet das Tempolimit einzuhalten. Nachdem er den Peugeot in die Garage gefahren hatte, ging er direkt in Liesls Garten. Balu hatte ihn schon gehört und kam mit wedelnder Rute auf ihn zu.
„Schön, dass Sie wieder da sind", begrüßte ihn Liesl fröhlich.
„Schauen Sie mal, was Jury schon alles geschafft hat."
Walter sah sich um und erkannte den Garten fast nicht wieder. Der Unkrautdschungel war verschwunden und drei gepflasterte Wege führten zwischen den Beeten hindurch.
„Das ist ja ein kleiner Park", staunte Walter und vergaß für einen Moment seine schlechte Laune.
„Wie war es denn auf dem Flohmarkt? Haben Sie ein Schnäppchen gemacht?", fragte Liesl nichtsahnend, konnte aber sehen, wie sich Walters Mundwinkel nach unten zogen.
„Es ist nicht ganz so gelaufen, wie ich mir das vorgestellt hatte", brummelte Walter ohne weitere Erklärung.
In diesem Moment machte der fleißige Jury seinen Hochdruckreiniger an und begann die Beeteinfassungen abzustrahlen.
„Lassen Sie uns reingehen", rief Liesl über den Lärm hinweg und hielt Walter die Tür zur Küche auf, Balu und Kitty folgten ihnen. Auch hier hatte sich einiges getan. Die Kartons in der Küche waren verschwunden, dafür standen jetzt Teller, Tassen und einige Dekoartikel in den Regalen. Auf der Anrichte thronte ein chromglänzender Kaffeevollautomat.
„Sie waren aber auch fleißig", lobte Walter. „Das ist wirklich toll

geworden." Er sah sich anerkennend um und bemerkte, dass dieses Haus fast die gleiche Raumaufteilung hatte wie sein eigenes, nur das hier die Wand zwischen Küche und Wohnzimmer entfernt worden war, was alles viel größer, vor allem aber auch heller machte. Die Schränke in Lerchenholzoptik und die fast weißen Fliesen wirkten modern, aber gleichzeitig gemütlich. Neben der Tür zum Garten lag ein kleiner Teppich, auf dem es sich Balu und Kitty gemütlich machten. Im angrenzenden Raum, der bei Walter das Wohnzimmer war, fehlten noch alle Möbel und die Umzugskartons stapelten sich an der hinteren Wand. In der linken Ecke war bereits ein großes Loch in die Wand geschlagen worden, offensichtlich um ein Ofenrohr anzuschließen. Liesl bemerkte seinen Blick und trippelte in den Raum. „Da brauchen Sie jetzt ein bisschen Phantasie, um sich alles vorzustellen. Hier …", sie deutete auf eine Stelle an einer Wand, „… kommen meine Bücherregale hin. Und hier …", sie deutete mit den Händen ein großes Rechteck an, „… mein Fernseher." Sie lief von der Wand weg, mitten in den Raum. „Hier kommt das Sofa hin und dort …", sie deutete auf die Stelle unter dem Loch in der Wand, „… dort steht dann mein Schwedenofen. Der kommt aber leider erst in ein paar Wochen."
Walter konnte sich das Zimmer in Gedanken gut vorstellen und fand es sehr gemütlich. „Das wird toll", lobte er. „Ich wäre nicht fähig, so etwas zu planen."
Liesl winkte ab. „Ich doch auch nicht. Der Architekt hat das meiste gemacht. Ich habe dann nur noch ein paar Kleinigkeiten geändert." Sie lief zurück in die Küche und legte ihre Hand auf die Kaffeemaschine. „Na, dann erzählen Sie mal, was Ihnen heute auf dem Flohmarkt passiert ist", forderte Liesl. „Einen Kaffee dazu?"
Walter schüttelte resigniert den Kopf. „Ehrlich gesagt, wäre mir eher nach einem Bier."

„So schlimm? Na, dann bin ich ja gespannt." Sie holte zwei Bier aus dem Kühlschrank, stellte sie auf den großen Esstisch und lud Walter mit einer Geste ein, sich zu setzen. Er nahm einen großen Schluck aus der Flasche und fing an zu erzählen.

„Also, es begann eigentlich damit, dass ich zufällig den Eugen auf dem Flohmarkt getroffen habe …"

Walter erzählte ausführlich, was er erlebt hatte, nur gelegentlich machte er eine Pause, um zu trinken. Liesl hing derweil an seinen Lippen und steuerte außer einem gelegentlichen „Oh!" oder „Aha!" nichts bei.

Schließlich kam Walter zum Ende. „Und dann musste ich dem Eugen noch einen ganzen Stoß Bücher abkaufen, damit er mir den Karren mit nach Hause nimmt, weil er in meinen Peugeot ja nicht reinpasst. Ich kann mir schon vorstellen, wie er nachher grinsend vor der Tür steht."

Walter lehnte sich zurück und beobachtete Liesls Reaktion. Ihre Wangen waren leicht gerötet und in den Augenwinkeln schimmerte es feucht. Hatte sie bei seiner Erzählung so sehr mitgelitten? Walter hatte Angst, Liesl würde jeden Moment anfangen zu weinen - doch sie begann schallend zu lachen.

„Das ist das Beste, das ich seit langem gehört habe", prustete sie hervor, während sie sich mit dem Handrücken die Lachtränen abwischte. Walter war die ganze Geschichte plötzlich nur noch peinlich. Er hatte von Liesl Mitgefühl erwartet, ein paar tröstende Worte vielleicht, aber nicht, dass sie ihn auslachte. Liesl sah seinen irritierten Blick und versuchte sich zu beruhigen.

„Walter, ich lache Sie doch nicht aus! Die Geschichte ist nur einfach … zu komisch." Walter war nicht überzeugt. „Sie haben sich selbst hochgehandelt und …", Liesl machte eine Pause um einen weiteren Lachanfall zu unterdrücken, „… und dann lassen Sie sich auch noch Bücher andrehen, die Sie gar nicht wollten …", sie schluchzte, „… und

das auch noch viel zu teuer!!!" Die Dämme brachen und Liesl ließ der Lachattacke freien Lauf. Walter fand das alles eigentlich gar nicht lustig, oder doch? So wie Liesl es zusammenfasste, war es tatsächlich witzig. Seine Mundwinkel zuckten nach oben, dann musste er ebenfalls lachen. Erst noch verhalten, dann aber frei und ohne Hemmung.
„*Das ist neu*", wunderte sich Balu. „*Normalerweise würde Walter jetzt tagelang schimpfen und fluchen oder im Wald einen Baum umsägen.*"
„*Liesl tut ihm gut*", lächelte Kitty. „*Seit ich Walter kenne, habe ich ihn noch nie so lachen gesehen. Er war immer freundlich und nett, ja, aber irgendwie auch melancholisch.*"
„*Die Geschichte ist aber auch zu witzig*", sagte Balu und stupste Kitty in die Flanke.
„*Natürlich! Wie kann man sich denn so blöd anstellen?*" Kitty grinste bis zu den Ohren, genauso wie Balu, dann begannen auch sie zu lachen.

Als Eugen einige Zeit später seinen VW Bus vor Walters Haus parkte, kam der ihm lächelnd entgegen. Sein Zorn war verflogen.
„Danke, Eugen, dass Sie mir die Karre bringen. Ich hätte sonst wirklich nicht gewusst, wie ich die nach Hause kriege."
„Für Sie doch immer wieder gerne", sagte Eugen zuvorkommend und öffnete die Seitentür des VW Busses, um die Karre auszuladen.
„Wie lief es denn noch auf dem Flohmarkt?", fragte Walter und Eugen zeigte ihm sein breitestes Lächeln.
„Es war der Hammer! Soviel habe ich noch nie eingenommen." Kann ich mir denken, dachte Walter, während Eugen ihm Rita Mae Browns Lebenswerk in die Taschen der Karre stapelte.
„Tragen Sie damit in Zukunft die Zeitungen aus?", wollte Eugen wissen und rüttelte etwas am Griff, um die Stabilität zu prüfen.
„Macht einen ganz guten Eindruck", lobte er und nickte dabei, wie ein

Prüfer beim TÜV, wenn er zufrieden war.
„So kriege ich Bewegung und Arbeit unter einen Hut", erklärte Walter. „Was soll ich denn ohne Grund durch die Gegend rennen, wenn ich beim Austragen eh schon unterwegs bin. Ich habe es mit dem Fahrrad probiert, aber da hab ich mir immer das Schienbein am Pedal angehauen."
Eugen verstand, was Walter meinte. „Na, dann viel Spaß damit. Ich mach mich mal auf den Heimweg, muss ja den Bus noch ausladen."
Eugen wandte sich zum Gehen, doch Walter hielt ihn zurück. „Was kriegen Sie denn noch fürs Transportieren?"
Eugen lächelte nur. „Gar nichts. Glauben Sie mir, Walter: Sie haben heute schon genug bezahlt." Er zwinkerte Walter verschmitzt zu und stieg ohne ein weiteres Wort in den VW Bus. Als er vom Hof fuhr, winkte er fröhlich aus dem Fenster und drückte einmal kurz auf die Hupe.
Walter sah ihm zähneknirschend hinterher. „Irgendwann – irgendwann kriegen Sie das zurück, Eugen!"

Walter hatte den Samstagabend zu Hause verbracht. Nachdem Liesl sich in die Landvogtei verabschiedet hatte, hatte Walter sich eine Dose Ravioli warm gemacht, und dann, aus Langeweile, eines der frisch erstandenen Bücher zur Hand genommen. Sein letztes Buch lag Jahre zurück. Erschreckt stellte er fest, dass seine Augen über die Zeit an Sehkraft verloren hatten und seine Arme nun endgültig zu kurz waren, zumal das Buch sehr klein gedruckt war. Er brauchte eine Weile, bis er die Lesebrille fand, die er vor einigen Jahren gekauft hatte, aber nie benutzte. Tatsächlich hatte ihm das Buch gefallen und er legte es erst aus der Hand, als er verblüfft feststellte, dass es schon nach Mitternacht war.

Als er am Sonntagmorgen gut gelaunt aufwachte und die Tür für Balu öffnete, trabte Eglon mit erhobenem Schwanz an ihm vorbei in die Küche. Verwundert beobachtete Walter, wie die beiden Tiere sich begrüßten. Es geschah viel friedlicher als bisher, fast freundschaftlich. Walter hatten die Spannungen zwischen den Tieren in der letzten Zeit Sorgen gemacht, umso mehr freute er sich, dass das wohl der Vergangenheit angehörte. Er gab Eglon zu fressen (zur Sicherheit gleich zwei Päckchen) und ging ins Bad. Als er kurz darauf mit frischem Hemd und Lederhose wieder herunter kam, hatte Eglon es sich auf einem der Küchenstühle bequem gemacht. Walter trug den protestierenden Kater nach draußen und legte ihn auf dem Gartenstuhl ab, was dieser mürrisch akzeptierte. Dann pfiff er nach Balu und machte sich auf den Weg zur Goschamarie.

Die Kirchgänger hatten die Gaststube bereits besetzt und kümmerten sich, nach ihrer Pflege des Seelenheils, nun ausgiebig um ihr körperliches Wohlergehen. Alle Tische waren belegt, doch seine Freunde am Stammtisch rutschten etwas zusammen und Walter zwängte sich zwischen Elmar und Theo, während Balu unter der Bank verschwand.

„Heute alleine hier?", fragte Max augenzwinkernd und freute sich, als Walters Gesicht an Farbe gewann.

„Die Liesl hat noch viel zu tun im Haus", erklärte Walter. „Sie fährt heute das letzte Mal zurück nach Frankfurt … bis nächstes Wochenende haben wir dann eine neue Taldorferin."

Marie kam zum Stammtisch und stellte einen großen Teller mit einem Berg Saitenwürste ab. „Langet zua alle mitanand! Und it vergessa: Brotscheiba zähla!"

Alle griffen zu und tunkten hungrig die heißen Würstchen in den scharfen Senf. Wie immer, wenn alle essen, wurde es etwas leiser.

„Wie geht es deiner Platzwunde?", nuschelte Walter mit vollem Mund zu Theo. Der Riss war genäht worden und man sah die Stiche deutlich auf seiner Stirn, obwohl sie von einem kleinen weißen Pflaster bedeckt waren.

„Passt schon", nuschelte Theo, mit einer halben Scheibe Brot im Mund. „So spüre ich sie kaum noch. Nur beim Sport fängt sie an zu pochen."

Walter glaubte, sich verhört zu haben, da Theo jede Art von Sport verabscheute. Im selben Moment begann der auch schon zu lachen und klopfte Walter auf die Schulter.

„Entschuldige Walter, aber ich wollte dein blödes Gesicht sehen. Aber im Ernst: ist alles soweit in Ordnung. In einer Woche muss ich nochmal ins Krankenhaus zum Fäden ziehen, dann bin ich wie neu."

„Darf ich mal kurz stören?", unterbrach Elmar und zeigte auf die Platte mit den Würstchen. Walter nickte und lehnte sich zurück, damit Elmar an die Saitenwürste kam. Als Elmars Arm sehr dicht an Walters

Gesicht vorbei kam, war da plötzlich ein fremder Duft, den Walter an Elmar nicht kannte, doch war er ihm nicht unbekannt. Blumig und zugleich süßlich. Weiblich. Walter hatte einen Verdacht.
„Sag mal, Elmar, du hattest gestern nicht zufällig eine Verabredung mit Anne?"
Elmar schüttelte den Kopf. „Nein Walter. Nicht „zufällig", sondern voll und ganz „absichtlich"! Und es war richtig nett. Wir waren erst Essen, dann sind wir noch Tanzen gegangen, und dann ... naja ...", Elmar zog entschuldigend die Schultern hoch, „... dann sind wir noch zu ihr nach Hause."
Walter fragte nicht, was in Annes Wohnung noch alles passiert war, konnte es sich aber vorstellen. Er wunderte sich, wie schnell das heutzutage ging, aber es waren eben andere Zeiten. Außerdem mochte er beide – Anne und Elmar – sehr gern. Warum sollten sie nicht miteinander glücklich werden – zumindest für eine gewisse Zeit.
„Aber sei nett zu ihr", raunte er Elmar zu, „ich mag das Mädel. Du hättest sie ja auch mit hierher bringen können – ich hätte mich gefreut."
„Hab ich ja versucht", erklärte Elmar empört, „aber das hast du mir versaut!"
„Ich? Wieso ich?", fragte Walter irritiert.
„Sie sagte, sie müsse für dich dringend noch an etwas arbeiten. Was soll das denn?"
Wieder spürte Walter, wie seine Wangen rot wurden, da er auf diese Frage nicht vorbereitet war. Er hatte irgendwo einmal gelesen, dass die besten Lügen die waren, die ziemlich nahe an der Wahrheit lagen. Er versuchte es, auch wenn es ihm nicht angenehm war, seinem Freund nicht die Wahrheit zu sagen.
„Es geht nur um ein paar alte Bücher, die sie für mich durchsehen soll. Nichts Wichtiges. Aber es sind medizinische Bücher und das ist ja ihr

Fachgebiet."
Elmar schaute zwar skeptisch, schien sich damit aber zufrieden zu geben, bevor er besorgt weiter sprach. „Aber es geht hoffentlich nicht um dich? Dir geht es doch gut, Walter?"
Walter lachte erleichtert. „Aber ja, wie gesagt: nichts Wichtiges."
Die Tür öffnete sich und Peter betrat die Gaststube.
„Ah – da kommt ja unser bestes Pferd im Stall", begrüßte ihn Theo zynisch, doch Peter lächelte nur und quetschte sich an den Tisch. Passenderweise trug er ein Jeanshemd mit dem Schriftzug „Cavallo" auf der Brust.
„Heit reisset ihr eich aber zämme!", fauchte Marie, als sie den Senf nachfüllte. „Fascht a Schtund hon i kett, bis i dia Sauerei weg khett hon. Und du Elmar", sie zeigte mit ihrem senfverschmierten Finger auf ihn, „du schuldesch mir no zwoi Gläsla!"
Jeder am Tisch wusste, dass man Marie besser nicht widersprach und so setzte Elmar seinen reumütigen Dackelblick auf und nickte, als Zeichen, dass er verstanden hatte. Tatsächlich kam das verunglückte Rodeo gar nicht mehr zur Sprache und Walter freute sich wieder einmal, dass er mit diesen Menschen befreundet war, die auch nach einem derartigen Erlebnis herzhaft miteinander lachen konnten – und natürlich auch trinken.
Die Gaststube leerte sich allmählich und auch Walter hatte schon bezahlt, als Elmars Handy klingelte. „Küss mich, halt mich, lieb mich", säuselte sein Klingelton. Elmar fummelte sein Telefon hastig aus der Tasche und ging in den leeren hinteren Teil des Raumes, um besser telefonieren zu können. Nach ein paar Worten drehte er sich wieder zum Stammtisch und bedeutete Walter, er solle zu ihm kommen und drückte ihm das Handy in die Hand.
„Für dich", sagte er nur und ging wieder zu den anderen.
„Walter hier, hallo?", meldete er sich zögerlich.

„Anne hier! Du bist ja schwerer zu erreichen als der Papst! Nimmst du dein Handy denn nie mit?"
„Doch nicht zur Goschamarie! Alle die meine Nummer kennen, sind doch hier – wer sollte dann anrufen?", rechtfertigte sich Walter.
„Schon vergessen?", flötete Anne, „du hast jetzt noch ein paar andere Freunde und die wollen dich auch hin und wieder sprechen."
Walter gab klein bei und versprach für die Zukunft Besserung. „Aber was gibt's denn so Wichtiges? Ist etwas passiert?"
„Nein, es ist nichts passiert … aber, ich weiß jetzt, warum der alte Pfarrer wollte, dass Josef zum Arzt geht." Jetzt hatte Anne Walters volle Aufmerksamkeit und er ging noch etwas weiter vom Stammtisch weg, deckte dabei mit der Hand das freie Ohr ab, um besser hören zu können.
„Pfarrer Sailer hat sich wirklich sehr viel Mühe gegeben, einzelne Familien aus den alten Unterlagen herauszuarbeiten", fuhr Anne fort. „Er hat Stammbäume angelegt und mit den Arztprotokollen verknüpft. Ich möchte gar nicht wissen, wieviel Zeit ihn das gekostet hat. Bei seiner Suche hat er auch einige Zusammenhänge gefunden, aber die meisten sind nicht wichtig für uns. Aber: der letzte Stammbaum, mit dem er sich beschäftigt hat, ist der von Josef. Danach gibt es keine Einträge mehr in seinem Notizbuch. Und jetzt kommt's: neben diesem Eintrag hat er ein dickes Ausrufezeichen gemacht und „Koronare HE" geschrieben. „HE" steht als Abkürzung für „Herzerkrankung". Das ist tatsächlich vererbbar und wenn ich mir alle Daten anschaue, denke ich, dass der Pfarrer durchaus Recht haben könnte. Josefs Vorfahren zeigten alle Symptome der Krankheit und sind auch sehr jung gestorben."
Das musste Walter erst mal verarbeiten. Wenn Pfarrer Sailer Josef auf eine mögliche Krankheit hingewiesen hat, warum hat der sich nicht einfach bedankt und einen Termin beim Arzt gemacht? Stattdessen

war er wütend geworden und davongelaufen.
„Das macht doch alles keinen Sinn, Anne. Josefs Verhalten nachdem der Pfarrer ihn angesprochen hatte … was sollte das?“
„Darauf habe ich auch keine Antwort“, sagte Anne nachdenklich.
„Aber, auch wenn wir die Antwort nicht kennen, so haben wir, glaube ich, endlich die richtige Frage: warum hat er so reagiert? Wir sollten unbedingt mit Josef reden.“

Als Walter und Balu die Wirtschaft verließen, gesellte sich Kitty zu ihnen, die bis dahin auf ihrem Heuballen in der Sonne gedöst hatte.
„Und, gab es wieder ein Rodeo?“, fragte sie und stupste Balu in die Flanke.
„Nein, war alles ganz ruhig diesmal. Aber ich glaube, Walter hat einen wichtigen Anruf bekommen.“ Balu erzählte, was er von dem Telefonat mitbekommen hatte, was nicht viel war, da er, trotz seiner überaus guten Ohren, Walter meist nicht verstanden hatte. *„Irgendwie habe ich das Gefühl, dass sich die ganze Geschichte ihrem Höhepunkt nähert“*, grübelte Balu. *„Aber ich weiß nicht, ob mir das gefällt.“*
Als sie Walters Haus erreichten, war Liesl gerade dabei, einen kleinen Koffer in ihr Auto zu schieben. Sie winkte Walter fröhlich zu und wischte sich ein paar Schweißtropfen von der Stirn.
„Diese ganze Ein- und Ausladerei werde ich nicht vermissen, geschweige denn die langen Autofahrten.“
Walter half ihr mit einer kleinen Tasche, die noch vor dem geöffneten Kofferraum stand. „Zum letzten Mal nach Frankfurt? Wann geht's denn los?“, fragte er.
„Jetzt dann. Ich habe soweit alles fertig“, antwortete Liesl. „Aber ich hätte da noch eine Bitte an Sie: morgen Nachmittag kommt ein Techniker von der Teledata und schließt mein Internet an. Der muss irgendwie ins Haus kommen. Darf ich Ihnen einen Schlüssel da lassen?“ Sie ließ einen kleinen Schlüsselbund an ihrem ausgestreckten Zeigefinger baumeln.
„Natürlich“, lächelte Walter und steckte den Schlüssel ein. „Wann

wollte er denn genau kommen?"
Liesl kruschtelte in ihrer Handtasche, die schon auf dem Beifahrersitz stand und zog einen Brief heraus. Sie überflog ihn kurz und steckte ihn dann wieder ein. „Zwischen drei und fünf Uhr, haben die geschrieben. Passt das bei Ihnen?"
„Perfekt", bestätigte Walter, hakte dann aber nochmal nach. „Was ist denn diese Teledata? Ich dachte, dieses Internet kommt von der Telekom."
„Richtig", bestätigte Liesl lächelnd, „bei der Telekom kann man auch einen Internetanschluss bekommen, aber die können für Taldorf nur eine erbärmliche Übertragungsgeschwindigkeit anbieten. Teledata ist ein regionaler Provider und da bekomme ich immerhin einen 25 Mbit Anschluss."
„Aha", sagte Walter, hatte aber nicht die leiseste Ahnung, wovon Liesl sprach. Er selbst hatte nicht mal einen Computer. Liesl hatte seine Ahnungslosigkeit bemerkt und hakte vorsichtig nach.
„Sie haben es nicht so mit Computern und Internet?", fragte sie, und Walter stieg schon wieder das Blut ins Gesicht.
„Nun, nicht dass ich das Zeug verteufele, aber was soll ich denn damit anfangen? Alles, was ich wissen muss, erfahre ich aus der Zeitung oder aus dem Radio. Was soll da dieses Internetding noch bringen?"
„Walter", sagte Liesl und legte ihm eine Hand auf die Schulter, „wenn ich endlich hier wohne, dann zeige ich Ihnen mal, was mit einem guten Computer und einem Internetanschluss alles möglich ist. Aber wie gesagt: das heben wir uns für später auf. Jetzt sollte ich besser fahren, sonst komme ich erst mitten in der Nacht an. Danke für alles und bis nächste Woche." Liesl öffnete die Fahrertür und wollte einsteigen, als sie sich noch einmal umdrehte.
„Ach ja, eins noch: nicht erschrecken, wenn ihr Freund Elmar auftaucht. Er hat versprochen, Montag oder Dienstag das Bad zu

fliesen. Dann ist am Mittwoch alles fertig für den Sanitärler. Die haben aber alle einen Schlüssel. Mirco hat sich darum gekümmert."
Sie zögerte kurz und überlegte, ob sie noch etwas vergessen hatte, schüttelte dann aber entschlossen den Kopf.
„Das war's jetzt aber endgültig. Ich muss los." Walter wollte ihr zum Abschied eigentlich die Hand geben, doch Liesl ignorierte seinen Versuch und umarmte ihn herzlich. Nach einem leichten Zögern erwiderte Walter die Umarmung und stellte verwundert fest, dass seine Wangen ihre normale Farbe behielten. Es fühlte sich einfach gut an. Bevor es peinlich wurde, schob er Liesl sanft von sich und hielt ihr die Autotür auf. Als ihr Auto vom Hof rollte, bemerkte er erstaunt, dass sie ihm fehlen würde.
Während Walter eine Maschine Wäsche ausräumte, machten es sich Balu und Kitty auf dem Rasen vor der Terrasse gemütlich. Die Sonne hatte bereits genug Kraft, um das Gras aufzuwärmen und überall blühten Gänseblümchen, an einer Stelle sogar schon ein vorwitziger Löwenzahn. Eglon, der bis dahin auf dem Gartenstuhl geschlafen hatte, gesellte sich zu ihnen, wenn auch mit kleinem Abstand.
„Du warst doch ein paar Tage bei Josef auf dem Hof", begann Balu nachdenklich an Eglon gewandt, *„wie ist er denn so, wenn er allein ist?"*
Eglon ließ sich mit seiner Antwort Zeit. *„Am ehesten würde ich ihn als ruhig und bemüht beschreiben. Er lässt es eher gemütlich angehen, ist nicht der geborene Frühaufsteher. Über den Tag erledigt er das, was ansteht. Seiner Frau ist er oft zu langsam und dann scheucht sie ihn über den Hof, aber das scheint ihn nicht zu stören. Jedenfalls habe ich nie einen Streit mitbekommen."*
„Wie behandelt er denn seine Tiere?", wollte Kitty wissen.
„Zweckmäßig", antwortete Eglon prompt. *„Er kümmert sich wirklich gut um seine Kühe. Da hat keine ein entzündetes Euter oder irgendwas an den Klauen. Auch das Futter ist optimal, aber letztendlich sind die Viecher für*

ihn nur Mittel zum Zweck. Er verdient mit ihrer Milch sein Geld und das war's. Ich habe nie gesehen, dass er eine Kuh gestreichelt oder ihr einen freundschaftlichen Klapps gegeben hätte. Die anderen Tiere, so wie ich, sind ihm völlig egal."

„Was hat er denn noch für Tiere?", wollte Balu wissen.

„Da ist noch eine alte Katze, aber um die kümmert sich Annemarie. Keine Ahnung warum. Dann besorgt er sich immer wieder ein paar Enten, die er an seinem Weiher aussetzt. Ohne Zaun oder Stall – der Fuchs erledigt das immer recht schnell. Ach, und die Tauben …", Eglon machte eine wegwerfende Geste mit der Pfote, *„das sind Wildtauben. Die kommen immer wieder auf seinen Hof und picken Futterkörner vom Boden. Weil sie aber die meiste Zeit auf dem Dach sitzen und den Hof voll kacken, lädt Josef immer wieder ein paar Jungs aus dem Dorf ein, die sie mit Luftgewehren herunterschießen."*

Das klang nicht sehr sympathisch, fand Balu, musste sich aber eingestehen, dass sich wahrscheinlich die meisten Bauern hier so verhielten.

„Meinst du, er könnte so wütend werden, dass er jemandem etwas antut?"

„Der Josef?", fragte Eglon amüsiert. *„Niemals! So wie ihn seine Frau manchmal anpfurrt … da wäre jeder andere schon durchgedreht. Aber nicht Josef. Er nimmt das alles hin und geht einfach, wenn es ihm zu viel wird. Aber was soll die ganze Fragerei?"*

Balu erzählte ihm von dem Telefonat, das er zum Teil mitgehört hatte. *„Ich mache mir halt Sorgen, dass irgendwas passiert, wenn Walter und seine Freunde mit Josef reden. Vielleicht fühlt er sich ja in die Enge getrieben und macht dann irgendeinen Blödsinn."*

Eglon legte abwägend den Kopf schief, während er überlegte. *„Ich kenne ihn ja auch nicht so gut, aber ich kann mir nicht vorstellen, dass er auf einmal durchdreht. Das passt einfach nicht zu ihm."*

Balu zweifelte zwar etwas an Eglons Fähigkeiten, was das Einschätzen

von Menschen anging, war aber doch ein wenig beruhigt.
„Ah – alle beisammen", rief Seppi, als er unter einem Jostabusch hervorkroch.
„Was willst du denn hier?", raunzte Eglon ihn sofort an.
„Nichts Bestimmtes. Wollte einfach mal wieder raus aus dem Loch. Es ist eigentlich noch zu früh, aber Mandy ging mir gerade gewaltig auf die Nerven. Nörgelt ständig an mir rum: du musst mehr fressen, du hast zu viele Zecken, putz dir die Flöhe aus dem Bauchfell und so weiter."
Der kleine Igel kam seufzend auf die Terrasse getrippelt und setzte sich neben Balu, der angewidert zurückwich, als er zwei dicke Zecken über Seppis rechtem Auge entdeckte.
„Wenn du Hunger hast … es ist noch was im Napf", grummelte Eglon, als wäre es das Normalste der Welt. Die anderen Tiere sahen sich erstaunt an, sagten aber nichts. Seit Eglon Seppi und Mandy vor Mircos Aufräumattacke gerettet hatte, war ihr Verhältnis wesentlich besser.
„Danke", krächzte Seppi und trippelte zum Katzenfutter. Er hatte gerade den ersten Bissen im Maul, als aus dem Nachbargarten Mandys Stimme zu hören war.
„Seppi! Wö bist düüüüüüüü?", kreischte das Igelmädchen in erstaunlicher Lautstärke. Seppi schlang den letzten Happen noch schnell runter, verschluckte sich dabei und musste mehrmals husten. Noch bevor er antworten konnte, kroch Mandy schon unter einem Busch hervor.
„Hallöööö olle miteinandör", begrüßte sie die Tiere mit dem gewohnten Dialekt. *„Höt jemönd meinen Seppi gesehen?"* Ohne ein Wort blickten die Tiere zur Terrasse und dem jetzt leeren Futternapf. *„Na, düüü biss mir jo en schöner Freund"*, zeterte Mandy. *„Gehst wöhl liebör öhne misch zum Fuddern?"*
„Weißt du, Mandy", stotterte Seppi verlegen, *„das sieht jetzt alles ganz anders aus, als es ist."* Er holte kurz Luft und legte sich in Gedanken

seine Worte zurecht. *„Ich war nur kurz hier, um meine Freunde zu besuchen. Und da bietet mir Eglon doch tatsächlich was von seinem Futter an."* Kitty räusperte sich auffällig, da das Futter eigentlich für sie bestimmt gewesen war, doch Seppi ließ sich nicht stören.

„Du sagst doch immer, ich soll mehr fressen und das hab ich dann auch gemacht."

„Öhne mit mir zü teilen!", erwiderte Mandy und hob beleidigt die Nase.

„Vielleischt müss isch jö döch nöchmal guggen mit wem isch dö das Nest teile." Sprach's, und trippelte energisch davon.

„Die heizt dir aber ganz schön ein", grinste Balu und Kitty kicherte leise.

„Scheint die ganz große Liebe zu sein", stichelte die Tigerkatze und erntete dafür einen bösen Blick von Seppi.

„Lästert ihr nur. Ich HABE wenigsten jemand fürs Nest, was man bei euch nicht von jedem behaupten kann."

„Wird überbewertet", brummelte Eglon gleichgültig und streckte sich ausgiebig. Seppi überlegte einen Moment, ob er das Gespräch weiterführen sollte, entschied sich aber dagegen und trippelte wütend in die gleiche Richtung, die gerade Mandy eingeschlagen hatte.

„Vielleicht bleibe ich doch lieber für immer allein", murmelte Balu leise.

„Aber wo bleibt denn da der Spaß? Du glaubst ja gar nicht, was man zu zweit so alles anstellen kann", stichelte Kitty.

„Bääh – du schon wieder. Hör auf! Ich will es gar nicht hören!"

Damit stand Balu auf und trottete durch die offene Küchentür. Eglon schob sich unauffällig näher an Kitty heran, bis sie sich fast berührten.

„Wie wär's denn mit uns beiden, Süße? Wir könnten doch noch ein bisschen Spaß haben", sabberte er in ihr Ohr und starrte sie eindringlich an.

„Noch ein Zentimeter weiter", zischte Kitty ohne ihn anzusehen, *„und du bist der dickste einäugige Kater hier im Dorf."*

„Zicke!", blaffte Eglon und verschwand um die Haushecke.

Walter hatte die Wäsche mittlerweile in den Trockner gestopft und eine neue Maschine angeschmissen, als plötzlich das Festnetztelefon klingelte.

„Hallo Walter“, begrüßte ihn Manni, als er abgenommen hatte. „Anne hat mir erzählt, dass sie mit dir gesprochen hat. Wegen Josef.“

„Stimmt. Wir werden uns wohl doch mal ausführlich mit ihm unterhalten müssen. Soll ich das übernehmen? Immerhin kenne ich ihn ganz gut.“

„Genau deshalb rufe ich an, Walter: bitte tu erst mal nichts, vor allem nicht alleine. Nicht, dass ich dir das nicht zutraue, aber es könnte jetzt doch gefährlich werden.“

Walter sah das anders. „Aber warum denn? Meinst du, der geht mir an die Kehle oder zieht auf einmal eine Pistole aus der Tasche? Das würde Josef nie machen.“

„Aber das kannst du nicht wissen – nicht mit absoluter Sicherheit. Wenn er sich in die Ecke gedrängt oder bedroht fühlt, ist auch Josef sicher zu einigem fähig. Ich habe vorher mit Hubert von der Kripo telefoniert und wir waren uns einig, dass wir Polizisten das übernehmen sollten.“

Eine kleine Pause entstand in der Walter für und wider abwog.

„Ich bin immer noch der Meinung, dass Josef nichts mit Pfarrer Sailers Tod zu tun hat, aber natürlich hast du Recht: niemand kann in einen anderen Menschen hineinschauen. Also übernehmt ihr die Befragung. Ich möchte aber dabei sein, immerhin ist er ein Freund.“

Manni versprach, dass er dabei sein könnte und dass er rechtzeitig Bescheid sagen würde. „Ich muss mich mit Hubert wegen des Termins absprechen, aber ich denke: je früher, desto besser. Also nimm vielleicht auch mal dein Handy mit zur Goschamarie, sonst kann ich dich womöglich nicht erreichen.“

Sie verabschiedeten sich und Walter versprach noch einmal nichts eigenmächtig zu unternehmen.

Nachdem Walter ein halbes Rauchfleisch und zwei Scheiben Brot gegessen hatte, las er noch ein wenig in dem angefangenen Buch, musste aber immer wieder zurückblättern, da er ständig den Faden verlor. Er dachte an die vielen Dinge, die in den letzten Wochen passiert waren und war aufgeregt, wegen der Dinge, die in den nächsten Tagen vielleicht geschehen würden. Das Gespräch mit Josef – würde es sie tatsächlich weiterbringen? Und Liesls Umzug – Ende der Woche würde er eine neue Nachbarin haben. Veränderungen waren unvermeidbar, doch Walter mochte keine Veränderungen, da die Auswirkungen nicht vorhersehbar waren. Es machte ihn nervös und so lag er auch, nachdem er das Buch beiseite gelegt hatte, noch lange wach im Bett.

Walter hatte fürchterlich geschlafen. Als sein Radiowecker ihn mit einem alten Schlager von Chris Howland in den neuen Tag schubste, hätte er sich am liebsten wieder umgedreht. Noch immer hatte er Reste des seltsamen Traumes im Kopf, in dem er und Liesl wie damals, als der Milan ganz in der Nähe die Maus erwischt hatte, auf der Terrasse saßen. In seinem Traum hatte aber nur Liesl gesprochen. Immer wieder sah sie Walter tief in die Augen und hob mahnend den Zeigefinger.

„Sie schützen nur sich und ihre Art!", wiederholte sie gebetsmühlenartig. An mehr konnte Walter sich nicht erinnern. Mit einem Kopfschütteln versuchte er auf andere Gedanken zu kommen und schlurfte schwerfällig in die Küche.

Seine Laune besserte sich, als er an seine Tour dachte. Heute würde er zum ersten Mal mit dem neuen Handkarren unterwegs sein. Schon wieder etwas Neues, dachte er, freute sich aber darauf. Wie üblich machte Walter Feuer und gab Hundefutter in Balus Napf. Als er wenig später mit Jusuf am Tisch saß, erzählte Walter ihm von seiner neuen Anschaffung.

„Krass, Walter! Dann wirst du jetzt Sportler, oder was?", fragte Jusuf erfreut.

„Nein, das sicher nicht. Ich will nur ein bisschen fitter werden …", Walter strich sich großzügig über den Bauch, „… und vielleicht ein paar Kilos verlieren."

„Verstehe, Walter", grinste Jusuf schelmisch. „Ein bisschen schick machen für neue Nachbarin."

Sofort schoss Walter das Blut in den Kopf. „Aber nein. Darum geht es wirklich nicht. Ich fühl mich mit meinem Gewicht einfach nicht mehr wohl … und meine Lieblingshose macht langsam auch nicht mehr mit."

Jusuf nickte verständnisvoll, hatte aber immer noch ein leichtes Grinsen im Gesicht.

Als Walter den Karren aus der Garage zog, musterte Jusuf das Gefährt eingehend.

„Mein Schwager hat so ein Wagen auch mal gehabt. Sehr gut. Und stabil. Hat ihn dann aber auf Flohmarkt verkauft. Hat er immerhin vierzig Euro gekriegt."

Walter wurde schlecht.

Jusuf fuhr winkend vom Hof und Walter packte die Zeitungen in die Taschen und machte sich mit Balu auf den Weg. Tatsächlich lief der Wagen fast ohne Kraftaufwand und vollkommen geräuschlos. Bergauf musste er wegen des Gewichts der Zeitungen ordentlich gegenhalten, aber das kannte er ja schon vom Fahrrad. Die Tour lief bestens, doch mit der Zeit kam Walter ordentlich ins Schwitzen. Es war etwas Anderes den ganzen Weg zu laufen, ohne sich zwischendurch immer wieder vom Fahrrad tragen zu lassen. Sein Unterhemd klebte nass auf der Haut und die Jeans wurde durch die Feuchtigkeit unangenehm eng. Als es auf dem Rückweg nach Taldorf steil bergab ging, wäre Walter der Karren um ein Haar davongefahren, doch er erinnerte sich gerade noch rechtzeitig an den kleinen Bremshebel und konnte den Schwung abfangen. Überrascht bemerkte Walter, dass an Eugen Heesterkamps Haus die Außenbeleuchtung brannte. Als er sich näherte, öffnete Eugen im Bademantel die Tür und winkte ihm zu.

„Das wollte ich mir doch nicht entgehen lassen", begrüßte er Walter.

„Wie lief es denn mit dem neuen Gefährt?"

Walter bemühte sich nicht allzu erschöpft zu wirken. „Perfekt. Aber

man kommt schon ganz schön ins Schwitzen. Außerdem brauche ich für meine Runde gut eine halbe Stunde länger. Und mit der Hose muss ich mir unbedingt was einfallen lassen." Eugen blickte an Walter hinab und sah die tiefdunklen Schweißflecken auf der Jeans.
„Da kann die Hose nichts für, Walter. Sie brauchen nur eine andere. Auch wenn es Ihnen vielleicht nicht so vorkommt, aber Sie machen jetzt Sport. Ihre Tour erfordert eine ordentliche Leistung und es ist nur normal, dass Sie schwitzen."
„Wäre das mit den Klamotten, die ich von Ihnen habe, besser?"
Eugen lachte. „Es wäre auf jeden Fall angenehmer, da die den Schweiß ableiten und sich nicht damit vollsaugen. Aber es dürfte im Moment nachts noch etwas zu kalt für die kurzen Sachen sein. Besorgen Sie sich was Langes … einen guten Trainingsanzug würde ich empfehlen."
Das leuchtete Walter ein und er fragte sich, was das kosten würde. Da er während des Gesprächs nicht mehr in Bewegung war, kühlte seine verschwitzte Kleidung aus und Walter begann zu frieren.
„Mir wird kalt, Eugen, und ich will mich nicht erkälten. Also vielen Dank für den Tipp und bis bald mal wieder." Er packte seinen Wagen und folgte Balu, der schon ein ganzes Stück voraus gelaufen war.
„Ihr seid heute ganz schön spät dran", lästerte Bimbo, als Balu an seinem Stall vorbei kam.
„Das wird in Zukunft wohl immer so sein", erwiderte Balu. *„Walter hat beschlossen, die ganze Runde zu laufen, ohne Fahrrad. Ist mir eigentlich auch lieber. Immer wenn es bergab ging, hat er mit dem Rad ordentlich Gas gegeben und ich konnte sehen, wie ich hinterherkomme."*
„Dabei schadet das bisschen Rennen deiner Figur sicher auch nicht", lachte Bimbo gehässig.
„Apropos Figur: hast du dich nie gewundert, warum du hier so gemästet wirst?", zischte Balu aggressiv zurück. *„Damit du mehr Geld einbringst,*

wenn man dich demnächst zum Abdecker bringt und zu Hundefutter verarbeitet."

Ohne Vorwarnung legte der Haflinger die Ohren an und stieß seinen massigen Schädel mit gebleckten Zähnen nach vorn. Balu wich seinem Biss im letzten Moment aus und machte ein paar Schritte vom Stall weg. Doch nun kam Walter mit seinem Wagen angeschoben und lief in Bimbos Reichweite. Der Wallach tobte vor Wut und stieß seinen Kopf diesmal in Walters Richtung. Ein überraschter Schrei hallte durch Taldorf, als Bimbo ein handtellergroßes Stück Stoff aus Walters Jeans riss.

„Ja Scheißndreckn! Bimbo spinnst du?", rief Walter und tastete mit der Hand das Loch ab, das seine halbe Pobacke freigelegt hatte. Als er sicher war, das Bimbo nicht doch ein Stück Fleisch erwischt hatte, machte er mit erhobener Hand einen schnellen Schritt auf das Pferd zu. Bimbo erschrak und scheute zurück, wobei er mit dem Kopf lautstark an die Zarge der Stalltür krachte. Die nachfolgenden Flüche und Verwünschungen nahm Balu mit einem Lächeln zur Kenntnis, während er mit Walter Richtung Hinterdorf lief.

Mit dem Schnaps in der Hand freute Walter sich auf den Feierabend und rieb sich immer wieder über die blanke Pobacke. Er spürte ein schwaches Pochen unter der Haut, offenbar hatte Bimbo ihn doch leicht erwischt, Blut war aber keines zu sehen.

„Sie schützen nur sich und ihre Art", fiel ihm der Satz aus dem Traum wieder ein. Und wieder spürte er dieses leichte Kribbeln im Nacken, als würde gleich etwas Entscheidendes geschehen. Doch nichts geschah. Walter zuckte gleichgültig mit den Schultern und leerte das Schnapsglas in einem Zug. Und da kam ihm eine Idee. Eine echte Schnapsidee, wie Walter grinsend zugeben musste. Seine Gedanken waren blitzschnell wieder bei ihren Ermittlungen. Er sah das Gesicht von Pfarrer Sailers Schwester vor sich, die sicher zu einem Mord fähig wäre, aber bestimmt kein Interesse an seinem Tod gehabt hatte. Sie hätte sich damit nur selbst geschadet. Daneben Josef, der mit seinem Dackelblick immer wieder beteuerte, er habe mit dem Pfarrer nur eine kleine Auseinandersetzung gehabt, noch nicht mal einen richtigen Streit. Er wirkte absolut glaubwürdig. Doch nun hatte Walter das Bild einer dritten Person vor Augen. „Du schützt nur deine Art", murmelte Walter und stellte das Schnapsglas zurück auf den Fenstersims. Er musste dringend mit den anderen reden.

Das Festnetztelefon klingelte und riss Walter aus seinen Träumen. Er blickte zum Radiowecker und stieß einen Fluch aus. Wer holte ihn um zehn Uhr aus dem Bett? Widerwillig warf er sich seinen Bademantel über und stapfte die Treppe hinunter. Gerade als er den Hörer abnehmen wollte verstummte das Klingeln. Der Anrufer hatte es sich wohl anders überlegt.
„Scheißendreckn", knurrte Walter und war einen Moment lang versucht, einfach wieder ins Bett zu gehen, entschied sich aber mit einem Seufzer dagegen und stellte Kaffeewasser auf den Herd. Balu freute sich, dass sein Herrchen schon so früh wach war und folgte ihm schwanzwedelnd bei jedem Schritt. Als Walter ihm die Tür zum Garten öffnete, klingelte das Telefon erneut.
„Gnade euch Gott, wenn das nur eine Umfrage ist", zischte er wütend und hob den Hörer ab.
„Mensch Walter, wo hast du denn gesteckt? Ich habe es schon zig Mal auf dem Handy probiert", beschwerte sich Manni.
„Ich war im Bett. Schon vergessen? Ich arbeite nachts", entgegnete Walter mürrisch. „Aber jetzt bin ich schon wach. Was gibt's denn so dringendes?"
„Du glaubst es nicht", ereiferte sich Manni hastig, „heute Nacht ist wirklich was passiert. Bei dem Notar wurde eingebrochen."
Ohne Kaffee arbeitete Walters Gehirn nicht mit voller Leistung, weshalb er die Neuigkeit kurz sacken lassen musste. „Und wer war es? Die Schwester vom Pfarrer?"
„Nein, es war ein Mann. Hubert rief vorher an und hat es erzählt. In

seinen Schichten für die Sicherheitsfirma war alles ruhig, aber heute Morgen um kurz nach halb drei hat dann Huberts Kollege die Polizei gerufen, als er auf dem Überwachungsmonitor jemanden im Büro des Notars gesehen hat. Die waren so schnell da, dass sie den Typen verhaften konnten, noch bevor er den Safe aufhatte."
„Gibt es schon einen Namen?"
„Bisher nicht", seufzte Manni, „sie verhören ihn noch. Hubert meinte, wir sollten uns heute Abend treffen, dann könnte er uns erzählen, was bei dem Verhör herausgekommen ist. Die anderen haben alle Zeit. Nur dich hatte ich bis jetzt ja nicht erreicht."
Walter ignorierte den Vorwurf in Mannis Stimme. „Ich kann hier leider nicht weg. Ich muss für meine Nachbarin auf so einen Internet-Anschließer warten, weiß aber nicht genau, wann der kommt."
Einen kurzen Moment war es still in der Leitung, während Manni nachdachte. „Wir können uns ja bei dir treffen. Passt das?"
Walter fühlte sich zwar etwas überrumpelt, stimmte aber zu.
„Dann sage ich den anderen Bescheid und melde mich bei dir noch mal wegen der Uhrzeit. Bis später Walter!"

Erst als der frische Kaffee in seiner Tasse duftete, begann Walter zu begreifen, was Manni ihm gerade erzählt hatte. Jemand war tatsächlich bei dem Notar eingebrochen und es lag nahe, dass Margarethe Sailer etwas damit zu tun hatte. Während der ganzen Zeit, in der sie jetzt schon an diesem Fall dran waren, hatte Walter sich insgeheim immer damit beruhigt, dass am Ende vielleicht gar nichts dabei heraus kam, doch dieser Einbruch machte alles so fürchterlich real. Irgendetwas ging hier vor und er und seine Freunde steckten mittendrin.
Walters Handy verkündete mit einem Piepsen den Empfang einer SMS.

„Heute 17 Uhr bei dir. Alle sind dabei. Bis später."
Walter wunderte sich, dass Manni so wortkarg war, vermutete aber, dass er einfach viel zu tun hatte. Vorsorglich prüfte er den Biervorrat im Kühlschrank und legte ein paar Flaschen nach, so dass er wieder bis oben voll war. Man konnte nie wissen. Unschlüssig, was er bis zum Eintreffen seiner Freunde am Abend tun sollte, klemmte er sich den angefangenen Krimi unter den Arm und ging mit seinem Kaffee auf die Terrasse.

Balu kehrte von einer kleinen Runde im Garten zurück und legte sich vor Walter auf die warmen Terrassenplatten. Er war fast weggedöst, als Eglon sich zu ihm setzte.
„Was du neulich für Seppi und Mandy getan hast, war wirklich nett", nuschelte Balu im Liegen. *„Um ehrlich zu sein, hätte ich das nicht von dir erwartet."*
„Ich von mir auch nicht", murrte der Kater. *„Vielleicht hätte ich es auch einfach geschehen lassen sollen. Der Russe hätte den beiden schon nichts getan."*
Balu setzte sich auf. *„Warum sagst du sowas? Da tust du einmal etwas Anständiges und wir fangen an dich zu mögen und prompt machst du es wieder zunichte. Ich verstehe dich wirklich nicht."*
„Ich muss hier weg", antwortete Eglon emotionslos. *„Ich gehöre hier einfach nicht her. Ihr duldet mich zwar, aber ich fühle mich wie das fünfte Rad am Wagen. Ich brauche wieder ein eigenes zu Hause, so wie beim Pfarrer."*
Balu spürte wie traurig der Kater war und hatte Mitleid. *„Wo willst du denn hin?"*, fragte er leise.
„Habe überlegt, ob ich nach Wernsreute gehe. Da leben noch ein paar Geschwister von mir. Vielleicht komme ich da ja irgendwo unter."
„Aber da bist du ja wieder nur ein Fremder. Willst du dir nicht ein Zuhause

suchen, wo du an erster Stelle stehst?"
Eglon sah Balu müde an. *„Und wie soll ich das anstellen, du Schlauberger?"*
Balu hatte keine Ahnung. Er überlegte, zu wem Eglon passen könnte, wer überhaupt dazu bereit wäre, einen dicken launischen Kater aufzunehmen, doch es wollte ihm niemand einfallen. Wer in Taldorf Katzen mochte, hatte bereits eine oder auch mehrere und Eglon wäre wieder nur der unbeliebte Gast. Wer war tierlieb und noch ohne Haustier? Da hatte Balu eine Idee.
„Wie eilig ist es dir denn mit dem Wegkommen?"
Eglon schaute ihn verdutzt an. *„Hmm … muss nicht jetzt sofort sein. Worauf willst du hinaus?"*
„Zurzeit kenne ich niemanden, wo du hin könntest. Aber ab diesem Wochenende wohnt Liesl hier. Sie hat noch kein Haustier, außer ihren langweiligen Fischen. Sie ist tierlieb und wenn du dich ein bisschen anstrengst, wird sie dich sicher aufnehmen."
Eglon blickte Balu hoffnungsvoll an. *„Das könnte klappen. Aber dann wäre ich immer noch hier und würde euch auf die Nerven gehen."*
„Aber Eglon", schmunzelte Balu, *„wir wissen beide, dass du eigentlich ein ganz netter Kerl bist. Sobald du wieder ein eigenes zu Hause hast und genügend Futter bekommst, wird sich auch deine Laune bessern."*
„Einen Versuch ist es wert. Sonst kann ich es immer noch in Wernsreute versuchen."

Um kurz nach halb vier klingelte es an Walters Tür. Für seine Freunde war es noch zu früh, deshalb rechnete er mit dem Mann von der Teledata. Als er öffnete, blickte ihm ein junger Bursche durch dicke Brillengläser entgegen, der kaum älter als fünfzehn Jahre sein konnte.
„Wie kann ich Ihnen helfen?", fragte Walter unsicher.
„Meier von der Teledata. Ich soll im Nachbarhaus einen

Internetanschluss in Betrieb nehmen. Es hieß, Sie hätten den Schlüssel."
Walter war fassungslos, wie weit die Kinderarbeit in Deutschland fortgeschritten war, zuckte aber mit den Schultern und holte Liesls Schlüssel.
„Sie können eigentlich warten, bis ich fertig bin. Dauert nicht lange", sagte Meier von der Teledata und machte sich sofort an der Telefondose im Hauseingang zu schaffen. Mit Hilfe einer Schablone bohrte er mit einer Akkubohrmaschine zwei kleine Löcher und stopfte Dübel hinein.
„Der Router", sagte er stolz und holte einen kleinen Plastikkasten aus einem Karton.
„Aha", sagte Walter und zeigte auf die Verpackung. „Da steht aber, der heißt Fritz und nicht Ruhter."
Meier lachte übertrieben und klopfte sich auf die Schenkel. „Der war echt gut, Mann, echt gut!" Sein Lachen brach mit einem Mal ab und er widmete sich wieder seiner Arbeit. Als das Gerät an der Wand hing, steckte er es an der Telefondose ein und gab ihm Strom. Nach ein paar Sekunden machte Fritz „Piep" und Meier lächelte zufrieden.
„Jetzt nur noch schnell ein Bandbreitentest, dann sind wir auch schon durch."
„Aha", sagte Walter und beobachtete wie Meier mit einem winzigen Computer hantierte. Kurz darauf wurde der Laptop abgestöpselt und verschwand in Meiers Arbeitstasche.
„25,6", sagte er zufrieden und packte sein Werkzeug zusammen. „Sie können Ihrer Nachbarin ausrichten, dass alles perfekt funktioniert und die Bandbreite ist auch okay. Sie müssten mir hier noch den Empfang der Fritz Box bescheinigen." Er hielt Walter ein Klemmbrett hin und zeigte mit einem Kugelschreiber auf die Stelle, wo er unterschreiben sollte.

„Da steht jetzt aber nur was von diesem Fritz … was ist mit Ruhter?" Wieder klopfte Meier sich lachend auf die Schenkel und wischte sich sogar eine Lachträne aus dem Augenwinkel.
„Sie sind echt der Knaller, Mann! Echt der Knaller! Unterschreiben. Jetzt … bitte!"
Walter unterschrieb, hatte aber das Gefühl, dass Teledata Meier ihn verarschte. Insgeheim hoffte er, dass alles seine Richtigkeit hatte, denn er hatte nicht die geringste Ahnung, was der Mann gerade gemacht hatte. Das mit diesem Internet war offenbar doch nicht so ein Riesenaufwand, wie er immer gedacht hatte, denn der Anschluss hatte gerade mal zehn Minuten gedauert. Mussten da keine Rohre oder Kabel verlegt werden? Etwas verunsichert verabschiedete sich Walter von Teledata Maier und widmete sich wieder seinem Buch.

Manni und Streifenkollege Hans klingelten als erste und nahmen dankbar das angebotene Bier entgegen. Balu kam schwanzwedelnd herein und schnupperte aufgeregt an der großen Tüte, die Manni auf den Tisch stellte.
„Frische Leberkäswecken für alle", lachte er, „dachte, das kann nicht schaden. Hast du Senf da, Walter?"
Kommentarlos ging Walter zum Kühlschrank und holte die Tube mit dem scharfen Meerrettichsenf. Es klingelte erneut. Kripo-Hubert trat ein und legte einen riesigen Pizzakarton auf den Tisch.
„Familienpizza, extra groß", verkündete er stolz, „dachte, das kann nicht schaden. Ist sogar schon geschnitten."
Walter bekam Angst vor dem gigantischen Auflauf an Lebensmitteln. Als Anne kurz darauf eintraf, kam noch ein Karton voller Nussschnecken hinzu.
„Dachte, das kann nicht schaden", trällerte sie und griff sich erst mal einen Leberkäswecken.
Das Bier floss in Strömen, genauso wie der Senf. Erst als Mannis Tüte leer war, kamen sie zum eigentlichen Grund ihres Treffens.
„Alles in allem ist das eine ganz schön abgefahrene Geschichte", begann Kripo Hubert zu erzählen. „Mein Kollege von der Sicherheitsfirma saß letzte Nacht schon seit zweieinhalb Stunden vor den Monitoren und schlief fast ein, weil es so langweilig war. Dann sah er auf dem Bildschirm der Infrarotkamera auf einmal eine Bewegung. Erst dachte er, er hätte sich das nur eingebildet, aber kurz darauf lief deutlich sichtbar eine Gestalt durch das Büro vom Notar.

Er rief sofort die Polizei und die war in Rekordzeit vor Ort und verhaftete den Kerl."
„Hat er sich denn gewehrt?", wollte Anne wissen.
„Nein. Er hat die Hände in den Nacken gelegt und sich die Handschellen anlegen lassen. Später auf dem Revier hat er gesungen wie ein Kanarienvogel. Er hatte wohl schon öfter Kontakt mit der Polizei und weiß, dass ein ausführliches Geständnis seine einzige Chance auf eine milde Strafe ist."
„Kommt er denn aus der Gegend?", fragte Walter und schnappte sich ein Stück Pizza.
„Nein. Er ist nicht mal deutscher Staatsbürger. Er kommt aus Tschechien, ist zweiundvierzig Jahre alt und heißt Petr Cech."
Manni prustete los und spuckte kleine Pizzastücke auf den Tisch.
„Was denn – der Nationaltorhüter der Tschechen? Petr Cech?"
Kripo Hubert winkte irritiert ab. „Nein, nicht der. Die heißen nur zufällig gleich, aber jetzt lass mich mal weitererzählen. Also der liebe Petr gesteht sofort den Einbruch, betont aber, dass es ein Auftragsjob war. Er erzählt auch, wie das mit der Kontaktaufnahme funktioniert hat und zum Beweis zieht er eine ausgedruckte E-Mail und einen Telefonmitschnitt aus der Tasche. Und er kennt den Namen seiner Auftraggeberin: Margarethe Sailer."
Alle schwiegen, als Kripo-Hubert den Namen genannt hatte und kauten auf Pizza und Leberkäse herum. Streifenkollege Hans ging zum Rauchen auf die Terrasse, während Kitty zwischen seinen Füßen hindurchschlüpfte.
„Hier ist ja mords was los", begrüßte sie Balu, der sich in seinem Hundekorb eingerollt hatte.
„Und es gibt auch echte Neuigkeiten", erzählte Balu. *„Hubert hat den anderen gerade gesagt, dass jemand bei dem Notar eingebrochen hat, bei dem das Testament von Pfarrer Sailer liegt. Der Dieb hat im Auftrag von der*

Schwester des Pfarrers gehandelt und kann das wohl auch beweisen."
„In diesem Testament muss etwas sehr wichtiges drin stehen, wenn die Sailer sogar das Risiko eingeht, einen Einbrecher zu engagieren. Haben sie die Schwester schon befragt?"
„Weiß ich nicht, das kam noch nicht zur Sprache. Jetzt machen sie gerade Pause."
Kitty stieg zu Balu in den Hundekorb und tretelte die Decke mit ihren Vorderpfoten, bevor sie sich in Balus Bauchkuhle einrollte.

„Wie geht es denn jetzt weiter?", fragte Anne, als alle wieder am Tisch saßen. Bevor er antwortete, biss Kripo-Hubert genüsslich in eine Nussschnecke.
„Nun, natürlich haben wir sofort versucht, die Sailer zu erreichen, aber die ist zurzeit in der Schweiz bei ihrer Stiftung. Wir hatten auf die Schnelle nur einen nationalen Haftbefehl beantragt, aber morgen bekommen wir den internationalen, mit dem Ersuchen um Amtshilfe durch die Schweizer Kollegen. Bei ihrer Firma in Augsburg haben wir nur den Firmenanwalt, einen gewissen Dr. Rommel, erreicht. Der hat uns dann auch sofort einen Riegel vorgeschoben und uns untersagt, seine Mandantin ohne sein Beisein zu befragen."
„Das ist doch schon sehr seltsam, findet ihr nicht?", sinnierte Walter, der bisher noch nichts gesagt hatte. „Die Sailer will unbedingt das Testament und scheut nicht davor zurück einen Einbrecher zu engagieren. Sie hat Geld wie Dreck und bucht dann für diesen Job einen Stümper, der sich prompt erwischen lässt und dann auch gleich alles ausplaudert. Ich dachte, in diesen Kreisen sind Loyalität und Professionalität die wichtigsten Eigenschaften."
„Das ist wirklich seltsam", stimmte Manni zu. „Seine Karriere als Verbrecher kann der Tscheche auf jeden Fall vergessen, auch wenn er mit einer milden Strafe davonkommt. Vermutlich bleibt es sogar bei

einer Bewährungsstrafe."
„Für mich ist aber eines jetzt klar", übernahm Kripo-Hubert wieder das Wort. „Die Schwester steckt hinter diesem Einbruch – aus welchen Gründen auch immer, aber mit dem Tod vom Pfarrer hat sie nichts zu tun. Wäre der noch am Leben, hätte sie ja den ganzen Ärger nicht. Ich sage es nur ungern, aber ich denke hier endet unsere kleine Ermittlung." Betretenes Schweigen machte sich breit.
„Und wenn es noch einen Verdächtigen gäbe?", sagte Walter in die Stille. „Einen, den wir bisher noch gar nicht auf dem Schirm hatten. Einen Verdächtigen, der leichten Zugang zum Pfarrer hatte und auch ein Motiv, um ihn zu töten." Alle starrten ihn an.
„Wer soll das sein?", hauchte Anne.
„Erinnert ihr euch noch daran, dass die alten Bücher auf einmal bei Josef in der Garage lagen?", setzte Walter an. „Josef beteuert, er habe sie nicht dahin getan. Er vermutete, dass seine Frau sie dort versteckt hatte. Aber warum sollte Annemarie das tun?"
„In den Büchern steht etwas, von dem sie wollte, dass niemand es erfährt", folgerte Manni. „Vielleicht hat sie es im Haus vom Pfarrer entdeckt, als die Bücher dort waren."
Walter nickte. „Oder es geht ihr nur darum, ihre Familie zu beschützen. Das würde doch passen, da der Pfarrer anhand der Bücher die Stammbäume der Familien im Dorf untersucht hat."
Anne legte nachdenklich eine Hand ans Kinn und griff den Faden auf. „Der Pfarrer bat Josef zum Arzt zu gehen, da er entdeckt hatte, dass in Josefs Familie eine Herzkrankheit vererbt wurde. Doch für Josef war das nicht wichtig. Warum könnte es für Annemarie so bedeutend sein, dass sie dem Pfarrer etwas antut? Was weiß sie, was wir – und vielleicht auch Josef – nicht wissen?" Die Frage stand im Raum, doch keiner hatte eine Antwort.
„Wir müssen mit den beiden reden", sagte Kripo-Hubert und nahm

einen großen Schluck Bier. „Wenn uns an dieser Stelle noch etwas weiter bringt, dann nur dieses Gespräch. Ich schlage vor, Manni und Hans begleiten mich morgen nach Herrgottsfeld und wir knöpfen uns die beiden vor. Danach ist es vorbei ... so oder so."
Die anderen nickten zustimmend, nur Walter war nicht einverstanden.
„Ich will dabei sein! Immerhin kenne ich ihn ... und auch Annemarie. Wenn uns einer der beiden etwas verraten soll, dann geht das nur, wenn er uns auch vertraut und euch kennen die beiden ja noch nicht einmal. Lasst mich mitkommen."
Kripo-Hubert und Manni schauten sich zweifelnd an, doch schließlich nickte Manni und zuckte mit den Schultern.
„Also gut, Walter, du bist dabei. Aber eines ist klar: du hältst dich im Hintergrund. Ich möchte auf keinen Fall, dass du irgendwie in Gefahr gerätst. Meinst du, du schaffst das?"
Walter versicherte, dass er sich daran halten würde, wenn er nur dabei sein durfte.

Sie überlegten noch gemeinsam, wie sie bei der Befragung vorgehen wollten und verabredeten sich für drei Uhr am nächsten Tag. Walter spendierte eine letzte Runde Bier und die einzige verbliebene Nussschnecke wurde von Manni kulinarisch adoptiert. Als alle weg waren, brachte Walter die leere Leberkäsweckentüte zum Papiermüll. Auch den leeren Pizzakarton, den er erst zerkleinern musste, bevor er in die grüne Tonne passte. Und auch den Pappkarton von Anne, einst Heimat für acht wundervolle Nussschnecken. Walter ahnte, dass seine Kalorienaufnahme heute irgendwo im hohen fünfstelligen Bereich angekommen war. Vermutlich würde er am Freitag nicht in die Lederhose passen.

„*Das ist nicht gut*", sagte Balu besorgt.
„*Nein, ist es nicht*", bestätigte Kitty.

„Warum muss er da jetzt unbedingt dabei sein?“, schimpfte der Wolfsspitz. *„Das schaffen seine neuen Polizeifreunde doch auch ohne ihn.“*
Kitty spürte Balus Aufregung und schnurrte ihn beruhigend an. *„Wir werden auch da sein, oder?“*
„Natürlich“, bellte Balu. *„Und Gnade Gott demjenigen, der Walter etwas antun will!“*

Walter hatte unruhig geschlafen. Er hatte noch lange über ihr Treffen nachgedacht und war darüber immer nervöser geworden. Er fühlte sich erlöst, als endlich der Wecker ansprang und ihm einen Schlager von Andy Borg entgegenplärrte. Nicht Walters erste Wahl. Als er kurze Zeit später mit Jusuf am Esstisch saß, gab er ihm eine Kurzzusammenfassung. Der Türke war nicht begeistert.
„Oh Walter, isch glaub nett, dass das gute Idee isch. Lass doch Polizei das machen. Das is Job von dene!"
Balu, der an diesem Morgen nicht von Walters Seite wich, hätte am liebsten Beifall geklatscht, woraus wegen der fehlenden Hände aber nichts wurde.
„Ich hab auch ein komisches Gefühl", sagte Walter nachdenklich. „Aber ich muss dabei sein. Außerdem scheint das wirklich das Ende zu sein. Dieses Gespräch mit Josef und Annemarie ist das Letzte, was wir tun können. Danach wissen wir entweder Bescheid oder wir finden uns damit ab, dass der Pfarrer einfach nur einen Infarkt hatte. Was mir übrigens am liebsten wäre."
Jusuf stellte seine Tasse in die Spüle und klopfte Walter auf die Schulter. „Aber hältst du disch dran, was dein Freund gesagt hat: immer schön hinten bleiben, okay?"
Walter versprach es ihm und gemeinsam verließen sie das Haus. Balu folgte ihnen, dicht an Walters Seite.

Die Runde an der frischen Luft tat ihm gut und er kam auf andere Gedanken. Nach wie vor hatte er ein Hosenproblem, denn auch die Stretch-Cordhose, die er anstelle der Jeans trug, fühlte sich nassgeschwitzt wie eine Zwangsjacke für die Beine an. Er musste an Bimbo denken, der ihm die Jeans zerfetzt hatte und lächelte. Manches musste man nicht verstehen. Als Walter mit seinem Handkarren die Steige nach Taldorf hinunterlief, sah er schon von weitem Eugens hellerleuchtetes Haus. Er hoffte, dass nichts passiert war und beschleunigte seine Schritte.

An dem alten Schulhaus waren alle Außenlampen an, doch Eugen war nirgends zu sehen. Dann hörte Walter seine Stimme.
„Sissi-Anna-Katharina!" Eugen rief die Namen immer wieder. „Sissi-Anna-Katharina!"
Neugierig ging Walter um die Hausecke herum in den Garten, wo Eugen auf allen Vieren unter taufeuchten Büschen herumkroch. An seinem Kopf baumelte eine Stirnlampe, die den Boden vor ihm mäßig erhellte.
„Was, um Himmels Willen, tun Sie da?", fragte Walter ungläubig. Eugen erschrak und stieß sich den Kopf an einem Ast.
„Sie haben mich fast zu Tode erschreckt", jammerte er und kam mühsam auf die Beine.
„Ich hatte ein Erschrecken gut und wollte die Gelegenheit nutzen", grinste Walter und ging auf Eugen zu. „Jetzt aber im Ernst: was machen Sie hier mitten in der Nacht!"
„Ach, es war mein Fehler", seufzte Eugen resigniert. „Ich hatte gestern Abend vergessen meine Schildkröte in ihre Box zu sperren und jetzt ist sie weg. Irgendwie hat mich mein Unterbewusstsein im Schlaf daran erinnert und da wurde ich schlagartig wach. Jetzt suche ich sie, bisher aber ohne Erfolg. Wenn ein Fuchs oder Marder sie geschnappt hat, werde ich mir das nie verzeihen."
Eugen ließ die Schultern sinken und stand da wie ein Häufchen Elend.
„Wir helfen Ihnen natürlich suchen", sagte Walter, dem der

pensionierte Lehrer leid tat. „Balu! Komm mal her und hilf mit deiner guten Nase! Na los Balu – wo ist die Schildkröte?"
„Immer mit der Ruhe", wuffte Balu und hob seine Schnauze leicht in die Höhe, um Witterung aufzunehmen. Der stärkste Geruch kam von dem kleinen Gehege, aber da war sie ja offenbar nicht. Balu entdeckte eine zweite, leichtere Witterung, die vom Gehege weg führte. Schnüffelnd ließ er sich von seiner Nase leiten und lief am Rand des Gartens unter den Büschen hindurch. Zwischen drei dekorativen Findlingen entdeckte er die Schildkröte.
„Hallo Sissi-Anna-Katharina!", sagte Balu stolz, da er endlich ihren Namen kannte. Die Schildkröte schob ihren ledrigen Kopf aus dem Panzer und nickte ihm zu.
„Hallo Balu! Schön, dich zu sehen." Ihre Stimme klang immer noch unglaublich tief, aber sie sprach jetzt flüssig, ohne die langen Pausen.
„Du kannst ja normal sprechen", wunderte sich Balu und ahnte schon, dass er das letzte Mal hereingelegt worden war.
„Klar, kann ich sprechen. Ich bin ein Reptil – und kein Idiot!"
„Und warum hast du dann neulich so getan, als würdest keinen Satz zusammenkriegen?"
Die Schildkröte legte mit einem leichten Lächeln den Kopf schief.
„Weil du mich nach meinem Namen gefragt hast. Und über den rede ich nicht gern."
Balu war überrascht. *„Aber warum denn? Klingt doch ganz gut: Sissi-Anna-Katharina. Sind alles große Namen."*
„Aber das sind alles Namen für Weibchen", knurrte die Schildkröte.
„Diese Idioten geben mir Mädchennamen, und gleich drei hintereinander. Und ich bin ein Männchen, verdammt nochmal!"
Balu wusste nicht, was er sagen sollte und kratze sich verlegen mit dem Hinterlauf am Kopf. *„Und … äh … wie heißt du dann wirklich?"*
„Ulf."

„Ein schöner Name, Ulf. Freut mich, dich kennenzulernen", sagte Balu und berührte den Schildkröter freundlich mit der Nase.

Walter und Eugen bemerkten, dass Balu nicht mehr umherlief und kamen näher, um nachzusehen. Der Strahl von Eugens Stirnlampe erfasste Ulf zwischen den Steinen, der frech zu ihm hinaufsah.
„Da bist du ja, meine Süße", säuselte Eugen. Er hob den Schildkröter vorsichtig auf und drückte ihn an seine Brust. Eine Träne des Glücks lief über seine Wange. Ulf verdrehte die Augen und warf Balu einen hilfesuchenden Blick zu.
„So benimmt er sich immer. Es ist zum Kotzen. Manchmal habe ich Angst, dass er mir den Panzer rosa anmalt."
Balu musste lachen und gesellte sich wieder zu Walter, der sich gerade von dem immer noch schluchzenden Eugen verabschiedet hatte. Sie vollendeten ihre Runde, doch mit jedem weiteren Schritt verschwand Balus gute Laune. Er hatte keineswegs vergessen, was heute noch anstand.

Dieses Mal hatte Walter wesentlich besser geschlafen. Erholt saß er, nur mit seinem Morgenmantel bekleidet, auf der Terrasse und trank seinen Kaffee.
„Dein Leben möchte ich haben“, rief Elmar vom Nachbargrundstück herüber. „Ich schuffte hier schon seit kurz nach acht und du kriechst jetzt erst aus dem Bett.“
Walter hatte den ironischen Unterton durchaus gehört und winkte Elmar freundlich zu. „Dir würde nur das erste Aufstehen um halb drei schwer fallen … da bist du meistens noch nicht mal zu Hause!“
Elmar lachte, stellte seinen Eimer ab und kam zu Walter auf die Terrasse. „Gibt's für einen armen Fliesenleger auch einen Kaffee?“, fragte er grinsend.
Walter brachte ihm eine Tasse und überließ ihm den Gartenstuhl. Für sich selbst holte er wieder einmal einen Stuhl aus der Küche. Er nahm sich vor mindestens einen weiteren Gartenstuhl anzuschaffen. Besser zwei oder drei.
„Kommst du so gut voran, dass du schon eine Pause machen kannst?“, fragte Walter.
Elmar lehnte sich entspannt zurück und streckte die Beine aus. „Und wie! Es ist so genial, wenn du auf einer leeren Baustelle arbeiten kannst. Keine anderen Handwerker und auch keine Hausbesitzer, die ständig um dich rum sind. Ich hab die Fliesen schon alle geklebt. Jetzt lasse ich den Kleber kurz trocknen, dann kann ich nachher verfugen.“
Walter nickte anerkennend und tätschelte Balu den Rücken, der sich gerade neben ihm auf den Boden gelegt hatte. „Wie läuft es denn mit

Anne? Habt ihr noch Kontakt?“
Elmar verschluckte sich fast an seinem Kaffee. „Machst du Witze? Die Frau lasse ich nicht so schnell vom Haken. Nicht nur, weil sie abartig gut aussieht, sondern weil mit ihr einfach alles Spaß macht. Sie ist immer gut gelaunt, witzig, spontan, aber trotzdem manchmal auch sehr bestimmt und ernst. Ganz ehrlich: ich habe das erste Mal seit langem das Gefühl, dass das etwas Ernstes sein könnte.“
Walter war überrascht, da Elmar sonst wenig Wert auf längere Beziehungen legte, aber er freute sich für ihn. Und auch für Anne. Ganz plötzlich hatte er ein Bild vor Augen: Elmar, Anne, Liesl und er auf seiner Terrasse beim Grillen. Er schüttelte den Kopf, doch das Bild blieb.
„Vielleicht können wir ja alle zusammen mal bei mir grillen?“, fragte er Elmar, der nicht verstand, was er meinte.
„Wer alle? Der ganze Stammtisch?“
„Aber nein“, wiegelte Walter ab, „du und Anne und die Liesl und ich.“
Elmar grinste über beide Ohren. „Ein Pärchen-Grillen? Na, du bist mir ja einer.“
Walter spürte wie sich seine Gesichtsfarbe änderte und wedelte konfus mit den Händen. „Ich mein ja nur … wäre doch nett, Liesl und Anne ein bisschen ins Dorf einzubinden. Und wenn sie mit uns klar kommen, haben sie auch kein Problem mit den anderen.“
Elmar sah Walter skeptisch an, begnügte sich aber mit der Erklärung. „Eigentlich müsste ich dich zum Grillen einladen, Walter. Du hast mir diesen Job vermittelt. Erst bin ich ja nur wegen der Küche eingesprungen, aber jetzt hab ich auch noch das Bad bekommen und Mirco meinte schon, dass er gerne öfter mit mir arbeiten würde. Da kann richtig was draus werden. Ich bin dir definitiv was schuldig.“
Walter fühlte sich geschmeichelt und freute sich, dass es für Elmar gut

lief. „Mach du nur deine Arbeit ordentlich. Es wäre schlimm, wenn Liesl am Ende nicht zufrieden wäre."
Elmar stimmte zu, indem er mit dem Daumen nach oben zeigte. „Aber wie wär's mit einem Bierchen bei der Goschamarie heute Abend? Würde dir gerne eins ausgeben."
Im ersten Moment freute sich Walter, erinnerte sich dann aber daran, was er heute noch vorhatte und zog entschuldigend die Schultern hoch. „Ich hab heute schon was vor. Vielleicht schaue ich gegen später noch vorbei."

Elmar bedankte sich für den Kaffee und ging wieder an die Arbeit. Walter ging unter die Dusche und zog sich danach an. Da noch Zeit war, bis die anderen eintreffen würden, schnappte er sich das angefangene Buch und setzte sich wieder auf die Terrasse. Er war bereit.

Balu hörte das Auto wie immer zuerst. Er setzte sich auf und bellte zweimal. Walter blickte von seinem Buch auf und lauschte, bis auch er den Wagen hören konnte. Er ging durch die Küche zur Eingangstür und öffnete, bevor der Streifenwagen zum Stehen kam. Manni, Streifenkollege Hans und Kripo-Hubert stiegen aus und begrüßten Walter herzlich. Alle lächelten etwas zu viel und man merkte ihnen die Nervosität an. Manni und Streifenkollege Hans trugen Uniform, Kripo-Hubert war in Zivil.
„Dann gehen wir jetzt wohl in die letzte Runde", sprach Kripo-Hubert das aus, was alle dachten.
„Ich hole nur noch Balu rein und schließe das Haus ab", sagte Walter und schnappte sich auf dem Rückweg seine Jacke, die er nur lose über den Arm warf. Sie quetschten sich in den Streifenwagen, der für Kripo-Hubert zu niedrig und für Walter zu eng war. Außer Manni, der am Steuer saß, stiegen alle nochmal aus und tauschten die Plätze. Walter nahm auf dem Beifahrersitz Platz, der deutlich mehr Raum bot, Kripo-Hubert wechselte auf die Rücksitzbank, wo der VW Passat am höchsten war. Als sie langsam vom Hof rollten, öffnete sich fast zeitgleich die Tür zum Garten und Balu rannte hinaus.
„Wir müssen uns beeilen, wenn wir rechtzeitig da sein wollen", bellte Balu Kitty zu, die auf der Terrasse auf ihn gewartet hatte. Ohne ein weiteres Wort galoppierten die beiden Tiere durchs Dorf und dann querfeldein Richtung Herrgottsfeld.

Manni fuhr mit dem Streifenwagen mitten auf den Hof und machte den Motor aus. Josef hantierte vor der Werkstatt an einem

Traktorreifen, der auf einem Hänger lag. Als er Walter erblickte, der aus dem Polizeiauto stieg, kam er mit besorgtem Blick zu ihm.
„Mein Gott Walter! Hast du etwas ausgefressen? Wieso haben die dich denn verhaftet?"
Walter schaute peinlich berührt zur Seite und wusste nicht recht wie er anfangen sollte. „Weißt du Josef ... also ehrlich gesagt, sind wir wegen dir hier. Wir wollten dir noch ein paar Fragen stellen." Walter machte eine Pause und wartete auf Josefs Reaktion. Doch der schien unbeeindruckt und setzte sich auf den Rand des Hängers.
„Kein Problem. Ich hab Zeit. Worum geht's denn?"
„Wir wollen die Untersuchungen von Pfarrer Sailers Tod endgültig zum Abschluss bringen und da fehlen uns noch ein paar Informationen", begann Kripo-Hubert sachlich. „Zum Beispiel wüssten wir gerne, warum Sie sich bei Ihrem Gespräch mit dem Pfarrer in der Wirtschaft so aufgeregt haben?"
Josef schaute überrascht und atmete laut aus. „Darum geht es euch schon wieder?", fragte er genervt.
„Darum geht es uns immer noch", antwortete Manni. „Wir verstehen einfach nicht, warum Sie so reagiert haben."
„Weil es niemanden etwas angeht", rief Josef ärgerlich. „Niemand hat seine Nase in meine Familienangelegenheiten zu stecken."
Kripo-Hubert ging auf Josef zu und legte ihm beruhigend die Hand auf die Schulter. „Könnten Sie uns helfen, das alles zu verstehen?"
Josef kämpfte mit sich, doch schließlich gab er nach. „Na schön. Es ist ja auch nichts dabei." Unbewusst kamen alle etwas näher und auch die Kühe, die ihre Köpfe aus den Stalltüren streckten, spitzten die Ohren und hörten auf zu kauen. Keiner bemerkte Balu und Kitty, die in diesem Moment den Hof erreichten und sich hinter einem Forsythienbusch ins Gras duckten. Josef kratzte sich verlegen am Hinterkopf.

„Ich weiß nicht, wo ich anfangen soll ...", zögerte er.
„Am Anfang natürlich!", herrschte Manni ihn an.
„Am Anfang erschuf Gott Himmel und Erde ...", zitierte Josef bibelsicher.
„Herrgott nein", ging Kripo-Hubert dazwischen, „beginnen Sie am Anfang Ihrer Geschichte!"
Josef schien verunsichert und kratzte sich erneut am Kopf. „Das ist gar nicht so einfach. Das mit dem Pfarrer war ja vor ein paar Wochen, die eigentliche Geschichte begann aber schon vor vielen Jahren."
Manni und Kripo-Hubert schauten sich unsicher an, dann traf Manni die Entscheidung. „Fangen Sie erst mal beim Pfarrer an. Für den Rest haben wir danach noch Zeit."
Josef nickte und blickte kurz nach oben, als müsse er sich alle Einzelheiten ins Gedächtnis rufen. „Es war an diesem Freitag bei der Goschamarie. Ich war mit meinen Freunden beim Skat spielen, als sich Pfarrer Sailer zu uns an den Tisch setzte. Er begann sofort auf mich einzureden, gerade so, als hätte er eigentlich nur mich treffen wollen. Er erzählte mir von alten Büchern, in denen die früheren Ärzte ihre Behandlungen aufgeschrieben hätten und da sei er auf etwas Besorgniserregendes gestoßen. Er meinte, dass in meiner Familie seit Generationen eine Erbkrankheit weitergegeben würde. Irgendwas mit dem Herz, ich konnte mir das nicht merken. Deshalb solle ich unbedingt mal zum Arzt gehen und mich durchchecken lassen. Und da wurde ich sauer."
„Warum wurden Sie sauer?", hakte Manni nach.
„Na, weil meine Familiengeschichte niemanden etwas angeht ..."
„Und?", fragte Kripo-Hubert gedehnt.
„Und ... naja ... weil es eigentlich gar nicht meine Familie ist, weshalb mich auch irgendwelche Erbkrankheiten nicht wirklich interessieren ..."

Walter verstand nicht, was Josef damit sagen wollte. „Wie meinst du das?“
Josef schaute ihm müde in die Augen. „Wenn du weißt, dass deine ganze Familiengeschichte eine Lüge ist – dann ist das schlimm.“
„Ich verstehe gar nichts. Könnten Sie mir das erklären?“, hakte Kripo-Hubert nach.
„Diese Hofstelle hier“, Josef zeigte mit dem Arm einmal rundum auf alle Gebäude, „ist schon seit Generationen im Familienbesitz. Doch vor langer Zeit wurde dieser Hof von einem Ehepaar geführt, das keine Kinder bekommen konnte. Das ist lange her und Kinder waren damals entweder auf normalem Weg zu bekommen oder gar nicht. Nix künstliche Befruchtung und was es da alles heutzutage gibt. Sie hatten aber eine junge Magd, die mit dem Kinderkriegen keine Probleme hatte. Nach einem kurzen Techtelmechtel auf dem Sommerfest wurde sie schwanger und war am Boden zerstört. Zu der Zeit war das keine Kleinigkeit. Sie wusste, dass sie mit einem unehelichen Kind wie eine Geächtete behandelt werden würde und kein Mann sich jemals für sie interessieren würde. Sie wusste nicht weiter und suchte Trost und Hilfe bei dem Bauernehepaar. Die waren zuerst bestürzt darüber, warum die Magd es soweit hatte kommen lassen, fanden aber eine ganz einfache Lösung: sie nahmen das Kind auf und zogen es auf wie ihr eigenes. Im Grunde war es eine gute Lösung für alle: Der Bauer hatte einen Erben und die Magd behielt ihren guten Ruf. In den folgenden Monaten versteckten sie die Schwangere so gut es ging, was nicht so schwierig war, da der Winter kam und sich kaum jemand hier auf den Hof verirrte. Im April des nächsten Jahres, genauer gesagt am zwanzigsten April, brachte sie dann einen Jungen zur Welt. Dieser Junge war mein Großvater.“
Alle sahen sich schweigend an und versuchten die neuen Informationen zu verarbeiten, als ein Auto auf den Hof fuhr und

direkt vor dem Hauseingang parkte. Annemarie stieg aus und öffnete die hintere Tür ihres VW Golfs. Mehrere Einkaufstüten stapelten sich auf der Rücksitzbank. Erst jetzt bemerkte sie die kleine Gruppe vor der Werkstatt, die sich um ihren Mann versammelt hatte und kam auf sie zu.

„Was ist das denn für eine Versammlung?“, fragte sie zur Begrüßung und schaute dabei misstrauisch zu dem Polizeiauto und den beiden Uniformierten. „Josef, was geht hier vor?“

Josef kratze sich wieder am Hinterkopf und rang sichtlich nach Worten. „Also ... die Jungs hatten noch ein paar Fragen ... wegen Pfarrer Sailer. Wollen den Fall abschließen. Und sie meinten, unsere Familiengeschichte könnte dabei helfen.“

Annemarie stemmte wütend die Arme in die Hüften. „Gar nichts erzählst du“, zischte sie scharf, „was in deiner Familie passiert ist, geht niemanden etwas an.“

Ein kurzes Schweigen. „Ich ... ich hab es ihnen aber gerade erzählt ...“, stammelte Josef schuldbewusst. Fassungslos blickte Annemarie ihren Mann an und wurde kreidebleich.

„A-aber Josef“, presste sie hervor, „dein Vater hat dir die Geschichte auf dem Totenbett erzählt und von dir verlangt, es geheimzuhalten. Er wusste, dass wir alles verlieren, wenn herauskommt, dass dein Großvater in Wahrheit gar kein leiblicher Nachkomme war ... und damit auch kein Erbe.“

Josef blickte überrascht auf. „Was redest du denn für einen Blödsinn. Die Geschichte ist zwar peinlich, aber der Hof gehört uns.“

„Wie kannst du dir da so sicher sein?“ Annemaries Wut wandelte sich in Panik.

„Na, weil ich bei einem Anwalt war. Kurz nach Vaters Tod. Ich hab ihm den Sachverhalt erklärt und er hat das Ganze geregelt. Solche Fälle gab es früher öfter und es gibt Gesetze, die das eindeutig regeln.

Man kann uns gar nichts wegnehmen, weil alles ganz offiziell uns gehört!"

„Oh oh", flüsterte Kitty unter dem Forsythienbusch, *„ich fürchte, Annemarie dreht gleich durch."*

Auch Balu konnte ihre Panik riechen und wurde unruhig. *„Wenigstens hält sich Walter wie versprochen im Hintergrund. Aber wir sollten vorbereitet sein. Zu zweit hier hinter dem Busch können wir wenig ausrichten. Geh du hinten rum und versteckt dich hinter Annemaries Auto, dann können wir von zwei Seiten eingreifen, falls es nötig wird."*

Kitty duckte sich nach hinten weg und umrundete die Werkstatt. Niemand bemerkte sie, als sie sich hinter dem Golf abduckte und das Geschehen unter dem Fahrzeug hindurch beobachtete.

Kripo-Hubert hatte Annemaries Gefühlsänderung bemerkt und hatte einen schlimmen Verdacht.

„Was haben Sie getan", fragte er Annemarie, die mittlerweile den Tränen nahe war, doch sie reagierte nicht auf seine Frage.

„Warum hast du mir das nie erzählt, Josef?"

Der zuckte nur mit den Schultern. „Ich kümmere mich um alles, was den Hof angeht. Und nachdem alles geregelt war, hielt ich es für unwichtig."

Irgendetwas in Annemaries Innerem schien zu brechen und sie begann hysterisch zu schreien. „Unwichtig? Du hieltest das für unwichtig? Hast du sie noch alle? Ich mache mir Sorgen um unsere Familie … unseren Hof … und du hältst das für unwichtig. Weißt du was ich alles getan habe, um uns zu schützen? Einen Scheiß weißt du!" Tränen stiegen ihr in die Augen und aus dem Geschrei wurde ein leises Wimmern.

„Hättest du mir alles erzählt, wäre der Pfarrer noch am Leben. Dass er gestorben ist, ist nicht nur meine Schuld, sondern auch deine. Das alles war so … so … unnütz."

Dicke Tränen liefen stumm über Annemaries Gesicht. Sie wendete ihren Blick von Josef ab und schaute zu Manni und Streifenkollege Hans, die beide betreten zu Boden schauten. Plötzlich drehte sie sich um und lief zu ihrem Auto. Der Schlüssel steckte noch und ohne die hintere Tür zu schließen, startete sie. Alle waren vor Schreck erstarrt und blickten Annemarie erstaunt hinterher. Auch Walter, der etwas abseits stand, hatte keine Ahnung, was sie vorhatte. Er lief mit ausgebreiteten Armen auf das Auto zu und versuchte Annemarie zu beruhigen.
„Annemarie! Was soll das denn? Lass uns darüber reden!" Doch sie achtete nicht auf Walter, hörte ihn wahrscheinlich noch nicht mal. Sie legte hektisch einen Gang ein und gab Gas. Kies spritzte auf, als sie losfuhr, direkt auf Walter zu, der noch immer mit ausgebreiteten Armen mitten auf dem Hof stand. Balu preschte aus seinem Versteck hervor. So schnell wie noch nie rannte er auf Walter zu und setzte zwei Meter vor ihm zum Sprung an. Walter war einfach zu überrascht, um auszuweichen und sah den Golf weiter auf sich zurasen, als er plötzlich von etwas Schwerem angesprungen und zur Seite gestoßen wurde. Nur um Haaresbreite zischte der Kotflügel an ihm vorbei, während Balu unsanft auf der Frontscheibe landete und von dort nach hinten über das Auto gewirbelt wurde. Walter versuchte reflexartig seine Beine anzuziehen, doch er war zu langsam. Er spürte nichts, aber er hörte wie die Knochen brachen, als das Hinterrad über seinen Fuß fuhr. Im Liegen sah er dem Wagen nach und meinte irgendetwas Pelziges gesehen zu haben, dass sich an Annemaries Kopf festhielt. Der Golf raste vom Hof, bog in Richtung Bavendorf ab und beschleunigte. Doch schon nach wenigen Metern fuhr er Schlangenlinien und konnte sich wegen der hohen Geschwindigkeit nicht auf der Straße halten. Das Auto fuhr auf die Wiese, wobei der Frontspoiler krachend in einem Graben hängenblieb, raste noch ein

paar Meter weiter und knallte dann gegen einen alten Birnbaum. Der Motor drehte weiter im oberen Drehzahlbereich, obwohl Rauch aus dem Kühler aufstieg. Dann ging er einfach aus. Fasziniert registrierte Walter die plötzliche Stille. Dann kamen die Schmerzen.

Panik ergriff die kleine Gruppe auf dem Hof. Lediglich Kripo-Hubert schien einigermaßen gefasst und gab den anderen Anweisungen.
„Hans – du kommst mit mir zu Annemarie. Manni, du kümmerst dich um Walter. Josef – rufen Sie den Notarzt und fordern zwei Krankenwagen an. Haben Sie einen Feuerlöscher?"
Während Josef sein Handy aus der Tasche holte, zeigte er stumm auf eine Ecke in der Werkstatt. Kripo-Hubert schnappte sich den Feuerlöscher und rannte mit Streifenkollege Hans zu dem verunglückten Golf. Manni kniete sich neben Walter, der sich aufrichten wollte und beruhigte ihn.
„Das wird schon wieder Walter. Aber bleib liegen. Nicht bewegen."
Walter gehorchte und ließ sich von Manni seine zusammengelegte Jacke als Kissen unter den Kopf schieben. Sein Fuß pochte so heftig, dass er das Gefühlt hatte, er würde platzen. Wie konnte das nur passieren, fragte sich Walter und blickte sich im Liegen um. Als er ein paar Meter weiter Balu liegen sah, wollte er sofort zu ihm, bereute die Bewegung aber sofort.
„Balu! Was ist mit dir? Balu!!!"
„Er hat dir vermutlich das Leben gerettet", sagte Manni leise. „Wenn du brav liegen bleibst, kümmere ich mich um ihn."
Manni vergewisserte sich noch einmal, dass Walter sich nicht vom Fleck bewegte, dann ging er zu dem am Boden liegenden Wolfsspitz. Balu atmete heftig und winselte leise. Vorsichtig tastete Manni ihn ab, bemüht, ihn nicht unnötig zu bewegen.
„Äußerlich geht es Balu gut, Walter", rief Manni über den Hof. „Aber

wahrscheinlich hat er innere Verletzungen. Josef – haben Sie einen Tierarzt für Notfälle?"
Josef nickte und griff erneut zu seinem Handy. In diesem Moment kam Kripo-Hubert angerannt.
„Annemarie ist ohnmächtig und eingeklemmt. Wir kriegen sie nicht aus dem Auto. Da hat sich der ganze Rahmen verzogen. Keine der Türen lässt sich öffnen."
Josef überlegte kurz, dann rannte er in die Werkstatt und kam mit zwei Brechstangen zurück. Kripo-Hubert beugte sich kurz zu Walter hinunter und legte ihm die Hand auf die Schulter.
„Tut es arg weh?" Walter versuchte zu grinsen, was ihm aber nicht wirklich gelang.
„Nur wenn ich lache. Aber es geht schon. Ist nur der Fuß. Dank Balu. Ich hoffe, er ist nicht schwer verletzt. Gar nicht auszudenken, was passiert wäre, wenn er nicht da gewesen wäre."

Kitty rannte zu ihrem verletzten Freund und leckte ihm ein Ohr.
„Was ist los, Balu? Wo hat es dich erwischt?", fragte sie panisch.
Der Wolfsspitz hob gequält den Kopf und zeigte mit der Schnauze nach unten. *„Ich fürchte, da sind ein paar Rippen ab. Ich kriege kaum noch Luft und es tut fürchterlich weh."*
„Halt nur durch. Die haben für dich einen Tierarzt bestellt. Alles wird wieder gut." Balu wollte ihr glauben, doch seine Schmerzen sagten etwas anderes.

Kripo-Hubert und Josef hatten je ein Brecheisen an der Fahrertür angesetzt und drückten nun mit allen Kräften dagegen. Der Golf hielt dem Eingriff lange stand, letztendlich gab er mit einem metallischen Knirschen nach. Auch die Scharniere waren verzogen, so dass sie die Tür nur mit viel Kraft öffnen konnten. Annemarie war immer noch ohnmächtig und blutete im Gesicht aus zwei langen Kratzern. Kripo-

Hubert wunderte sich, dass sie aussahen wie die Kratzer einer Katzenpfote, kümmerte sich aber nicht weiter darum und zerrte Annemarie vorsichtig aus dem Auto. Als er sie mit Josefs Hilfe einige Meter vom Fahrzeug entfernt ins Gras legte, kam sie kurz zu sich, stammelte ein paar unverständliche Worte und wurde erneut ohnmächtig. Kripo-Hubert brachte sie in die stabile Seitenlage und hörte erleichtert die Sirenen der Krankenwagen, die schnell näher kamen.

Noch auf der Fahrt ins Krankenhaus bekam Walter ein Schmerzmittel, das ihn sanft wegdämmern ließ. Er nahm sich vor, nachzufragen, ob das Mittel legal war und wenn ja, wo man es kaufen konnte. Die anschließende Untersuchung durch den zuständigen Arzt bekam er kaum mit, willigte aber ein, als dieser vorschlug, sofort zu operieren. Als Walter aus der Narkose erwachte, hatte er keine Ahnung wo er war. Er schaute sich in dem kleinen Raum um und erkannte, dass er in einem Krankenzimmer lag. Er wollte sich aufsetzen, doch sein rechtes Bein lag erhöht in einer Schlinge und war mit einer Manschette fixiert.
„Ja Scheißndreckn, was …", brummelte Walter verwirrt und sah sich weiter um. Hinter sich hörte er Geräusche, konnte sich aber nicht weit genug umdrehen. „Hallo?", rief er in der Hoffnung, dass ihm jemand antwortete.
„Oh, da ist ja jemand aufgewacht", sagte die Krankenschwester, die an sein Bett kam. Sie war ungefähr so alt wie Walter, ziemlich mollig und hatte freundliche Augen.
„Wo bin ich?", stammelte Walter und sank zurück in das Kissen.
„Sie hatten einen Unfall und mussten am Fuß operiert werden. Sie sind im Krankenhaus in Ravensburg. Es ist alles gut verlaufen. Der Arzt wird es Ihnen gleich ausführlich erklären. Ich sage ihm, dass Sie wach sind. Brauchen Sie noch irgendwas?"
Walter schüttelte den Kopf, woraufhin die Krankenschwester das Zimmer verließ.

Ein paar Minuten später kam ein großgewachsener dunkelhaariger Mann im Arztkittel herein und stellte sich als Dr. Finger vor.

„Das Auto, das Ihnen über den Fuß gefahren ist, hat zwei Mittelfußknochen zerquetscht", erläuterte er. „Leider waren es viele einzelne Knochenstückchen, die von allein nicht wieder zusammengewachsen wären. Deshalb haben wir operiert."
„Werde ich wieder ganz gesund?", fragte Walter besorgt.
„Auf jeden Fall", lächelte Dr. Finger. „Sie werden aber ein paar Tage hierbleiben müssen, bis die Naht verheilt ist und wir Ihnen eine Schiene anlegen können."
Ein paar Tage, dachte Walter und dachte an Balu. „Das geht nicht! Ich habe einen Hund, der bei dem Unfall auch verletzt wurde. Ich muss mich um ihn kümmern. Wo ist er?"
„Das weiß ich leider nicht. Aber irgendeiner von Ihren Freunden kann es Ihnen sicher sagen. Da wartet eine halbe Fußballmannschaft im Besucherbereich. Wir verlegen Sie jetzt in ein normales Krankenzimmer, dann können Sie Besuch empfangen."

Walter wurde mit seinem Bett durch die Gänge des Krankenhauses geschoben und schließlich in einem der Zimmer abgestellt. Nur wenige Minuten nachdem die Schwester gegangen war, öffnete sich zaghaft die Tür und seine Freunde drängten herein. Zwar fehlte Streifenkollege-Hans, dafür war Anne mit dabei, die vorstürmte und ihn vorsichtig in den Arm nahm.
„Was machst du denn für Sachen, Walter?", flüsterte sie ernsthaft besorgt.
„Alles halb so wild. So ein gebrochener Fuß ist ja kein Beinbruch", witzelte Walter und seine Freunde atmeten erleichtert auf.
„Dein Humor hat zumindest nicht gelitten", sagte Kripo-Hubert und drängte sich an Manni vorbei. „Trotzdem hast du Riesenglück gehabt. Hätte Balu dich nicht weggestoßen, wärst du wahrscheinlich viel schlimmer verletzt worden."

„Wo ist Balu?“, fragte Walter.
„In der Tierklinik in der Weststadt. Hans ist bei ihm. Er hat vorher angerufen und gesagt, dass es Balu den Umständen entsprechend gut geht. Zwei Rippen sind angeknackst und er bekommt Schmerzmittel. Der Tierarzt meinte, dass er in ein paar Wochen wieder ganz der Alte sein wird.“
Walter atmete erleichtert aus und stellte die zweite Frage, die ihn beschäftigte. „Was ist mit Annemarie?“
„Die ist auch hier im Krankenhaus“, erzählte Manni. „Sie hat eine schwere Gehirnerschütterung. Als sie an den Baum gefahren ist, haben die Airbags zwar ausgelöst, aber sie ist wohl mit dem Kopf gegen den Seitenholm geknallt. Ansonsten noch ein paar geprellte Rippen und einen Haarriss im Ellenbogen. Im Gesicht hat sie ein paar Kratzer, die sich die Ärzte nicht erklären können und sich in kürzester Zeit entzündet haben. Sie vermuten es war irgendein Tier. Kannst du dich an was erinnern?“
Walter ahnte, wer für die Kratzspuren verantwortlich war, schüttelte aber den Kopf. „Was passiert jetzt?“, fragte er stattdessen.
„Das hängt alles von Annemarie ab, aber ich glaube, sie wird alles erzählen. Sie hat trotz ihrer Verletzungen darum gebeten, sofort eine Aussage machen zu dürfen. Eine Kollegin von mir ist gerade bei ihr.“

Annemarie saß aufrecht in ihrem Krankenbett, gestützt von mehreren Kissen. Um den Kopf hatte sie einen Turban aus Verbandsmaterial und beide Arme lagen bandagiert auf der Bettdecke. Ihr Gesicht hatte annähernd die Farbe ihres Krankenhaushemdes. Auf beiden Wangen leuchteten tiefe Kratzwunden. Ihr gegenüber saß eine junge Polizeibeamtin, die ihr portables Aufnahmegerät auf dem kleinen Besuchertisch aufgestellt hatte.
„Bitte nennen Sie mir zuerst Ihren Namen, Ihr Alter und Ihre Adresse", forderte sie Annemarie teilnahmslos auf. Sie brauchte drei Versuche bis die Beamtin zufrieden war, da sie für die Aufnahme zu leise sprach. Danach schwieg sie mehrere Sekunden.
„Stellen Sie mir keine Fragen?", flüsterte Annemarie.
„Nein. Das hier ist kein Verhör. Sie tun das auf Ihren eigenen Wunsch. Sie können sagen, was sie wollen, nur möchte ich Ihnen noch einmal dazu raten Ihren Anwalt …"
Annemarie winkte ab. „Ich will keinen Anwalt. Ich möchte nicht davon kommen, ich will Verantwortung übernehmen."
„Wie Sie wünschen", sagte die Beamtin und schlug gleichgültig die Beine übereinander. Wieder vergingen ein paar schweigsame Sekunden, bevor Annemarie zu erzählen begann.
„Als mein Schwiegervater vor ein paar Jahren starb, erzählte er meinem Mann auf dem Sterbebett, dass seine Familie zu Unrecht den Hof besaß. Der Vater meines Schwiegervaters war als Kind von den eigentlichen Besitzern nur angenommen worden, da diese keine eigenen Kinder hatten. Eine Adoption hat es nie gegeben, auch kein

Testament, doch das Ehepaar starb sehr jung und Josefs Großvater machte einfach weiter, so als wäre er der rechtmäßige Erbe. Und niemand stellte Fragen. Er bewirtschaftete jahrelang den Hof und gründete eine Familie, immer bemüht das Geheimnis seiner Abstammung zu verbergen. Als mein Schwiegervater dann starb, nahm er Josef das Versprechen ab, das Geheimnis weiter zu bewahren. Und das haben wir all die Jahre getan." Annemarie machte eine Pause und trank einen Schluck Wasser. „Dachte ich zumindest. Vermutlich hätte nie jemand davon erfahren, hätte Pfarrer Sailer nicht diese dämlichen Bücher in die Finger bekommen."
„Wer ist Pfarrer Sailer?", unterbrach die Beamtin.
„Das ist der Mann, an dessen Tod ich schuld bin. Aber dazu komme ich später." Annemarie holte tief Luft und setzte erneut an. „Die alten Bücher. Der Pfarrer war neugierig und wollte gerne mehr über Taldorf und seine Bewohner erfahren und kniete sich richtig rein. Als ich ihm Freitag vor seinem Tod seine Wäsche brachte, war er ganz aufgeregt, da er etwas über Josefs Familie herausgefunden hatte. Er war sich noch nicht ganz sicher, aber bei mir läuteten alle Alarmglocken. Als mein Mann am Freitagabend von der Goschamarie kam und mir von seinem Gespräch mit dem Pfarrer erzählte, war mir klar, dass er etwas gefunden hatte. Während Josef das Ganze als unwichtig abtat, überlegte ich fieberhaft, wie ich den Pfarrer von seinen Nachforschungen abhalten könnte. Es war doch unglaublich, wie so ein alter Mann derart viel Energie aufbringen konnte, um in alten Büchern rumzuforschen. Und da kam mir die Idee: ich musste dafür sorgen, dass er nicht mehr so viel Energie übrig hatte. Jeder wusste von seiner angeschlagenen Gesundheit nach seinem Herzinfarkt, also kümmerte ich mich darum, dass er sich schlechter fühlte. Am Samstagmittag ging ich in sein Haus. Hätte mich irgendwer bemerkt, wäre das nicht schlimm gewesen – schließlich

war ich ja seine Haushälterin. Dass der Pfarrer zu diesem Zeitpunkt nicht da war, war pures Glück und ich schlich mich in die Küche. Vor ein paar Wochen hatte ich aus Versehen ein Kaffeepulver gekauft, das war so stark, dass ich es eigentlich wegwerfen wollte ... doch das habe ich nicht. Von diesem Pulver habe ich einen guten Zentimeter in Pfarrer Sailers Kaffeedose geschüttet. Ich war überzeugt, dass er das allein schon merken würde, aber um sicher zu gehen, ging ich noch in die Kirche und schüttete Koffeinpulver in die Messweinflasche für den nächsten Gottesdienst. Das Pulver hatte ich davor in einer Apotheke in Markdorf gekauft, wo mich niemand kennt. Ich schüttete so viel Pulver in die Flasche, bis es sich nicht mehr auflöste und verschloss den Schraubverschluss so, dass er auf den ersten Blick aussah wie ungeöffnet. Pfarrer Sailer trank nach der Messe immer den Rest Wein, der beim Abendmahl übrig blieb. Das wusste jeder."
Annemarie machte erneut eine Pause, um zu trinken, dazu schluckte sie eine der bereitgestellten Schmerztabletten, da ihr Kopfweh stärker wurde.
„Was dann genau passiert ist, weiß ich nicht. Ich war nicht dabei. Hatte ich zu viel Koffein in den Wein gemischt? Waren weniger Leute als sonst im Gottesdienst, so dass mehr Wein für den Pfarrer übrig blieb? Hatte er morgens ausnahmsweise mehrere Tassen Kaffee getrunken?" Annemarie stiegen Tränen in die Augen und sie bedeckte sie mit den bandagierten Unterarmen. „Ich wollte ihn doch nicht umbringen", schluchzte sie. „Er sollte nur einfach keine Kraft für diese blöden Bücher mehr übrig haben."
„Wir machen eine kurze Pause", sagte die Beamtin und stoppte das Aufnahmegerät. „Ich muss mal auf die Toilette. Bin gleich wieder da."

Als die Beamtin zurück,kam, hatte Annemarie sich wieder gefangen und erzählte weiter. „Als ich heute vom Einkaufen zurück,kam und die Polizei bei Josef sah, war mir klar, dass sie es herausgefunden hatten. Aber ich habe das doch nur getan, um meine Familie zu schützen. Dachte ich jedenfalls." Annemaries Ton änderte sich und sie klang verbittert. „Hätte mein Mann mir erzählt, dass er diese ganze Geschichte schon vor Jahren geklärt hatte, wäre das alles gar nicht passiert. Aber nein: er hielt es für nicht so wichtig mit mir darüber zu sprechen. Als er es mir dann vor den ganzen Leuten ins Gesicht sagte, bin ich einfach durchgedreht. Ich erkannte, dass ich einen fürchterlichen und unnötigen Fehler gemacht hatte – dass Pfarrer Sailer wegen mir tot war - und wollte nur noch weg. Deshalb bin ich ins Auto gestiegen und losgerast. An alles weitere erinnere ich mich nicht."

Die Beamtin sah sie müde an. „Sie haben bei Ihrer Flucht einen Mann angefahren", sagte sie sachlich.

Annemarie schlug die Hände vors Gesicht, zog sie wegen der Kratzer aber sofort wieder zurück. „Oh nein! Das wollte ich nicht. Ich … ich … ich wollte doch nur weg und nicht, dass nochmal irgendwer zu Schaden kommt." Erneut liefen ihr Tränen über die Wangen und brannten in den Kratzern. „Habe ich einen der Polizisten verletzt?", fragte sie mit erstickter Stimme.

Die Beamtin schüttelte den Kopf. „Nein. Aber dafür einen Freund Ihres Mannes. Er ist auch hier im Krankenhaus." Für Annemarie war die Aussage zu Ende. Sie wusste, dass es nur Walter sein konnte. Sie legte sich in ihre Kissen zurück und weinte tonlos. Die Beamtin baute ihr Aufnahmegerät ab und verließ kopfschüttelnd das Zimmer.

Walters Freunde waren erst spät in der Nacht gegangen, nachdem die Krankenschwester mehrfach dazu aufgefordert hatte und er fiel fast auf der Stelle in einen traumlosen, aber tiefen Schlaf. Auch als er am nächsten Morgen erwachte, hatte er keine Schmerzen und dankte innerlich allen Pharmakonzernen dieser Welt für ihre gute Arbeit.
„Guten Morgen, Schlafmütze", sagte Eugen Heesterkamp viel zu fröhlich, als er bemerkte, dass Walters Augenlider sich öffneten.
„Was machen Sie denn hier?", fragte Walter erschrocken und versuchte sich im Bett aufzurichten, was sofort mit einem stechenden Schmerz bestraft wurde. Stöhnend ließ er sich zurücksinken.
„Ich habe gehört, was passiert ist. Der Dorffunk funktioniert immer. Und da ich eh heute früh hier ins Krankenhaus musste, dachte ich mir, ich schaue einfach mal vorbei."
Walter sah auf die Uhr an der Wand. „Sie gehen um halb sechs morgens ins Krankenhaus?", fragte er ungläubig.
„Naja, ein Freund von mir arbeitet hier als Arzt und tut mir hin und wieder einen Gefallen. Das geht aber nur, wenn sein Chef noch nicht da ist."
„Geht es um die Potenz?", grinste Walter und genoss es, als Eugen zusammenzuckte.
„Aber nicht doch. Da ist alles bestens, glauben Sie mir: BES-TENS! Ich lasse nur regelmäßig meine Laktatwerte messen, um mein Training zu optimieren. Halbmarathon – Sie erinnern sich?" Walter erinnerte sich, hatte aber keine Ahnung, wovon sein Besucher sprach.
„Was ist denn da in Hergottsfeld genau passiert?", fragte Eugen und

Walter erzählte ihm von den Ereignissen des gestrigen Tages, bis hin zu der Operation an seinem Fuß. Während Walter sprach, nahm Eugen unauffällig das Krankenblatt, das am Fußende des Bettes hing. Lächelnd fügte er das Wort „adipös" hinzu, machte ein Kreuz bei einer der angebotenen Diäten und hängte das Blatt unauffällig zurück. „Das ist ja eine aufregende Geschichte", sagte Eugen als Walter geendet hatte. „Kann ich denn irgendetwas für Sie tun?"
Da der Arzt Walter unbedingt noch über das nächste Wochenende im Krankenhaus behalten wollte, gab es tatsächlich etwas, wobei ihm Eugen helfen konnte.
„Sie müssen mich bei Pfarrer Sailers Testamentseröffnung vertreten. Ich schreibe Ihnen eine Vollmacht raus, dann müsste das klargehen."

Kurz nachdem Eugen gegangen war, kam eine grimmig dreinblickende Krankenschwester mit Walters Frühstück ins Zimmer. Es duftete wunderbar und Walter war überrascht, dass er sogar Kaffee bekam. Doch nach einem kurzen Blick auf sein Krankenblatt nahm sie ihm das Tablett kopfschüttelnd wieder weg und brachte ihm kurz darauf ein anderes. Zwei Scheiben Knäckebrot und eine Flasche stilles Wasser. Walter vermutete, dass sie erst jetzt bemerkt hatte, dass er Kassenpatient war. Mit einem Seufzer machte er sich an das spärliche Frühstück. Er brauchte die ganze Flasche Wasser, um das staubige Knäckebrot hinunter zu spülen. Verdammte Zweiklassengesellschaft.

Nach einem Mittagessen, das ausschließlich aus verkochtem Gemüse bestanden hatte, war Walters Vorfreude auf das Abendessen auf dem Nullpunkt. Als die Tür sich öffnete, überlegte er, irgendetwas nach der Krankenschwester zu werfen, um der nächsten kulinarischen Erniedrigung zu entgehen. Doch es war nicht die Krankenschwester, sondern Streifenkollege-Hans, der vorsichtig seinen Kopf zur Tür herein streckte.

„Störe ich bei irgendwas?“, fragte er vorsichtig und zeigte auf die Vase in Walters Hand.
„Aber nein, gar nicht“, antwortete Walter und stellte die Vase wieder auf den Beistelltisch.
„Das ist gut. Ich habe dir nämlich jemanden mitgebracht.“ Als er die Tür ganz aufmachte, sah Walter Balu, der mit gesenktem Kopf ins Zimmer trottete. An der Brust war sein Fell abrasiert und er trug einen engsitzenden Verband. Das schlimmste aber war die Halsmanschette, die wie ein Trichter hinter seinen Ohren angebracht war, damit er nicht an den Verbänden lecken oder nagen konnte. Walter streckte eine Hand nach seinem Hund aus, der leise winselnd daran leckte.
„Es sieht schlimmer aus, als es ist“, sagte Streifenkollege Hans. „Es geht ihm einigermaßen gut. Er hat noch Schmerzen, bekommt aber Medikamente. Du musst dir keine Sorgen machen.“
Walter genoss den Kontakt mit seinem vierbeinigen Freund und seine Augen wurden feucht, als er daran dachte, was dieser Hund gestern für ihn getan hatte.
„Oh Balu – ohne dich hätte diese Geschichte ganz schön böse ausgehen können.“
Er verwuschelte dankbar das verbliebene Fell im Nacken, während ihm die Tränen über beide Wangen liefen.
„Ich wusste gar nicht, dass Tiere hier rein dürfen“, schniefte Walter.
„War auch nicht so einfach. Ich hab denen gesagt, er sei ein Polizeihund und wichtig für eine Ermittlung. Dann haben sie uns rein gelassen, aber nur unter der Bedingung, dass er an der Leine bleibt.“
Walter war überrascht, da Balu bisher noch nie eine Leine akzeptiert hatte. „Du bist der beste Hund überhaupt“, lobte er den Wolfsspitz und tätschelte ihm vorsichtig die Flanke. „Wer kümmert sich denn um Balu, bis ich hier wieder rauskomme? Könntest du das vielleicht übernehmen, Hans? Er scheint sich bei dir recht wohl zu fühlen.“

Zu Walters Enttäuschung schüttelte er den Kopf. „Nein, er wird nicht bei mir bleiben.“ Er grinste. „Da haben wir jemand viel besseren gefunden.“

Grinsend öffnete Streifenkollege Hans die Tür und winkte jemandem. Als Liesl den Kopf hereinstreckte, fiel Walter aus allen Wolken.

„Was machen Sie denn hier? Sie müssen sich doch um Ihren Umzug kümmern.“

Liesl kam herein und setzte sich auf das Fußende von Walters Krankenbett. „Haben Sie vergessen, dass ich Profis damit beauftragt habe?“, entgegnete sie lächelnd. „Die schaffen das ganz gut ohne mich – wahrscheinlich sogar noch besser. Als ich gehört habe, was passiert ist, habe ich mich sofort ins Auto gesetzt und bin von Frankfurt hierher gefahren.“

„Wie haben Sie davon erfahren?“, wollte Walter wissen. „Elmar hat mich angerufen. Als mein Fliesenleger hatte er meine Handynummer.“

Walter ärgerte sich etwas, dass er ihre Nummer nicht hatte. „Aber das hätten Sie doch nicht tun müssen.“

„Aber natürlich musste ich das!“, widersprach Liesl. „Wofür hat man denn Freunde? Und wir sind doch Freunde?“

Walter schoss das Blut in die Wangen, als ihn Liesl – vielleicht länger als notwendig – liebevoll anschaute. „Das … ähm … ist sehr nett von Ihnen“, stammelte Walter und erschrak fast, als Streifenkollege Hans sich räusperte.

„Ich sollte dann mal wieder“, verabschiedete er sich. „Aber ich komme wieder – und die anderen auch. Ich soll auch von allen liebe Grüße ausrichten.“

Als Streifenkollege Hans weg war, besprachen Walter und Liesl was alles noch zu regeln war und er gab ihr seinen Hausschlüssel, damit

Liesl Balus Futter holen konnte. Er bat sie auch Kitty, Eglon und die Igel nicht zu vergessen, doch Liesl lachte nur und versicherte mehrmals, sich um alles zu kümmern. Der Abschied von Balu und Liesl fiel ihm schwer, doch er tröstete sich damit, dass er die besten Freunde der Welt hatte und dass alles hätte viel schlimmer kommen können. Dann kam sein Abendessen – und es wurde schlimmer.

Die Tage im Krankenhaus vergingen wie im Flug. Walters Besucher gaben sich die Klinke in die Hand, als gäbe es einen geheimen Zeitplan. Ständig hatte er Gesellschaft und jeder brachte kleine Geschenke mit und versorgte ihn mit den neuesten Informationen. Aus den Zeitungen erfuhr Walter, dass Margarethe Sailer in der Schweiz verhaftet worden war und nach Deutschland überführt werden sollte. Anscheinend gab es interessante neue Beweise über die Herkunft ihres Vermögens. Das wiederum hing mit der Testamentseröffnung ihres Bruders zusammen. Eugen hatte Walter, wie vereinbart, vertreten und ihm am nächsten Tag Bericht erstattet. Alle Freunde des Pfarrers waren dabei gewesen und hatten nicht schlecht gestaunt, als sie erfuhren, dass jeder bedacht wurde. Die meisten erhielten fünfzigtausend Euro. Einzelne, die dem Pfarrer noch etwas näher gestanden hatten, wie Karle aus Alberskirch, sogar hunderttausend. Eugen hatte mitgerechnet und kam auf über drei Millionen Euro, die der Pfarrer hinterlassen hatte. Wesentlich interessanter war allerdings die Tatsache, dass der Rest seines Vermögens einer neu zu gründenden Stiftung zu Gute kam. Ganze einhundertzweiunddreißig Millionen Euro. Der Pfarrer hatte außerdem verfügt, dass zwei Polizeibeamte bei der Testamentseröffnung dabei waren. Ihnen händigte der Notar einen großen Umschlag mit Informationen zum Familienvermögen der Sailers aus.

Natürlich brachten viele von Walters Besuchern auch etwas zu essen mit, doch die mürrische Krankenschwester beschlagnahmte jeden

noch so kleinen Keks. Wenn jemand in Walters Zimmer kam. blieb sie mit verschränkten Armen in der Tür stehen und ließ ihn nicht aus den Augen. Im Profil sah sie mit ihrem starren Blick wie Adolf Hitler aus, meinte Walter, doch vermutlich lag das nur an ihrem Bart.
Als Marie ihn einmal besuchte, hatte er Tränen in den Augen, als die Schwester das duftende Rauchfleisch beschlagnahmte und auch bei Jusufs Besuch konnte Walter kaum an sich halten, als sie den XXL-Döner, mit extra viel scharf, an sich riss. Nur ein einziges Mal sah sie nicht richtig hin und Walter aß gierig eine Margerite aus Annes Blumenstrauß.

Nach einer Woche war es endlich soweit: Walter durfte das Krankenhaus verlassen. Dr. Finger kam zur Abschlussvisite und untersuchte Walters Fuß, bevor er ihm eine abnehmbare Schiene anlegte. Dann gab er ihm zwei Krücken und zeigte Walter, wie man sich mit ihnen sicher bewegte. Zum Schluss überflog er noch einmal Walters Werte und machte ein nachdenkliches Gesicht.
„Stimmt irgendwas nicht, Doktor?", fragte Walter, der seinen Gesichtsausdruck bemerkt hatte.
„Hmmm ... soweit ist alles in Ordnung ... allerdings haben Sie in den paar Tagen fast sechs Kilo abgenommen."
„Da wundern Sie sich?", zischte Walter wütend. „Bei dem Drecksfraß, den ich hier bekommen habe, ist es ein Wunder, dass ich noch lebe!"
Verwirrt starrte Dr. Finger auf Walters Krankenblatt, das immer noch am Bett hing. „Oh, da ist wohl ein Fehler passiert. Oder jemand hat sich einen schlechten Scherz erlaubt ... sehen Sie das hier ... und das hier?" Dr. Finger hielt Walter das Blatt vor die Nase und zeigte auf zwei Einträge. „Das kommt nicht von mir. Irgendwer hat nachträglich „adipös" – also „fettleibig" - eingetragen und eine extra strenge Diät angekreuzt. Kein Wunder haben Sie abgenommen."

Walter erinnerte sich an Eugen Heesterkamps ersten Besuch und wusste, wer dafür verantwortlich war.
Walter bedankte sich trotzdem bei Dr. Finger und wollte schon auf seinen Krücken hinaushumpeln, als Manni in der Tür stand.
„Aber, aber! Glaubst du wirklich, wir lassen dich hier so raushüpfen?" Manni schob einen Rollstuhl, den er sich vom Krankenhaus geliehen hatte ins Zimmer und half Walter sich darin niederzulassen.
Gemeinsam fuhren sie mit dem Lift ins Erdgeschoss. Als die Fahrstuhltür sich öffnete, traute Walter seinen Augen nicht. All seine Freunde und das halbe Dorf erwarteten ihn und jubelten, als er aus dem Lift geschoben wurde. Walter war zu Tränen gerührt, als er die vielen bekannten Gesichter sah und die bunten Ballons und Blumen, die sie mitgebracht hatten. Jeder umarmte ihn oder gab ihm die Hand, so dass der Weg bis zum Auto mehrere Minuten dauerte. Dort erwarteten ihn Streifenkollege Hans und Kripo Hubert, beide in Uniform.
„Euer Hoheit: Eure Kutsche steht bereit!", sagte Kripo-Hubert theatralisch und öffnete die Tür des großen Polizeitransporters. Manni setzte sich ans Steuer, Kripo-Hubert auf den Beifahrersitz. Streifenkollege Hans und Anne sprangen zu Walter auf einen der Rücksitze.
„Unser kleines Abenteuer ist wohl zu Ende …", sinnierte Anne, als sie vom Krankenhaus wegfuhren, doch Walter schüttelte den Kopf.
„Es ist noch nicht zu Ende, denn es fehlt noch etwas ganz wichtiges …" Anne war irritiert.
„Aber was denn?"
Walter lachte. „Ein großes Abschlussfest natürlich! Sobald ich mit dem Fuß einigermaßen klar komme, lade ich euch alle ein!" Anne fiel Walter um den Hals und küsste ihn auf die Backe. „Walter – du bist der Beste!"

Es war Freitagnachmittag und die Tiere hatten es sich auf Walters Terrasse gemütlich gemacht. Eglon hatte den Gartenstuhl belegt, Balu und Kitty lagen platt auf dem Boden und dösten. Balu musste immer noch den Stützverband tragen, den lästigen Kragen hatte Walter ihm abgenommen, mit der Androhung ihn sofort wieder anzulegen, falls Balu auf die Idee käme, an dem Verband herumzukauen.
„*Ich bin so froh, dass jetzt alles vorbei ist*", sagte Balu. „*In ein paar Wochen sind Walter und ich wieder fit und dann ist alles wie früher.*"
„*Ganz so wird es nie wieder sein*", sagte Kitty. „*Du hast Walter das Leben gerettet. Er wird dir ewig dankbar sein.*"
„*Vielleicht baut er mir eine Hundeklappe ein oder er kauft ein Wolfsspitzweibchen …*"
„*Träum weiter*", murrte Eglon von seinem Gartenstuhl aus. „*So sind die Menschen nicht. Im einen Moment bist du der Größte, der Beste, der Schönste … im nächsten schimpfen sie mit dir, weil du dreckige Pfoten oder ein nasses Fell hast.*"
Kitty setzte sich auf. „*Du kannst dich doch wirklich nicht beschweren! Du wohnst jetzt bei Liesl, die dich nach Strich und Faden verwöhnt.*"
Beschweren konnte sich Eglon wirklich nicht. Er hatte Balus Idee ernst genommen und sich sofort an Liesl rangeschmissen, als sie wieder da war. Kitty hatte ihm beigebracht wie ein lieber, süßer und hungriger Kater zu miauen, wobei sie nur für „lieb" und „süß" üben mussten – „hungrig" hatte Eglon perfekt drauf gehabt. Liesl war natürlich darauf hereingefallen. Seitdem hatte er ein neues Zuhause, mit Sofa, verschiedenen Fressnäpfen und einer eilig eingebauten Katzenklappe.

„Was geht ab?“, rief Seppi, als er unter einem Busch am Terrassenrand hervorkroch. *„Du hast ja immer noch den blöden Verband dran“*, sagte er und deutete mit der Nase auf Balus Brust.
„Es sind ja auch erst vier Tage“, entgegnete Balu. *„Wobei ich nicht weiß, was der bringen soll. Die Rippen heilen dadurch nicht schneller und auch ohne Verband mache ich doch nichts, was mir weh tut. Hinzu kommt, dass es immer wärmer wird und die nachwachsenden Haare ziemlich jucken. Ich kann nur hoffen, dass er bald weg kommt.“*
„Jetzt jammer doch nicht rum“, mischte sich Eglon ein. *„Du bist jetzt ein Held. Da wirst du auch ein bisschen Juckreiz vertragen.“*
„Eeeeeglon!“, rief Liesl vom anderen Grundstück herüber. „Eglon komm! Essen!“ Der rote Kater ließ sich vom Gartenstuhl fallen und lief mit erhobenem Schwanz nach Hause. Kurz darauf hörte man ihn herzerweichend miauen. Süß, lieb und hungrig.

Walter kam mit seinen Krücken auf die Terrasse gehumpelt und blieb direkt vor Seppi stehen, der mutig seine schwarze Nase nach oben streckte.
„Du bist heute aber mutig, kleiner Mann“, lobte Walter den kleinen Igel und wollte sich eigentlich zu ihm hinunterbeugen, schaffte es aber wegen der Schiene nicht. Seppi trippelte selenruhig an ihm vorbei zum Fressnapf, in dem noch reichlich Futter lag.
„Das hat nichts mit Mut zu tun“, lächelte er, *„ich weiß einfach, wann ich schneller bin als du, Walter!“*
Kitty und Balu kicherten bei dieser Bemerkung, die Walter natürlich nicht verstanden hatte.
„Hallo Walter, was macht der Fuß?“ Liesl war außen herum in Walters Garten gekommen und blinzelte gegen die tiefstehende Sonne.
„Keine Schmerzen“, log Walter, „und das obwohl ich heute Morgen die letzte Tablette genommen habe.“ Liesl zog skeptisch eine

Augenbraue hoch, sagte aber nichts. Walter bot ihr den Gartenstuhl an, doch Liesl ging an ihm vorbei und holte sich einen Stuhl aus der Küche. Als sie nebeneinander saßen, bemerkte sie Seppi, der laut schmatzend das Katzenfutter bearbeitete.
„Der kleine Kerl hat Glück, dass Eglon jetzt bei mir sein Futter bekommt. Da bleibt wieder mehr für ihn übrig. Andererseits, wenn das so weiter geht, bin ich bald pleite. Eglon frisst mehr als ein Elefant. Beim letzten Einkauf hat mein gesamter Einkauf weniger gekostet als das Katzenfutter."
Walter lachte und legte ihr freundschaftlich die Hand auf die Schulter. „Wenn es knapp wird, sagen Sie Bescheid. Ich hab da noch ein bisschen was gespart …". Er zwinkerte Liesl verschmitzt zu, die daraufhin fröhlich lachte.
„War nur ein Scherz, Walter. Machen Sie sich um mich keine Sorgen. Ich habe zwar ein paar Probleme, aber die haben allesamt nichts mit Geld zu tun." Walter lehnte sich entspannt zurück und überlegte, ob er sich ein Bier holen sollte. Er verzichtete darauf, da er am Abend noch etwas trinken wollte und der Arzt ihn, wegen der Schmerztabletten, vor zu viel Alkohol gewarnt hatte.
„Wollen Sie heute wirklich rüber zur Goschamarie?", fragte Liesl besorgt. Walter nickte. „Und ich darf Sie nicht begleiten?" Wieder nickte Walter.
„Ein andermal gerne, Liesl, aber heute muss mich jemand anders begleiten."
„Und Sie wollen allen die Wahrheit erzählen?" Walter schwieg einen Moment.
„Was in der Zeitung steht ist eine Sache … aber das sind meine Freunde – die möchte ich nicht anlügen."
Noch im Krankenhaus hatte er sich mit Kripo-Hubert und Manni abgesprochen, was sie bei der Polizei zu Protokoll geben würden.

Manni, Hubert und Hans durften vor Annemaries Amokfahrt nicht in der Geschichte auftauchen, da sie Ärger mit ihren Vorgesetzten bekommen hätten. Auch Anne hatte darum gebeten, nicht erwähnt zu werden. Herausgekommen war eine hübsche Geschichte, die von einem braven Bürger handelt, der nach dem Tod eines Freundes, auf bloßen Verdacht hin, selbst ermittelt hatte und am Ende den Fall tatsächlich aufgeklärt hatte. Erst im letzten Moment, als er sich ganz sicher war, hatte er sich an Freunde bei der Polizei gewandt, die seinem Verdacht pflichtbewusst nachgegangen waren und dann die Täterin verhaftet hatten.
Walter hatte kein Problem mit dieser Geschichte, zumal er damit seinen Freunden helfen konnte. Was die Medien daraus machten, gefiel ihm allerdings weniger. Von heute auf morgen war Walter „Der Held aus Taldorf", der reihenweise Verbrecher zur Strecke brachte. Die Zeitung, die er selbst austrug, titelte: „Unser Mann im Einsatz für Recht und Ordnung", die Bildzeitung nannte ihn „Sherlock Walter" und der regionale TV-Sender hatte ein Bild von seinem Haus gezeigt mit dem Kommentar „Hier lebt der oberschwäbische Hercule Poirot". Bemerkenswert fand Walter wie die Medien sich ihre Geschichten zusammengereimt hatten, da er kein einziges Interview gegeben hatte. Anfragen waren genug da gewesen, sogar gegen Honorar, doch Walter hatte stets abgelehnt. Ein besonders hartnäckiger Mann eines TV-Senders hatte ihn über zehn Mal angerufen und ihn in seine Talkshow eingeladen, aber auch hier war Walter hart geblieben – außerdem kannte er diesen Markus Lanz nicht. Dieses Bild von Walter, das die Medien so heroisch aufgebauscht hatten, war auch in den Köpfen seiner Freunde im Dorf und das wollte er heute ändern, indem er ihnen die wahre Geschichte erzählte.

Walter humpelte umständlich Richtung Wirtschaft und blickte sich immer wieder bewundernd um. In der Woche, die er im Krankenhaus verbracht hatte, war die Natur geradezu explodiert. Überall blühten Tulpen und Narzissen, in vielen Gärten hatten die Besitzer bereits die Beete zur Bepflanzung vorbereitet. Der Wind rauschte leise durch die zartgrünen Blätter der Bäume und trug einen angenehmen Geruch nach frischer Erde mit sich.
Balu trottete gemütlich neben Walter her und war insgeheim froh, dass Walter nicht schneller laufen konnte, da er beim Traben immer noch seine angeknacksten Rippen spürte. Walters zweiter Begleiter lief schweigend nebenher und achtete darauf, dass Walter mit den Krücken nicht stolperte. Sie brauchten eine gefühlte Ewigkeit bis zur Wirtschaft, doch Walter genoss jede Sekunde davon.
Als sie endlich ankamen, stakste Walter die Treppen am Eingang hinauf und schnaufte ein paar Mal tief durch, bevor er die Tür zur Gaststube aufstieß. Wie immer, wenn sich die Tür öffnete, schauten alle Gäste hin, um zu sehen, wer kam. Als sie Walter in der Tür stehen sahen, verstummten sie schlagartig und Walter war sich unsicher, was jetzt passieren würde.
„Walter – do bisch jo wieder!", entschärfte Marie die Situation und kam mit ausgebreiteten Armen auf ihn zu. Sie wollte ihn umarmen, kam aber wegen der Krücken nicht richtig an ihn heran und legte ihm nur vorsichtig einen Arm um die Schulter.
„Endlich ischer wieder do – unser Taldorfer Held!" Sie stemmte die Hände in die Hüften und stellte sich in die Mitte des Raumes. „Des

muss ma au räat feira! Die näckscht Runde goht aufs Haus."
Die Gäste johlten und klatschten und die meisten ließen es sich nicht nehmen, Walter kurz persönlich zu begrüßen. Dann kam Walters Begleitung herein und es wurde mucksmäuschenstill. Alle starrten Josef an, der mit hängenden Schultern unsicher über die Schwelle trat.
„Komm her Josef, du musst mir helfen", sagte Walter in die Stille. „Ohne dich komme ich nicht zu meinem Platz."
Josef nahm Walter die Krücken ab und ging neben ihm her, so dass Walter sich an ihm aufstützen konnte, während er zu seinem Stuhl humpelte. Als er sich neben Walter setzte, begannen einige Gäste zu tuscheln, doch schon nach wenigen Minuten waren alle wieder in ihre eigenen Gespräche vertieft.
Walter freute sich, dass alle seine Freunde da waren: Max, Peter, Elmar, Theo und noch einige andere aus dem Dorf. Es war ihm wichtig gewesen mit Josef gemeinsam her zukommen, denn natürlich würde es noch viel Gerede über ihn und Annemarie geben, aber irgendwann musste es auch ein Ende haben.

„So, dei Bier, Walter. Des zwoite bring i dir denn schpäter, damits au scheh frisch isch."
Walter staunte, da Marie das noch nie gemacht hatte, freute sich aber über sein erstes Bier seit über einer Woche.
„Dürfen wir dich denn noch beim Vornamen nennen oder ist das bei Superhelden nicht in Ordnung?", fragte Max mit einem Grinsen.
Walter tat so, als wollte er Max schlagen, der sich gespielt ängstlich wegduckte. „Ich bin immer noch der gleiche wie letzte Woche. Und vor allem bin ich kein Superheld." Deshalb war er heute zur Goschamarie gekommen: um seinen Freunden die Wahrheit zu erzählen. Natürlich schmeichelte ihm, was die Zeitungen über ihn geschrieben hatten, aber er fühlte sich nicht wohl dabei, die Lorbeeren

für die ganze kleine Ermittlergruppe zu bekommen. Wenigstens seine Freunde sollten wissen, was wirklich passiert war. Walter erklärte zuerst, warum sie die Geschichte etwas abgeändert hatten und erzählte dann die wahre Geschichte von Anfang an. Alle hingen an seinen Lippen und immer mehr Gäste setzten sich dazu. Hin und wieder gab es kurze Zwischenfragen, doch meistens ließen sie Walter einfach reden. Am Ende lehnte Walter sich zurück und nahm einen großen Schluck Bier.

„Du bist trotzdem unser Held", sagte Theo und legte ihm stolz die Hand auf die Schulter. „Das hätte keiner von uns geschafft."

„Was passiert denn mit Annemarie?", wollte Peter wissen.

„Die muss doch sicher ins Gefängnis? Wegen dem Pfarrer … und weil sie dich überfahren wollte."

Erst nachdem er das gesagt hatte, erinnerte sich Peter daran, dass Josef mit am Tisch saß und hob entschuldigend die Hände. Doch Josef winkte ab.

„Ist schon ok. Was meine Frau getan hat, ist wirklich schlimm und natürlich wird sie angeklagt werden. Was dann passiert, weiß ich nicht."

Walter wandte sich direkt an Peter. „Es geht für Annemarie nur um den Pfarrer. Alles andere war ein Unfall. Kapiert? Ich stand zur falschen Zeit am falschen Fleck. Und bin dann auch noch ungeschickt gestolpert. Das ist die Geschichte, die ich zu Protokoll gegeben habe und dabei bleibt es. Annemarie hat schon genug Probleme."

„Gibt es eigentlich auch noch Themen, die nicht so trübsinnig sind?", fragte Elmar plötzlich lautstark in die Runde. „Ich möchte nämlich einen lustigen Abend mit meinen Freunden haben. Also: wer stößt mit mir an?"

Er hob sein Bier in die Höhe und alle machten mit. Vom einen Moment auf den anderen war die Stimmung fröhlich und ausgelassen

wie eh und je. Nur einmal musste Marie dazwischen gehen, als Peter und Theo drauf und dran waren, die Revanche für das Rodeo sofort anzugehen.
Nach seinem vierten Bier wurde Walter müde und sehnte sich nach seinem Bett, das er seit seinem Krankenhausaufenthalt besonders zu schätzen wusste. Die Schmerztabletten wirkten in Verbindung mit Alkohol tatsächlich viel besser und als er aufstand, hatte er Bedenken, ob er tatsächlich heil nach Hause kommen würde, doch Josef war sofort zur Stelle und manövrierte ihn vorsichtig zur Tür. Walter blieb auf der Schwelle stehen und blickte sich noch einmal um. Er sah seine Freunde, wie sie lachten und erzählten, wie sie sich zuprosteten und Spaß hatten, er sah Balu an, der mit seinem Verband neben ihm her trottete und immer noch ramponiert aussah und ihm das Leben gerettet hatte. Er dachte an die anderen Tiere, die bei ihm ein und aus gingen, er dachte an seine neuen Freunde, mit denen er dieses Abenteuer erlebt hatte und er dachte an Liesl. Und plötzlich war Walter dankbar. Dankbar für die Menschen und Tiere um ihn herum, dankbar für sein Leben und auch für die Zukunft, die nun wie ein ungeschriebenes Buch vor ihm lag. Leere Seiten, die er selbst beschreiben durfte. Ihm war klar, dass sich vieles ändern würde und er freute sich darauf. Ein zufriedenes Lächeln breitete sich auf seinem Gesicht aus. Zum ersten Mal seit langer Zeit freute er sich auf das, was kommen würde. Zum ersten Mal seit langem war Walter glücklich.

Marie stand an der Theke und winkte ihm und Josef hinterher: „Machet's guat, ziernet nix, kommet wieder!!!“

Nachspiel

Die Nacht war ungewöhnlich warm und Walter schwitzte heftig, als er seinen Karren vor sich her schob, doch das machte ihm nichts aus. Ganze acht Wochen war er krankgeschrieben gewesen und er sehnte sich nach Bewegung. Er trug die kurze Laufkleidung, die er von Eugen bekommen hatte und die ihm jetzt viel besser passte. Das war Liesls Verdienst. Als Walter wegen seiner Verletzung kaum etwas tun konnte, hatte sie ihm zahlreiche Tätigkeiten abgenommen. Auch das Kochen. Walters Speiseplan, der zuvor hauptsächlich aus Rauchfleisch, Brot und Wurst bestanden hatte, wurde um so wundervolle Dinge wie Gemüse, Vollkornprodukte und Salat erweitert. Trotz wenig Bewegung verlor er ständig an Gewicht. Insgesamt hatte er zwölf Kilo abgespeckt und fühlte sich so gut wie noch nie. Er hätte Bäume ausreißen können.

Als er die Zeitung an Eugens Haus deponierte, verschwand Balu um die Hausecke. Der Wolfsspitz war wieder ganz gesund. Schon zwei Wochen nach dem Unfall war er wieder ganz der alte gewesen. Nur wer genau hinsah, erkannte noch die Stelle, wo der Tierarzt das Fell abrasiert hatte.

„Hey – Ulf! Bist du wach?", flüsterte Balu an der Kiste des Schildkröters

„Natürlich. Ich bin Frühaufsteher", antwortete Ulf mit seiner tiefen Stimme. *„Schön, dass du vorbei kommst. Die letzten Wochen waren zum Sterben langweilig. Ich wünschte, ich käme hier mal raus."*

„Genau darum geht es. Hättest du Lust am Samstag auf unsere Party zu kommen?"

Aus der Kiste ertönte ein spöttisches Lachen. *„Willst du mich verarschen,*

Balu? Wenn ich am Samstag bei euch sein wollte, hätte ich vorgestern loslaufen müssen."
„Da habe ich schon eine Lösung, vertrau mir. Ich fände es nett, wenn du kommen würdest. Walter hat alle seine Freunde eingeladen und zu uns Tieren gesagt, wir dürften auch mitbringen, wen wir wollen."
„Gibt's da was anderes als diese geschissenen Bananen? Die hängen mir nämlich schon seit dreißig Jahren zum Hals raus."
Balu hatte keine Ahnung, sagte aber: *„Ganz bestimmt."*
„Dann komme ich gerne. Aber verrate mir doch, wie ich da rechtzeitig hinkommen soll?"
„Lass dich überraschen", rief Balu und schabte mit einer Pfote an der Kiste. *„Sorg einfach dafür, dass du am Samstag um vier Uhr noch in deinem Gehege bist. Mach's gut Ulf"*
„Mach's gut Balu."

Margarethe Sailer saß genervt in ihrer Zelle. Wegen Verdunklungs- und Fluchtgefahr durfte sie das Gefängnis nicht verlassen. Bis heute war ihr schleierhaft, wie das alles hatte passieren können. Natürlich waren die Dokumente aus dem Testament ihres Bruders bei der Staatsanwaltschaft gut angekommen, aber wie die Ermittler so schnell ihr sorgsam gesponnenes Netz hatten entwirren können, war ihr ein Rätsel. Zum Glück hatte sie Einstein. Er hatte in letzter Sekunde ihr Privatvermögen auf eine Bank in einem tropischen Inselparadies transferiert. Jetzt musste sie nur noch möglichst schnell hier rauskommen.
„Sie haben Besuch", sagte der Wärter teilnahmslos und schloss die Zellentür auf. Wenigstens durfte sie Besuche in ihrer Zelle empfangen und nicht im Besucherraum des Gefängnisses. Dr. Rommel betrat den zwei Mal drei Meter großen Raum und setzte sich neben ihr auf die Pritsche.

„Wie sieht es aus?", fragte Margarethe ohne Begrüßung. „Wann komme ich endlich aus diesem Scheißloch hier raus?"
Der Anwalt nahm mehrere Dokumente aus seiner Tasche, die zu seinen Füßen stand und reichte sie Margarethe, zusammen mit einem Kugelschreiber.
„Das meiste ist überstanden. Ich habe mehrere Anträge aufgesetzt, die sie in den nächsten achtundvierzig Stunden hier herausbringen. Sie müssen nur unterschreiben."
Margarethe riss ihm die Papiere aus der Hand und unterschrieb, ohne sie vorher zu lesen. „Das wird auch höchste Zeit, Einstein. Und als nächstes suchen wir uns ein schönes Land ohne Auslieferungsabkommen. Die glauben doch nicht, dass die mich jemals vor einem Richter sehen." Sie lachte verächtlich, während Dr. Rommel die Anträge zurück in seine Tasche schob.
„Was das angeht … ich habe da schon ein paar Reisepläne gemacht. Ich hoffe, sie werden ihnen gefallen."
Nach einer wortlosen Verabschiedung machte sich der Anwalt auf den Weg nach Hause. Er musste packen. Er wusste, dass seine Reisepläne Margarethe nicht gefallen würden – da sie nicht darin vorkam. Er hatte so lange auf seine Chance gewartet diesen Drachen loszuwerden. Sie hatte so gar nichts von ihrem Vater, dem er seit ihrer gemeinsamen Zeit bei der SS immer treu gewesen war. Doch dann kam das Testament und Margarethes irrsinnige Idee, es verschwinden zu lassen. Im Nachhinein wunderte es ihn wie einfach alles gewesen war. Er hatte dem Mann, den Margarethe beauftragt hatte, einfach die doppelte Bezahlung angeboten und der hatte sich daraufhin gern bei dem Einbruch in die Kanzlei erwischen lassen und genau das ausgesagt, was sie besprochen hatten. Nun war er endlich dieses Monster von Frau los. All die vergeudeten Jahre unter dieser Furie. Er bedauerte, dass er nicht ihr Gesicht sehen konnte, wenn sie feststellte,

dass nicht nur ihr Anwalt, sondern auch ihr gesamtes Geld weg war. Das wäre das Tüpfelchen auf dem „i" gewesen, doch er zuckte nur mit den Schultern und war in Gedanken schon beim Kofferpacken. Badehose, Bermudashorts, T-Shirts, Sonnencreme.

Walter hatte fünf Biertischgarnituren von Marie ausgeliehen und über sie auch ein Fünfzigliterfass Bier bei der Brauerei bestellt. Für den Grill hatte er Opa Franz engagiert, einen Metzger in Rente, der bei den verschiedensten Festen im Dorf gerne die Steaks auflegte. Zusammen mit Liesl hatte er dekoriert, mehrere Lichterketten aufgehängt und die fünf Biertische zu einer großen Tafel aneinander gestellt. Noch war es hell, aber Walter rechnete nicht damit, dass dieses Fest bei Tageslicht enden würde.
Anne und Elmar kamen als erste und Walter begrüßte sie herzlich, als sie das Mini-Cabrio in der Einfahrt parkten. Er wunderte sich, dass Balu nicht bellte und die Gäste begrüßte. Anne bemerkte seinen suchenden Blick.
„Suchst du Balu? An dem sind wir gerade vorbei gefahren. Er war vorne bei der Kirche und auf dem Weg hierher, wie es aussah. Ich glaube, er hatte einen kaputten Fußball im Maul … genau konnte ich es nicht erkennen."
Walter konnte sich keinen Reim darauf machen, dachte aber nicht weiter darüber nach, da schon die nächsten Gäste eintrafen. Manni, Streifenkollege Hans und Kripo-Hubert kamen gemeinsam im Dienstwagen, aber wenigstens ohne Uniform. Kripo-Hubert saß am Steuer, da er wegen einer Infektion Antibiotikum nahm und keinen Alkohol trinken durfte. Dann rollte ein VW-Bus mit Liesls Bauarbeitern auf den Hof und Walter wurde von Mirco und seinen Kollegen überschwänglich begrüßt. Auch Liesl wurde von allen umarmt und führte die Gäste anschließend in den Garten. Eugen

Heesterkamp und der fleißige Jury hatten sich unterwegs zufällig mit ihren Fahrrädern getroffen und lehnten ihre Drahtesel an die Hauswand. Dann näherte sich eine kleine Prozession dem Haus und Walter traute seinen Augen nicht, als er Marie erkannte, die mit Max, Peter und Theo zu Fuß die Straße entlang ging. Walter hatte Marie zwar eingeladen, aber nicht damit gerechnet, dass sie tatsächlich kommen würde. Marie ging normalerweise nie auf private Feiern. Als einer der letzten parkte Jusuf seinen BMW vor Walters Haus. Nur Georg kam noch nach ihm, aber er kam nicht allein: er hatte einen aufgeregten jungen Hund an der Leine, der ihm ständig vor die Füße sprang und schier durchdrehte, als er die Steaks roch, die bereits auf dem Grill brutzelten.

„Da hast du ja einen hübschen neuen Freund, Georg", sagte Walter und ging in die Knie, um den Hund zu begrüßen.

„Freundin", korrigierte Georg, „es ist ein Weibchen. Sie heißt Chiara." Walter verwuschelte Chiaras Fell, die ihm dankbar die Hände leckte.

„Ich hoffe, es ist okay, dass ich sie mitgebracht habe, aber ich kann sie noch nicht allein lassen. Sie würde mein ganzes Wohnzimmer verwüsten."

„Kein Problem. Lass sie doch zu den anderen Tieren. Die haben sich auf Liesls Terrasse versammelt und feiern ihre eigene Party."

Balu, Kitty, Eglon, Seppi, Mandy und Ulf lagen auf den Pflastersteinen vor Liesls Hintereingang und beobachteten das Treiben der Menschen aus sicherer Entfernung. Walter hatte für die Tiere gleich mehrere Schüsseln mit Hunde- und Katzenfutter aufgestellt und eine große Schale mit Obst, da er nicht genau wusste, was Igel eigentlich fressen. Auch sie sollten ihr Fest haben.

„Öh – isch holt misch glaub isch lieber ons Katznfudder. Da steckt möhr

Energü drin", flötete Mandy und watschelte behäbig zu einer der Schüsseln. Ihr Zusammenleben mit Seppi trug Früchte und schon bald würde sie ein paar niedliche kleine Igel zur Welt bringen.

„Deine Alte wird immer fetter. Willst du da nicht mal was tun?", raunzte Eglon Seppi zu, der jedoch nur kicherte.

„Du weißt doch: anderes Schönheitsideal. Mir gefällt sie so. Ach übrigens: wo ist denn deine Verabredung für heute Abend?", stichelte Seppi und begab sich zu seiner trächtigen Freundin.

„Ja genau – warum hast du keine heiße Mieze dabei?", stichelte Kitty.

„Pff – ich dachte, das hier sei ein Abend unter Freunden. Hätte ich geahnt, dass es eine Gangbang-Party wird, hätte ich schon was am Start."

Während Eglon beleidigt an seiner Pfote leckte, kam Georg mit Chiara ums Eck.

„Hallo … Tiere", sagte Georg zögerlich, als er auf die kleine Versammlung von Hund, Katzen, Igeln und Schildkröte blickte. „Ich möchte euch meine Hündin Chiara vorstellen. Könnt ihr ein wenig auf sie aufpassen?"

Georg sprach mit den Tieren wie mit Menschen, also so wie immer. Aber vielleicht sprach er auch mit den Menschen wie mit Tieren.

Chiara freute sich, als sie von der Leine gelassen wurde und ließ sich gerne von allen beschnuppern. Vor allem Balu kümmerte sich aufgeregt um sie.

„Was bist du denn für eine hübsche Rasse?", fragte er die Hündin.

„Border Collie", kläffte Chiara aufgeregt. *„Und du?"*

„Ich bin ein Wolfsspitz", antwortete Balu stolz.

„Wenig Wolf – dafür ganz schön spitz!", lästerte Eglon aus dem Hintergrund, woraufhin alle lachten. Doch Chiara störte sich nicht daran und versuchte mit jedem zu spielen. Plötzlich blieb sie wie versteinert stehen.

„Was – ist – das – denn?", fragte sie entsetzt und zeigte auf Ulf, der

gerade eine Weintraube aus dem Obstnapf zerkaute.
„*Ich bin Ulf*“, sagte das Reptil höflich. „*Ich bin ein Schildkröter. Freut mich, dich kennenzulernen.*“ Er hob die rechte Vorderpfote zum Gruß, wodurch sein Panzer zur Seite kippte und Ulf einen halben Kopfstand machte. Chiara lachte, blieb aber vorsichtig auf Distanz.
„*Freut mich, euch alle kennenzulernen!*“, sagte sie und einer nach dem anderen stellte sich vor, sogar Eglon, der neue Gäste eigentlich nur als Konkurrenz am Futternapf betrachtete. Nachdem sie alle gefressen hatten, legten sie sich an den Rand der Terrasse und schauten hinüber zu den Menschen.
„*Du hast aber ein tolles Fell*“, flüsterte Chiara, als sie sich an Balu kuschelte.
„*Na ist doch prima*“, zischte Eglon Kitty zu, „*jetzt kommt unser wuscheliger Freund doch noch zum Sprung.*“
Kitty versetzte ihm einen krallenlosen Schlag mit der Pfote. „*Lass die beiden in Ruhe. Du bist ja nur neidisch.*“
„*Ich, nicht doch. Aber wie sieht's denn bei dir aus? Nachher vielleicht noch Lust auf neckische Katzenspiele?*“
Kitty stupste ihn noch einmal mit der Pfote, grinste dann aber.
„*Vielleicht. Wenn du dich heute Abend benimmst …*“
„*Ihr habt Probleme*“, seufzte Ulf mit seiner tiefen Stimme, der bislang nur Stumm neben ihnen gelegen hatte. „*Ich hatte seit achtunddreißig Jahren keinen Sex mehr und da wird auch nicht mehr viel kommen, befürchte ich.*“
„*Sög niemöls nie!*“, hauchte Mandy und kuschelte sich an Seppi.

Eugen Heesterkamp hatte den Zapfhahn in der Hand und wollte das Bierfass anstechen. Er erklärte lautstark worauf es dabei ankam und schwang mehrfach den Holzhammer, um die Bewegung zu üben. Gerade als er zum entscheidenden Schlag ausholte, griff ihm Marie

von hinten an den Arm und nahm ihm den Hammer weg.
„Sie hend doch no nie a Fass agschtocha! Und so wird des au nix. Bass auf – i zeugs dr!“ Marie setzte den Hahn auf die noch verschlossene Öffnung des Fasses und trieb ihn mit einem einzigen kräftigen Schlag hinein. „Azopft is!“, rief sie und schenkte Eugen einen herablassenden Blick.
„Weißt du eigentlich, warum die beiden sich nicht vertragen?“, fragte Walter leise, der mit seinem Krug hinter Georg in der Schlange der Durstigen stand.
„Nix genaues“, murmelte Georg. „Man munkelt, dass die beiden fast mal was miteinander gehabt hätten, aber Marie in letzter Sekunde die Reißleine gezogen hat.“
„Oh“, staunte Walter und versuchte die Bilder zu verdrängen, die ihm sein Gehirn zusammenbaute.
Alle bedienten sich beim Bier (außer den Fahrern natürlich) und holten sich bei Opa Franz Steak mit Kartoffelsalat.
„Wie ist das eigentlich bei dir mit dem Schweinefleisch?“, fragte Elmar Jusuf, der sich ein riesiges Stück Fleisch auf den Teller gelegt hatte.
„Weil ich bin Moslem?“ Jusuf lachte. „Guckst du da“, sagte er und zeigte mit der Hand Richtung Dorfmitte. „Siehst du Kirchturm?“
„Nein, natürlich nicht. Es ist ja dunkel“, antwortete Elmar irritiert.
„Genau. Und so is auch mit Allah. Wenn dunkel is, sieht er nix.“ Jusuf setzte ein scheinheiliges Lächeln auf und schob sich ein großes Stück Steak in den Mund.
Der Hunger war irgendwann gestillt, doch der Durst hielt sich hartnäckig und so leerte sich Krug um Krug. Es war jetzt stockdunkel, nur die Lichterketten verbreiteten ihr gedämpftes Licht.
„Lieber Walter“, sagte Anne und erhob sich von der Bierbank. In ihrem engen schwarzen Kleid sah sie umwerfend aus. „Wir haben in den letzten Wochen ja so einiges zusammen erlebt. Am Ende ist es gut

ausgegangen und darüber sind wir alle, denke ich, sehr froh." Zustimmendes Gemurmel. „Das schönste ist aber, dass wir alle neue Freunde gefunden haben. Freunde, auf die man sich verlassen kann und – wie man heute Abend sieht – mit denen man auch richtig feiern kann. Der Schlüssel zu allem warst du, Walter, und dafür möchten wir uns mit einem kleinen Geschenk bedanken. Wir haben alle zusammengelegt."

Sie griff unter den Tisch und holte ein kleines Päckchen hervor, dass sie Walter überreichte, der natürlich sofort rot anlief.

„Das … also das … ist sehr nett von euch. Ich weiß gar nicht, was ich sagen soll …"

„Packs einfach aus", rief Theo dazwischen. „Sonst nehme ich es."

Alle lachten und Walter entfernte umständlich die gold-rote Schleife. Er wollte nicht zu hastig wirken und öffnete das Geschenkpapier sehr vorsichtig. Nun hielt er einen kleinen Karton in der Hand auf dem ein Apfel abgebildet war.

„Ich liebe Obst", sagte er, woraufhin Liesl neben ihm ein kurzer Lacher entwich. Irritiert packte Walter unter den gespannten Blicken der anderen weiter aus und hielt schließlich einen platten, schwarzen Gegenstand in der Hand. Mit einem dümmlichen Grinsen hielt er ihn hoch und untersuchte ihn weiter. Er hatte keine Ahnung, was das sein sollte. Anne zog ihn am Arm sachte zu sich herunter.

„Das ist ein Smartphone", flüsterte sie ihm zu. Walter sah das Gerät erneut an.

„Smart – kenne ich. Wusste nicht, dass die jetzt auch sowas bauen …"

„Walter – ein Smartphone … ein iPhone", zischte Anne erneut.

„Wieso heißt es „Ei-Fon", wenn es rechteckig ist?" Jetzt begannen alle laut zu lachen und selbst Marie konnte sich kaum beruhigen.

„Du bist so ein Technikdepp, Walter", stellte Max trocken fest. „Das kenne ja sogar ich. Das ist sowas wie dein Handy, verstehst du – nur

aus diesem Jahrhundert."
Jetzt verstand Walter, was er da in der Hand hielt. Er hatte nur Angst, dass er es niemals würde bedienen können. Trotzdem lachte er und bedankte sich überschwänglich bei jedem Einzelnen. Dann nahm er seinen vollen Krug in die Hand und stemmte ihn in die Höhe.
„Danke an euch alle! Und ich hoffe, dass wir uns bald wiedersehen. Vor allem diejenigen, die nicht hier aus dem Dorf sind! Darauf trinken wir! Prost!" Das „Prost" kam aus allen Kehlen lautstark zurück und verhallte wie ein Böller in der ansonsten ruhigen Nacht.
„Natürlich sehen wir uns wieder", rief Manni, „immer samstags auf dem Markt. Ich freue mich schon auf unseren nächsten Fall!"
Streifenkollege Hans, Kripo-Hubert und Anne nickten zustimmend.
„Und wenn der eich sonscht mol träffa wellet, kommet ihr gfälligscht zu mir", rief Marie in die Runde.
„Und wir kommen und bauen dein Haus um", ergänzte Mirco neben seinen nickenden Kollegen. Walter presste seine Zähne zu einem Lächeln, da er nicht wusste, ob er das gut finden sollte.

„Das hatte ich befürchtet", seufzte Balu, *„die Geschichte geht weiter."*
Kitty nickte zustimmend. *„Natürlich. Geschichten gehen immer weiter. Warum sollten sie auch aufhören?"*

Eugen Heesterkamp war der Erste, der seinen leeren Krug von sich schob. „Ich mache mich mal auf den Heimweg. Ich habe ganz vergessen, meine Schildkröte in ihre Kiste zu packen."
Georg zog eine Augenbraue hoch. „Die Schildkröte gehört Ihnen? Da würde ich an Ihrer Stelle mal auf der Terrasse drüben nachschauen."
Irritiert lief Eugen zu den Tieren und traute seinen Augen nicht.
„Sissi-Anna-Katharina", rief er.
„Ulf", riefen die Tiere wie aus einem Mund.
„Was machst du denn hier?" Da Eugen Ulf nicht verstehen konnte,

grüßte der Schildkröter wieder mit der rechten Vorderpfote und kippte erneut zur Seite. Eugen klemmte ihn sich unter den Arm und machte sich auf den Heimweg.

Es war weit nach Mitternacht, als die letzten Gäste den Heimweg antraten. Walter saß allein mit Liesl am Kopfende der Tafel.
„Das war ein wunderschöner Abend", sagte Liesl und Walter nickte zustimmend. „Aber eines müssen wir noch klären."
Walter sah sie überrascht an. „Was denn? Die Kehrwoche?"
Liesl lachte. „Nein, Walter. Meinen Sie nicht, wir könnten „du" zueinander sagen?"
Das traf Walter völlig unvorbereitet und er suchte händeringend nach den richtigen Worten. Da er sie nicht fand, sprach Liesl einfach weiter. „Ich dachte mir schon, dass Ihnen das auch gefallen würde." Sie lächelte ihn an und legte ihm die Hand auf den Unterarm. „Also dann – „du" Walter."
Noch bevor er reagieren konnte, schob sie ihren Kopf vor und küsste ihn kurz auf den Mund.
„Ja also „du" – Liesl", sagte Walter atemlos und hatte keine Ahnung, wie das weitergehen sollte.

Es war vorbei. Das „Vorn" war weg. Er war einfach nur noch „Lang". Dr. Martin Lang. In einer der schnellsten Scheidungen, die die deutsche Scheidungsindustrie je erlebt hatte, war er seinen Doppelnamen und auch seine Frau losgeworden. Und eine Menge Geld. Die schnelle Scheidung war nur möglich gewesen, da beide Parteien klare Vorstellungen gehabt hatten, was ihre Ansprüche betraf. Sie wollte das Geld und das Haus, er wollte seine Ruhe. Beide hatten bekommen, was sie wollten. Als sie gemeinsam die letzten Unterschriften unter die Formulare der Anwälte gesetzt hatten, verabschiedete sich Dr. Lang von seiner frischgebackenen Ex-Frau mit

einem freundlichen „Mach's gut". Sie erwiderte: „Leck mich!"
„Du musst so schnell wie möglich wieder in den Sattel steigen", hatte sein Studienfreund Dr. Andreas Finger kurz darauf gesagt. Andreas wusste, wovon er sprach. Er hatte selbst eine Scheidung hinter sich und war jetzt mit einer seiner Krankenschwestern zusammen. Deren Freundin Gigi (sprich: dschidschi) war zufällig gerade Single und sehr interessiert Martin kennenzulernen, deshalb hatten sie ein Doppeldate geplant, bei dem die beiden sich beschnuppern konnten.
Dr. Martin Lang saß an einem Ecktisch in einem romantischen Lokal an der Friedrichshafener Uferpromenade und wartete auf Andreas und die beiden Frauen. Er war nervös und wischte mehrfach die feuchten Hände an seiner dunklen Jeans ab. Sein letzter Flirt war Jahre her und er war sich nicht sicher, ob er es noch drauf hatte. „Wieder in den Sattel steigen …", murmelte er leise vor sich hin und er erinnerte sich an einen alten Countrysong mit genau diesem Titel: „Back in the saddle again".
Als Andreas mit den beiden Frauen das Lokal betrat, zupfte er sein Hemd zurecht und räusperte den Kloß im Hals weg.
„Martin, darf ich vorstellen: das ist meine Freundin Bea und das … ist Gigi." Während Andreas den Arm um seine Freundin legte, schob er mit dem anderen Gigi in Martins Richtung, der höflich die Hand ausstreckte. Gigi ignorierte seine Hand und berührte sanft seinen Bauch, während sie ihn freundschaftlich auf die Wange küsste. Ihr süßes Parfüm erinnerte Dr. Lang an eine Kaugummisorte aus seiner Kindheit.
„Freut mich dich kennenzulernen", sagte er etwas steif. „Ich bin Martin."
„Und ich bin geil", sagte Gigi, als wäre es das Selbstverständlichste der Welt.
„So so …", war das Einzige, was Dr. Lang hervorbrachte.

Während sie die Speisekarte studierten, musterte er Gigi unauffällig. Sie war bestimmt zehn Jahre jünger als er, grob geschätzt einen Meter siebzig groß und hatte einen durchtrainierten Körper, was man an ihren sehnigen Armen deutlich sah. Ihre glatten, blonden Haare hatte sie zu einem Pferdeschwanz zusammengebunden. Sie trug keinen BH, und Dr. Lang ertappte sich mehrmals dabei, wie er Gigi auf die Brüste starrte. Vor allem wenn sie lachte, vollführten sie einen einladenden Wackeltanz. Und Gigi lachte viel. Egal über was sie sprachen – Gigi fand immer irgendetwas Lustiges daran. Kurz überlegte Dr. Lang das Thema Pathologie anzuschneiden, um ihre Vergnügtheit auf die Probe zu stellen, ließ es aber bleiben.
Nach dem Essen und zwei Gläsern Wein wurde die Stimmung immer lockerer. Dr. Lang konnte sich nicht erinnern, wann er das letzte Mal einen so vergnüglichen Abend erlebt hatte. Er war etwas näher an Gigi herangerutscht, was sie sofort mit kleinen Zärtlichkeiten belohnte. Mal die Hand auf den Arm legen, mal lachend an seine Schulter kuscheln, hin und wieder ein lasziver Blick.
Völlig überraschend unterbrach sein Freund Andreas plötzlich ihre nette Runde.
„Oh Mann, ich habe ganz die Zeit vergessen“, sagte er theatralisch, und zwinkerte seiner Freundin zu. „Wir müssen heute noch auf einen Geburtstag. Ich hoffe, es macht euch nichts aus, wenn wir euch jetzt alleine lassen. Ihr scheint euch ja auch ganz gut zu verstehen.“
Er zwinkerte seinem Freund zu und erhob sich.
„Ich bezahle beim Rausgehen an der Theke. Habt noch einen schönen Abend ihr zwei.“
Bea verabschiedete sich tuschelnd von Gigi, Andreas legte Dr. Lang den Arm um die Schulter.
„Das läuft super“, flüsterte er ihm ins Ohr. „Mach das Mädel klar. Die ist total scharf auf dich.“ Dr. Lang, beflügelt vom Wein, setzte sein –

wie er fand – coolstes Lächeln auf und klopfte seinem Freund kumpelhaft auf den Rücken.
„Das mache ich. Ich ruf dich morgen an und erzähle dir, wie es gelaufen ist."
Als sie nur noch zu zweit waren, kuschelte sich Gigi sofort an seine Seite und sah ihm keck in die Augen.
„Weißt du, Martin, ich sollte vielleicht keinen Wein mehr trinken. Wenn ich beschwipst bin, werde ich immer so … leichtsinnig." Beim letzten Wort nutzte sie das „L" um sich verführerisch über die Oberlippe zu lecken.
„Kellner – zwei Viertele noch, bitte", bestellt Dr. Lang und spürte seine aufkommende Erregung. Er zog sie etwas zu sich heran und spielte mit einer Strähne aus dem Pferdeschwanz.
„Wie heißt du eigentlich wirklich? „Gigi" ist doch sicher nicht dein richtiger Name."
Sie lachte kindisch und fuhr ihm mit dem Handrücken über die Wange. „Das ist mein Spitzname aus Kinderzeiten. Meine beste Freundin hat ihn mir damals verpasst. Das sind meine Initialen: G und G. Alle nennen mich seitdem Gigi. Dabei liebe ich meinen Namen … wenn ich jemals heirate, bestehe ich auch auf einen Doppelnamen."
Bei Dr. Lang klingelten alle Alarmglocken und seine anfängliche Erregung war wie fortgeblasen.
„Würdest du mir denn deinen richtigen Namen verraten?", fragte er unsicher, während er unmerklich etwas wegrückte.
„Aber klar: Ich heiße Gaby … Gaby Gans."
Dr. Langs Gesicht verlor jegliche Farbe und die Unterhaltung stockte. Nur wenige Minuten später entschuldigte er sich und ließ eine verblüffte Gigi allein im Lokal zurück. Draußen vor der Tür atmete er tief die frische Seeluft ein und schüttelte resigniert den Kopf. Gerade noch mal gutgegangen. Er wusste jetzt: nicht der Sattel war sein

Problem – er musste das richtige Pferd finden. Vorzugsweise eines, das nicht auf einem Doppelnamen bestand.

Danke ...

... sage ich an erster Stelle meiner Familie, die mir immer den Rücken freihält und so Raum für meine Spinnereien schafft. Diesmal ist es ein Buch geworden.
Vor allem danke ich meiner Frau Tina, die dieses Buch als erste gelesen hat und meinte: „Jetzt druckst du es aber auch!"
Es wäre sonst wahrscheinlich als Datei auf meinem Laptop verendet.
Bedanken muss ich mich auch bei meinen Freunden in und um Taldorf. Durch all die Geschichten von der Goschamarie, die ihr mir erzählt habt, hatte ich irgendwann das Gefühl selber dabei gewesen zu sein und konnte diese Geschichte aufschreiben.
Ungemein hilfreich war der Erfahrungsaustausch mit dem Autorenteam L. Andor („Prärie" ... müsst ihr unbedingt lesen) aus Ailingen/Berg. Ihr habt mir wertvolle Tipps zum Thema Eigenverlag gegeben.
Als ich noch nicht recht wusste, ob ich dieses Buch überhaupt schreiben soll, fragte ich einen Freund nach seiner Meinung und er sagte: „Schreib es doch einfach mal. Dann kannst du sehen, wie es weitergeht." Danke Ulf Blanck („???-Kids") für diesen sehr pragmatischen Tipp.
Und ein besonders herzliches Dankeschön geht an meine Nachbarin Rita Kesenheimer, die mich mit ihrer wunderbaren Art zu einigen Charakteren in diesem Buch inspiriert hat.

Jetzt ist aber Schluss. Ich muss ein neues Buch schreiben, denn ich möchte zu gerne wissen, wie es mit Walter, Balu, Ulf und natürlich Marie weitergeht.
Bis bald!

Stefan Mitrenga

FSC
www.fsc.org
MIX
Papier aus verantwortungsvollen Quellen
Paper from responsible sources
FSC® C141904

Druck:
Customized Business Services GmbH
im Auftrag der
KNV Zeitfracht GmbH
Ein Unternehmen der Zeitfracht - Gruppe
Ferdinand-Jühlke-Str. 7
99095 Erfurt